데뷔 못 하면 죽는 병 걸림

데뷔 못 하면 죽는 병 걸림 4

1판 1쇄 발행 | 2023년 12월 15일
1판 2쇄 발행 | 2024년 12월 8일

펴낸이 | 권태완 우천제
펴낸곳 | (주)케이더블유북스
편집자 | 한준만, 이다혜, 박원호, 이고은

출판등록 | 2015-5-4 제25100-2015-43호
KFN | 제3-22호

주소 | 서울특별시 구로구 디지털로31길 62 에이스아티스포럼, 201호
E-mail | paperbook@kwbooks.co.kr

ⓒ백덕수, 2021

ISBN 979-11-404-7758-6 04810
       979-11-404-7756-2 (set)

데뷔 못 하면 죽는 병걸림

4

백덕수

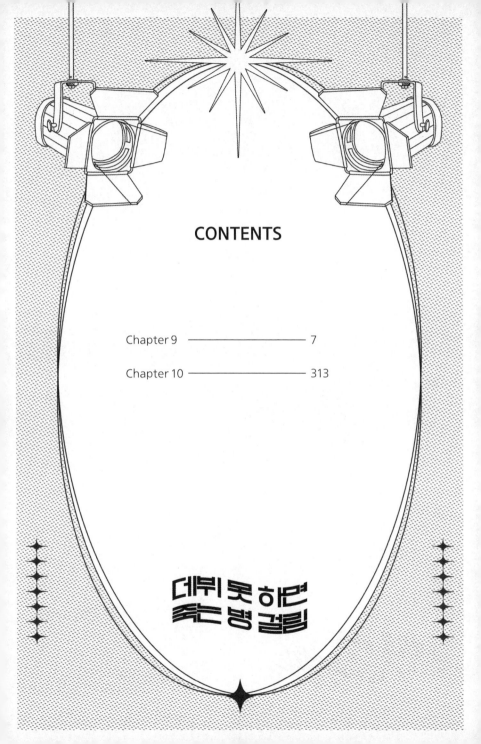

CONTENTS

데뷔 못 하면
죽는 병 걸림

CHAPTER
9

CHAPTER
3

청려는 스마트폰으로 시선을 내렸다. 신인상으로 아수라장이 된 모 인기 글이 떠 있었다.

"궁금하네."

"…네? 뭐가요?"

청려는 멤버의 말에 대꾸하지 않았다. 그냥 화면에 자신의 SNS 계 정을 띄웠을 뿐이다.

'어떻게 되려나.'

청려는 오늘 찍은 사진 여러 장을 코멘트와 함께 SNS에 차례대로 올렸다. 그리고 그사이, 대수롭지 않게 지나간 것처럼 사진 하나를 골 라 추가했다.

열심히 하는 후배들
연말에도 좋은 결과 있길

그리고 업로드를 눌렀다.

도화선에 불이 붙었다.

카드뉴스 형식 게시글은 눈에 잘 들어오는 큼직한 폰트와 이미지로 구성되어 있었다.

[혹시 오닉스를 아시나요?]
[올해 데뷔한 신인 아이돌 그룹]

그 밑으로 오닉스의 성적이 첨부되었다. 초동 8만, 해외 공연 등 괜찮게 자리 잡은 신인 아이돌이 이룰 만한 성적이었다.

[그러나 오닉스는 올해 어떤 신인상도 기대할 수 없습니다.]
[신인이라고는 믿을 수 없는 성적을 낸 그룹이 있기 때문입니다.]

게시글은 다음 페이지 한 장을 다 할애해서 상을 받는 '테스타'의 모습과 명칭, 성적을 강조했다. 그리고 그다음 페이지부터는 테스타에 대한 일방적인 설명이 들어갔다.

[테스타는 예능에서 만들어진 그룹입니다.]

〈아이돌 주식회사〉가 얼마나 방송국의 관여가 심한, 예능 색채가 강한 프로그램인지에 관한 이야기가 나왔다. 그리고 이번에 논란이 된 작가의 친인척 섭외와 편집 이야기까지 기사 제목을 따와 주르륵 나열되었다.

[예능국, 매스미디어의 힘이 가요계의 흥행을 좌지우지하게 된 것입니다.]

그리고 예상 질문 방어 페이지도 놓치지 않고 넣어줬다.

[Q : 지금까지 수많은 아이돌 오디션이 있었는데요?]
[A : 오디션 '예능'이 문제입니다.]
[소속사의 자체 오디션이 방영되는 게 아니라, 예능국 PD와 작가들이 만든 '본격적인 예능'이라는 점이 문제입니다.]

[Q : 오디션 예능으로 데뷔한 솔로 아티스트들이 많지 않나요?]
[A : 프로그램을 통해 결성된 것이 아니라, 기존 아티스트들이 발굴되는 형식이었습니다.]

[Q: 예능에서 음원 내고 활동하는 프로젝트도 많았는데요?]
[A: 그들은 '신인상' 항목에서 평가받지 않았습니다.]

그리고 픽토그램과 함께 신인 아이돌들이 고군분투하는 사진들이 나왔다.

[불공정한 플랫폼에서 그저 앨범만으로 부딪히는 신인들]

마지막으로 추가 페이지가 붙었다.

[올해 ToneA 시상식]
[테스타는 신인상을 포함한 4개 부문 상과 4곡의 무대 시간을 받았다.]
[다른 신인들은 단 하나의 상도, 단 한 곡을 전부 보여줄 기회도 얻지 못했다.]

박수 치는 다른 신인들의 이미지가 뒷배경으로 들어갔다.

[ToneA를 후원한 대기업은 테스타를 만든 예능을 후원한 그곳이었다.]

카드뉴스는 베스트셀러 '공정하다는 착각'의 인용으로 마무리되었다. 사람들이 권위 있다고 생각하는 이미지까지 이용하며 아주 충실하게 구성을 다 챙겼다는 뜻이다.

게다가 논조를 또 슬쩍 돌려놨다.

'…예능국의 가요계 침투와 엮었군.'

물론, 정신 차리고 보면 개소리다. 예능에서 하는 무대 프로젝트들은 단발성이며 에피소드를 만드는 용도이기 때문이다. 반면에 〈아주사〉는 애초부터 아이돌 그룹을 만들려고 출범한 예능이었다. 둘은 성격이 아예 달랐다.

게다가 원래부터 이 판은 불공정한 곳이다. 대형 기획사 출신일수록 주목도와 기회 면에서 출발선이 다른 문제는 이미 고질적이다.

'테스타만 아주 특별한 문제를 가진 건 아니야.'

하지만 문제는 원래도 테스타 자체를 아니꼬워하는 사람들이 많았고, 친인척 이슈로 떠오른 공정성 이야기로 커뮤니티 여론이 좋지 않은 상태라는 것이다. 거기다 글은 테스타의 성적이 부당하다는 것이 아니라 '신인상'만으로 한정시켜 놔서 거부감을 낮춰놨다.

그래서 원래라면 씨알도 안 먹혔을 소리가 '믿고 싶은 사람'들이 많은 덕에 살살 먹혔다.

–테스타 애들이 잘못했다는 게 아니라 지금 방식이 이상하다는 말이잖아. 난 동의.

└맞아 가요계에서 너무 기형적으로 예능 방송국 힘이 커진 것 같음

└이런데 러뷰어들 오닉스 8만 주제에 신인상 욕심낸다고 비웃는 거 너무 하더라ㅠ 내가 다 마상

–진짜 질린다 대체 이렇게까지 하는 이유가 뭐야?

└예능 빨 맞잖아ㅋㅋ 러뷰어들 개거품 물지 말고 정독부터 하고 와~

–이건 또 무슨... 아주사 뽕은 딱 데뷔앨범 낼 때 관심받는 걸로 끝났지 지금은 자기들이 잘해서 성적 내는 거임

└신인상이 그렇게 아까워?

–? 오디션 프로그램들 다 예능국 PD, 작가들이 만들던데? 아주사만 그런 거 아니야

└그래서 아주사만큼 어그로 끌고 예능스러운 아이돌 오디션 이름 하나만 대봐

덕분에 댓글에서는 동조하는 사람들과 말도 안 되는 소리 말라는

사람들로 도리어 난리가 났다. 극단적으로 의견이 갈리니 더 화제성이
생긴 것이다.

'X발 진짜.'

이거 분명 오닉스 팬들이 만든 건 아니다. 테스타와 체급 차이가 열
배에 가까운데 척지고 싶을 리 없기 때문이다.

그냥 테스타 엿 먹이고 싶어 하는 놈들이 만든 거지.

'이렇게까지 한다고?'

카드뉴스까지 만든 건 보통 정성이 아니었다. 동시다발적으로 온갖
SNS와 커뮤니티에 올린 부지런함은 말할 것도 없고 말이다. 대체 얼
마나 싫으면 이런 짓까지 할 수 있는 건지 모르겠다. 나라면 그냥 안
보고 말 텐데.

솔직히, 좀… 소름 끼치는 일이다.

'설마 이것 때문에 신인상을 못 받는 건……'

아니, 그래도 무리수다.

사회면 뉴스에 나올 정도로 커져야 상을 사회적 합의 명목으로 뺏
을 수 있다. 웬만한 규모의 시상식이라면 이런 일로 원래 받을 놈한테
안 줄 수는 없을 것이다.

'그냥 테스타 이미지가 X 됐으면 싶은 거지. 팬들이 피곤해서 나가떨
어져 줬으면 하는 거고.'

머리가 도리어 차가워졌다.

…좀 극단적인 방법을 써야 하나. 애꿎은 놈들 말려들까 봐 보류했
는데 이젠 그놈들보다도 팬들의 위장이 문제다.

그리고 길게 고민할 것도 없었다. 더 환장할 글이 올라왔기 때문이다.

[청려 인하트인데 이거 각인가?]
: 티원에이 시상식 후기 사진들인데 오닉스 있음.
(청려 인하트 캡처)
연말에도 좋은 결과 있길 바란대; 나만 시그널 느꼈냐

댓글은 헛소리 말라고 밀어버리는 브이틱 팬들로 가득 찼지만, 사실 글이 올라온 것부터 끝났다. 기사까지 초읽기 선고였다.

'이건 또 왜 지랄이야.'

분명 일부러 올린 것이다. 쉽게 변명 가능한 선에서 수위 조절한 게 한두 번 해본 솜씨가 아니다.

'무슨 생각이냐고 개새끼야.'

나는 밀려오는 빡침에 문자 메시지 어플을 열었다가…, 다음 순간 껐다.

'반응하지 말자.'

어차피 저 새끼도 뭘 더 얹기는 부담스러울 것이다. 이런 민감한 문제에 참견하는 걸 팬들이 좋아할 리가 없으니까. 나중에 꼬투리가 될 수도 있고 말이다.

'그냥 나랑 기 싸움 해보겠다는 거지.'

널 X 되게 만들 수 있으니 협조적으로 감추는 거 다 털어놔 보란 뜻 아니겠는가. 지금 연락해 봤자 나만 분노 때문에 손해 볼 가능성이 크다.

'…일 해결되고 맑은 정신으로 접촉한다.'

나는 청려를 차단했다. 내 쪽에서 빠쳐서 연락하는 걸 원천 봉쇄한 셈이다. 하지만 멀지 않은 시기에 이 새끼를 처리해 버릴 방법을 고민해 봐야겠다.

'먼저 이 건부터 처리하고.'

나는 아직 SNS 등지를 보지 않아 평온한 멤버들을 불러냈다. 이제 잠들 준비를 하던 놈들은 얼떨떨한 얼굴로 거실에 모였다.

"다, 다들 부른 거였구나…."

"아, 혹시 첫 시상식 기념으로 뭐 선물 준비한 거야? 난 제일 큰 거 받을게. 고맙다."

"큰 게 가장 좋은 선물이라는 편견을 이용하여 작은 것에 좋은 선물이 들었을 확률도……."

"…선물 아니다."

"넵."

갑자기 긴장감이 훅 사라지는군. 나는 유일하게 약간 심각한 얼굴인 류청우를 보며 제안했다.

"우리 SBC 무대 말인데요."

"응?"

"편곡 바꾸면 어떨까요."

일동이 당황했다.

"지금?"

"특별무대 한 곡만요."

"…이유 있어?"

배세진은 당장 거절하고 싶지만 참고 말이라도 들어보겠다는 얼굴이다.

나는 고민하다가, 상황을 설명했다. 설득하려면 이야기를 안 할 수도 없었고 늦어도 내일이면 어차피 알 것 같았기 때문이다.

"사실 지금 인터넷 쪽에⋯⋯."

설명이 이어질수록 멤버들의 얼굴이 굳었다.

"아주사 때 생각나네."

"같은 사람들이 아직도 그러나 보다. 음⋯ 근데 편곡은 왜 바꾸게?"

큰세진의 질문에 나는 가감 없이 말했다.

"충격을 주려고."

그리고 어떤 방향으로 바꾸고 싶은지 말했다.

"⋯⋯!"

멤버들은 약간 당황한 것 같았다.

"조, 좀⋯ 너, 너무하지⋯ 않을까?"

"저도 약간 걱정됩니다."

하지만 일단 큰세진에게서 찬성표가 나왔다.

"진짜 각오하고 해야 할 것 같지만, 음~ 그래도 난 일단 찬성."

"⋯!"

이러면 사실 설득은 반쯤 끝난 거나 다름없었다.

"지금 상황에 제일 효과적인 대응 같거든요. 혹시 싫은 분?"

"⋯⋯."

배세진은 큰세진을 노려보는 것 같았으나, 나와 눈이 마주치더니 한 풀 기세가 꺾였다.

"……?"

아니, 싫으면 일단 의견은 들어볼 생각이었는데.

하지만 반대 의견은 나오지 않았다. 심지어 류청우도 그냥 고개를 끄덕였다.

"하자. 지금 내가 너희 말고 다른 사람들 입장까지 생각해 줄 수가 없겠다."

"형……."

아무래도 류청우는 자신 때문에 여론이 쭉 꼬인 것 같아서 계속 신경이 쓰였던 것 같다.

"원래 그럴 사람들이에요. 형 일 아니었어도 다른 건수 만들었을 거니까 신경 쓰지 마세요."

물론 그랬다면 이 타이밍은 아니었을 거란 진실은 굳이 말해주지 말자.

놀랍게도 선아현에게서 맞장구가 나왔다.

"…마, 맞아요. 그, 그런 사람들은 변하지 않으니까, 에, 에너지를 쓸 필요가 없지 않을까요…!"

아마 상담하면서 들은 말을 옮긴 듯싶었다.

"오~ 아현이 멋진 말!"

"멋진 말!"

"아, 아니……."

선아현의 얼굴이 발개졌다. 류청우는 웃으며 고개를 끄덕였다.

"그래야지. 고마워."

배세진은 훈훈한 분위기에 눈치를 보다가 움츠러든 채로 말을 꺼냈다.

"…그럼 이대로 편곡 바꾸는 걸로 된……."

"바꿔요!"

"반대 의견 있는 분~?"

차유진의 선창과 큰세진의 재창에 누구도 의견을 내지 않았다.

그리고 배세진은 체념한 눈치였다. 찬성하고 싶은 자아와 반대하고 싶은 육체의 싸움에서 전자가 이긴 모양이다.

"강행군이 되겠군요. 힘내야겠습니다."

"힘냅시다~"

그렇게 편곡을 바꾸는 것이 합의되었다.

그리고 다음 날, 회사에도 회의 끝에 컨펌이 내려왔다. 덕분에 딜레이 없이 곡을 받아서 재연습을 시작했다.

"어쩔 수 없는 일이라고 생각합니다."

김래빈은 본인이 하지 못해서 살짝 아쉬워 보였지만, 상황상 납득한 것 같았다.

그리고 일주일이 살짝 넘는 기간 동안 동선과 안무를 고쳤다.

그동안 인터넷에서는 예상대로 별 이야기가 다 나온 것 같았다. 기사도 슬쩍 떴던 모양이다. 심지어는 테스타가 참석하지 않은 작은 시상식에서는 오닉스가 신인상을 받았다는 소식을 들었다.

[오닉스, '서울러 초이스 어워드'에서 눈물의 신인상 수상]

100% 투표로 이루어지는 이 시상식을 커뮤니티마다 생중계하면

서 '정의 구현' 같은 소리와 함께 투표를 몰아준 모양이었다. 게다가 VTIC 팬들이 대상 투표하면서 은근히 함께 투표해 줬다는 이야기도 들었다.

그런 시상식이야 아무래도 상관없지만, 팬들의 탈력감이 가속화되고 어그로들이 신났다는 게 문제였다. 팬들이 투표에 참여하면 '테스타 나오지도 않는데 이 신인상까지 뺏고 싶냐' 같은 프레임을 짜니까.

덕분에 무대 준비가 아주 순조로웠다. 무대 형식 때문에 약간 갈등하던 몇몇 멤버들도 눈에 불을 켜고 하더라.

그리고 SBC 가요대전 당일.

아주 결정적인 사건까지 일어났다.

"안녕하십니까~"

"안녕하십니까!"

오닉스와 마주쳐서 웃으며 인사하고 지나가는 순간, 그 단어를 들었다.

"…쟤네 지금 정의 구현이 어쩌고 하지 않았냐?"

"저도 들었습니다."

"나, 나도 들었어."

······솔직히, 자기들끼리 있을 때야 할 수 있는 이야기였다. 뭐, 당연히 지금 상황이 기분 좋을 수도 있지. 상 챙겼고 경쟁자는 살짝 X 됐고.

근데 하필 귀 좋은 놈들이 있어서 이쪽도 들었다는 게 문제였다.

"와, 무대 얼른 하고 싶어졌어."

"저도요."

"…나도."

덕분에 모두가 내적 갈등을 다 버린 채 설레는 마음으로 무대를 기다릴 수 있었다. 죄책감을 없애고 내부결속까지 시켜주다니, 정말 좋은 놈들이었다.

SBC 가요대전은 보통 크리스마스 저녁에 방영되는 경우가 많았으나, 올해는 특집 프로그램 편성으로 앞으로 밀리며 12월 중순 금요일 밤이라는 애매한 시간에 편성되었다. 드라마가 종영되며 뜬 시간이었다.

-날짜 왜 이래

-드라마 스페셜 할 줄 알았는데 개뜬금 듣보 아이돌;

-스브씨는 맨날 아이돌만 불러서 노잼임 시청률 버리고 위튜브만 노리나

-누구 나왔어요?

-와 누군지 모르겠다

물론 주류는 올해 첫 연말 가요프로그램을 기다린 사람들이었다. 하지만 종영된 드라마가 인기 드라마였던 덕에, 관성적으로 SBC를 튼 사람들이 제법 많았다.

팬이 아닌 사람들의 무심한 발언들이 툭툭 댓글에 던져졌다.

-두근두근

-올해는 특별무대 같은 거 안 함?

-솔리에 다 존예다

-2부는 가야 볼 만한 애들 나올 듯

-1부에 무슨 루키즈 특별무대 있지 않았나? 광고 봤던 것 같은데

-또 캐롤 편곡 지겹다 매년 저렇게 구리게 하는 것도 신기함

-브이틱 3부에만 나오나요?

-다른 거 보러 감 ㅅㄱ

　　사람들은 저마다 떠들면서 1부를 듬성듬성 넘기고 있었다. 오프닝
을 제외하면 주로 3년 차 이하 신인들이나 이제 막 이름을 알리기 시
작한 그룹이 주로 나왔기 때문이다.

　　그때, 짧은 VCR이 등장했다.

[KPOP 루키즈의 무대!]

[테스타 박문대 : 제비뽑기로 서로의 무대를 직접 경험해 봅니다.]

[솔리에 민정 : 와! 재밌을 것 같아요!]

[오닉스 Pox : 저 진짜 해보고 싶은 곡 있어요!]

-오 1부에 나오는 특별 무대가 이건 듯

-테스타가 이럴 급은 아니지 않나?

-'신인'이시라 하시나 봐요ㅋㅋㅋㅋㅋㅋ

-공중파가 확실히 케이블 출신한테 좀 짠 것 같다

-맞다! 테스타는 케이블 예능 출신이셨구나~

-테스타 곡 빼고는 다 모를…

-이렇게 5팀인가? 제발 완곡하지 마라 지루하니까

    실시간 댓글들이 무슨 말을 하든, VCR은 제비를 뽑고 비명을 지르는 그룹들을 보여준 뒤 마지막 자막을 띄우고 끝났다.

[과연 이들의 무대는?]

    그리고 어딘가에서 한번 들어본 것 같은 곡들의 무대가 이어졌다. 다들 최대한 히트 비슷하게라도 한 곡을 골라온 것이다.

-그래도 후렴은 알겠다

-걍 유명 돌 커버나 시키지 쓸데없는 짓 하네

-테스타 곡 걸린 애들 가슴 쓸어내렸을 듯ㅋㅋㅋㅋ

-누가 테스타보다 잘하면 개꿀잼이겠지?

-어허 예능빨이 아니라 '실력'이시라잖아 그런 말 함부로 하는 거 아님

-ㅋㅋㅋㅋㅋㅋㅋㅋㅋㅋㅋㅋ

    사람들이 웃고 떠드는 사이, 세 팀이 짧은 무대를 마치고 들어갔다. 그리고 어두운 무대 밑으로 자막이 떴다.

[테스타 - 즐기는 자(오닉스)]

-헐 테스타 나왔다
-하필 오닉스곡ㅋㅋㅋㅋㅋ
-둘이 서로 뽑았나 보네ㅋㅋㅋ
-이 무슨 운명의 장난
-SBC 주작한 것 같은데?
-아 궁금핵ㅋㅋㅋㅋ

하지만 짧은 전주가 흐르고 도입부가 들어가는 순간, 댓글들은 약간 당황했다.

-편곡을 안 했잖아?

그렇다. 테스타는 오닉스의 데뷔곡을 가져왔다.
하나도 건드리지 않고, 원곡 그대로.

Wee-oww Wee-oww Wee-oww

어두운 무대 위로 시끄러운 사이렌 소리가 울렸다. 그리고 유리가 깨지는 경쾌한 파열음과 함께, 사이렌 소리는 비트 멜로디가 되었다.

[HaHaHa!]

어린아이의 웃음소리가 샘플링으로 들어간 순간, 현란한 조명이 들어오며 무대 위에 앉은 7인의 모습이 드러났다.

하나같이 광택 도는 검은 후드집업을 불량하게 뒤집어쓴 테스타였다. 하얗고 빨간 페인트로 그려진 각종 이모티콘이 마구잡이로 그들의 집업을 뒤덮고 있었다.

그리고, 번개처럼 차유진이 튀어나오며 도입부가 시작되었다.

[여기 보세요~]

어린이의 내레이션에 차유진이 턱에 브이 자로 손을 댔다.

[내가 부를 때마다
MIC 위에 손이 애가 타
오늘은 보여줄게 진짜를
빌어줘 내 건투를]

차유진이 장난스럽게 송곳니를 드러내며 박자에 맞춰 멜로디를 탕탕 찍었다. 그 움직임에 맞추어 두 명씩 대형에 합류한 테스타가 손뼉을 치며 거친 군무를 춘다. 여유롭고 기세가 등등한 삐딱함이 묻어났다.

차유진은 테스타에게 어깨를 붙잡혀 뒤로 끌려가면서도 카메라를 보며 제스처를 했다.

[끙끙 앓아 (그것도 병이지)
음 그런 당연한 말씀을
쓸데없는 생각 말고
날 위한 환성이나 잔뜩
질러줘 Shout out loud]

눈을 찡긋거린 큰세진이 손을 들어 올리자 양옆의 두 멤버가 마샬 아츠 같은 동작과 함께 허공을 넘었다. 그리고 각자 현재 돌아가는 카메라에 가벼운 눈짓을 하고 들어갔다.

[Shout out to me
감사는 일시불만 받아]

댓글들은 즐거운 당혹스러움으로 가득 찼다. 원곡을 아는 사람과 모르는 사람이 섞여서 저마다 감상을 늘어놨지만, 결론은 하나였다. '재밌다.'

-존잼
-와 개잘해
-그래 이래야 보는 맛이 있지
-이게 클라스 차이인가 앞에 한 애들하고 좀 다르긴 한 듯
-카메라 찾는 거 봐;;

-이거 원래 되게 같잖은 양아치 느낌이었는데 차유진 존나 잘하넼ㅋㅋ

-너무 좋은데?

-헐 진짜 편곡 하나도 안 했어

-원곡 무대 개오글거렸는데... 헐... 왜 좋지 의상도 거의 똑같은데

흥분해서 말을 쏟아내는 댓글들을 뒤로하고 무대는 계속 진행되었다.

휘익.

멤버들에게 팔다리가 붙잡혀 허공을 가르고 무대 앞으로 나온 박문대가 핸드 마이크를 들었다.

[여기 지나가려면
선수금 있어요
그냥은 못 가 여기 앉아
이 무대 보고 즐겨]

갑자기 높아진 프리코러스의 음이 박문대의 입에서 아무렇지 않은 듯, 능청스럽게 나왔다.

그 순간, 대형이 바뀌며 멤버들이 바닥을 돌고 일어났다. 그들은 돌아가며 박문대의 얼굴 옆에서 끼어들 듯 카메라 샷을 받고 밀려나듯 자리를 비켜주었다.

그 모두가 흥겨운 개구쟁이 같으면서도 어딘지 날티가 났다. 멤버들을 하나씩 노려본 박문대는 웃으며 카메라에 손가락을 댔다.

[즐기는 자만 보내줘
Shout out to me
일시불만 받아]

목을 긁으며 시원하게 올리는 고음이었다. 일부러 작고 티 나게 깔아둔 AR 위로 쨍한 목소리가 확 울리며 라이브 맛을 살렸다.

-진짜 잘 노네
-이런 게 안 숙연할 수 있었구나
-박문대 노래 존나 잘한다 진짜
-하 시원해
-AR이 성량에 압사당한 듯ㅋㅋㅋㅋㅋ
-편곡 안 한 거 맞죠? 뭐지? 왜 이렇게 차이가 나는 것 같지?
-그냥 자기들 곡 같음

그 사이, 무대에서는 곡의 하이라이트가 펼쳐지고 있었다.

[Shout out to me]
[Shout out to me]

곡이 드랍되며 살짝 여유롭고 묵직해진 비트 위로, 사이렌 소리가 중동풍 리프 멜로디로 변형되어 화려하고 시끄럽게 흘렀다.

강한 후렴구였다.

[즐겨야 살아
Shout out to me]

잔박이 많고 다리 동작이 복잡한, 뛰어오르는 안무가 이어졌다.

리듬을 타며 분위기를 살리는 것을 잊지 않는 멤버들이 어려운 동작을 너끈히 매만지며 끼를 즐겼다. 신난 악동 같은 그 느낌이 무대 위로 가득 튀었다.

그리고 사람들은 깨달았다.

-맞아 얘네 다 개잘해서 뽑힌 거였지ㅋㅋㅋㅋㅋ

-무대 능력치 오졌다

-쾌감 쩐다

-그래 이거야 이 맛이야

-진짜 눈 못 떼고 보게 되네

〈아주사〉는 봤지만, 음악방송이나 클립을 챙겨볼 정도의 관심은 없던 사람들이 공중파 연말 프로그램 특수로 테스타의 무대를 다시 보게 된 것이다.

그리고 하필 그 첫 무대가 말 많은 다른 신인의 곡이었다는 것이 더 사람들을 떠들게 만들었다.

-이거 원곡 무대 아는 사람 있어요? 그냥 곡이 명곡인가 싶어서요
-테스타 편곡 안 한 거 맞음? 원곡도 이런 느낌임?

그 순간, 안무 절정부에서 머리를 흔들며 뛰어오르던 멤버들의 후드 집업 위로 무언가가 흔들렸다.

동물 귀였다. 후드의 정수리 옆 부분에 각자를 상징하는 동물 귀와 유사한 모양의 천을 덧대 모양을 잡아둔 것이다. 그것이 격렬한 후렴 안무를 맞아 파닥거려 형태를 드러내며 존재감을 뽐냈다.

-헐 뭐야
-동물 귀ㅠㅠ 후드에 귀 달렸어
-아이디어 보소
-ㅈㄴ 귀엽네
-아 그래 아이돌이 이런 맛이 있어야지
-귀염뽀작 애니멀 갱스터..?
-이거 테스타 신곡이에요? 왜 1부에 나와요?

너무 강해서 부담스러울 수 있는 컨셉은 막판에 귀여움이 섞이며 살짝 중화되었다.

[HaHaHa!]

그리고 곡 마지막에 나오는 클라이맥스가 이어졌다.

보컬 파트도 없는 후렴, 한 사람씩 안무 중간중간마다 다른 동작을 넣어서 끼를 부리며 안무가 점점 빨라지는 파트였다. 군무를 소화하며 단독 샷이 들어올 때마다 끼를 주체하지 못하는 테스타의 모습이 인상적으로, 곡이 마무리되었다.

[Shout out to me]

센터에 앉은 김래빈이 하품과 함께 입가를 손등으로 닦는 것으로 컷이 끝났다.
그리고 오닉스의 무대가 송출되려 카메라가 전환되었지만, 댓글에서는 테스타 무대 반응이 폭주 중이었다.

-미친
-잘한다는 말 외에 무슨 말을 해야 할지 모르겠음
-뭐야 왜 이렇게 짧아
-1절에서 끊었네 특별 무대라서 그런가 봐요ㅠ
-앞에 애들도 다 1절만 했는데 사람들 반응 봐ㅋㅋㅋㅋ
-이거 테스타곡 아닌 거죠?
-오닉스 거 보고 와야겠다
-댓글 달려고 생각은 했는데 화면 보느라 까먹음

거기서 오닉스의 무대가 송출되는 순간 분위기는 애매해졌다. 그들도 테스타의 데뷔곡 〈마법소년〉을 골랐으나…… 무대가 너무 밍숭맹

숭했던 것이다.

-으음
-준비 별로 못 했나
-존못인데
-마법소년 대체 키를 얼마나 낮춘 거임 곡에 하나도 매력이 없어ㅠ
-립싱크인 듯? 아 AR이 너무 큰 건가
-몰라 노잼이야ㅠㅠ

사람들의 흥이 순식간에 식었다.

동시에, 테스타가 한 오닉스 곡 무대의 원조 무대를 찾아보려는 사람들이 늘어났다. 오닉스의 다음 무대를 보는 순간에 직감했던 것이다.

'이거 혹시 테스타가 오닉스 원곡보다 훨씬 잘하나?'

그리고 오닉스의 〈즐기는 자〉 무대를 틀어본 사람들 대다수는 탄식했고, 몇몇은 비명을 지르며 글쓰기를 클릭하게 된다.

가요대전 1부의 특별 무대는 끝나자마자 각종 커뮤니티와 SNS에 클립으로 올라왔다.

[SBC 루키즈 특별 무대]

: 원곡 무대도 첨부했어!

(영상)(영상)

·······.

그리고 즉시 댓글은 테스타와 오닉스에 대한 이야기로 도배되었다. 이미 특별 무대 내내 나오던 말들이기도 했다.

편곡 하나 하지 않은 완전한 일대일 매치에 대한 반응은 적나라했다.

-야 어떻게 된 거야 테스타가 오닉스 원곡보다 잘하잖아

-ㅋㅋㅋㅋㅋㅋㅋㅋㅋㅋㅋㅋㅋㅋㅋ

-아 주주들 안목이 맞네~ 시발 예능 이 지랄 개소리였잖아ㅋㅋㅋㅋ

-너무 실력 차이가 나서 당혹스러울 지경

-테스타 연습 시간도 별로 없었을 텐데 와....

-이렇게 붙여놓냐 글 쓴 놈 진짜 잔인핵ㅋㅋㅋㅋ

-아주사 존나 잘 된 이유가 있었지 이런 새끼들이 나왔으니 무대가 떡상할 수밖에ㅋㅋㅋ

게다가 단순히 실력 차이만도 아니었다. 곡 해석에서부터 깊이 차이가 났다.

오닉스의 데뷔곡 〈즐기는 자〉는 기세 넘치는 힙합풍의 곡으로 누가 봐도 강렬한 퍼포먼스를 노리고 만든 것이었다.

보통 신인들은 짧으면 몇 달, 길면 반년이 넘게 데뷔곡을 연습한다.

그리고 오닉스는 당연히, 이제 막 데뷔라는 생각에 비장함과 긴장감을 가지고 이 곡을 연습했었다. 곡에 대단히 어울리지 않는 정서는 아니라 무난히 넘어갔지만, 사실 곡의 느낌은 그보다 더 장난스럽고 날티나는, 기 센 느낌에 가까웠다.

그리고 테스타는 정확히 그렇게 곡을 해석했다.

-테스타 표현력 실화냐 역시 미친 망주사 아수라장을 헤쳐나온 놈들이군
-이런 말 미안하지만.. 솔직히 테스타 무대 쪽이 원곡 같음...
  └그러게 오닉스 무대가 오히려 존경하는 선배님 곡 커버한 느낌이약ㅋㅋ
  └뭔가 원곡의 쫀득한 맛은 잘 못 살렸지만 열심히 하는 기특한 친구들 보는 느낌이다.
  └이게 딱이네ㅋㅋㅋ

오닉스의 팬덤층이 얕았던 탓에 사람들은 더 거르지 않고 거침없이 감상을 뱉었다.

물론 테스타의 논란에 집착하던 사람들이 무대 한 번으로 모두 사라진 것은 아니었다.

-어휴 또 포기를 모르고 몰려왔네...
-그래봤자 예능 프로젝트 그룹이 신인상 받는 건 부당하다는 걸 왜 모르지?
-이렇게 신인 물고 늘어지는 거 창피하지 않나 몰라ㅠ
-팬들이 아무리 기를 써도 머글들은 테스타 찝찝해할 듯

그러나 이렇게 대놓고 비교해서 절대 우위가 나와 버리면 그 전의 담론이 우스워지기 마련이었다. 승자와 패자가 극명한 이 드문 상황이 재밌는 사람들이 우르르 붙어서 어그로를 비웃었다.

-야 머글은 눈이 없냐 웃기네 이새끼들ㅋㅋㅋㅋ
-계급장 다 떼고 붙어서 이겼구만 작작해라 추하다ㅋㅋㅋ
-몰려온 건 본인들 아닌지ㅋㅋㅋ
-응 다 걸고 테스타 빠 아닌데 오닉스 원곡 좆됐어~ 테스타 난놈들임
 └ㅋㅋㅋㅋㅋㅋㅋㅋㅋㅋㅋ
-야 잘한 놈이 받아야지 무슨ㅋㅋ
-지금 보니 그냥 아주사 없이 데뷔했어도 테스타 신인상은 받았을 것 같은데ㅋ
 └맞아 얘네 심지어 데뷔앨범 자기들이 프로듀싱했잖아ㅋㅋㅋ

그러자 약간 방향이 달라졌다.

-너무 못됐다... 편곡도 안 하고 이렇게 한 거 솔직히 노린 거 아냐?

하지만 이것도 통하지 않았다.

 └이게 노려서 된 일이면 그게 더 쪽팔린 거 아니냐
 └ㅋㅋㅋㅋㅋㅋㅋㅋ진짜ㅋㅋㅋㅋ
 └테스타가 못된 게 아니라 느그 오닉스가 못하는 게 아닐까

└누가 보면 테스타가 오닉스 무대 못하게 다리라도 부러트린 줄 알겠
다ㅋㅋㅋㅋㅋ

심지어 오닉스의 원곡 무대 영상의 댓글을 최신순으로 정렬하면, 가
요대전의 영상을 보고 온 사람들의 외침으로 가득 차 있었다. 아직 테
스타의 〈즐기는 자〉 공식 영상이 업로드되지 않아서 꿩 대신 닭으로
보러온 사람들이었다.

-아 이 맛이 아냐... 그... 날티하고 양아미가 묻어나는 여유로운 느낌이 없
어.... 그 기존나쎔 느낌이 없다고ㅠㅠ
　-아.. 열심히는 하시는데ㅠㅠ
　-전 이 버전도 좋아요! 힘내세요!
　-학교에서 개 잘나가는 애 만나러 가는 길에 안 친한 애가 아는 척하는 느
낌이다
　└ㅋㅋㅋㅋㅋㅋㅋㅋㅋㅋㅋㅋㅋ
　-목소리가 안 시원하네... ㅅㄱ

팬이 아닌, 그냥 대중들이 달고 가는 잔인한 댓글들이 더 확연히 여
론을 보여주었다.
판정까지 갈 것도 없었다. 테스타의 K.O 승리였다.
그리고 그다음 날, 박문대는 예상치 못한 축하 선물을 받게 됐다.

SBC 가요대전이 끝났다.

이후 스케줄 문제로 새벽 내내 차 안에서 자면서 이동했지만, 컨디션이 지난 한 달 중에 제일 괜찮았다. 매니저가 방송 끝나자마자 너무 신났는지 미주알고주알 현재 여론을 다 말해줬기 때문이다.

-완전 다 뒤집어졌다!

그때 멤버들 표정이 볼만했지.

어쨌든, 그 후엔 이놈 저놈 할 것 없이 긴장이 풀렸는지 차 안인데도 푹 잔 것 같다. 덕분에 이 아침에 회사가 불러서 나 혼자 숙소가 아니라는 점도 참을 만했다.

그런데 왜 날 부른 건지 영 짐작 가는 이유가 없었다.

'뭐, 표정 보니 나쁜 일은 아닌 것 같고.'

개인 스케줄이라도 새로 잡혔나 싶다.

그리고 회사 건물 뒤쪽 현관에 들어가자마자 호출의 원인을 볼 수 있었다. 관계자용 작은 현관이 터져 나가도록 많은 상자가 쌓여 있던 것이다.

하나같이 정성스러운 포장에 리본까지 맞춘 그것들은… 선물 상자였다. 지난 휴가 때 숙소 현관에서 봤던 것과 비슷한 모양새였지만, 규모는 훨씬 컸다.

'어?'

잠깐.

나와 있던 직원 중 한 분이 웃으며 말했다.

"문대 씨, 생일 선물 왔어요~"

"……!"

…그랬군.

오늘은 12월 15일. 박문대의 생일이었다.

'…짐작도 못 했다.'

끝없는 스케줄과 연습이 반복되며 날짜 감각이 사라진 탓에 완전히 잊고 있었다. 최근에는 일부러 SNS도 확인하지 않았기 때문에 그쪽으로 알아차리지도 못했다.

'…애초에 원래 생일도 아니니까.'

아니, 내가 박문대의 몸에 들어오기 전에도… 특별히 생일을 유별나게 챙긴 적이 드물었다. 밥이나 좀 비싼 재료로 해 먹는 정도였을까. 덕분에 두 벽을 가득 채운 선물 상자들을 보니 저절로 발이 굳었다.

이게 다 나한테 온 거라고?

"숙소에 두기는 힘들 것 같은데… 문대 씨 본가… 음."

직원은 말하다가 박문대의 가정사를 깨달았는지 급격히 뒷말을 흐렸다. 그리고 친절하게 다시 정정했다.

"일단 회사 창고에 둘까요? 전자기기나 명품 같은 건 숙소로 보낼게요. 가서 뜯어보시면 되겠네."

"……이거 가져오신 분들은, 별다른 말 없으셨나요."

척 봐도 포장 형태가 다른 게 서너 군데에서 따로따로 넣은 것 같았다. 적어도 한두 팀 정도는 직접 전달하려고 했을 것 같은데…….

"아, 전문 배달 업체 이용했더라구요. 그저께 배송 연락받았어요."

직원은 어깨를 으쓱했다.

"그리고 문대 씨한테, 특별히 인증 안 해도 된다고 전해달라 했던 것 같은데……. 맞아. 그랬어요."

"…!"

그제야 상황을 깨달았다.

'……일부러 조용히 전달만 했구나.'

그저께면 인터넷에서 신인상으로 테스타를 걸고넘어지는 것에 한창이었다. 어제 SBC에서 전면전 안 했으면 당연히 지금도 마찬가지였을 것이다. 그 상황에 이런 대형 선물 서포트를 수령한 인증까지 하면 혹시라도 또 꼬투리 잡힐 여지가 될까 봐 걱정했겠지.

'그런 걸 의식해서 직접 찾아오지도 못했나…….'

기분이 이상했다. 제대로 교류하지도 못하는 남을 위해 이렇게까지 마음을 쓰고 공을 들이는 사람들이 있다는 게 이상했다.

그 대상이 나라는 건 정말… 더, 이상했다.

"안 열어보세요? 그냥 일단 창고로 옮기는 걸로 할까요?"

"…잠시만요."

나는 그제야 발걸음을 옮겨서 상자들로 다가갔다.

내 사진을 인화해서 만든 액자, 브랜드 쇼핑백을 묶은 리본 너머로 같은 포장지로 일괄 포장된 상자들이 보였다. 각 포장 리본에 태그가 붙어 있었다.

"……."

수많은 옷, 전자기기, 액세서리가 태그마다 보였다.

'…어쩌지.'

거의 압도당할 지경이었다. 뭘 어떤 기준으로 숙소에 우선 가져가야 할지 모르겠다.

'…일단 인증이 쉬운 물건으로, 각 포장지 디자인마다 세 점씩만……'

고민하던 중, 한 태그가 눈에 들어왔다. 다른 것보다 상대적으로 크기가 작은 상자에 붙어 있던 태그였다.

[메시지 북]

"……."

나는 머뭇거리다가, 그 상자를 들어 올려 포장지를 풀었다. 직접 제작한 것 같은 황금색 양장본이 드러났다.

⟨별똥별처럼 마음에 내려온 너⟩

양장본을 펼치자 단정한 디자인 속에 편집된 문장들이 드러났다.

−⟨새로운 세상으로⟩ 무대 보는 순간 알았어요. 저 친구가 바로 내 아이돌이구나! ㅎㅎ

언제나 최선을 다하고, 계속 발전해 나가는 문대를 응원해요. 하지만 혹시 그러지 않더라도 괜찮아요. 언제나 문대의 행복을 응원할게요♡

−오래오래 보고 싶은 나의 별

−문대 만나고 내 불면증이 사라졌어! 보고만 있어도 즐겁고 볼 생각만 해도 설렌다... 앞으로도 사랑해

─언제나 뭘 할 때도 팬들 신경 써주는 문대에게 고마우면서도 미안한 마음이야ㅠㅠ 우리 문대 하고 싶은 거 다 하자. 진짜 문대는 그래도 된다!

긴 줄글들 사이로 절제한 듯한 문장들이 튀어 올랐다. 정제된 마음까지 비집고 나오는 것 같았다.

─누나는 아직도 티벳여우를 잊지 않았어 문대야... 강아지 문대도 사랑하지만 티벳문대도 사랑한단다ㅠ

"하하."
웃음을 참을 수 없었다.
정말로… 특이한 사람들이었다. 믿을 수 없을 정도의 다정함이었다.
물론 감정은 영원하지 않다. 이 사람들도 '언제까지나, 오래도록, 영원히' 같은 단어를 쓰지만, 사람인 이상 그럴 수 없다는 것을 안다.
하지만 지금 이 순간, 그런 생각을 해주는 사람들이 어딘가 있다는 것만으로도 왠지 참을 수 없는 기분이 들었다.
뭐라도 하고 싶었다.
"……."
"문대 씨?"
"…아, 죄송합니다."
나는 겨우 정신을 차렸다. 그리고 선물 상자 몇 가지를 빠르게 챙겼다. 계획했던 대로. ……아니, 계획했던 것보다 좀 많이.

"…숙소 가져갈 수 있겠어요?"

"차 있어요. 괜찮습니다."

매니저가 동행했다. 지금쯤 건물 앞 로비 쪽에서 음료를 사 마시거나 담배를 피우고 있을 것이다.

"음… 알겠어요. 잘 들어가세요. 생일 축하드리구요!"

"감사합니다."

나는 두 손 가득 선물을 챙겨 들고 주차장으로 향했다. 중간에 만난 매니저가 기겁했다.

"그걸 너 혼자 다 가져왔어?! 호출을 하지!"

"괜찮아요. 가까운 거리고."

"어유… 어쨌든, 선물 축하한다. 생일 축하하고. 뭐 형이 커피라도 사 주리?"

"다음에요."

"어쭈, 거절 안 하는구만."

나는 그냥 웃고 말았다. 머리에 헛바람이라도 들어갔는지, 별게 다 유쾌하게 느껴졌다.

"잘 들어가라~"

"예. 감사합니다."

나는 숙소 건물 앞에서 매니저와 헤어지고, 다시 선물을 가득 챙겨 들어 숙소로 올라갔다. 그리고 엘리베이터에서 내리는 순간이었다.

묘한 냄새가 숙소 문 앞에서 느껴졌다.

"……?"

이거 탄내 아닌가?

'설마.'

나는 선물을 복도 한편에 쌓아두고, 당장 현관 도어 록을 해제했다.
그리고 소화전을 열어둔 뒤에 문을 개방했다.

"……?!"

"안 돼요!!"

…그리고 웬 냄비를 들고 거실을 질주하는 차유진과 선아현을 목격
했다. 냄비에서 연기가 피어오르고 있었다.

나는 힘겹게 물었다.

"…너네 뭐 하냐?"

"무, 문대야! 벼, 별건 아니고……."

"영혼을 위한 닭고기 수프!"

차유진은 그렇게 외치며 냄비를 도로 부엌으로 들고 도망쳤다.

얼떨결에 거실에 남겨진 선아현에게서 지독한 침묵이 흐르기 시작
했다.

"……."

"……."

"…새, 생일…… 추, 축하해."

"고맙다."

축하는 고마운데 대체 무슨 일인지 설명이나 좀 듣고 싶다.

"…생일 선물?"

"네!"

"아, 아니… 서, 선물은 따로 있고! 그, 그냥 고맙다는 뜻으로……."

"저도 선물 더 있어요."

차유진과 선아현 둘이 떠드는 걸 들어봤자 하나도 정리가 안 됐다. 둘끼리도 대화가 잘 안 되는 것 같더라고. 냄비 대소동에 얼결에 깨어난 다른 멤버들이 도리어 정리를 시도했다.

"그러니까, 문대 생일이고 마침 우리가 오전에 시간이 있으니까 맛있는 걸 해줄 생각이었다는 거지?"

"예!"

"……그 인원으로?"

배세진이 조용히 혼잣말을 중얼거리자, 선아현이 침울한 얼굴로 고개를 숙였다.

"레, 레시피가 확실해서…… 하, 할 수 있을 줄 알았어요."

"…확실한 레시피 맞아?"

의심 가득한 배세진의 물음에 차유진이 즐겁게 대답했다.

"우리 엄마 레시피예요! Chicken soup!"

"…!"

배세진은 동공 지진 하다가, 황급히 덧붙였다.

"그… 레시피가 훌륭해도, 초보자는 못 할 수도 있고."

"다시 해봐요!"

"잠깐, 앉아."

나는 벌떡 일어나려는 차유진을 도로 앉혔다. 그리고 부엌에서 봤던 냄비를 떠올렸다. ……시커멓게 탔었지. 게다가 도마나 싱크대 꼴을 보니 조리 과정 자체가 정상은 아니었을 것 같다.

"그러고 보니, 유진이 요리 잘한다고 하지 않았나~?"

"굽는 거 잘해요. 끓이는 거 처음이요……."

"저런."

만담이 따로 없었다. 큰세진은 혀를 차더니, 나와 눈이 마주치자 손을 흔들었다.

"아, 문대 생일 축하~ 나는 기프티콘 보냈다?"

"…치킨?"

"닭. 그것도 두 마리."

8월에 줬던 걸 그대로 돌려받았군. 셈 빠른 놈다운 결과였다.

"고맙다."

"나, 나도! 잠깐만……!"

죄인처럼 앉아 있던 선아현이 갑자기 벌떡 일어나더니 우당탕 발을 구르며 자기 방으로 향했다. 그리고 잘 포장된 조그만 선물 하나를 가져와서 내밀었다.

"새, 생일 축하해!"

"어… 고맙다. 열어봐도 돼?"

"으, 응!"

열어보니 백화점 상품권이 들어 있었다.

"……."

이거… 무슨 친구비라도 수거하는 기분인데.

하지만 선아현은 뿌듯해 보였다.

"도, 도저히 사러 갈 시간이 없어서……. 지, 직접 보고 고르는 게 좋으니까!"

"…음, 그래. 고마워. 시간 나면 가봐야겠다."

"으응!"

다음에 가면… 적당히 선아현 것도 사야겠다. 친구든 직장 동료든 받기 좀 과한 액수였다. 저번 큰세진 생일에도 좀 비싼 걸 준 것 같던데, 그럴 필요 없다고 언제 한번 말이라도 해줘야 되나 싶다.

"아, 나도 하나 샀어."

선아현만큼 예상 못 한 항목은 없었지만, 그 후로도 의외로 한두 명에게 선물을 받았다. 일단 차유진은 거대한 젤리 한 통을 줬다.

'자기가 절반은 먹겠군.'

아마 본인이 주문한 것에서 떼어준 것이 분명했다. 그리고 의외로 배세진이 남의 생일을 기억하는 타입인지, 후드 티를 하나 줬다.

"잘 입을게요. 감사합니다, 형."

"…뭐, 그래."

그렇게 선물 증정식이 끝났다.

솔직히, 인생에서 당일에 이렇게 축하 선물을 많이 받아본 건 처음이었다.

'느낌 이상한걸.'

나는 팬들에게 받은 상자를 챙겨와서 멤버들에게 받은 선물과 함께 내 방으로 옮겼다.

"못 챙겨서 미안하네. 다음에 내가 밥이라도 한번 살게. 뭐 먹고 싶어?"

"안 미안하셔도 되고, 음, 그때 먹고 싶은 걸로 먹을까요."

"그래. 그러자."

모르는 게 정상인 판인데 모른다고 미안해하는 류청우와 적당히 밥으로 퉁 치고 있자니, 옆에서 김래빈이 비장한 목소리로 외쳤다.

"생신 몰라서 죄송합니다…!"

"…괜찮다니까."

"제가 최근에 찍은 비트가 있는데… 그걸 형 솔로곡으로 쓰시면……!"

여기서 홀라당 자기 곡을 내밀면 어쩌냐. …그래도 일단은 수긍해 주자.

"그래. 좋은 곡일 것 같다. 시간 나면 확인해 보자."

"예!"

김래빈은 그제야 마음의 짐을 덜었는지, 크게 안도의 한숨을 쉬며 자신의 방으로 비틀비틀 사라졌다.

"……."

쟤도 저러다 큰일 나지 싶은데, 나중에 너무 저자세로 나오지 말라고 말이라도 해둬야겠다.

나는 침대 옆에 박스들을 정리하고 나서 침대에 누웠다. 그리고 오랜만에 스마트폰의 데이터를 켰다. 그러자 제일 먼저 톡이 들어왔다.

큰세진의 선물이었다.

[큰세진 님의 선물]
: 오림 토종 생닭 1.5kg

"……."

그리고 잠시 뒤에 'ㅋㅋㅋㅋㅋㅋㅋㅋ'으로 도배된 큰세진의 톡이 도착했다.

'이 새끼가 진짜.'

나는 반사적으로 진심을 쳤다.

[죽을래?]

즉시 답문이 왔다.

[큰세진 : ㅎ싫음]

"……."

나는 자리에서 일어나서 큰세진의 방으로 달려가려다가, 참았다. 그게 바로 이 새끼가 바라는 반응일 것이다.

대신 침착하고 이성적인 타격을 주자.

[넌 앞으로 사진 업로드가 없다.]

[큰세진 : 죄송합니다]

역시 이게 직방이군.

나는 스마트폰을 종료하고 잠을 청했다. 눈을 감자, 오늘 받은 선물의 형태와 메시지 북의 문장들이 머릿속을 유유히 배회했다.

…어쩐지, 지금 낮잠에서는 좋은 꿈을 꿀 것 같았다.

하지만 기분 좋은 숙면 이후, 다시 만난 매니저에게서 반갑지 않은 소식이 기다리고 있었다.

"문대야, 너한테 전화가 왔는데?"

"예? 누구요?"

매니저는 자신의 스마트폰을 내게 건네며, 입 모양으로 중얼거렸다.

'브이틱 청려!'

이런 X발.

대체 청려 저 정신 나간 놈은 무슨 생각을 하고 있는지 알 수가 없었다. X 돼보라는 식으로 SNS에 글 올리더니 며칠 지나지도 않아서 또 이 지랄이냐.

'회사에까지 전화를 돌려?'

심지어 하필 지금 샵이었다. 저녁 스케줄 준비 중이었기 때문이다. 옆에서 드라이를 받던 김래빈이 매니저의 입 모양을 읽었는지 눈을 휘둥그레 뜬 게 보였다.

온갖 관계자들이 가득 찬 이 장소라 더 꺼림칙했다.

'저게 무슨 말을 할 줄 알고.'

이 와중에 내 머리를 잡고 있던 헤어디자이너가 흔쾌히 상황을 재촉했다.

"받아, 받아~ 괜찮아요. 거의 끝났어."

아마 내가 머리 손질에 방해가 될까 봐 머뭇거린다고 생각한 듯싶었다.

'받기가 싫은 겁니다만……'

나는 한숨을 참았다. 그리고 일단 매니저에게 말했다.

"…제가 나중에 연락드리겠다고 전해주시면 안 될까요."

"어, 네가 번호를 모른다는데? 번호 바꿔서 이쪽으로 전화 줬대. 문대 너 모르는 번호 안 받잖아."

"……."

문자로 하면 되는 걸 굳이 회사까지 거쳐서 전화하는 건 뻔했다.

'내가 차단한 걸 알았다 이거지.'

이렇게까지 한다면 어쩔 수 없다. 매니저한테 계속 뭐 해달라고 전달하는 것도 보기 안 좋았다. 빨리 끝낸다.

"예. 그럼."

나는 매니저에게 스마트폰을 받아서 귀에 가져다 댔다.

"전화 바꿨습니다. 박문대입니다."

ㅡ아, 드디어.

웃음기 가득한 목소리가 들렸다. 내가 이게 실실 쪼개는 것까지 듣고 있어야 하나.

"번호 바꾸셨다고 들었습니다. 이 번호 저장해 놓겠습니다."

ㅡ네. 그러세요. 그리고 신인상 축하합니다.

의자 손잡이를 잡은 손에 저절로 힘이 들어갔다.

"…아직 시상식이 다 진행된 것도 아니고, 모르는 일이죠. 그럼…."

즉시 말을 마무리하려는 찰나, 틈도 안 주고 청려가 대답했다.

ㅡ거의 확정이죠. 음, 이다음에는 무슨 일이 일어날지 궁금하지 않아요?

안 궁금하다 개새끼야. 어차피 이대로 이놈이랑 교류해 봤자 제대로 된 정보를 얻을 것 같지도 않다.

뒤통수 때려놓고 어디서 사람을 살살 낚으려고 들어.

"그다지요. 어쨌든 번호는 잘 저장해 두겠습니다. 연말 활동 잘 끝마치시길 바랍니다. 선배님."

이만 끊겠다는 의미였다.

―…아, 이렇게 되나.

그러자, 갑자기 놈의 말투가 약간 난처하다는 식으로 바뀌었다.

―음, 오해가 생긴 것 같은데… 내가 다짜고짜 후배에게 해가 될 일을 하진 않아요. 나도 선이 있거든.

선 같은 소리 하네.

"그러시군요. 알겠습니다."

―연말 활동하면서 계속 만날 테니까… 흠, 그때 설명해 줘야겠네요. 전화로 하긴 좀 그렇고.

"기회가 돼서 뵈면 좋죠. 그럼 죄송하지만, 일정이 있어서 끊겠습니다."

청려는 농담처럼 대답했다.

―그래요. 이번에는 실수로 차단하지 말고.

"예. 그럼."

나는 얼른 전화를 끊었다. 아마 숙소였으면 못 참고 한마디 했을 것 같은데 샵이라 참았다. 그리고 폰을 매니저에게 돌려줬다.

"여기요 형. 감사합니다."

"그래~ 아, 이분 번호 너한테 문자로 보내둘게."

"……."

일의 전말을 모르는 매니저의 친절을 욕할 순 없는 노릇이다. 나는 한숨을 참으며 도로 의자에 기대면서 눈을 감았다.

'귀찮다.'

처음에는 뭐라도 이득을 볼 수 있을까 싶었는데, 이 새끼 순 트롤러가 따로 없었다. 게다가 갑자기 태세전환하는 게 진짜 정신 나간 놈 같아서 예측이 안 됐다.

'역시 답은 손절이다.'

긁어 부스럼 없이 조용히 끝낸다.

어차피 2년만 지나면 내가 아는 미래도 끝이다. 그럼 저놈도 써먹을 게 없으니 자연스럽게 떨어져 나가겠지. 그때까지 살살 상황 피하면서 안 엮이면 그만이다.

테스타도 다음 앨범쯤엔 탑티어에 발이라도 걸칠 것 같고, 저놈도 자기 지위가 아까우면 이번보다 더 노골적으로 나올 순 없을 것이다. 제정신이 아닌 것과는 별개로, 아이돌로서 자신의 지위에는 상당히 집착하는 것 같았으니까.

'그럼 서로 죽자는 식의 악감정만 안 쌓으면 된다.'

음, 원래는 너무 빡쳐서 어떻게든 보내 버릴 생각이었는데, 일단 일이 해결되고 이성적으로 생각해 보니 내 리스크가 너무 크다.

트롤러 잡겠다고 목숨 걸 필요는 없지. 이건 혹시 모를 예비안으로 챙겨만 간다. 나는 그렇게 생각을 정리하며 눈을 떴다.

그리고 옆에서 눈을 빛내고 있던 김래빈이 말을 걸었다.

"…혹시 편곡 프로그램은,"

"기밀 사항이래."

"알겠습니다……."

미안하지만 내가 그걸 물어볼 날은 안 올 것 같다. 나는 시무룩한 김래빈에게 포도당 캔디를 하나 던져주었다.

연말특수 행사를 몇 개 뛰고 나니 금방 또 새로운 연말 무대를 할 날이 왔다.

이번에는 KBC 가요대축제였다. 올해 제법 활약했던 가수들만 불러서 진행하기 때문에, 상대적으로 다른 공중파보다 무대 분량을 잘 받았지만…… 문제는 다른 데 있었다.

"우리 나와요!"

"헐, 그때 그 광고네! 그 인공지능!"

"맙소사."

…1, 2부 사이 중간광고로, 3개월 3억 5천짜리 광고의 실물을 확인하게 된 것이다.

화면에서는 누가 봐도 세트장 같은 하얀 거실에 앉은 테스타가 각자 다른 소품을 들고 있는 모습이 송출되었다. 참고로 나는… 응원봉이다. 그것도 번쩍거리는 마법봉 형태.

……선택의 여지가 없었다는 점만은 변명해 두고 싶다. 어쨌든, 이번에 광고 계약한 인공지능 비서는 조그매서 여기저기 탈부착이 가능하다는 게 장점인 듯했다.

[내 감성을 보여주는 아이템에 커넥트.]

[사용자를 이해하는 너만의 비서, 네가 생각한 딱 그 노래를 틀어줘.]

그리고 갑자기 화면이 눈깔 마감이 애매한 캐릭터형 인공지능 스피커를 비췄다. 차유진이 웃으며 스피커를 톡톡 두드렸다.

[나 비행기 듣고 싶어~]

그러자 스피커가 난데없이 저음질의 '떴다 떴다 비행기'를 힘차게 내보내기 시작했다.

[……?]

놀라는 차유진의 컷 다음으로 침착한 얼굴의 박문대가 튀어나왔다. 박문대는 응원봉을 흔들며 웃었다.

[큐리어스, 비행기 틀어줘]

그러자 테스타의 노래 〈비행기〉로 오디오가 가득 찼다. 그 깨끗한 음질의 BGM 위로 테스타 멤버들이 제스처를 하는 컷이 지나갔다.

[마법소년 테스타의]
[마법같은 인공지능 비서!]

…거기서 뜬금없이 강아지 귀 그림을 단 박문대가 강아지 흉내를 내며 '큐리어스'를 외치는 것으로, 광고는 순식간에 끝났다.

[큐리어스! 멍멍!]

그리고 대기실은 폭소로 가득 찼다.

"으하하하하학!!"

"크흡."

저건… 아무리 생각해도 자기는 피했다는 안도감에서 나온 웃음소리군.

"……."

나는 한숨을 참았다. 제일 먼저 웃음을 멈춘 류청우부터 헛기침을 하며 그제서야 위로를 시작했다.

"크흠, 1위라 그런 거 같아 문대야. 광고에서 분량이 많다는 게 얼마나 좋은 일이야?"

"그, 그럼요…!"

"맞아맞아~ 청우 형님이 좋은 말씀 하셨네."

아, 그러냐? 나는 고개를 끄덕였다.

"그러게요. 맞는 말씀이네."

"그렇지?"

"예. 다른 사람들 버전도 빨리 보고 싶네요."

"……??"

"다른 사람들…?!"

배세진이 경악하는 멤버들에게 조용히 진실을 말해주었다.

"…이거 콘티에 버전 7가지라고 적혀 있었어."

"……!"

한동안 TV 시청할 때마다 짜릿한 러시안룰렛을 즐기게 생겼다. 멤버들은 각자 자신의 콘티를 떠올리는지 얼굴에 긴장감이 찼다.

그래도 오래 걱정할 시간은 없었다. 2부 마지막쯤에 우리 무대가 있었기 때문이다.

이번 무대가 중요했다. SBC 이후 첫 연말 무대였으니까.

'돌아선 여론에 쐐기를 박아야 한다.'

뭐 하나 어설퍼 보였다가는 '테스타 실력 모를… 그 특별 무대만 이 악물고 했나 봐ㅠ' 같은 말이 올라오는 건 필연이었다. 여기서 무조건 잘해야 했기에, 놈들은 금세 다른 의미의 긴장으로 빠릿해졌다.

무대로 올라가기 직전엔 모여서 기합까지 넣었다.

"아 테스타 오늘 뭔가 보여준다!"

"가자!"

꼭 이 문구를 써야 했는지는 의문이었지만…… 뭐, 분위기는 살았으니 됐나.

테스타는 그대로 리프트 장치를 타고 무대 위로 올라갔다.

와아아아아아!

온갖 불빛이 관객석에서 물결쳤다.

저 불 하나하나가 사람이라는 게 아직도 그다지 실감은 나지 않았으나, 그래도 유독 눈에 띄는 응원봉은 있었다. 예상했겠지만 바로 이 그룹, 테스타의 응원봉이다.

……음, 발광력이 남다르더라고.

'반딧불 사이에 손전등 둔 것 같군.'

어쨌든 곧바로 알아볼 수 있는 건 좋은 일이었다. 생방송이라 대단한 건 못 해도 들어갈 때 인사 정도는 저쪽으로 할 수 있겠지.

그사이, 입장용 인트로가 끝나고 있었다.

나는 가운데로 걸어 나와 자리를 잡았다. 그러자 연말 무대용으로 편곡된 오케스트라 라이브 버전 〈마법소년〉의 전주가 흐르기 시작했다.

무대 아래에서 울리는 생 바이올린 멜로디에 맞춰, 나는 도입부를 시작했다.

"내일 만난 너를 오늘 내내 생각해, 낮처럼 파란 꿈을 꿔-."

현악기와 관악기의 합주가 화려하게 홀을 가득 채웠다.

실시간으로 진행되는 완전한 생음악이었다. 이게 무슨 뜻인가 하면, 라이브 밴드 느낌을 살려보겠다고 패기 있게 AR을 아예 안 깔았다는 뜻이다.

'도입부가 나라서 편했지.'

들어갈 때 음정, 박자 못 맞추면 그대로 대참사다. 실패 확률 제일 낮은 놈이 맡는 게 맞았다.

그리고 이후로는 다들 라이브를 곧잘 해서 안정적이었다.

"Cast a spell-"

"Make a wish come true, true, true~"

화려한 연주에 맞춰서 안무에도 약간의 현대무용 동작을 섞었다. 몽환보다는 판타지 대서사시 같은 분위기가 됐으나 그것 나름대로 맛이 있었다. 의상이 좀 너무 치렁치렁해서 민망하긴 했지만, 사람들은 좋아할 것 같았고.

'선아현 날아다니네.'

이런 컨셉을 제일 잘 받는 놈이라 평소보다 더 신난 것 같았다. 바이올린 독주와 타악기만 남은 댄스 브레이크 파트에선 예술성까지 느

꺼졌다.

그리고 자연스럽게 〈비행기〉 후렴구로 노래가 넘어가는 부분이었다.

－Airplane

끼이잉－!

'인이어 진짜.'

귀에서 칠판 긁는 것 같은 소리가 튀었다. 함성이나 울림 때문에 박자를 놓치는 것을 방지하려고 달아둔 장치가 도리어 집중을 방해했다.

끼이 끼이 끼이이잉!

…볼륨이 너무 크거나, 뭐가 안 들린 적은 있어도 이 난리는 처음이다.

'돌겠네.'

더 참지 못하고 반주가 나오는 쪽 인이어를 거칠게 뽑았다. 옆에서 몇 멤버가 동일한 행동을 하는 걸 보니 송출 오류였다.

'연말에 공중파 한번 참 잘 돌아간다.'

근데 더 환장할 일은 다음에 벌어졌다.

"……."

배세진이 뽑은 인이어가 몸을 눕히는 안무 때 주르륵 흘러내리더니 무대에 떨어졌던 것이다. 고정 작업해 주는 사람이 실수한 게 분명했다.

'…다음 파트에 발로 쳐낸다.'

하지만 그 순간, 하필 동선을 바꾸며 가운데로 오던 선아현이 줄을 잘못 밟고 미끄러졌다.

그것도 머리부터 바닥을 향하게!

"……!"

반사적으로 선아현의 등을 잡았다. 그리고 반대편에서 나랑 똑같은 짓을 한 류청우와 눈이 마주쳤다.

'일으켜 세우고 바로 복귀한다.'

이런 일은 어쩔 수 없었다. 순식간에 벌어진 상황, 찰나에 판단이 끝났다.

그런데 손에 힘을 주려던 찰나, 도리어 선아현이 미끄러지던 그대로 발을 박차며 몸에 반동을 주기 시작했다.

"……!"

관성을 이용한 선아현은, 자신의 등을 잡은 나와 류청우의 팔에 두 손을 기댄 채 양 다리를 모두 펴고 우아한 백덤블링을 했다. 그리고 그림처럼 착지하며 자신의 파트를 이어 불렀다.

"…저 멀리 fly high, 날아가는 내 맘이- 은하수를 넘어 빛나는 별이 되길 바래."

"……!"

경악한 심정과 달리 몸에선 연습한 대로 변형 안무가 튀어나왔다. 정말 다행이었다.

마지막 소절이 이어질 순간 멤버들은 자연스럽게 원래의 동선으로 복귀했다. 배세진이 헤드 마이크를 누르며 노래를 불렀다. 얼굴과 목소리는 멀쩡했으나, 손가락이 가늘게 떨리고 있었다.

"…두 손이 맞닿기를 원해-"

둥글게 선 7명이 하늘을 향해 한 손을 모았다 펼치는 안무로 곡이 마무리되었다.

"……."

아아아악!

환호 소리와 함께 카메라 온에어 등이 꺼졌다.

그리고 조명까지 꺼지고 나서야, 식은땀에 흠뻑 젖은 것 같은 표정이 멤버들의 얼굴에 떠오르기 시작했다.

'…수습된 건가?'

일단 무대가 제대로…, 아니, 선아현 저놈 상태부터 봐야 하지 않나?

'무슨 미친놈이 거기서 연습도 없이 넘어지다 백덤블링을 해.'

자칫 잘못되면 머리가 깨질 수도 있는 상황이었지 않은가. 하지만 방송 진행상 여기서 더 미적거릴 틈은 없었다. 우리는 얼른 팬석에 손만 흔들고 무대에서 내려왔다.

그리고 가타부타 말을 나눌 시간도 없이 즉시 모니터링 화면부터 마주하게 됐다.

"……!"

얼마 지나지 않아 모니터링 화면에서 문제의 그 파트가 나오기 시작했다. 나를 포함한 멤버들이 반주 인이어 뽑는 컷이 지나가고, 그다음.

'…미끄러지는 게 너무 부각되지 않았으면 좋겠는데.'

선아현이 그걸 수습이라고 불러도 되나 싶을 정도로 대단한 일을 해 냈다만, 전후 그림이 어떻게 잡혔을지는 또 다른 문제라서 말이다.

하지만 쓸데없는 걱정이었다.

"……!"

"우와."

백덤블링하는 선아현과 그 등을 잡은 양옆의 둘은⋯ 완전히 의도된 퍼포먼스처럼 보였기 때문이다.

'숙련도의 문제인가.'

연습 없이 했다고는 믿을 수 없는 수준이었다. 그 공중돌기의 인상이 워낙 강력하다 보니 앞서서 미끄러진 것도 동작의 일환처럼 보였다. 바닥이 어두워서 발에 걸린 인이어가 잘 보이지 않았다는 점도 한몫했고.

게다가 전체 안무를 잡는 정면 컷이 때마침 들어가 준 덕에 놀라서 굳은 표정들이 잘 보이지 않았다. ⋯원래 저 파트는 안무가 잠깐 멈춰서 클로즈업이 들어가야 맞았다는 점은⋯⋯ 넘어가자.

'어쨌든, 잘 나오긴 했어.'

최상의 결과였다. 큰세진이 휘파람을 불었다.

"오~ 아현이 임기응변~"

"멋져요!"

선아현의 얼굴이 시뻘게졌다.

"정말 대단하십니다! 혹시 이런 문제가 생길 때는 대비해서 미리 준비해 두신 동작입니까?"

"그, 그런 건 아니고. 그, 그냥⋯⋯ 너, 넘어지면 안 되겠다, 해서, 해 봤어⋯!"

"대단해요!"

선아현이 계속되는 칭찬에 상기된 얼굴로 기쁨을 감추지 못했다. 흠, 일단 나도 칭찬부터 해두자.

"의도한 것처럼 나왔어. 우리 원래 안무보다도 멋있는 것 같다."

"…! 그, 그 정도는 아니지만……. 고, 고마워, 더 열심히 할게…!"

"박수~"

멤버들이 박수 세례를 보냈다. 주변의 몇몇 스탭들까지 웃으며 따라 치는 시늉을 하자, 선아현은 부끄러움과 뿌듯함으로 제정신이 아닌 것 같은 얼굴이 되었다.

'좀 더 즐기게 놔두자.'

나는 대기실에서 일부러 약간 더 시간을 보냈다. 그리고 소강상태가 되서야 선아현에게 다시 말을 걸었다.

"선아현."

"으, 응?"

"아까 수습해 준 거 정말 고맙긴 한데, 앞으로는 이렇게까지는 안 해 도 괜찮을 것 같다."

선아현의 얼굴이 즉시 새파래졌다.

"왜, 왜…?"

생각 이상으로 반응이 과민했다. 방금 넘치게 칭찬 들은 뒤라 괜찮 을 줄 알았는데, 말을 잘 골라야겠군.

"심각하게 다칠 수도 있으니까. 즉흥적으로 하기엔 너무 위험한 것 같아서."

그러자 복잡한 표정이던 류청우가 결국 말을 얹었다.

"그래 아현아, 정말 고맙고 잘하긴 했지만…… 우리 부상은 조심하 자. 머리부터 부딪히면 정말 큰일 날 수도 있어."

부상 후유증 때문에 은퇴했던 만큼 이쪽도 신경이 쓰였던 모양이다.

"죄, 죄송해요."

선아현이 떨리는 목소리로 대답했다. 들뜬 기색이 싹 사라진 게 자괴감이 고개를 든 모양이다. 류청우는 당황했다.

"사과할 거 아니야! 아현아, 그냥 걱정돼서 하는 말이야."

상황 보던 큰세진이 끼어들었다.

"음~ 뭐 그럴 것까지 있을까요? 아현이 무용 전공자였잖아요~ 딱 자기 몸 확인하고 한 거였겠죠. 안 그래?"

"…으, 응."

아닐 것 같은데.

선아현은 압박감이 들면 좀 자기 파괴적으로 무리하는 경향이 있었다. 아마 이번에도 일단 수습해야 한다는 생각에 리스크 고려 안 하고 제일 멋질 것 같은 동작을 해버렸을 것이다.

하지만 달랠 타이밍이긴 했다. 나는 고민하다가 입을 열었다.

"…당연히 이번에 넌 상상 이상으로 잘했고. 그냥, 내가 걱정해서 하는 말이야. …건강하게 오래 하는 게 좋잖아."

"……! 으, 으으응! 조, 조심할게!"

"그래."

다행히 선아현은 '걱정'에 초점을 맞추자 감동으로 코드가 넘어간 모양이다. 사소한 대인관계에 감명받는 스타일이라 다행이었다.

하지만 이번엔 배세진이 어두운 얼굴로 팀원들에게 사과했다.

'넌 또 왜.'

"…미안해. 내가 인이어를 떨어뜨려서."

왠지 이럴 것 같긴 했다.

"그건 사고지! 놀랐을 텐데 마무리까지 잘했잖아 세진아."

"맞습니다. 고정이 잘못된 거니까 완전히 운의 영역이었다고 생각합니다."

"형 인이어 줄 이상했어요. 형 말고 인이어가 사과해요!"

"마, 맞아요! 인이어가 사과……?"

당황한 선아현이 맞장구를 치려다가 차유진의 문법 오류에 말려들었다. 그리고 슬슬 이 흐름이 짜증 나는지 큰세진이 대화를 끊었다.

"하하, 우리 그냥 잘 수습한 걸 축하하고 넘어가는 게 어떨까요? 잘 끝났는데 분위기 왜 이래~"

그렇긴 했다. 류청우가 웃으며 말을 받았다.

"그래, 오늘 다들 너무 잘했어! 몸 챙기면서 앞으로도 잘해보자. 5년 길잖아."

"어허~ 형님 우리 재계약까지 같이 가는 거 아니었나요? 10년 하죠, 10년~"

"하하! 그러게. 10년 잘해보자!"

"옙!"

"좋아요!"

배세진이 기겁할 소리를 아무렇지 않게 하면서 팀원들은 자축으로 대화를 끝냈다. 그리고 나도 만족했다.

'어쨌든, 무대는 좋았다.'

이걸로 인터넷 반응도 일단락되겠다 싶었다. 아마도 '테스타 역시 무대 잘하네' 정도로 결론 나지 않았을까, 그렇게 기대하면서 나는 엔딩 무대로 나갈 준비를 했다. 원로가수와 함께하는 출연진 단체 무대였다.

"할머니께서 좋아하시는 곡입니다!"

김래빈이 유독 신나 했다는 것만 말해두겠다.

그리고 방송이 다 끝난 후 자정이 가까운 시간, 차에 타서 확인한 인터넷 여론은 상당히 재밌게 흘러가 있었다.

테스타의 KBC 무대가 끝난 직후의 반응은 박문대의 예상대로 호평 일색이었다.

[방금 끝난 테스타 KBC 가요대축제 마법소년+비행기 무대]

(동영상)

-와 라이브

-이런 컨셉도 잘하냐

-중간에 공중돌기 보고 헉함

-오졌다 진짜 저게 쌩라이브로 된다는 게 신기할 뿐;

-뭐야 립싱임?

 ㄴ오케스트라 라이브에 그럴 리가

 ㄴ뭐래 라이브 반주에도 AR 깔 수 있어

 ㄴ아 그래? 그럼 립싱일 수도 있겠다~ ㄱㅅㄱㅅ

 ㄴ차유진 중간에 랩 일부러 한 박 늦게 들어가는데 무슨 개소리야 얘네 영

상도 안 보고 댓글 막 다네ㅋㅋㅋㅋ

　└이쯤 되면 정병들 망상 속에 동명이팀 테스타가 있는 듯

　-개잘하네

　-선아현 공중제비 머선일이고

　-연말 편곡 중에 이게 가장 좋은 듯 음원 내줬으면 좋겠다

　-우리 아현이 천사인 건 알았지만 이렇게 공중파에서 인증까지 할 줄은 몰랐어 하늘을 날다니... 이제 오피셜이구나

　└ㅋㅋㅋㅋㅋㅋㅋㅋㅋㅋㅋ주접 봐

　-배세진 매번 아쉽네 엔딩 주지 말지

　└엥 이번 건 잘하지 않았어?

　└생각보다 쌩 라이브 잘해서 오히려 놀랐는데;

　└세진이가 파트가 적어서 그렇지 자기 파트 못 소화한 적은 없어ㅠㅠ

　중간중간 어떻게든 긁어내리려는 시도가 깔끔히 막혔다. 완전한 굳히기였다.

　다만 박문대가 예상하지 못했던 점은 인이어를 뽑는 것의 반응이 좋았다는 것이다. 그것도 무척.

　-인이어 뽑는 거 진짜 설렌다 신인 안 같고 뭔가 엄청 전문적인 느낌이야ㅋㅋㅋㅋ

　-아마 지금 손스 들어가면 보정 다른 짤 인간의 상상력만큼 나왔을 듯ㅋㅋㅋㅋㅋ

　└ㄹㅇㅋㅋㅋㅋㅋㅋㅋㅋㅋㅋㅋㅋ

　└멤버별로 볼 듯ㅋㅋㅋㅋㅋ

└팬도 아닌 내 계정 타임라인에 벌써 들어오고 있어... 박문대 잘생겼네 내 망태기에 넣어두겠음

　└ㅋㅋㅋㅋㅋㅋㅋㅋㅋㅋㅅㅂ

-각자 느낌이 살짝씩 달라서 계속 보게 된다ㅋㅋ

　└맞아!ㅋㅋ

-내 픽은 약간 찡그리는 것처럼 웃으면서 빼는 키 큰 멤버야 눈웃음이 매력적이라ㅋㅋ 혹시 이름 알려줄 사람?

　└큰세진

　└??? 큰씨가 있어...?

　└억ㅋㅋㅋ 이세진이야! 우리 애 크고 귀여워서 큰세진이 별명이거든 좋아해 줘서 고마워! (큰세진 사진)

　테스타 멤버들이 한쪽 인이어를 잡아 뽑는 장면은 대부분 카메라에 선명히 찍혀서 좋은 컨텐츠가 되어주었다. 〈비행기〉의 후렴 안무 파트였기 때문에 멤버들이 골고루 다 잡힌 덕이었다.

　그리고 팬들은 오랜만에 즐겁고 마음 편한 시간을 보내게 되었다.

-케비씨야 멤버별 직캠을 내놓아라 인이어 빼는 짤 다른 각도도 보게ㅠㅠ

-발음향을 이기는 천재 아이돌 라이브를 보고싶다구? 잘 찾아오셨습니다 (영상)

-KBC 무대 컨셉 정말 맘에 든다 스케일 큰 동화 느낌이라 SBC의 까리한 무대하고 붙여놓으면 서사 생성기가 따로 없음 (비교 짤)

-마법소년에서 비행기로 넘어갈 때 문대랑 배세가 마주 보고 고개 젓는 안

무가 있네. 혹시 다음 앨범의 스포일러일까? (짤)

－문대 KBC 출근길 차림 머리부터 발끝까지 생일 서폿 인증임... 세상에 (정리 사진)

시비를 걸거나 비아냥거리는 말들이 툭툭 튀어나오지 않는 이 분위기에 팬들은 더없이 기꺼워했다. 그리고 무대 영상을 돌려보던 사람들이 이상한 점을 발견한 것도 딱 그때쯤이었다.

첫 시작은 영상 자료 등을 보정하는 팬의 잡담용 계정이었다.

－클로즈업 움짤 찌다가 발견했는데, 아현이 공중제비 돌기 전에 미끄러진 것 같아서... 잠만.

└??

└선생님?

└뭐야

－다시 돌려보고 왔다... 맞는 듯. 아현이 발밑에 뭐가 있어서 걸려 넘어질 뻔한 거 청우랑 문대가 잡아줌. (캡처)

－거기서 아현이가 미끄러질 뻔한 거 만회하려고 공중제비 돌아버린 거야. 보면 청우랑 문대 둘 다 표정 굳음. (캡처)

└미친

└그게 사고 수습이었다구요...?

순식간에 팬들은 영상의 미세한 부분까지 돌려보며 분석하기 시작했다. 그리고 얼마 지나지 않아 문제의 원인까지 발견했다.

-배세 인이어가 떨어졌네... 담당이 고정을 잘못시킨 듯 (바닥 캡처)
└세상에
└아 미치겠다
└아 뽕 차는데 동시에 개빡치네 애들 다쳤으면 어쩌려고...
└잘 보니까 세진이 엔딩에 손 떨고 있어 아ㅠㅠㅠ
└미친 그럼 아현이 공중제비 애드립이야?;; 사람이 그런 게 가능해?

난리 난 팬들의 소식은 곧 일반 연예 커뮤니티들로까지 퍼졌다.

[테스타 KBC 무대 사고 났던 듯]
: (정리글 링크)
한 줄 요약 : '인이어~엔딩'까지 전부 테스타가 무대 사고 수습한 결과

-헐
-뭐야 이거 진짜야?
-끼워 맞추기 같은데...
-너무 침착하게 처리해서 팬들도 지금 알아차린 거면 진짜 대단한 일임
-무대 실수 수습하느라 공중제비 도는 남돌이 어딨어 그냥 안무한 거겠
지ㅋㅋㅋㅋ
└실수 아니고 사고임 그리고 테스타는 아주사 때부터 행적 보면 충분히 그

럴 만한 놈들 같은데...

　└자기들이 인이어 뽑다가 바닥 떨어진 거면 실수 맞잖아 제발 팬들 망상에서 깨어나세요ㅋㅋㅋ

　└지나가던 타팬인데 인이어 원래 빼도 바닥에 안 떨어지는 게 정상이고 이거 소품 사고 맞아

-바닥에 인이어 확실해? 그냥 착시 같은데...

　└인이어 맞아 여기 (밝기 더 조절한 캡처 사진)

　└헐 진짜네

　└미친 걸려 넘어진 거네

-애들 표정 보니까 맞는 듯??

-선아현 백덤블링은 원래 안무 같아 침착하게 소화한 건 맞지만

　└나도 이거에 한표

　└근데 멤버들이 넘어질까 봐 잡아주는 동작부터 들어가잖아 우연히 동작 맞은 거라고 보긴 애매한데

　SNS와 관련 커뮤니티마다 '맞다, 아니다'의 의견이 난무하며 난장판이 되었다.

-으아아 미치겠다 누가 빨리 테스타 계정에 물어봐 줘ㅋㅋㅋㅋㅋ

-결론이 안 나네ㅋㅋㅋ

　그리고 재밌게도, 바로 직후에 테스타와 실시간 소통 가능 창구가 생겼다.

[헐 테스타 덥앱 왔다]
: (링크)

바로 테스타의 W라이브였다. 신인상 논란 이후 오랜만의 실시간 소통은 거창한 타이틀과 함께 시작했다.

[테스타의 연말 기념 저녁 식사 만들기! 오늘의 메뉴 : 영혼을 위한 닭고기 수프 (고양이 이모티콘)]

그 간만의 W라이브는 눈을 빛내는 차유진과 큰세진의 얼굴로 시작했다.

[됐나?]
[나와요!]

둘은 흥분한 사람들이 댓글을 올리기 시작하는 것을 확인한 뒤, 시시덕거리며 카메라를 휙 뒤로 뺐다. 그러자 두 사람의 전문적인 차림이 훅 눈에 들어왔다.
요리에 전문적인… 앞치마와 라텍스 장갑이었다.

[안녕하세요 러뷰어!]
[안녕하십니까!]

두 사람은 꾸벅 고개를 숙이며 화면을 확인했다. 차유진이 얼결에 한글 댓글 하나를 확인하고 손을 흔들었다.

[저도 반가워요!]
[하하, 저도요! 그리고 저희가 오늘 W라이브를 켜게 된 이유는… 바로 이 닭을 요리하기 위해서입니다!]

큰세진이 카메라를 휙 조정하자, 셀카 필터를 먹어 뽀얀 생닭 두 마리가 잠시 카메라에 잡혔다.

[자, 저 닭 보이시나요? 사실 저건 문대 생일 선물로 주문한 닭입니다!]

물음표로 가득한 반응에도 큰세진은 천연덕스럽게 다음 말을 이었다.

[오늘 멋지게 요리해서 연말 파티 겸 문대에게 맛있는 밥을 해줄까 합니다!]
[영혼을 위한 닭고기 수프! 치킨 수프!]

-뭐여

-저거 요리해?

-할 수 있겠어요?ㅜㅜ

-영혼을 위한 닭고기 수프가 드립이 아니었다니ㅋㅋㅋㅋㅋㅋ

걱정 어린 댓글에도 두 사람은 호탕하게 웃었다.

[맛없게 나오면 저희가 먹고 문대랑 멤버들은 맛있는 거 시켜주죠 뭐!]

[근데 이번에 잘해요!]

차유진의 근거 없는 자신감에 댓글들이 더 불안해했다.

-문대 불러

-얘들아 이거 아닌 것 같아

-귀여운데 두렵다

팀 내에서 대인관계 멘탈 강한 걸로는 확실히 상위권인 둘은 '노잼', '나대지마ㅜ' 등 악플을 싹 거르고 팬 반응만 쏙쏙 받아들였다.

[아하, 문대 형! 형들 금방 와요!]

[맞습니다~ 스케줄 때문에 약간 늦어요! 저희가 먼저 딱 메인 요리를 준비해 두고, 좀 간단한 것들은 같이 만들어볼 예정입니다!]

참고로 거짓말이었다. 그냥 안무가 약간 수정되는 바람에 추가 연습에 들어가느라 한두 시간 퇴근이 늦은 것이다. 다만 제일 빨리 안무를 익힌 두 사람은 양해를 구하고 일찍 귀가해서 계획한 시간에 맞게 W라이브를 켤 수 있었다.

그러나 나머지 멤버들은 이 둘이 설마 W라이브에서 요리 컨텐츠를 할 줄은 꿈에도 모르고 있었다…….

[자 시작하겠습니다!]
[최고!]

그리고 둘의 요리는 안정적으로 망했다.

지난번 선아현과 제조한 망령의 탄 수프 경험을 잊지 않은 차유진은 꽤 훌륭하게 불 조절을 했지만, 문제는 다른 데서도 터져 나왔기 때문이다.

[와우! 다음은… 쿠민!]
[음? 쿠민? 안타깝게도 저희 숙소에는 그런 이국적인 향신료는 없습니다. 고춧가루를 넣죠!]
[좋아요! 꿀도 넣어요!]
[꿀 좋다!]

둘은 멀쩡한 레시피를 두고 개성 강한 추가 재료들을 느낌대로 때려 넣었다. 댓글들은 혼란과 당황, 그리고 웃음 범벅이 되었다.

-아냐

-꿀 버려

-치킨스톡 없니? 얘들아!!ㅠㅠㅠ

-그래 요샌 배달도 잘 나오더라

-댓글 너무 빨라서 어지러웡ㅋㅋㅋㅋㅋ

그리고 팬들의 예상대로, 결과는 오묘한 맛의 닭 국물이었다.

[오 완성!]
[자, 일단 맛을…….]
[…….]
[…….]

신나서 맛을 본 둘은 모두 할 말을 잃어버린 표정이 되었다.

댓글은 누구 가릴 것 없이 폭소하는 사람들로 가득 찼다.

둘은 망한 요리 맛본 사람 특유의 얼굴로 미소를 지으며 고개를 끄덕였다. 그리고 큰세진은 음식 낭비라는 반응이 나오기 전에 상심한 척 칼같이 차단했다.

[하하, 이 패배의 맛은 저희가 다 먹을 테니, 혹시라도 걱정 마시길 바랍니다…….]
[먹는 거 괜찮아요.]

말리거나 웃는 댓글들을 확인하고, 큰세진은 어깨를 으쓱거리며 다시 소통을 시작했다.

[그럼 일단 치킨 배달부터⋯⋯]

그리고 그 순간, 현관문이 열리는 소리와 함께 멤버들이 복귀했다.

[왔다!]
[잘 왔어요!]

차유진이 뛰쳐나가자 큰세진은 카메라를 향해 입술에 손을 대는 동작을 하더니, 얼른 냄비를 감춰 증거인멸을 시도했다.
물론 택도 없었다.

[너 뭐 해?]
[어? 하하! 덥앱하지~ 문대도 러뷰어 여러분께 인사!]
[아.]

박문대는 일단 추궁을 멈추고 화면을 향해 얼굴을 숙였다.

[다들 잘 지내셨나요?]

순식간에 댓글에 수많은 인사가 지나갔다. 박문대는 희미하게 웃으며 고개를 끄덕였다.

[네, 안녕하세요.]
[저는 문대!]
[…….]

절묘한 타이밍 선정이었다.

자신의 SNS 말버릇을 따라 한 뒤 폭소하는 큰세진을, 박문대는 짜게 식은 눈으로 잠시 쳐다보았다. 부엌으로 들어오던 멤버 몇 명도 황급히 입을 가리고 고개를 숙이며 웃음을 참았다.

'이 새끼를 진짜.'

박문대의 속마음과 달리 댓글은 호평 일색이었다. 'ㅋㅋㅋㅋㅋㅋㅋㅋㅋ'과 강아지 이모티콘으로 도배된 채팅창을 보며, 박문대는 한번 참기로 했다.

'가성비는 좋네.'

그리고 대신 냄비를 제대로 확인하기로 결정했다.

[여러분, 애네 뭐 했나요.]

분위기 맞춘 커버와 소수의 고자질로 댓글이 요동쳤다.

-같이 놀았어!
-토크~

-이야기만 했어요

-유진이 애교 봤다ㅠㅠ 문대도 애교 해줘

-요리ㅋㅋㅋ

-세진이가 읍읍읍

-아무 것도 안 했억ㅋㅋ

큰세진은 능청스럽게 박문대의 등을 치며 각도를 돌렸다.

[우리? 가벼운 소통을 하고 있었지~ 그렇지 유진아?]
[맞아요!]

차유진은 해맑게 덧붙였다.

[그리고 요리했어요!]
[으악.]

큰세진이 침몰했다. 그리고 김래빈은 도무지 상황을 이해할 수 없다
는 멍한 얼굴로 중얼거렸다.

[앞치마를 하고 계시는데 들키지 않는 상황을 예상하셨다고…?]

팬들이 폭소했다.
박문대는 큰세진이 슬쩍 내려둔 냄비를 바로 확인했다.

[…설마 치킨 수프야?]

[맞아요.]

[연말이고, 너 생일도 기념할 겸 닭 요리해 주려고 했지… 근데 그냥 치킨 시켜줄게. 그건 우리가 다 먹는다!]

[먹는다!]

[…….]

박문대는 오묘한 표정을 지었다가 냄비 속 내용물을 한 입 맛보았다. 그리고 피식 웃었다.

[너희 차유진 어머니가 주신 대로 안 했지.]

[창의력을 발휘해 봤지.]

[꿀 넣었어요.]

[그래. 그런 것 같다.]

박문대는 혀를 차더니, 결국 냄비를 잡아서 조리대에 도로 올렸다. 그리고 냉장고 안에서 재료들을 더 꺼내고서는 뚝딱뚝딱 냄비 속에 첨가하기 시작했다.

[오 문대!]

[맛있게 주세요!]

큰세진과 차유진은 상황을 파악하고 즉시 가벼운 숭배 모드를 장착했다.

[나, 나도 도울게…!]
[…그래? 그럼 이거 맛 좀 봐줘.]
[으, 으응!]

박문대의 완곡한 거절을 알아차리지 못한 선아현은 성심성의껏 숟가락을 가져와서 국물을 맛봤다. 그리고 물음표와 느낌표가 번갈아 뜬 표정이 되었다.

[마, 맛있어! 그, 근데…… 그, 맛이….]
[닭볶음탕이라고?]
[어, 어어!! 맞아!]

그렇다.

치킨 수프는 온데간데없이, 냄비 속 음식은 닭볶음탕이 되어 있었다…! 충격적인 진술에 또 팬들의 민심이 술렁거렸다. 하지만 요리한 당사자는 태연했다.

[잘됐네.]

박문대는 W라이브가 송출되는 스마트폰으로 고개를 돌린 뒤, 제법 친절하게 설명했다.

[꿀에 고춧가루까지 들어가서… 그냥 간장, 고추장 넣고 한식으로 살렸습니다. 국물도 많이 졸아서 이게 맞는 것 같네요.]
[우와 맛있어! 여러분 이거 진짜 맛있어요. 어떻게 한 거지? 박문대 대체 뭐지?]
[와우 요리 성공!]
[…….]

박문대는 일시적으로 두 사람의 전폭적인 신뢰를 얻었다. 물론 바란 적도 없다.
그래도 그 냄비 하나로 저녁을 때우기는 턱없이 부족했고, 자연스럽게 멤버들은 사이좋게 불판을 가져와서 삼겹살을 구웠다.

[이번 건 진짜 잘할 수 있다!]
[저 고기 굽는 거 잘해요!]

놀랍게도 차유진과 큰세진은 고기 굽는 데는 정말 일가견이 있었기 때문에, 순조롭게 망한 전 요리를 잘 만회했다.

[…맛있어.]
[정말 연말 파티 느낌 나는 것 같은데? 좋다!]

자진해서 주방을 정리하고 온 두 큰형도 호평했다.

그리고 둘 다 냄비의 요리가 치킨 수프였다는 것에 먹는 내내 위화감을 느꼈다. 들어갔던 파스타 면이 좀 어색했지만, 수제비라고 생각하니 또 괜찮았기 때문이다.

[치킨 수프라니…….]
[그거 또 만들었구나.]

그 의미심장한 말에 댓글들은 이번에야말로 '또'의 의미를 알려달라며 울부짖었다.

-분명 사연 있다
-치킨 수프와 절친 바이브 해명해라
-ㅠㅠㅠ 공유해줘

[아 당연히 말씀드려야죠!]
[그것은 지난 15일 문대 형의 생신 당일에 발생한 사건입니다….]

덕분에 테스타는 적당히 쳐낼 부분은 쳐내며 박문대의 생일 에피소드를 즐겁게 떠들 수 있었다.

우여곡절이 많았던 테스타에게는 드물게도 아주 본격적인 실시간 소통의 분위기였다. 소문을 듣고 라이트 팬들까지 접속하며 시청자가 쭉 붙었다.

그리고 시작한 지 2시간 반이 넘게 지났을 시점, 드디어 멤버들이 '그 질문'을 확인했다.

[이번 질문은⋯ 오, 이거. 'KBC 아현이 덤블링 원래 안무였나요 애 드립이었나요?']

사실 이 질문은 초반부터 이미 몇 번이나 올라왔었다. 하지만 차유진은 요리에 극도로 집중한 데다가 빠르게 넘어가는 긴 한글 댓글을 제대로 읽지 못했다.

그리고 큰세진은 다분히 고의적으로 못 본 척해 버렸다. 다 같이 있을 때 대답하는 편이 임팩트가 크고 캡처가 돌아다닐 때도 그림이 좋기 때문이었다.

분위기에 취해서 살짝 유쾌해진 류청우가 웃으며 대답했다.

[아, 이거 애드립 맞습니다! 진짜 대단했죠!]
[대단해요!]
[아, 자세한 상황이요? 그때 저희 인이어에 문제가 좀 생겨서⋯⋯.]

테스타는 즐겁게 당시의 상황을 자세히 설명했고, 중간중간 박문대와 큰세진이 혹시 모를 방지선을 그었다.

[저 두 분이 아현이 등을 딱 붙잡은 거죠! 그래서 어땠다구요, 아현 씨?]

[왜, 왠지 할 수 있을 것 같아서… 하, 한번 뛰어봤습니다…!]

[정말 대단한 광경이었지만 절대 저희가 의도한 바는 아니구요, 아현이도 앞으로는 안전이 확보된 후에만 시도한다고 합니다. 맞지?]

[으, 응! 모, 몸이 중요하니까…!]

테스타는 얼마 안 가서 그 화제를 마무리한 뒤 다른 소소한 이야기를 반 시간쯤 더 떠들고 방송을 종료했지만, 가장 먼저 캡처가 돈 것은 당연히 이 부분이었다.

[테스타 사고 애드립 궁예 다 맞다고 함]
: 본인들이 직접 덥앱에서 인증
(자막 있는 캡처 연결본)

-이게 다 사실이라니

-선아현 무슨 수련이라도 했대?

-팬들 망상이라고 비웃던 애들 어쩌냐ㅋㅋㅋ

-선아현 그는 신인가

-수습만으로도 대단하다고 생각했는데 무슨 이런 현실성 없는 상황이…

-와 예비 플랜도 아니고 그냥 즉흥;

-화제되니까 거짓말했을 가능성은?

　└리허설 본 스탭이 몇 명인데 뭐하러 이런 걸로 거짓말을 해

└테스타가 그럴 필요가 있는 급이냐?ㅋㅋㅋㅋ
└냅둬 오닉스 같은 망돌 빨아서 잘 모르나 봄

가장 경이로운 쪽으로 나버린 결론에 사람들이 기겁했다. 그리고 이 소식은 위튜브와 페이스리더 등지까지 물살을 타고 퍼졌다.

[테스타의 사고 수습, 말도 안 되는 추측이 맞아버렸다?]
[살아남은 아이돌 주식의 저력은 무서워]
[아주사 3위의 경악할 춤 실력]

안 그래도 테스타와 엮인 불공정 이미지와 논란은 힘을 잃은 상태였다. 테스타는 이번 화제로 그 찌꺼기까지 털어내 버릴 수 있었다.
그렇게 신인상 논란은 더 말 꺼내기도 어색할 만큼 완전히 세월의 뒤안길로 사라졌다.

-우리 애들은 천재야..
-역시 아이돌은 무대 보는 맛이지 근데 테스타는 귀엽기까지하니 어쩔 수 없다 사랑하는 수밖에
-물 들어올 때 노 저어야겠어 귀여움도 영업할래ㅠㅠ

뽕이 차오른 테스타의 팬들은 막 W라이브에서 나온 훈훈한 떡밥을 퍼 나르며 공유를 시도했지만, 별 효과는 없었다. 이미 사람들은 테스타가 만든 자극적인 화제들에 길들여졌기 때문이다….

팬들은 약간 머쓱해하며 치킨 수프 이야기를 멈추었다.

어쨌든 1월의 굵직한 시상식들에서의 테스타 신인상은 사실상 확정된 것이나 다름없었다. 완전한 실력파 이미지를 수혈한 테스타는 성적 좋은 아이돌답게 당연히 방송국에서 새해를 맞이할 예정이었다.

다만 거기서 예상치 못한 반가운 얼굴도 만나게 되었다.

12월 31일 MBS 가요대제전.

"감사합니다!"

주어진 첫 무대를 끝내자 시간이 훅 떴다. MBS에서 무려 4시간이나 생방을 때리고 테스타 무대를 1, 3부에 흩뿌려 놓았기 때문이다.

물론 우리 곡을 두 곡 시켜줬다는 건 아니다. 방금 한 무대는 2000년대 남자 아이돌 곡 1절 커버였다. 게다가 3부 무대는 딱 3분만 주는 통에 2절 벌스를 잘라내야 했다.

흠, 올해 테스타 성적을 고려하자면 그림으로 그린 듯한 홀대다.

'이걸 출신 차별로 봐야 할지 소속사 차별로 봐야 할지 궁금한데.'

아마 둘 다겠지 싶다.

"그래도 의상 갈아입을 시간은 넉넉하고 좋네요 좋아~"

나는 고개를 끄덕였다.

'긍정적으로 생각해 보자면 최악을 피하기도 했지.'

임진각 말이다.

"맞아. 야외도 안 갔고."

"…그, 그러게."

여름 교복 입고 이 겨울에 야외 공연은 정말 대단한 볼거리였을 것이다.

그렇게 잡담을 하며 방송국 복도를 가로지르고 있을 때였다. 갑자기 누군가 인사를 해왔다.

"와 테스타다! 저 사인 좀 해줘요!"

들어본 목소리였다. 그리고 고개를 돌려 사람을 확인한 멤버들의 눈이 튀어나올 듯이 커졌다.

"…헐!"

"형!"

인사를 한 사람은 놀랍게도… 골드 1, 하일준이었다.

"이야, 잘 지냈어?"

골드 1은 한 무리의 사람들 사이에서 열심히 손을 흔들었다. 멤버 몇 명이 반색하며 다가갔다.

그리고 골드 1 옆에 익숙한 얼굴을 하나 더 발견했다.

"…오."

최원길이다.

〈아주사〉에서 팀전마다 갈등을 쏠쏠하게 유발해서 결국 편집빔을 맞고 떡락한 놈. 약게 굴고 싶은데 티가 다 나서 망한 케이스라고 해야 할까. 선아현까지 '쟤는 너무 못된 애'라고 씩씩거리도록 만들었으니, 어떤 의미로는 한결같이 대단한 놈이었다.

'흠, 골드 1 소속사로 탈주하면서 하차했던가.'

그래서 둘이 같이 이동 중인 거야 특별히 놀랄 일은 아니지만, 장소가 연말 가요 프로그램이 진행 중인 방송국이라는 건 의외였다. 올해 신인 동향은 그놈의 신인상 때문에 다 체크했는데 저 둘의 소속사는 라인업에 없었기 때문이다.

'아직 데뷔 안 했을 텐데.'

그 와중에 골드 1은 시시덕거리며 멤버들과 대화를 나누고 있었다.

"와, 진짜 반갑다! 아니 잠깐만, 선배님이라고 불러 드려야 합니까? 선배님들 정말 대단하십니다~"

"아이고 됐습니다~"

"펴, 편하게 말씀하세요 형…!"

"야 아현이 넌 여전히 애가 너무 착하다!"

화기애애한 분위기에서 대충 골드 1과 최원길의 외관 상태를 확인했다. 그리고 깨달았다.

'댄서로 온 거군.'

저 소속사에서 아이돌 출신 여성 솔로 하나가 최근 성적이 아주 좋았다. 그리고 경험 쌓기 겸 언론 보도용으로 데뷔조 연습생을 댄서로 써먹는 거야 제법 자주 일어나는 상황이니 이상할 것도 없었다.

아니나 다를까, 골드 1은 자신과 똑같이 검은 의상을 입은 주변 놈들을 앞으로 밀며 소개했다.

"맞다, 얘네 같이 연습 중인 동생들이야!"

"어어, 안녕하세요!"

"안녕하십니까!"

인사하는 놈들의 눈이 호기심과 부러움, 동경으로 빛났다. 이런 반응이 어색한지, 멤버 중 몇몇은 어색하게 인사를 주고받았다.

그리고 갑자기 지목이 들어왔다.

"저, 저기 박문대 선배님!"

"예?"

"저 악수 한 번만…! 부탁드려도 될까요…!!"

옆에서 기겁하며 진압했다.

"야야, 나대지 마!"

"하이고 이 문디자슥 여기서도 허!"

애네 뭐 하냐.

나는 떨떠름함을 감추며 고개를 끄덕였다.

"…그럼요."

"…! 가, 감사합니다!"

그리고 무슨 기업 회장이라도 만난 것처럼 극도의 정중함 속에서 악수 교환이 이루어졌다.

"아 너무 좋아요!"

행복해하는 악수 종자를 두고 골드 1의 팀원들이 숙덕거렸다.

"야 사람이 역시 용기가 있어야 하나 봐."

"그러게."

…누가 보면 가요계의 전설적인 대선배라도 만난 줄 알겠군. 보니까 저기 이미 팀이 확정된 상태 같은데, 내년 초에 정식 데뷔한다면 테스타와 연차가 1년도 차이 나지 않을 텐데 말이다.

'…뭐, 성적이 전부긴 하지.'

저 우러러보는 시선은 순수하게 '뜬 그룹'을 향한 심리적 격차라는 뜻이다.

그리고 그걸 느끼는 건 저 애들만은 아닌 듯싶었다. 좀 다른 방향이긴 했지만.

"와, 사전녹화하는데 막 나 찍는 것도 아닌데 진짜 떨리더라."

"아니, 몇십만 뷰 직캠도 있는 분이 너무 엄살떠시는 거 아니에요~?"

"야 그거랑 다르지! 선배님 무대 망치는 게 더 무섭잖아!"

"흠, 우열을 가리기 힘든 문제 같습니다."

근황을 주고받는 골드 1과 테스타 멤버들 뒤, 최원길은 시선을 피해서 고개를 숙이고 있었다.

"⋯⋯."

'눌렸네.'

서열이 완전히 정리되면 끝나는 타입일 것 같긴 했다. 테스타의 올해 활동이 워낙 잘됐다 보니 뭘 말해볼 엄두도 안 나는 모양이다.

그 와중에 골드 1은 기어코 배세진과도 인사를 마쳤다. 그리고 약간 아쉽다는 표정으로 마무리 멘트를 던졌다.

"아~ 할 이야기 많은데, 바쁘지? 다음에 내가 밥이라도 한번 살게!"

이만 볼일 보러 가보라는 뜻이다. 하지만 마침 자리에 빈말을 잘 못 알아듣는 놈이 하나 있었다.

"아, 저희는 다음 무대까지 시간적 여유가 충분합니다. 대기실로 이동하면 대화를 계속하는 데에 어려움은 없을 듯합니다."

김래빈의 정직한 말에 골드 1은 당황했다.

"하하, 래빈아 권유는 고마운데, 나 잘 모르는 분들은 불편하실 거 아니냐~."

하지만 그게 차유진과 류청우였다.

"불편 안 해요!"

"아, 괜찮아. 편하게 해."

"그, 그래?"

깔끔한 오케이에 골드 1은 당황했다. 그리고 상황을 눈치챈 골드 1의 팀원들은 냉큼 도주했다.

"형 편하게 다녀오세요. 저희 숙소 가 있을게요!"

"올 때 메롱나!"

"아주사 근황 토크, 아 화이팅~"

"이 미친놈들이!"

검은 옷을 입은 놈들은 우르르 복도를 뛰어서 사라졌다. 그러나……

타이밍을 잡지 못한 최원길은 자리에 그대로 남아 있었다.

"……."

이 팀에 막 합류한 탓에 썩 못 어울리고 있든가, 아니면 저쪽에서 같은 아주사 출신이라고 두고 간 것 같았다.

'상황 애매한데.'

다행히 골드 1은 최원길을 챙겼다.

"아 원길아, 우리 이 친구들 대기실 방문은 처음이니까 마실 거라도 사갈까?"

"제가 사 올게요."

"어?"

그리고 최원길은 골드 1이 뭐라 더 말하기도 전에 달려갔다.

'이대로 안 돌아올 것 같군.'

골드 1은 한숨을 쉬었다.

"미안, 좀 불편했지?"

"괘, 괜찮아요!"

"괜찮기는……. 근데 원길이 쟤 많이 나아졌어. 인터넷 반응 너무 찾아보는 건 좀 걱정되긴 하는데…. 뭐 요새야 별 얘기도 안 나오고."

골드 1은 한숨을 푹 쉬었다. 꽤 마음고생을 한 듯싶었다. 큰세진이 웃으며 힐끗 최원길이 사라진 자리를 확인했다.

"쟤도 데뷔조인 거죠?"

"어. 사실 뭐, 노래도 잘하고… 어리고. 인지도도 있잖아."

하기야 아주사로 데뷔한 것도 아니고, 어디까지나 방송 이미지의 문제기 때문에 대충 악편이라고 뭉개고 넘어갈 수 있다. 그룹에 하나 정도 끼우는 것에는 큰 문제 없다는 것이다.

'뭐, 나랑은 상관없는 일이지.'

혹시 저쪽이 내년에 초동 30만 장이 넘어가면 그때부터나 분석해 보자.

"어, 문대 어디 가?"

"화장실."

나는 대기실로 이동하는 행렬에서 슬쩍 빠져서 복도를 걸었다. 이 방송국은 아래층에 사람이 없었다. 시간도 넉넉하니 사람 안 만날 수 있는 방향으로 다녀올 생각이었다.

그리고 화장실에 도착하기도 전에 최원길을 마주쳤다. 놀랍게도 편의점 대신 비상계단 한구석에 앉아서 고독을 씹고 있더라고.

"……."

"……."

화장실이나 가자.

나는 슬쩍 고개만 까닥거리고 최원길을 지나쳐서 계단을 내려갔다.

그러자 불쑥 최원길이 외쳤다.

"좋겠네요, 형은."

"……??"

"다 잘되고……. 사람들이 다 좋아하고."

왜 갑자기 일일 드라마 대사 같은 게 튀어나오냐?

모르겠다. 뭐 황당함, 이런 것보다… 굉장히 숙연하고 민망하다.

'비상계단이라 소리 다 울리는데.'

그래서 더 손발이 오그라들었다. 이 외진 계단 위아래로 아무도 없었으면 좋겠다. 이 대사를 듣는 당사자가 나라는 걸 누구도 몰랐으면 하거든.

"그렇게 사는 건 어떤 기분이에요? 세상이 다 자기 마음대로 돌아가 주는 거."

그리고 이런 말을 현실에서 꺼내는 새끼가 있을 줄은 꿈에도 몰랐다. 심지어 최원길은 이제 훌쩍거리고 있다.

'감수성이 대체 어떻게 되먹은 거지.'

아이돌 지망생들에게서 간혹 느끼는 괴리감을 또 한 번 느끼고 있다.

'그냥 갈까.'

나는 슬쩍 발걸음을 뗐으나, 난간 저 밑에서 움직이는 인영을 발견했다.

"…!"

들리나?

거리가 꽤 됐다. 하지만 소리가 울려서 불분명할 수는 있어도, 드문드문 들릴 것 같긴 했다. 그럼 이놈이 계속 떠들게 됐다가는 이상한 소문이라도 생기는 거 아닌가?

'…수습하고 떠야 하나.'

나는 최원길을 확인했다.

"다들 원래 그렇게 살잖아요! 나만 그런 것처럼 막… 다들 파트 싸움하고, 욕하고 그랬으면서."

"……."

이젠 순 자기 마음대로 떠들고 있다. 한번 터지니 자제가 안 되는 모양이다.

'근데 왜 나한테 이러냐고.'

"혀, 형도 제 파트 했잖아요. 또, 또… 세진 형도 짜증 냈었는데, 나만 더 못되게 군 것처럼 나오고. 희승이한테도 사과했는데 안 나오고."

최원길은 계속 아주사 중후반부에 본인이 받았던 분량을 되새김질하며 중얼거렸다.

'아직 머리가 아주사에서 못 벗어났군.'

뭐, 그럴 수도 있다. 어리고 자의식 강한 놈이 갑자기 불특정 다수에게 몇 달이나 원색적인 욕을 먹었으니까.

지난 반년간 다양한 미친 일을 겪은 테스타야 아주사 당시의 느낌을 빨리 털었다. 하지만 연습만 했던 이놈은 좀 다르겠지.

아마 나한테 이러는 것도, 아주사 등급 평가 때부터의 견제심리와 열폭이 아직도 남았기 때문일 것이다. 그게 테스타 중 하나가 아니라 개인으로 마주치니 훅 터진 모양이다.

'…저 정도면 상담이라도 한번 받아보는 게 낫지 않나?'

물론 그런 이야기까지 할 필요도 의욕도 없다. 그냥 소문 안 나게 상황이나 잘 정리하고 얼른 뜨자. 나는 한숨을 참고 입을 열었다.

"내가 부럽다고? 왜?"

"…형은 뭐든 다 잘됐으니까요."

"아닌데."

나는 최원길을 빤히 쳐다보았다.

"너 나랑 바꾸라면 할 거야?"

"……못 바꾸잖아요…!"

"바꾸고 싶은 마음은 있다는 거네. 음…….."

나는 목뒤를 주물렀다.

"근데 솔직히, 가족을 바꾸고 싶진 않을 거 아니야."

"……!"

최원길은 웅크린 그대로 움찔거렸다. 당연하지만 이놈도 박문대의 가정사는 아는 모양이다. 나는 일부러 느릿느릿 말했다.

"네가 부러운 건 그냥… 지금 내 직업적 상태뿐인 거지. 그리고 이런 건 몇 년 뒤면 또 어떻게 바뀔지 모르고."

"……."

"부모님이랑 잘 지내?"

"…네."

"그래. 앞으로도 그랬으면 좋겠다."

"……."

최원길은 고개를 푹 숙였다.

'됐네.'

가불기가 잘 들어갔다.

이제 쓸데없는 열등감은 좀 버렸겠지. 가정사가 유명한 걸 이렇게도 써먹는군.

'대충 힘내라는 식으로 이야기하고 끝내자.'

하지만 다시 입을 열기도 전에, 놀라운 일이 일어났다.

"…죄송해요."

"…!"

최원길 입에서 사과가 나온 것이다.

"처음에 막… 운만 좋다고 그래서, 죄송해요."

음… 그랬었나?

아마 등급 평가 연습 때 최원길이 비꼬려고 던졌던 말 중에 하난 것 같다. 원래 뱉은 놈은 기억 못 하고 들은 놈만 기억하는 게 국룰인데, 저 놈만 아직까지 기억하고 있을 줄은 몰랐다.

어쨌든 상황 마무리하기 좋은 대화였다. 누가 듣고 있다면 더 좋았고.

나는 고개를 끄덕였다.

"그래. 사과 잘 받으마. 너도 데뷔 준비 잘하고."

"……."

최원길이 작게 고개를 끄덕였다.

사실 최원길은 좀 얄미운 놈이긴 했지만, 무슨 대단한 범죄를 저지른 건 아니었다. 머리도 덜 여물어서 영악하지도 못하고.

'정치질로 누굴 망하게 할 능력 자체가 없었다고 해야 하나.'

심지어 본인이 대놓고 무시했던 골드 2가 본인보다 더 잘되지 않았는가. 종합적으로, 짜증 나는 트롤러였을 뿐이다.

'앞으로 볼 일 없었으면 좋겠군.'

나는 계단을 도로 걸어 내려갔다.

혹시 몰라 난간 아래를 슬쩍 재확인했지만, 아까 봤던 인영은 이미 사라지고 없었다.

"Happy New Year!!"

"새해 복 많이 받으세요~"

테스타는 그대로 MBS에서 카운트다운까지 챙기며 신년을 맞았다.

하지만 당연히 느긋하게 새해 감성을 즐길 여유는 없었다. 당장 5일 뒤에 새 시상식이 기다리고 있었기 때문이다.

〈골드디스크어워즈〉.

제법 유명하고 오래된 시상식 중 하나였기 때문에, 박문대가 임의로 세워둔 '가장 권위 있는 시상식' 후보에 들어가 있기도 했다.

이 어워즈는 음원과 음반 부분으로 나누어서 이틀에 걸쳐 진행됐지만 그래도 신인상 부문은 하나뿐이었다. 그리고 테스타가 참석한 음반 부분 시상식 날짜 큐시트에 신인상 시상 파트가 포함되어 있었다.

모두가 내심 생각했다.

'솔직히 테스타가 안 받는 게 더 이상한 상황이지.'

그리고 모두의 예상대로, 테스타는 자신들의 무대 순서가 다가오기도 전에 일찌감치 신인상을 탔다.

"축하합니다! 테스타!"

놀라운 결과는 아니었다. 하지만 하도 장애물이 많았던 탓인지 팬과 테스타 모두에게 희열감이 넘쳐흘렀다!

"와아아아악!!"

근 두 달간 인터넷에서 있었던 일을 떠올리며 팬들은 가열 차게 응원봉을 흔들고 환호성을 질렀다.

"감사합니다!"

테스타는 꾸벅꾸벅 인사를 하며 무대 위로 올라왔다. 하지만 막상 꽃다발과 트로피를 받자, 갑자기 꿍꿍이 있는 미소를 지은 채 눈짓을 주고받았다.

그리고 마이크를 곧장 선아현에게 넘겼다.

"……??"

순간 살짝 당혹스러운 분위기가 관객석을 지나갔다. 〈아주사〉를 한 화라도 본 사람이라면 선아현의 말더듬 증세를 알 수밖에 없었기 때문이다.

그룹이 데뷔한 후에도 첫 번째로 선아현에게 마이크를 넘기는 일은 한 번도 일어난 적 없는 일이었다. 심지어 본인이 당황하며 뒤로 빠진 적도 있었다.

그러나 무대 위 선아현은 약간 긴장한 얼굴이었지만, 곧바로 마이크를 받아 들었다.

"……과분한 상 주셔서, …정말 감사합니다."

"…!!"

선아현이 말을 더듬지 않았다.

"…앞으로도 지금 같은 마음으로, 최선을 다해서 …활동하라는 말씀으로 이해하고, 언제나 노력하겠습니다."

느리고, 호흡을 들이켜며 쉬는 구간이 많았다. 군데군데 발음을 끌다가 문장을 잇는 경우도 들렸다.

하지만 단 한 번도 더듬진 않았다.

"……그리고, 응원해 주시는 러뷰어님들, …정말 감사하고 사랑합니다!"

"러뷰어 사랑해요!"

"감사합니다!"

마지막 문장까지 무사히 마친 선아현의 뒤로 멤버들이 우르르 분위기를 띄웠으나, 그럴 것도 없었다.

팬석은 이미 충격과 감격의 소용돌이 속에 빠져 있었다.

아아아악!

잘했어!! 잘했어!

어떡해!! 으아아아아!!

심지어 영상으로 보던 사람들에게도 테스타의 마이크까지 울리는 관객석의 소리가 들렸다.

- 얼ㅋㅋㅋㅋ팬들 소리 너무 잘 들려ㅋㅋㅋㅋㅋ

- 선아현 팬들 숨 넘어가겠다

- ㅋㅋㅋ이건 비밀인데 사실 나도 좀 감동받음

  └나돌ㅋㅋㅋㅋㅠㅠㅠ

  └ㅋㅋㅋㅋㅋ이게 바로 주주 후유증인가

-선아현 잘됐네ㅠㅠ

-쉬운 일 아니었을 텐데 대단

-암튼 테스타 ㅊㅋㅊㅋ 받을만했지

그렇게 테스타는 자기 증명 속에서 수상을 마쳤다. 작년 말에 사람들이 예상했던 조롱과 비난은 그림자도 없었다.

수상을 마치고 가수석으로 복귀하며, 팀원들이 선아현에게 한마디씩 칭찬을 던졌다.

"아현아 목표 달성 축하한다!"

"축하합니다!"

선아현의 얼굴이 벌게졌다.

"고, 고맙습니다……."

흠, 축하받을 만했다. 저놈이 꽤 길게 고생했기 때문이다.

'대충… 한 달 반쯤 연습했나.'

선아현이 말더듬 증상 치료를 시작한 건 연말 무대 연습 때문에 더럽게 바빴던 그 타이밍이었다. 시작 단계다 보니 목적의식을 위해 어렵지 않은 단기 목표를 하나 잡게 했다는데, 선아현이 잡은 게 바로 이거였다.

수상소감 자리에서 더듬지 않고 감사 인사를 전하는 것.

덕분에 숙소와 연습실, 차 안에서 종일 저 짧은 소감문을 잡고 중얼거리는 선아현을 매번 봤다. …그리고 일주일 만에 매니저까지 소감문을 다 외웠고, 모두가 얼마 지나지 않아 선아현의 중얼거림을 반쯤 수면용 ASMR처럼 취급하게 됐다.

아무튼, 과하게 조급해하지 않고 긴 기간 잘 연습해서 성공했다는 건 확실히 인상적인 일이다.

'일단 한번 성공하면 계속하게 된다는 점도 있고.'

그렇게 선아현의 상태이상 재발생 가능성이 멀어진다면 그룹에도 좋은 일이다. 나도 칭찬을 얻었다.

"혹시 연습한 대로 안 나와도 괜찮다고 했었지. 그런데 그럴 필요가 없었더라. 잘하던데."

"…! 그, 그 정도는 아니고…… 너무 숨을 많이 쉰 부분도 있고, 다, 다음에는 진짜로 잘할게……!"

"……."

아니… 그냥 잘했다니까. 뭘 저렇게 변명처럼 대답하냐.

하지만 뭘 정정하기도 전에 선아현이 먼저 선수를 쳤다.

"사, 상담해 보라고… 말해줘서, 고마워."

흠, 이건 좀 감사받아도 될 건이긴 했지. 나는 고개를 끄덕였다.

"별말씀을."

"오, 훈훈해~"

"우리 팀 분위기 정말 좋다."

논란도 사라졌고 신인상도 잘 탔겠다, 근심 걱정이 싹 사라진 놈들은 허허 웃으며 기분 좋게 가수석으로 향했다.

나도 그 틈에 끼어서 이동은 하고 있으나… 내 기분은 가수석으로 복귀할수록 더러워지고 있었다. 테스타의 좌석 위치가 VTIC 바로 옆이었기 때문이다.

'왜 하필 신인을 이 옆에 붙이냐.'

덕분에 이동할 때마다 VTIC한테 대가리 박고 인사를 해야 했는데, 뭐 그것까지는 괜찮았다.

"축하합니다~"

"감사합니다!"

문제는 인사할 때마다 청려가 실실 쪼개면서 봤다는 점이다.

'X발.'

누가 보면 그냥 흐뭇해서 웃는 줄 알 것이다. 저 새끼가 신인상 논란에 불 질러놨던 SNS 글 수습을 꽤 잘해놨기 때문이다.

청려는 연말 프로그램에 나올 때마다 똑같이 SNS에 사진을 대량 업로드하며, 그 사이사이 무작위 출연진을 오닉스와 비슷한 문구를 붙여서 추가해 놓았다.

말하자면 물타기였다.

덕분에 팬들의 적극적인 해명 글로 다들 오닉스 건은 우연의 일치였거니 하고 넘어가는 분위기가 됐다. ……'박문대하고 친분 있는 것 같았는데 이상하긴 했어~'라는 반응이 제일 빡쳤다는 점만, 말해두겠다.

"……."

인사가 끝난 뒤, 나는 일부러 천천히 들어가서 VTIC과 최대한 떨어진 쪽 의자에 앉았다. 별 의미는 없고, 그냥 기분이나 덜 나빠 보려고 하는 짓이다.

얼마 지나지 않아 1부가 끝나고 몇 분간의 광고 타임에 들어갔다. 그리고 해당 광고가 전광판에도 떴다.

[마법소년 테스타의 마법 같은 인공지능 비서!]

"으아아악!"

"와 제발……."

흑역사(현재진행형) 공개 인증에 멤버들이 단말마의 비명을 지르며 탁자에 머리를 박았다. 공포의 러시안룰렛이 돌아갔다.

[뀨! 큐리어스!]

이번 희생자는 배세진이었다. 햄스터 귀 그림 CG가 올라간 배세진의 연기는 자연스러웠으나, 본체는 완전히 맛이 갔다.

"…화장, 화장실 좀."

배세진은 얼굴이 벌겋게 변한 채로 비틀거리며 자리에서 일어나서 황급히 달려갔다. 그리고 멤버들은 동정과 폭소를 동시에 해냈다.

"으하하하하!!"

"세진아 괜찮, 푸흐흡!"

박수 치는 놈부터 무릎에 머리 끼우는 놈까지 별 반응이 다 나왔다.

'나만 아니면 된다 이거군.'

맞는 말이다. 나는 고개를 끄덕이며 물병을 땄다. 그 물병 주둥이를 입에 꽂아 넣는 순간, 배세진의 자리에 누군가 앉았다.

그리고 물었다.

"저거 멤버별로 하나씩 있죠? 재밌네."

"푸흑."

코로 나올 뻔했다.

'X발.'

청려였다. 웃던 멤버들이 놀라서 고개를 꾸벅거렸다.

"안녕하세요!"

"네. 안녕하세요. 저 잠시만 문대랑 이야기만 좀 하고 갈게요."

"넵!"

거북한 티라도 좀 내줘라 새끼들아.

하지만 배세진이 없어서 딱히 그럴 놈이 없었다, 젠장. 그나마 큰세진은 청려의 SNS 업로드 사건을 고의라고 거의 확신하는 것 같았다만, 지금은 웃으며 고개만 끄덕이고 있었다.

그리고 사실 이게 맞았다.

'깔린 게 가수석 직캠이다.'

관중석에서 누군가가 분명히 이 광경을 찍고 있을 것이다. VTIC이든 테스타 멤버든, 분명 적어도 스무 개 이상의 카메라에 현 상황이 잡히겠지.

'침착하자.'

어차피 여기서 대화해 봤자 워낙 시끄러워서 소리는 안 퍼진다. 아마 일부러 목청 크게 말하지 않는 이상 멤버들에게도 안 들릴 것이다.

"하실 이야기라는 게?"

"지난번 통화할 때 말했을 텐데… 기억 안 나요?"

아, 그 자기 SNS 업로드가 나쁜 의도가 아니고 어쩌고 하던 그거군.

한마디로 '내가 널 X 되게 만들려던 게 아니야.'를 길게 설명해 주고 싶다는 뜻이다. 이렇게 된 이상 대충 들어주고 '오 그렇군요. 잘 알겠습니다.' 하고 끝내고 싶다만, 문제가 있다.

"…그걸 광고 타임 안에 다 설명하시겠다고요."

"아 충분하죠. 들어봐요."

청려는 웃으며 고개를 끄덕였다.

"이 타이밍에서 한번 죽는 게 가장 편하거든."

"……!"

"잘 생각해 봤는데, 내가 처음에 제일 힘들었던 게 그거였어. 다시 시작하는 데에 거부감이 있던 거야."

청려가 탁자를 툭툭 쳤다.

"근데 한번 해보면 별거 아니었던 걸 바로 깨닫거든요? 그럼 그다음부턴 훨씬 일이 쉽지."

"……."

상상 이상으로 제정신이 아닌 이유가 튀어나왔다.

'와 이거 장난 아닌데.'

나는 의식적으로 물병을 들어서 꿀꺽꿀꺽 물을 삼켰다.

손바닥에 땀이 났다.

"후배님도 이번에 아쉬운 점이 분명 있었죠? 돌아가서 한번 고쳐봐요. 그럼 부담감이 사라지고… 대신 성취감이 있어."

"잠깐."

물병을 내려놨다.

"그럼 일단 제가 신인상에 실패해서 죽게 만들려던 건 맞군요."

"내가 그랬다고 신인상을 못 받나? 그건 아니고… 그냥 좀 귀찮게 만든 거죠."

청려가 친절하게 설명을 덧붙였다.

"여론도 안 좋고, 상황이 짜증 나니까 다시 해보고 싶어질 수도 있잖아요."

"…그래서 제 죽음에 대한 거부감을 줄여서 수월한 진행을 도우려고 하셨다?"

"네."

"음, 거짓말 마시고."

"…뭐?"

"제 진행이 수월해지든 말든 선배님하고는 아무 상관이 없는데 굳이 그럴 이유가 없잖습니까."

"…!"

내가 이놈이랑 뭐 대단히 호의적인 사이라고, 이런 놈이 아무 콩고물도 없이 이타적인 의도로 움직였을 리가 없다. 대충 듣고 넘길 생각이었는데 이쯤 되니 대체 무슨 개소리가 나올지 예측이 안 돼서 한번 끊어봤다.

청려는 약간 머쓱한 얼굴이 되었다.

"음, 물론 제 입장도 좀 고려한 선택이긴 했는데요."

"……."

"이게 후배님에게 영향이 있는 건 아니고… 그냥, 좀 궁금해서."

청려가 목을 살짝 꺾었다.

"혹시 너 죽으면 나도 재시작하는지 알고 싶잖아."

"······!"

"그렇지. 꼭 내가 돌아갔던 첫 시점 아니어도 괜찮고······. 너 돌아간 지점 정도도 괜찮지. 올해 상반기에 고치고 싶은 점이 몇 가지 있거든."

이 새끼는 완전히 돌았다.

진정한 의미의 리셋 증후군이었다.

"아, 물론 계속 다시 시작하고 싶다는 건 아니고······ 하지만 미리 확인해 두면 확실하고 좋잖아요. 아닌가?"

"잠깐."

이거 잘못하면 VTIC 스캔들 나는 날 이 새끼가 날 암매장해 버릴 수도 있겠다는 생각이 들기 시작했다.

'미치겠네.'

···이건 굳이 말 안 하려고 했는데, 차라리 말하는 편이 리스크가 덜 할 것 같다. 일단··· 아직 논리는 통하는 놈 같으니, 논리부터 쓰자.

"···우선, 저는 실패하면 그냥 끝일 수도 있을 것 같은데요."

"······음?"

"느낌이 그렇습니다. 그냥 죽고 끝일 것 같습니다."

상태창을 말할 수 없으니 느낌이라고 뭉개긴 했지만 사실이었다.

내 상태이상에는 '죽음'이라고만 명시되어 있다. 청려 저놈의 상태이 상처럼 '돌아간다'는 표현 자체가 없던 것이다.

'아마 이번 한 번으로 끝일 거야.'

혹시 돌아갈 수 있더라도 모험을 할 필요는 없었다. 그냥 진짜 죽고 끝이라고 생각하는 게 마음가짐에 좋았다.

하지만 청려는 실소했다.

"아, 그거 처음에는 그래요. 근데 아닐 텐데?"

"……."

"겁먹지 말고 해보라니까."

이 개새끼가 진짜. 나는 열이 뻗친 채로 대답했다.

"아뇨. 애초에 전 다시 시작하고 싶지 않습니다. 지금 여기서 끝을 보고 싶은데요. 지금 멤버들이 좋고, 팬들이 좋아요. 바꾸고 싶은 건 없습니다."

"……."

청려는 입을 다물었다. 그리고 표정 없이 허공을 보았다.

'…너무 나갔나?'

갑자기 어디서 오함마 꺼내와서 내 뚝배기를 깨려는 건 아니겠지.

하지만 청려는 곧 고개를 끄덕였다.

"…나도, 그랬던 것 같은데."

"……."

"음, 알겠어요. 뭐, 그렇다면야."

이게 통했다고?

갑자기 긴장이 쭉 풀릴 뻔했으나 참았다. 이러고 또 뒤통수칠지도 모를 놈이다.

하지만 청려는 그냥 약간 미안한 표정이 되었을 뿐이다.

"아무튼 이번에 나 때문에 마음고생했다면 미안해요."

"…괜찮습니다. 근데 다음에는 제 의사부터 확인해 주시죠."

"네. 아, 그럼 뭔가 마음 편할 소식이라도 알려줘야 하나… 음, 그렇지."

"……?"

"신인상 과제 기준을 알려줄게요."

청려가 웃었다.

"한대음 '올해의 신인'상입니다."

"…!"

한대음?

'그' 한대음?

…〈한국대중음악식〉, 상업성을 배제하고 오로지 음악성으로만 평가한다는… 곳이다. 내가 알기론, 지금까지 아이돌이 신인상을 받은 적은, 전무…….

잠깐, 그럼 이 새끼도 못 받았다는 거잖아.

"하하! 당연히 농담이고."

"……."

언젠가… 상태이상이 끝나면, 이 새끼 면상에 테스타의 대상 트로피를 뭉개 버릴 것이다.

다행히 내 인내심이 바닥나기 전에 청려는 제대로 된 정보를 뱉었다.

"중요한 건 신인상을 받은 이후의 여론이야."

"…!"

"너희가 받을 만한 상을 받았다, 이 반응이 확고한 대중 여론이어야 넘어가더라고요. 물론 진짜 시상식 과반수에서 상 받는 게 전제고."

…그렇군.

'상태창이 말하는 '가장 권위 있는 시상식'은 여론이었나.'

그럴싸했다. 어쩐지 이번 골디 신인상에도 상태이상 목표 달성 팝업이 안 뜨더니. 아마 2월이나 돼야 뜰 성싶다.

그리고 내가 결론을 내리는 순간, 도망갔던 배세진이 돌아왔다.

"……! 저기."

"아, 미안합니다. 일어나 볼게요. 문대야, 또 연락할게."

"……"

차마 긍정적 답변이 떨어지지 않았으나 직캠을 의식해서 고개는 끄덕였다.

청려는 테스타 전체에게 손을 흔들고 자리로 돌아갔다. 돌아온 배세진은 약간 떨떠름한 얼굴로 청려를 보다가, 자신의 자리를 약간 찝찝해하면서 착석했다.

"…너 저 사람이랑 친해?"

왜 선배로 안 부르나 짧게 생각했는데, 곧 배세진이 데뷔한 지 14년이 넘었다는 것을 깨달았다.

그래서 편하게 정색했다.

"아뇨. 일 얘기하시던데요."

"…일?"

"오 문대의 사회생활~"

목소리가 좀 컸는지 큰세진이 듣고서는 낄낄거리며 웃었다. 아마 대충 SNS 변명하고 갔겠거니 짐작하는 모양이었다.

다만 배세진은 약간 심각한 얼굴로 속삭였다.

"혹시 괴롭히는 거면 말해."

"……"

아마 배세진은 지난 아역배우 경험을 떠올리며, 업계 선배의 갑질 따위를 생각하는 것 같았으나…… 잠깐, 이것도 어떤 의미로는 맞는 것 같긴 하군. 어쨌든 설명은 불가능한 문제였기 때문에 나는 그냥 애매한 얼굴로 고개를 끄덕이고 말았다.

"혹시 그러면 말할게요. 감사합니다."

"…뭘."

이날 테스타는 본상까지 받고, 무대를 실수 없이 잘 소화한 뒤 귀가했다.

참고로 대상은 VTIC이었다.

…내 상태이상이 끝나는 날까지는, 웬만하면 계속 저놈들이 대상을 탔으면 좋겠다. 어떤 미친놈이 재시작하겠답시고 야밤에 습격할지도 모르니 말이다.

그리고 골디 시상식이 끝난 다음 날. 슬슬 마음의 준비는 했지만 그다지 달갑진 않은 소식이 들렸다.

"오늘 출근하셨다는데?"

회사에 새 본부장이 발령 난 것이다.

"오~ 새 본부장님 어떤 분이래요?"

"괜찮은 분이라던데?"

매니저와 큰세진의 대화가 들렸다.

'기대하지 말자.'

새로 온 높으신 분도 예전 본부장처럼 대단한 사고방식의 소유자일 확률이 높았다. 어찌 됐든 전 본부장 때 테스타 성적이 괜찮았으니, 회사 입장에서야 또 비슷한 놈을 보냈을 거 아닌가.

그러나 이 예상은 좋은 의미로 깨졌다.

"…결재봇이요?"

"그렇다니까! 퇴직 얼마 안 남았다고 몸 사리는 것 같대."

회사 사람들에게 건너 건너 들은 말은, 이 본부장이 별 참견이나 밀어붙이는 프로젝트가 없고 실무진이 하던 대로 둔다는 것이었다.

'…그러고 보니, 우릴 부른다는 말도 없군.'

보통 유일한 소속 가수 얼굴 한번 보자고 할 법도 한데 일언반구도 없었다. 각 보니 오래 있을 양반은 아닌 것 같다만, 일단은 나쁘지 않았다. 잘 모르는 윗사람이 의욕만 있는 것보다 오케이만 외쳐주는 게 편하니까.

다만 이 영향으로 큰 프로젝트 하나가 떨어졌다.

"콘서트라니……"

"드디어 저희도 단독공연을 준비하게 되는군요."

밀린 대형 결재가 하나둘씩 승인처리 되면서 드디어 콘서트 날짜가 잡힌 것이다. 그런데 여기서 문제가 하나 더 생겼다.

"…3월은 좀 날짜가 애매하지 않나?"

그렇다.

개강, 개학 시즌에 딱 맞아떨어지는… 누구든 공연 보러 갈 마음의 여유가 부족할 시즌에 잡힌 것이다.

……원래는 연초 특수를 노리고 하려고 했는데, 회사가 워낙 난리통이라 대관을 제대로 못 잡았다고 한다. 다행이라고 해야 할진 모르

겠으나 이렇게 기간이 밀린 덕분에 공연 장비 등의 대여 준비는 이미 끝난 상태라고.

다행히 멤버들은 금방 날짜에 대한 불안감을 덜었다.

"그래도 주말이니까 오시려는 분들은 꽤 있지 않을까?"

"시, 시간 괜찮은 팬분들이 계실 테니까요…!"

"많이 오면 좋아요!"

"준비를 잘해서 좋은 공연 보여 드리고 싶습니다."

분위기가 활활 불타올랐다.

'…그리고 남은 기간 3개월이라.'

뭐, 콘서트를 반년 이상 준비했다는 가수들도 보긴 했지만 3개월도 나쁘진 않았다. 현실적으로 반년 전이면 데뷔곡만 나왔을 때라 준비 자체가 불가능했기도 하고 말이다. 좀 빡센 작업이 되긴 하겠으나, 활동기도 아니니 그럭저럭 잘 소화할 수 있을 것 같았다.

…라고 생각할 때, 실무진에게 새로운 제안이 떨어졌다.

"신곡 첫 무대를 첫 콘서트에서 발표하는 건 어떨까요?"

"……저희 3월에 컴백도 하나요?"

"좀 무리일까요?"

무리다. 이 사람들 데뷔 앨범 한 달 만에 뽑았을 때 개고생했던 건 잊어버린 건지 어디서 말도 안 되는 소리를 들이밀고 있어.

…하지만 의외로 상식적인 답이 이어졌다.

"근데 어차피 콘서트 세트 리스트 채우려면 새 곡 무대를 몇 곡 뽑아야 하는데, 기왕이면 다른 가수 커버곡이 아니라 이렇게 테스타의 곡이면 좋지 않을까요?"

"…음, 네."

"그리고 이번 앨범 이미 수록곡도 거의 다 나왔고, 타이틀만 작업하면 되는 상태잖아요."

맞는 말이긴 하다.

사실 이번 컴백은… 정규 1집이다. 그래서 공을 들이고자, 여유 있던 지난 앨범을 작업할 때 미리 다음 앨범 수록곡도 반쯤 뽑아놨다. 이후로도 활동 틈틈이 작업을 했고.

"뮤직비디오 촬영이랑 이런 것도 어차피 콘서트 VCR 촬영해야 하니까, 일정 맞춰서 하면 될 것 같은데…… 컨셉 포토도 콘서트용까지 맞추면 되구요."

"……."

비용과 시간의 절감 효과. 그리고 콘서트 컨셉 잡기도 좋을 것이다. 정규 1집 컨셉하고 연관성 있게 구성하면 상호 홍보 효과도 있고 팬들도 재밌어할 테니까.

결과적으로, 실무진과 가수만 갈리면 모두가 행복할 상황이었다.

'미치겠네.'

아니나 다를까, 옆에서 조용히 경청만 하던 김래빈이 슬금슬금 동의의 의미로 손을 올리려고 하고 있다. 자진해서 불구덩이에 들어가는 토끼고기가 따로 없었다.

류청우가 일단 상황을 정리했다.

"저희끼리 좀 이야기해 보고 말씀 다시 드려도 괜찮을까요?"

"네네. 근데 내일까지는 꼭 말씀 주세요."

그리고 내일까지 갈 것도 없었다. 회사의 연습실에서 결론이 나버렸기 때문이다.

놀랍게도 만장일치였다.

"저희 한번 작업해 보려고 합니다."

"아, 잘 생각하셨어요!"

회사는 기뻐했다.

그리고 멤버들은… '하면 또 할 수 있더라'라고 생각하는 얼굴인 게 뻔했다. 지난 미친 일정에서 결과물이 좋았던 것의 폐해였다.

'배세진까지 물들었군.'

연말 무대를 한번 일주일 만에 바꿔보니 이쪽도 관록이 붙기 시작한 모양이다.

얼마 지나지 않아 회사에서 콘서트의 세트 리스트 초안을 보내줬다. 류청우가 빠르게 브리핑했다.

"우리 타이틀하고 서브곡 다 들어가고……. 팬송에 수록곡들 넣어도 열 곡이 전부네."

"음~ 콘서트 하려면 적어도 스무 곡은 필요한 상황인 거죠?"

"사실 스무 곡도 적은 편인 것 같습니다. 더 넣어야 하지 않을까요."

"마, 맞아."

군데군데 빈 곡이 있는 세트 리스트는 아직 빈약했다.

"일단 두 곡은 새 앨범에서 가져온다고 쳐도, 나머지 여덟 곡을 새로 넣어야겠네."

새 앨범 수록곡을 안무 없이 넣는 방안도 고려되었지만, 퍼포먼스용 곡을 더 하고 싶다는 의견으로 기각되었다. 그나마 숨 돌릴 구간을 자기 의지로 썩둑 썩둑 잘라내는 놈들을 보니 말문이 막힌다.

'이러다 쓰러지겠는데.'

다행히 회사의 권고 사항이 기억났다.

"우리 유닛곡 좀 넣어달라고 했는데, 그건 일단 채우죠."

이러면 다른 멤버가 하는 동안 반강제로 쉴 구간이 생긴다. 게다가 회사는 더 큰 그림을 그리는 것 같았다.

"아, 그걸로 자체 컨텐츠 찍을 거라고 하셨지?"

그렇다. 위튜브에 유닛 무대를 나누고 준비하는 과정을 예능처럼 편집해서 올릴 예정이라고 한다. 그리고 콘서트가 끝나면 그 유닛 무대도 안무 영상처럼 업로드할 생각이라고.

"그럼 일단 그거 3곡은 빼고 나머지 5곡을 생각해 보자. 하고 싶은 곡 있는 사람?"

"저요!"

"저, 저도……!"

그리고 치열한 접전을 거쳐서 다섯 곡이 선정되었다. 묵비권을 행사한 배세진과 양보를 선택한 류청우 덕분에 과정은 매우 순조로웠다.

"그럼 일단 이렇게 올릴게."

"넵!"

그리고 회사는 '이대로 정말 괜찮겠냐'는 질문을 열 번쯤 한 후에야 몇 가지 순서를 수정해서 세트 리스트를 컨펌했다. 하지만 여전히 확신이 서지 않았는지, VCR 시간이 길게 책정되었다는 소식을 알음알음 들었다.

'…유산소를 더 열심히 해야겠군.'

실무진의 반응을 보니 콘서트가 죽도록 힘들 것 같다는 강한 확신이 든다.

그리고 새 앨범 타이틀과 컨셉을 정하며 며칠을 보낸 뒤에야 오랜만에 숙소에 카메라가 들어왔다.

콘서트 무대용 유닛을 나누는 장면을 촬영하려는 것은 맞았다. 하지만 그 방식이 독특했다.

"오늘은 무슨 날?"

"룸메이트 바꾸는 날~"

룸메이트 바꿔서 매칭되는 놈들끼리 무대를 해버리기로 했기 때문이다.

⋯⋯이거 완전 아주사 팀전 느낌인데, 심연을 너무 들여다보면 심연도 본인을 들여다본다더니 다들 그 방식에 물들어 버린 모양이다.

뭐, 사실 의외성 강하고 재밌는 건 맞았다. 누구랑 해도 잘할 수 있다는 이놈들의 자신감도 느껴지고.

"그동안 정들었던 룸메이트들과 작별 인사를 합시다! 아이고 형님 동생~"

큐카드를 든 큰세진은 진행을 하다가, 뻔뻔하게 흐느끼는 척하면서 차유진, 류청우와 포옹했다. 다분한 콩트 분위기였다.

휩쓸린 김래빈이 선아현에게 정중하게 인사했다.

"그동안 제 소음과 작업에 언제나 너그럽고 온화한 태도로 응수해

주셔서 정말 감사합니다. 다음에 또 함께 방을 쓸 수 있다면 좋겠습니다."

"나, 나야말로 고마웠어! 그, 그리고, 작업하는 소리 듣기 좋았어. 곡 좋더라…!"

화목한데 극한으로 예의 바른 모습이었다. 둘이 잘 지내고 감정도 좋은 것 같았지만 터놓고 친해지는 것에는 실패한 모양이다.

나도 배세진에게 인사를 했다.

"저희 생활 스타일이 비슷해서 좋은 룸메이트였던 것 같은데, 아쉽네요."

"……그러게. 그대로 가면 좋았을 텐데."

말을 하는 배세진의 시선이 은근히 차유진을 향해 있었다. 혹시라도 저놈과 같은 방이 될까 봐 위가 쓰리는 모양이었다.

'…설마 아니겠지.'

아니어야 한다.

나는 배세진의 생각에 동화된 채로 악수하며 대화를 끝냈다.

"자, 그럼 새로운 룸메이트를 만나봅시다!"

"와아아!"

상투적인 박수 소리가 지나간 뒤, 큰세진이 웃으며 등 뒤에서 준비된 소품을 꺼냈다.

"이번 룸메이트 방식은… 카드 뒤집기입니다!"

"오!"

"이 뒤에 번호가 보이시죠? 바로 방 번호입니다! 같은 번호 걸린 사람들끼리 같이 쓰는 거예요~"

큰세진은 쓱쓱 카드를 섞었다. 이런 게임도 제법 해봤는지 아주 익숙한 동작이었다. 그리고 바닥에 일곱 장을 뒤집어서 깔았다.

"자, 여기서 각자 자기가 원하는 카드를 고르는 겁니다~"

"OK!"

"알겠습니다!"

누가 먼저 카드를 고르는지는 가볍게 노래방 점수 게임으로 정했다.

"예엡!!"

사실 카드 고르는 순서야 아무래도 상관없었기 때문에 게임보다는 다들 그냥 컨텐츠용 분량을 뽑는 데 치중했다.

거기다 나중에 보니 점수도 완전히 의미 없었다.

"1등은… 100점을 맞은 차유진!"

"오우!!"

실수로 모르는 곡을 선곡해서 그냥 지어내 부른 놈이 1등을 했기 때문이다.

"자, 카드 뽑으세요!"

"예!"

"자… 오! 1번입니다~"

어쨌든 차유진부터 시작해서 한 명씩 나가 카드를 뽑았다.

그리고 나는…… 놀랍게도, 배세진과 또 같은 방이 되었다.

"오, 배세진 형님의 방 번호는… 3번! 문대와 또 같은 방이네요~"

"……!!"

배세진이 두 손을 불끈 쥐었다가, 민망한지 헛기침을 했다.

"흠, 앞으로도… 잘 부탁한다."

"그럼요."

사실 나도 차유진 피하고 저런 심정이었기 때문에 뭐라 할 말은 없다. 하지만 문제는 3번이라는 점이다. 예전에 리얼리티에서 처음 룸메이트를 정할 때와 똑같이 3번은 3명이 쓰는 방이었다.

그리고 현재 남은 라인업은… 큰세진과 선아현이다.

"아~ 저희만 남았네요!"

"그, 그러게요."

"자, 그러면 제가 먼저 고르겠습니다~"

순서상 먼저였던 큰세진이 고민하는 것처럼 남은 카드 한 장에 손을 얹었다.

그리고 슬쩍 미끄러뜨리고는, 다른 카드에 손을 얹었다.

"……!"

잠깐, 저 새끼 지금…….

"저는 이걸로 하겠습니다! 아현 씨, 그럼 같이 뒤집을까요?"

"조, 좋습니다!"

"그럼… 하나, 둘, 셋!"

휙. 큰세진과 선아현이 카드를 뒤집었다.

결과는…….

"오오오!!"

"이야! 유진아! 또 잘 부탁한다!"

큰세진은 1번, 차유진의 방이었다.

그리고 자연스럽게 남은 3번은… 선아현이었다. 녀석이 활짝 웃으며 카드를 보여줬다.

"…! 자, 잘 부탁해! 잘 부탁합니다!"

"그래. 잘 지내자."

배세진의 얼굴이 순식간에 편안해졌다. 이번 방 배정이 만족스러운 모양이다. 나도 한마디 거들었다.

"오랜만에 같은 방 쓰네."

"으, 응!"

선아현은 카드를 꽉 쥔 채 후다닥 3번 방 인원에 합류했다.

"자, 그럼 리뷰어분들께 깜짝 발표가 있겠습니다! 과연?"

멤버들이 웃으며 드럼 롤을 넣었다.

"두구두구두구!"

큰세진이 큐카드를 번쩍 들어 올렸다.

"저희 이번 룸메이트끼리 유닛 무대합니다!"

"기대 많이 해주세요!"

준비된 대로 멤버들은 카메라를 향해 손을 열심히 흔들었다. 그렇게 거실 촬영이 일단락되었다.

"후!"

"그럼 우리 짐부터 옮깁시다~"

멤버들은 바뀐 방으로 자신의 짐을 옮기기 위해 당장 움직이기 시작했다.

하지만 제일 먼저 달려갈 것 같은 놈이 다른 행동을 했다. 거실 바닥에 있던 카드를 챙긴 것이다.

"아! 여기요."

"네. 고마워요~"

큰세진은 카드를 잘 정리해서 원래 박스 속에 정리한 뒤에 스탭에게
넘겼다. 그리고 아직 거실에 남은 나를 보고 웃으며 말을 걸었다.

"문대, 짐 안 옮겨?"

"……가야지."

나는 큰세진을 따라 복도로 이동했다. 그리고 생각했다.

'저거 뭐 해놨던 거네.'

저놈, 일부러 3번을 피한 것이다.

'저놈이 이런 수작을 부렸다고?'

좀 이상한 일이었다. 물론 큰세진이 상황 판단이 빠르고 자기 유리
한 쪽으로 여론을 모는 놈인 건 안다.

하지만 굳이 카드에 수작까지 부려서 유닛을 고를 놈이었나? 혹시
들킬 수도 있다는 위험까지 감수하느니, 그냥 주어진 상황에서 최대한
자기 유리하게 끌어갔을 것 같은데.

'겨우 배세진 피하고 싶다고 저럴 것 같지도 않고.'

흠, 영 개운하지가 않다.

그러나 이걸 추궁하기도 상황이 영 좋지 않았다. 증거가 있는 것도
아니고, 숙소에 카메라 깔린 상태에서 이런 이야기를 꺼내는 건 제 살
깎아 먹는 짓이었다.

그리고 사실이라도 뭐라 하기 그렇지 않은가. 콘서트 일회성 유닛 좀
자기 원하는 대로 슬쩍 했다고 뭐 큰 문제가 생긴 것도 아니니까. 괜히
분위기만 조질 확률이 높았다.

'…일단은 넘어갈까.'

나는 이제 예전 방이 된 1번 방의 침대로 갔다. 큰세진이 이제 자기

방이 될 곳을 구경하는 것처럼 슬슬 따라 들어왔다.

"오, 나 문대 침대 써야지. 문대야, 내 침대를 너에게 인계하도록 하마."

"…어딘데."

"뭐야, 까먹었어? 제일 왼쪽이잖아~"

"그래. 거긴 피해야겠다."

"헉, 너무 황송해서 못 쓰겠어? 괜찮아, 문대야. 사양하지 말고 편하게 써~"

"……."

아주 평소 그대로군. 나는 고개를 저으며 짐을 챙겨서 1번 방을 나왔다.

'혹시 다른 문제가 생기면 그때 말 꺼내도 되겠지.'

그리고 그 타이밍은 예상보다 좀 더 빠르게 찾아왔다. 바로 며칠 뒤 시상식이었으니까.

한대음을 제외하면 사실상 거의 마지막 대형시상식이었다. 하지만 투어 스케줄과 겹쳤기 때문인지 몇몇 대형가수들은 참석하지 않았다.

즉, VTIC도 안 왔다는 뜻이다.

'…오함마 걱정은 안 해도 되겠군.'

그렇게 생각하자마자 문자가 왔다.

[VTIC 청려 선배님 : 이번이 거의 마지막 같네요. 신인상 축하해요 ^^]

"……"

정신적 오함마에 얻어맞는 기분이군. 단문으로 답장하고 스마트폰을 껐다. 그러자 큰세진이 아는 척을 했다.

"청려 선배님이랑 계속 연락해?"

"……어."

"흠~ 그래그래."

큰세진은 뭔가 더 말을 덧붙이려는 것 같았으나, 그보다 먼저 시상식 대기실에 도착했다.

대기실 문 앞에 종이가 붙어 있었다.

[자이롭 / 테스타]

이번에는 단독 대기실이 아니던 것이다.

사실 지금까지 테스타가 성적 덕분에 신인치고 대기실을 너무 잘 받았던 거긴 했다. 웬만큼 떠도 대기실 부족한 환경에서는 그냥 칸막이 두고 대기하는 경우도 많다고 들었다.

'두 그룹에 하나도 사실 사정이 좋은 편이고.'

흠, 그래서 이번에 함께 대기하는 건…… 유명한 소속사 출신의 남자 아이돌이다. 우리보다 삼사 년쯤 선배인가. 예상 가능한 라인업이었다.

류청우가 멤버들에게 가볍게 당부했다.

"음, 들어가면서 인사 잘하자."

"넵!"

하지만 평범한 다른 멤버들의 반응과 달리, 바로 옆의 큰세진이 동요했다.

"…! …음."

……잠깐만.

'그러고 보니, 이놈들 소속사랑 데뷔 날짜를 계산해 보면……'

하지만 더 생각할 겨를도 없이, 매니저에 의해 문이 열렸다.

"안녕하십니까, 선배님!"

"아~ 안녕하세요~"

별 특색 없는 인사가 오가는가 싶더니, 곧 자이롭 놈들이 과장되게 웃으며 다가왔다.

"아~ 세진이!"

"잘 지냈어?"

역시 그랬군.

아무래도 이쪽이 〈아주사〉 전 큰세진의 짧은 탈선의 원인인 '그' 그룹인 게 맞는 것 같다. 큰세진이 데뷔 직전에 솎아내겼다던, 첫 소속사의 첫 데뷔조 말이다.

"와~ 안녕하세요. 선배님~ 진짜 반갑습니다!"

"야, 선배님은 무슨! 그냥 형이라고 불러~"

"에이, 어떻게 그래요~"

큰세진은 웃으며 몇몇 놈들과 악수를 하고 주먹을 부딪쳤다. 썩 친해 보이는 모습이었다. 덕분에 다른 멤버들은… '큰세진이 큰세진처럼 구는구나'라고 생각하는 얼굴이다. 워낙 사교성이 좋은 놈이니까.

다만 그다음부터는 분위기가 살짝 달라졌다.

"세진이 어, 톡도 잘 안 보고 말이야. 형 서운하게."

"아이, 아시잖아요~ 데뷔하니까 너무 바빠서!"

"그래. 세진이 너 지금이라도 바빠져서 좋겠어~ 생각보다 많이 늦었잖아! 운이 좋았네."

'어쭈?'

이놈들 은근히 큰세진이 그동안 데뷔에 실패했다고 비꼬고 있다. 큰세진은 벙글벙글 웃으며 대답했다.

"좋죠~ 선배님들 자주 톡 주시는데 답장 늦어서 죄송해요! 제가 일이 바빠서 잘 안 맞네요."

너희 스케줄 없어서 X나 한가하냐는 뜻이다.

"…아니, 뭐, 자주 한 건 아니었잖아? 그냥 너 뭐 하나 궁금해서 했지."

"어? 요새 여기저기 많이 나와서 제 근황 알기 편하지 않으세요? 저한테도 가끔은 선배님들 근황도 알려주세요~ 제가 다 궁금하네."

"……."

와, 저놈들 직전 활동이 부진해서 성적 관련 소식 없는 걸 이렇게 돌려 깔 수도 있군.

어떻게 봐도 큰세진의 판정승이었다. 그리고 이쯤 되니 김래빈을 제외한 대부분의 멤버가 상황을 파악했는지 눈을 굴리고 있었다.

자이롭의 멤버들은 표정이 썩기 직전이었다.

"…그래. 올해는 알기 싫어도 우리 소식 잘 알게 될 거야~"

"그래요? 이야, 기대되네요! 저희 테스타도 많이 기대해 주세요."

"……."

이건 순수하게 체급 차로 뭉개 버렸고.

결국, 자이롭 멤버들은 억지로 웃으며 인사를 마쳤다.

"그래. 우리 서로 열심히 하자."

"넵!"

그렇게 대화가 끝나는 듯싶었다. 하지만 도저히 참을 수 없었는지 뒤에서 멀뚱히 서 있던 자이롭 멤버 하나가 끼어들었다.

"근데 테스타 소식밖에 못 들었는데? 너 소식은 잘 모르는데?"

"……!"

의외였던 점은 큰세진이 이 별거 아닌 말에 타격을 입은 것 같았다는 점이다. 큰세진은 여전히 웃는 낯이었으나, 별다른 반박을 내놓는 대신 입을 닫고 있었다.

'어?'

그리고 여기서 김래빈이 참지 못하고 손을 들어 올려서 발언했다.

참고로 참지 못한 건 열 받음이 아니라 순수한 논리적 오류였다. 애는 상황을 몰라서 열 받지도 못했다.

"…? 세진 형이 테스타시니까, 테스타 소식이 형 소식 아닙니까?"

"맞아요!"

차유진이 냉큼 동의했다. 하지만 자이롭은 포기하지 않았다.

"아니, 그룹 이야기만 들리고 이세진 이야기는 잘 안 들리니까~"

"……? 아, 저희는 그룹 활동 외에 개인 활동은 한 적이 없습니다. 테스타의 소식을 세진 형님의 소식이라고 생각하시면 될 것 같습니다."

"……."

김래빈의 의도는 아니었겠지만, 덕분에 자이롭의 말이 억지가 됐다.

끝났군.

'정리할까.'

나는 웃으며 끼어들었다.

"예. 앞으로는 테스타 소식 들을 때마다 이세진을 떠올려 주시면 되겠습니다. 맞지?"

"정확하십니다!"

뿌듯한 김래빈의 얼굴과 반대로 자이롭의 얼굴은 완전히 썩었다.

"……아, 그래요."

아무리 선배라지만 이 새끼들도 시상식까지 와서 체급도 큰 그룹한테 지랄할 배짱은 없는지 대화는 그대로 끝났다.

하지만 큰세진의 상태는 영 돌아오지 않았다.

'이놈 진짜 좀 이상한데.'

한 시간째 말없이 스마트폰만 들여다보는 큰세진은 더럽게 위화감을 조성했다. ……그리고 방금 상황과 며칠 전 유닛 카드 사태와 연결하니 의심 가는 지점이 생겼고.

'……이대로 두긴 애매한데.'

큰세진은 마이크를 잡는 일이 많았다. 이대로 계속 가다간 수상소감을 말해야 할 타이밍에 혹시라도 문제가 생길 수 있으니, 지금 털고 가는 게 나았다.

"…차에 잠깐 다녀올게."

"어?"

"뭐 두고 와서요."

나는 자리에서 일어나서 매니저에게 키를 받아왔다.

"내가 찾아다 줘?"

"괜찮아요. 얼른 갔다 올게요."

그리고 문 근처에 앉아 있던 큰세진을 툭툭 쳤다.

"야, 가자."

"……응? 뭐라고?"

"옮길 게 있어서 한 명 더 필요할 것 같다. 사진도 찍어야 하고."

"……."

큰세진은 말없이 나를 위아래로 훑어보더니, 입만 웃으며 일어섰다.

"…그래~"

어딘가 빈정 상한 게 분명해 보였지만, 일단은 이동부터 하자.

그리고 이놈과 말없이 복도를 걸어서 차에 도착했다.

"……."

주변에 아무도 없는 것을 확인한 뒤, 차에 타고 나서 입을 열었다.

"너 뭐 최근에 문제 있냐?"

"……후."

큰세진은 차 천장을 한번 올려다보고, 한숨을 쉬었다. 내가 본인을 불러낸 목적을 알아차렸다고 생각한 듯싶었다.

"아니."

"……그래? 그럼 머리 좀 식히고 올라가라. 너 대기실 불편한 것 같던데."

"……!"

나는 어깨를 으쓱하고 차를 뒤져서 목 베개를 찾아냈다. 대충 이거 찾으러 왔다고 하면 되겠지.

"대충 변명해 둘 테니까, 시간 전에만 돌아와. 그럼."

"……."

나는 차 문을 잡았다. 그러자 뒤에서 큰세진이 길게 한숨을 쉬었다.

"…미안. 이게 좀, 힘드네."

"문제가 있다는 걸로 들리는데."

"문제…… 라고 해야 하나 이걸."

큰세진은 뭐라 말하기 힘든지, 계속 침묵이 이어졌다.

'그냥 말하는 편이 낫나.'

나는 잠깐 고민하다가 입을 열었다.

"사실, 너 유닛 카드 고르는 거 봤다. …너 3번 카드 알고 피했지."

"……!"

"…3명이 하면 2명보다 분량이 줄어서 그랬냐?"

아까 '너 말고 그룹이 잘 나가는 거지~' 같은 말에 타격을 받는 걸 보니, 자기를 보여줄 부분이 줄어드는 것에 민감하게 반응하나 싶었다.

하지만 큰세진은 고개를 저었다.

"……아니."

그리고 스마트폰을 만지작거리다가, 천천히 다음 말을 이었다.

"너랑 배세진 형이라 빠진 거야. 그 인원으로는 춤을 보여주기 어려울 테니까."

"…!"

"뻔하지. 널 중심으로 보컬 위주 퍼포먼스 곡을 짰을 거고… 난 댄스 브레이크 센터 정도 받고 끝이겠지. 그것마저 그 형에게 맞춰줘야 하니까 난이도가 평이했을 것 같은데."

"……널 중심으로 댄스에 도전해 봤을 수도 있지."

"하하. 아이고 문대야. 니가 팬들 돈 쓰는 콘서트 두고 퍽이나 그런 모험을 했겠다."

"…….."

"그리고 혹시 나한테 맞춰서 댄스 위주로 구성했어도, 팬들 별로 안 좋아했을걸."

"왜 그렇게 생각하는데."

"……미치겠네."

큰세진은 한숨을 몇 번 쉬더니, 여러 번 주저하면서 자신의 스마트폰을 내밀었다.

자신의 검색 방지용 이름으로 검색된… SNS 결과였다.

-까놓고 말해서 댄스라인이라고 부르기도 민망하지? 아혓이가 원탑이잖아 육진이야 센터롤이고ㅋㅋㅋㅋ 빅버드 빠들이 아득바득 댄스라인 미는 거 보면 역겨움

-아혓이 더듬는 거만 다 고치면 드디어 빅버드씨 소감 안 봐도 되는 거지? 휴 다행

-솔직히 국데도 춤 잘 추잖아 댄스라인 의미 없죠 빅버드 양심 있으면 빠져 어딜 아혓이한테 비벼ㅋㅋ

-빅버드... 대체 포지션이..? 인싸인 척 하는 게 포지션인가?ㅎㅎ

"……."

"원래 이렇게 검색하면 욕만 나온다고 하진 말자. 이렇게 일괄적으로 나오는 경우는 정말 어느 정도는 팬들 여론이라는 뜻이니까."

큰세진은 침착했다. 나는 말없이 SNS를 밑으로 더 내려서 전체적인 흐름을 다시 확인했다.

'…선아현이 너무 인상적이었군.'

백덤블링으로 무대사고를 수습하고 말더듬까지 극복 중인 인상적인 모습 때문에 선아현의 능력에 대한 위상이 확 치솟은 것이다. 그리고 같은 댄스 라인 중 차유진은 워낙 인기가 많고 끼가 대단해서 센터 포지션이 확실했다.

그러다 보니 큰세진만 붕 떴다. 원래 큰세진을 시큰둥하게 보던 팬들은 그 지점을 대단히 크게 느낀 모양이었다.

"물론 날 싫어하는 사람들 위주의 생각이겠지만…… 어쨌든 내가 포지션 인상에서 밀리는 건 사실이야."

"……."

"아현이가 잘하는 거? 좋지. 그룹에도 잘된 일이야. 근데 내가 이 상태인 건 못 참겠거든."

나는 천천히 입을 열었다.

"…그래서 차유진을?"

"그래."

큰세진이 스마트폰을 돌려받았다.

"이번에 유닛 무대에서 차유진보다 잘해야겠어."

"……."

"일대일 비교가 가능할 테니까. …그것밖에는 탈출로가 안 보이는데, 안 그래?"

……일단 발상은 알겠다.

'댄스 중심으로 각 잡고 해보겠다는 거군.'

이번 콘서트 유닛 무대는 위튜브 자체 컨텐츠로 홍보가 들어가고 공개 영상까지 뜰 예정이니, 팬들의 주목은 확실했다. 여기서 정말 차유진보다 잘한다? 아마 다시는 포지션 관련 뒷말은 안 나올 것이다.

근데 그게 가능하냐는 말이다.

"…차라리 이번 앨범에서 네가 댄스 브레이크를 받으면?"

"하하. 내가 어지간히 잘해도… 아현이나 유진이가 했으면 더 좋았겠다는 말이 나오겠지?"

큰세진이 곧바로 대답했다. 아무래도 제법 오래 이 상황을 곱씹어본 모양이었다.

'…그래도 차유진이랑 진검승부는 좀.'

큰세진의 능력치가 별로라는 뜻은 아니었다.

'…상태창.'

나는 오랜만에 큰세진의 상태창을 확인했다.

[이름 : 이세진]

가창 : C+ (B+)

춤 : A (S)

외모 : A− (A+)

끼 : A- (A+)

특성 : 정숙하세요(B)

!상태이상 :

상태창은 대단히 준수했다. 이번 시상식 시즌에 '끼' 항목이 A 등급에 진입하면서 성장이 더 눈에 띄었다.

'어디 내놔도 뛸 능력치지.'

…문제는 종합적으로 차유진 능력치에서 약간 하위호환이라는 점이다. 동급인 가창을 제외한 모든 스탯이 차유진보다 약간 아래였다. 차라리 한두 개쯤 등급이 벌어져도 뭐 하나 더 높은 항목이 있으면 낫겠는데, 이건… 애매했다.

'어지간해선 차유진한테 잡아먹힌다.'

그놈은 이제 끼가 S-였다. 거기에 미친 개사기 특성인 블랙홀까지 달고 있다고.

게다가 남에게 시너지 효과를 주는 타입도 아니었다. 그냥 자기 혼자만 미친 듯이 눈에 띄는 놈이다. 솔직히 완전히 포지션이 다른 나도 차유진이랑 단둘이 하는 무대는 썩 내키지 않았다.

'…박곰머 저 새끼 아직도 뚝딱거린단 소리 듣긴 딱 좋지.'

포인트 다 처박아서 춤 스탯 올려놓은 보람이 싹 사라지는 소리가 벌써 들리는군. 나는 한숨을 참으며 큰세진을 쳐다봤다.

"…다 거르고 솔직하게 말한다."

"그래."

"너든 선아현이든, 아니, 누굴 붙여놔도 일대일이면 차유진보다 눈에 띄는 건 거의 불가능할 것 같은데."

"……."

"아마 너도 생각은 했을 거야."

차라리 3번에 와서 어떻게든 본인이 주목받을 만한 파트를 뽑아내는 게 나았을 것이다. 그런데도 굳이 차유진을 골랐다는 건… 자기 증명에 대한 욕심과 공포가 어지간히 큰 모양이었다.

큰세진은 바닥을 보고 허탈하게 물었다.

"…영 불가능할 것 같냐?"

"내 생각에는… 차유진을 이기겠다는 것 말고, 다른 방향으로 접근해야 할 것 같다."

그나마 가장 가능성 있어 보이는 상황이 있긴 했다.

"그냥, 무대 자체를 잘 뽑아. 너랑 차유진이랑 누가 더 잘하는지 각잡고 비교할 마음 자체가 안 들게."

'저 댄스 유닛 무대 진짜 좋다' 같은 이야기만 미친 듯이 튀어나와야 한다는 뜻이다.

"그 상태에 네 파트에서 밀리지 않으면, 댄스 포지션 인상은 확실하겠지."

어려운 일이겠지만, 듀오 무대에서 차유진 이기는 것보다는 할 만할 것이다.

"차유진이 무대에서 협조하게 만들어야 돼."

"……그래."

큰세진은 제법 침착하게 고개를 끄덕였다. 하지만 깍지 낀 양손은 얼마나 힘을 준 건지 허옜다.

'…손까지 떠는데.'

이놈이 이렇게까지 긴장하고 신경 쓰는 건 〈아주사〉 파이널 직전에도 못 본 모습이었다.

'거의 학폭 루머 터졌을 때 수준이잖아.'

좀 과하지 않나.

"너 무슨 다른 일도 있냐?"

"뭐라고?"

"지금 말 나오는 게 팬들 전반적인 여론도 아니야. 그냥 물밑에서 좀 떠드는 거지. 너도 알 텐데, 과하게 초조해하는 것 같아서."

"……."

큰세진은 한참 말이 없었다.

그리고 허탈하게 웃었다.

"이런 것까지 말하게 되나…… 야, 내가 예전에 데뷔조에서 빠진 게 뭐 때문인 줄 알아? 포지션이 애매해서야."

"……!"

"하필 딱 출범 직전에, 부모님 두 분이 전부 배우인 애가 새로 들어왔거든? 인지도가 있어서 팀에 넣어야겠는데… 윗분이 꼭 7명으로 내겠다는 거야. 어쩌겠어? 한 명 잘리는 거지."

"……."

"그런데 팀에 나보다 춤 잘 추는 놈, 어린 놈, 잘생긴 놈, 노래 잘하는 놈, 랩 하는 놈이 하나씩 있었거든. 리더는 리더라서 못 빼고, 결국 애매한 내가 적임자였다 이 말이야."

큰세진은 허벅지를 손으로 탁탁 내려쳤다.

"그래서 잘린 거지. 뭐, 별수 있나…… 아무튼, 그래서 손 놓곤 못 있 겠다는 말이야. 이러다 말 커져서 내가 빠져도 안 아쉬운 분위기 되면 너무… 웃기잖아. 재계약 때 나만 딜이 별로거나… 하, 별말을 다 하네 진짜……."

큰세진은 혀를 차며 고개를 숙였다. 평소 상태였다면 말할 리 없는 것까지 떠든 모양이었다.

'…이건 진짜 술 들어가야 할 이야긴데.'

맨정신에 들으려니 나도 좀 아찔했다.

아무튼 상황은 이해했다. 처음 데뷔 직전에 팀에서 빠졌던 게 상 당히 충격이 컸던 모양이다. 아마 〈아주사〉에서 내내 '리더'나 '메인 댄서' 포지션에 신경 썼던 것도 방송 분량 챙기는 것 이상의 의미가 있었겠구나 싶다.

'근데 뭐라고 반응해야 하냐.'

나도 너무 많이 들어버려서 좀 당황했다. 이런 과거사 이야기에 뭐 해결책을 제시할 건 아니지 않은가. 그렇다고 내가 위로에 썩 재능이 넘치는 것도 아니고.

…별수 없었다. 그냥 하던 대로 긍정적인 팩트나 나열하자. 나는 한 숨을 참으며 입을 열었다.

"일단… 포지션, 뭐 그런 걸 떠나서… 그냥 팀에 네가 필요하긴 해."

"뭐, 예능용으로?"

"아니, 구설수 자르는 용으로."

"……!"

슬프지만 진실이었다.

"알겠지만, 우리 팀의 절반은 눈치가 없고, 절반 이상은 마음이 여리지. 생각해 봐라, 너 없었으면 과연 이 팀이… 어떤 상황에 처했을지."

"……."

데뷔 전 한 달 러쉬부터 최근 오닉스 사태까지 돌아보는 듯, 큰세진은 잠시 말이 없어졌다. 하지만 곧 고개를 저었다.

"의견은 너 혼자 거의 다 냈잖아. 큰 변화는 없었을걸."

"음, 그거 말인데, 사실 널 좀 믿고 질렀다."

"뭐?"

"아니… 일단 쓸 만한 의견이면 네가 무조건 분위기 몰아줄 줄 알았거든."

"……."

좀 머쓱했다. 나는 헛기침을 하고 말을 이었다.

"리더는 청우 형이긴 하지. 근데 가장 팀플레이에 적합한 사람을 고르라면 너라고 생각한다. 무대든 방송이든, 팀 내부든 외부든… 모든 상황에서 다 제 몫 하는 사람은 정말 드무니까."

말을 마무리했다.

"그렇게 육각형 밸런스가 좋은 멤버도 아이돌 그룹에 꼭 필요한 포지션이잖아. 뭐… 그렇다고."

"……."

내 말을 끝까지 들은 큰세진은 입을 다물고 고개를 반대 방향으로 돌렸다.

'설마 우냐.'

안 울었으면 좋겠다. 정말 분위기 이상해질 테니까.

그리고 잠시 뒤, 큰세진은 정말 참지 못하고 터뜨렸다. …울음이 아니라 웃음을.

"으하하! 너 지금 오글거려서 죽을 것 같지!"

"……웃어?"

"큽, 야, 너라면 이 상황에 안 웃겠냐?! 박문대 같은 놈이 위로 좀 해 보겠다고 별소리를 다 하는데!"

이 새끼가 기껏 칭찬을 해줘도 지랄이야. 목 베개로 후려갈기기 전에 큰세진은 웃음을 멈췄다.

"하하하, 진짜……. 후, 아무튼 알겠어. 웃긴데 좀… 마음에 위로가 되네. 야 대단한데?"

큰세진은 싱글벙글거리더니, 또 갑자기 자신의 팔짱을 끼며 일부러 과장된 목소리로 중얼거렸다.

"근데 세진이가 이렇게 대단한 아이돌인 걸 팬들이 모르면 아무 소용 없는 거 아닐까? 청우 형 리더 자리라도 받아야 하는 게 아닐까?"

농담인 척 진심 말하지 말아라 새끼야. 나는 최대한 침착하게 대답했다.

"이미 대부분은 다 알걸. 넌 네가 본 의견이 다른 팬들한테까지 번질까 봐 걱정하지만… 사실 난 반대로 장기전으로 갈수록 네가 유리하다고 생각한다."

"…그래?"

"어. 약점이 없는 건 연차가 쌓일수록 더 잘 드러나니까."

실제 데이터 시장에서 확인한 경향성이기도 했다. 한 멤버씩 돌아가면서 수요가 떡락하는 시기가 찾아올 때, 유독 방어가 잘 되는 타입이 그런 쪽이더라고.

큰세진은 이 말을 완전히 신뢰할 수는 없다는 눈치였다. 하지만 웃으며 고개를 끄덕였다.

"…그래. 그렇게 생각하면서 무대 잘해볼게~"

그래도 저건 진심인 것 같았다.

어쨌든 자기 마음에서 결론이 난 것 같으니, 특성 효과는 받을 것 같았다.

[특성 : 정숙하세요(B)]

-토 달지 맙시다!

: 추진력 +100%

명칭만 봤을 때는 큰세진 성향상 여론 관련 특성이 아닐까 했는데, 까 보니 저래서 약간 놀랐었다.

'뭐, 저것도 어울리긴 하지.'

아마 토 달지 말라는 건 본인과 주변 모두를 가리키는 게 아닌가 싶다. 이번 유닛 무대 준비하면서 차유진한테도 비슷한 스탠스겠지.

'…살살 어르고 달래서 원하는 요소만 싹싹 뽑아 먹겠군.'

과연 어디까지 통할지 궁금했다.

"그럼 난 이만 올라간다. 정리되면 올라와."

"자기가 다 정리해 놓고 뭐래. 야, 같이 올라가자!"

"……."

큰세진은 앞으로 기지개를 켜며 차에서 나갈 준비를 했다. 그 손을 보고 있자니, 문득 카드를 조작하던 모습이 떠올랐다.

"…그러고 보니, 카드는 어떻게 표시했냐?"

"어?"

"그 유닛 정하는 카드. 조작했던 거."

"아~ 헐? 잠깐."

큰세진이 킬킬 웃었다.

"야, 나 조작은 안 했어!"

"…!"

"카드 만지다가 뒷면에 스크래치 모양을 기억해 버린 걸 어떡하냐~ 내가 머리가 좋아서… 아이고, 내 머리가 잘못했네!"

"……"

조작까지 간 건 아니라니 다행이긴 한데… 어쩐지 열 받는군.

차 밖으로 나와 대기실로 걸어가면서도, 큰세진은 몇 번 더 키득거렸다. 그리고 대기실 앞에서는 약간 진지하게 말했다.

"아무튼… 그럼 더 고맙네. 조작했다고 생각하면서도 내 사정 들어 보려고 했다는 거 아냐."

"…콘서트 잘 끝나면 소 사든지."

큰세진이 빵 터졌다.

"그래. 그러면 그냥 소가 뭐냐? 한우 살게."

"그래라."

"…너도 고민 있으면 말하고."

"……"

내 고민이라. 나는 잠시 이놈들에게 내 사정을 설명하는 것을 떠올려 보았다. …음, 그날부로 활동 중단당하고 정신과 상담 예약을 잡아야 할 것 같군.

역시 이건 그냥 없는 셈 쳐야겠다.

"어. 생기면."

"오~ 아직은 없다는 자신감!"

큰세진은 웃으며 대기실로 들어갔다. 매니저는 그새 상황을 파악했는지, 컨디션이 돌아온 큰세진을 확인하고 나에게 작게 엄지를 치켜들어 보였다.

'큰세진한테도 다 보이겠는데요.'

어쨌든, 이후 대기시간은 별일 없이 평화로웠다. 김래빈을 제외한 모든 멤버가 자이롭과 눈도 마주치지 않았기 때문이다.

그리고 테스타는 이날 4분기 앨범 본상과 신인상을 챙겼다.

"정말 감사합니다! 저희가 지난주에 데뷔 200일을 맞이했었는데…."

마이크를 잡고 청산유수처럼 말하는 큰세진의 다음 차례를 기다리다가, 나는 드디어 기다리던 소식을 받았다.

[성공적 수상!]

당신은 '가장 권위 있는 국내 시상식'인 대중의 인정 속에서 신인상 수상에 성공했습니다!

!제한시간 : 충족 (대성공)

!상태이상 : '상이 아니면 죽음을' 제거!

: 진실 확인 ☜ Click!

생각보다 빠르게 신인상 관련 상태이상이 풀렸다.

2월까지는 가야 할 줄 알았는데, 마지막 대형시상식에서 상을 받자마자 풀렸다는 건… 그만큼 현재 여론이 압도적이라는 뜻일 것이다. 신인상 논란으로 난장판이었을 때 정면 돌파한 영향이겠지. 이게 상태이상 해제 시기에까지 미칠 줄은 몰랐다.

'뭐, 빨리 확인할 수 있는 건 좋은 일이지만.'

어차피 한동안은 '진실 확인'을 클릭할 생각이 없었으니, 빨리 달성됐다고 해서 새 상태이상을 너무 이르게 맞을 일도 없었다.

"감사합니다!"

생각하는 사이, 소감을 마친 큰세진이 자리를 비켜서 스탠드 마이크 앞자리를 내줬다. 내 차례라는 뜻이었다.

나는 천천히 걸어 나와서 마이크 앞에 섰다.

정면의 번쩍이는 물결이 시야를 어지럽혔다. 멀리서도 눈에 잘 띄는 발광력, 테스타의 응원봉이다. …다른 시상식보다 압도적으로 많은데, 아마 VTIC이 불참이라 그런 것 같았다. 나는 그 광경을 확인하며 마이크에 입을 댔다.

"우선, 저도 감사하다는 말로 소감을 시작하고 싶습니다."

수상소감을 말하는 걸 꺼릴 것은 없다만, 그렇다고 나서서 하고 싶다고 느낀 적도 없었다. 그냥 돌아가면서 하는 거니까 했던 거지.

하지만 지금 보니… 감사를 표현하는 방법으로는, 괜찮은 수단인 것 같다.

"…테스타는 오랜 기간 한 팀으로 준비한 그룹은 아닙니다. 팀으로서 검증되지 않은 저희가 짧은 준비 기간을 거쳐 그룹으로 데뷔하기 위해, 많은 고민과 노력을 했습니다."

물론 고민만 한 건 아니고 회사 욕도 했지만, 어쨌든 거짓 없는 진실이었다.

그리고 다음 말도 그랬다.

"그리고 그 원동력은… 기다려 주시는 분들이 계셨다는 점인 것 같습니다."

……데뷔 준비만이 아니었다.

이번 신인상 논란에서도 마찬가지였다. 상황이 반전되면 바로 호응해 줄 사람들이 있다는 것을 알았기 때문에… 그런 원초적인 방법도 고를 수 있었다.

좋은 결과물을 내놓기만 하면, 그걸 좋아하려고 기다려 주는 사람이 있다는 건 참 이상하고 대단한 일이지 않은가.

"믿고 기다려 주셔서, 기대해 주셔서 감사합니다."

피곤한 여론과 짜증 나는 상황에서도 기대를 포기하지 않아 줘서 고마웠다.

"테스타의 내일을 생각하실 때 걱정보다 설렘을 드릴 수 있는 그룹이 되도록, 앞으로도 지금의 마음을 잊지 않고 최선을 다하겠습니다. 감사합니다."

나는 고개를 숙였다. 그리고 약간 오래, 인사를 계속했다.

머리 위로 찬란한 함성이 쏟아졌다. 응원봉의 발광력만큼 박력 넘치는 그 소리가 어쩐지 뜨겁게 느껴졌다. 그리고 등을 두드리는 손도 느껴졌다.

'멤버들이겠지.'

좋은 그림일 것이라고 긍정적으로 생각하려던 찰나, 약간 당황한 속삭임도 들렸다.

'무, 문대 괜찮아?'

'너 울어?'

안 운다.

다른 놈이 진지하게 속삭였다.

'고개 바로 들기 그런 거면 얼굴 가리고 뒤로 돌아.'

대체 왜 우느라 쪽팔려서 고개를 못 든다고 생각하는 거냐. 감동과 감사로 인사가 길어진다고 생각하는 게 보통 아니냐고.

나는 한숨을 참으며 고개를 들었다. 그러자 함성만큼 찬란한 응원봉이 수없이 흔들거리며 물결쳤다. 어쩐지 아까보다도 거대해 보이는 게 은하수 같았다.

"……."

'큰일 날 뻔했네.'

아무 생각 없이 대가리 들었다간 진짜로 나 혼자 뽕 차서 눈물 짤 뻔했다. 우냐고 오해한 놈들 때문에 짜게 식어서 중화된 덕에 도리어 웃긴 꼴을 면했다.

'식은땀이 다 나네.'

그리고 동시에 몇 달 전, 내가 보자마자 버린 특성이 생각났다.

[특성 : 눈 밑 수도꼭지(B)]

―편하게 열고 잠그세요!

: 눈물 제어 능력 MAX

약간 등골이 서늘해졌다.

'…설마 필요해지는 건 아니겠지.'

버리자마자 필요해진 부동심 꼴이 나는 건 아닐까, 잠시 의심했으나… 곧 내심 고개를 저었다. 아무리 그래도 이런 걸로 다른 특성을 포기할 순 없다.

여차하면 좀 쪽팔리고 말면 그만이었다. 그리고 뭐, 그런 일이 자주 일어나겠는가? 오늘처럼 복합적인 사정이 겹친 날이나 그런 거지.

'손이나 흔들자.'

나는 '운 줄 알았는데!'라고 말하는 듯한 태도로 옆구리를 찌르려 드는 놈들과 함께 관객석을 향해 손을 흔들고 고개를 꾸벅였다.

불빛은 여전히 뜨거웠다.

그렇게 시상식 시즌이 다 마무리된 뒤엔 본격적인 콘서트 준비가 진행되었다. 그중에는 물론 카메라와 함께하는 유닛 무대 준비 과정도 있었다.

[마법소년 테스타의 마법 같은 인공지능 비서!]

"이젠 위튜브까지 나오냐."

"청우 형이에요!"

차유진의 말대로 위튜브와 연결된 TV 화면에서는 류청우가 나오고 있었다. 새 날개 그림이 어깨 위로 합성된 류청우는 웃으며 윙크와 함께 검지와 엄지로 살짝 쏘는 동작을 취했다.

[캐치, 큐리어스!]

류청우가 쾌활한 미남으로 나오는, 굉장히 멀쩡한 광고 장면이었다.
"뭐야!"
"왜 형만 멋있는 거 해요!?"
"……동물이, 아니네?"
마지막 배세진의 질문은 거의 음산하게까지 들렸다. 하지만 류청우는 이것마저도 민망했던지 웃으며 머리를 털 뿐이었다.
"하하, 멋진 건 아니고… 팬분들이 나를 '새'랑 많이 비교해 주셔서, 맞추다 보니까 이렇게 된 것 같네."
그러나 멤버들의 반응은 차가웠다.
"삐약삐약 병아리로 할 수도 있었는데 멋진 거 했잖아."
"스킵 눌러 드리려고 했는데 그럴 필요도 없었습니다."
"아니, 내가 정한 것도 아니잖아 애들아!"
류청우는 잠깐 당황했지만, 곧 가벼운 억울함에서 나온 반응이라는 것을 깨달았는지 웃으며 상황을 귀엽게 보고 넘겼다.
'…이미지 동물이 매라서 좋겠군.'
누군 강아지를 밀다가 그 꼴이 됐었는데 말이다. 나는 떠오르는 내 광고 컷을 빠르게 떨쳐내고, 재생되는 영상에 집중했다.

[Je te donne des fleurs que…….]

화면에서는 느릿하고 아름다운 샹송이 흐르고 있었다. 바로 김래빈과 류청우가 선택한 유닛곡이었다. 큰세진이 관성적으로 감탄하며 물었다.

"오, 저 곡 쓰려고?"

"예."

김래빈이 고개를 끄덕이며 눈을 반짝였다.

"청우 형 음색과 잘 어울리는 멜로디라고 생각합니다. 건반악기 소리만 남기고 리듬을 키치하게 바꾸면 굉장히 감각적인 Inst가 될 겁니다…!"

"그래. 래빈이가 재밌어하는 것 같아서 나도 기대된다."

류청우가 허허 웃으며 고개를 끄덕였다. 이 팀이 대충 어떤 분위기로 진행 중인지 짐작이 갔다.

'김래빈이 폭주하는 걸 그대로 두는군.'

어차피 유닛 한 무대니까 류청우도 보수적으로 판단하지 않고 김래빈의 아이디어를 전면 수용해 주는 모양이다.

'재밌는 그림이 나오겠는데.'

꽤 흥미로웠다.

그리고 다음으로는 차유진이 신나서 동영상을 검색해 틀었다. 갈색 앨범 커버를 바탕으로 올드 팝송이 흘러나왔다.

'…굳이 팝송을?'

재미교포인 차유진에게 너무 유리한 선곡이 아닌가 싶었으나, 곧 그럴 리 없다는 것을 깨달았다. 아마 큰세진은 차유진을 배려하는 구도만 챙긴 뒤 자신이 원하는 곡을 골랐을 것이다.

'이 판에 저놈이 양보했으면 성을 간다.'

이미 갈린 성이지만 한 번 더 걸어봤다.

큰세진은 나와 눈이 마주치자 보일 듯 말 듯이 눈썹을 찡긋거렸다. 아마 저 팝송이 본인이 유도한 곡이 맞는 듯싶었다.

"저 이 곡 좋아요! 완전 기대해요!"

"맞아, 우리 멋진 무대 만들자구~"

"만들어요!"

차유진이 신나서 손을 들자 큰세진이 쾌활한 하이파이브로 응답했다. 뭐, 둘 다 만족한다니 됐군. 아직까진 별문제 없어 보였다.

"그, 그럼… 저희가 고른 곡을 재생하겠습니다…!"

"오오~"

마지막은 나와 배세진, 그리고 선아현의 조였다.

선아현이 대본대로 앞으로 나와서 위튜브 화면을 조작했다. 그러자 촌스럽고 느긋한 밴드 반주가 흐르기 시작했다.

[우! 마음이 들려요~]

"어?"

약간 당황한 다른 조의 놈들을 보고, 나는 웃으며 설명했다.

"미소 선배님의 〈그대는 놀라워〉입니다."

80년대 후반에 왕성히 활동했던 여성 솔로 가수의 적당히 밝고, 적당히 감성적인 곡이었다. 그리고 이 곡의 '우우우~ 놀라워!'라는 후렴구는 아마 10대나 20대도 예능 등지에서 한 번 정도는 들어봤을 정도의 인지도를 가졌다.

하지만 딱 그게 전부였다. 아마 최신 콘서트에서 쓸 곡이라기엔 임팩트와 분위기 모두 어울리지 않아 보였겠지.

류청우는 약간 충격받은 얼굴이었다.

"이 곡을 너희 셋이 하게?"

"네."

나는 태연하게 고개를 끄덕였고, 나머지 두 팀원도 약간 상기된 얼굴로 긍정했다. 류청우는 그 면면을 살핀 뒤에야 겨우 고개를 끄덕였다.

"그래… 문대가 고른 거지?"

"…? 아뇨. 선아현과 세진 형이 골랐습니다."

둘이 먼저 후보곡에 올려서 상의 후에 같이 고른 것이다.

"……음. 그렇구나."

류청우는 곧장 고개를 끄덕였지만, 걱정을 숨기는 게 느껴졌다.

'카메라만 없으면 벌써 정말 이걸로 괜찮겠냐고 물어봤겠군.'

그 기색을 알아차리지 못한 선아현은 그냥 들뜬 얼굴로 중얼거렸다.

"저, 저희랑 잘 어울릴 것 같아서, 벌써 기대돼요!"

배세진도 말할까 말까 주저하는 표정이었지만, 결국 카메라를 보며 입을 열었다.

"…멋진 무대가 될 것 같으니까, 기대해 주셔도 좋을 것 같습니다."

드물게 적극적인 두 사람의 의견 표명을 보던 류청우의 얼굴이 점점 편안해졌다. 저렇게 좋아하니 자신은 모르겠지만 이 곡에 무슨 매력이 있겠다는 생각이 들었나 보다.

류청우는 마지막으로 쓱 나를 쳐다보았다. 그리고 마지막 확신을 바라는 얼굴로 물었다.

"…문대도 자신 있고?"

"어떤 무대든 무조건 자신 있기는 힘들죠. 최선을 다해서 완성해 보겠습니다."

"……."

"저희 모두 힘내죠!"

"힘냅시다!"

"테스타 화이팅!"

류청우는 촬영이 끝나자마자 '정말 괜찮겠냐'는 질문을 세 번쯤 했고, 나는 세 번 모두 고개를 끄덕였다. 그제야 류청우는 다소 안심한 얼굴로 커피를 내리러 사라졌다.

'괜히 장난쳤나.'

혼자 광고 러시안룰렛을 피해서 좀 놀려줄 생각이었는데 원체 책임감 강한 놈이라 예상보다 더 잘 먹혔다.

'사실 내가 걱정하는 건 다른 부분이긴 한데.'

내 걱정은… 신곡 무대였다.

음원이 나오기도 전에 콘서트에서 첫 무대로 타이틀곡과 서브곡을 선보인다라. 관객들에게 생소하며 대중에게 검증되지도 않은 것을 두 곡이나 즐겁게 감상하도록 만들어야 했다.

분위기가 처지지 않도록 끌고 나가는 게 중요했다.

"……흠."

나는 고민하다가, 짧고 명쾌한 답을 내놓았다.

'자본을 쏟자.'

다행히 회사가 돈이 많았다.

테스타가 한창 콘서트와 새 앨범 준비에 매진하고 있을 그 시점, 인터넷에선 드디어 콘서트 날짜가 공지되었다.

[콘서트 공지 떴다]

: 3월 30일~31일 주말 양일 일정

(공지 이미지)

-미친미친 드디어 콘서트

-으아아악

-헐 대관 뜬 거 맞았구나

-아 제발 내 자리 하나만ㅜㅜ

-데뷔 9개월 만에 콘서트라니 세상에 우리 애들 무슨 일이야

-많은 걸 바라진 않을게 진짜 갈 수만 있다면 좋겠어ㅜㅜ

-벌써 응원봉 들고 팬송 부르는 상상함

이미 팬들은 소속사가 체조경기장을 대관했다는 소식을 알음알음 확인했기 때문에 기대감에 부풀어 있었다. 그리고 기대가 현실로 이뤄지는 순간, 사람들은 기쁨의 비명을 내지르며 즉시 티케팅 준비를 시작했다.

-콘서트 갈 지방 러뷰어는 빨리 숙소부터 잡아 느긋하게 하다간 예약 금방 차고 가격 엄청 오름ㅜㅜ

-애프터파크 서버 시간 어디로 확인해?

-팬클럽 선예매 따로 준비할 거 있을까?

-스탠딩 잡고 싶다 정말 간절하다

하지만 그들이 침착하게 티케팅 준비를 시작하기도 전에 새 소식이 쏟아져 들어왔다.

-헐 우리 새 앨범 다음 달부터 예약받는다는데? (공지 링크)

└?? 뭐야

└갑자기?

└4월 1일 컴백을 벌써 공지해?

└헐 콘서트 다음 날이네

└콘서트 끝나자마자 컴백? 떡밥 많아서 좋긴 한데... 어...

팬들은 거기서 이미 당황했지만, 뉴스는 아직 끝나지 않았다.

-기사 떴다... 콘서트에서 신곡 최초 공개한다고 함 (기사 링크)
└네...?
└아니 이게 무슨 일이야
└그럼 뮤직비디오 나오기도 전에 콘서트에서 첫 무대부터 하는 거임?
└헐 미친 콘서트 못 가면 돌아버릴 듯...

더 있었다.

-테스타 첫 콘서트에서 유닛 무대를 하는데, 무대 제작기를 위튜브에 리얼리티 컨텐츠로 공개한다고 합니다. (인터뷰 링크)
└예?
└잠깐 갑자기 너무 많은 일익ㅋㅋㅋㅋ
└유닛 무대를 하는데 리얼리티도 만들어준다고?
└너무 좋아서 의심이 멈추질 않는다 티원이 일할 리가 없는데...?

팬들은 정신없이 소식들을 소화하려 안간힘을 쓰면서도, 한 가지 사실만은 확실히 굳히고 있었다.
'콘서트 경쟁률 미치게 높겠구나!'
그리고 이 혼란과 긴장의 소용돌이 속에서 테스타는 SNS 글을 하나 올린다.

[테스타가 드디어 첫 콘서트를 하게 됐습니다! >_< 다들 저희 보러 와주실 건가요?ㅠㅠ 저희도 러뷰어와 함께 콘서트 예매를 도전해 보려는데!]

도전장이 따로 없었다.

"다들 준비됐어?"

"당연히 다 됐죠~"

"바로 해요!"

류청우의 질문에 자신감 넘치는 대답들이 돌아왔다.

이 '테스타가 직접 해보는 콘서트 예매' 컨텐츠를 위해 통으로 빌린 PC방에는 우리와 스탭들뿐이었다. 그리고 각자 PC를 하나씩 꿰찬 놈들은 그냥 '우리 콘서트 곧 한다!'라고 외치는 듯한 좋아죽겠다는 얼굴로 앉아 있었다.

"저희가 오늘 예매하는 자리는 추첨을 통해 사인과 함께 러뷰어에게 보내 드립니다!"

"좋은 자리 잡아볼게요!"

긴장감은 있어도 비장함은 찾아볼 수가 없었다. 최악의 경우라도 구석 자리 정도는 잡겠거니 하는 생각일 것이다.

사실 이놈들 생각으로는 그럴 만도 한 게, 이번에 양일 동원 가능한 수용 인원이 26,000명이다. 다른 말로 하자면 콘서트 하루당 예약 가능한 자리가 만삼천 석이라는 뜻이다. '설마 각 잡고 최신형 컴퓨터로 예매를 시도하는데 13,000개 중에 하나도 못 건지겠느냐'는 기묘한 확신이 놈들 사이를 감돌고 있었다.

하지만 당연히 나는 회의적이었다.

'이놈들 다 망할 것 같은데.'

대화만 들어도 알겠다.

"오, 8시에 열리는 거니까… 8시 딱 돼서 들어가면 되는 거겠죠?"

"그런 것 같네."

"1층 할래요!"

"……."

좌석 화면도 못 보고 입구에서 로딩으로 끝날 것 같군. 기껏해야 얼결에 뒷자리 잡는 놈이나 한둘 나오겠지.

'…역시 내가 잡아야 하나.'

다 망해도 그림이 이상할 테니까 다양성을 위해 한둘은 성공하는 게 나을 것 같다.

하지만 사실 나도 직접 콘서트에 가본 적은 거의 없다. 기껏해야 일대일 수주 받고 가서 데이터 뽑아준 적이나 몇 번 있던가.

다만 대리 티케팅이라면 시도해 준 적이 꽤 있다. 그리고 승률이 괜찮았다.

'비싼 밥 얻어먹기 좋았지.'

그 이상 본격적으로 해먹진 않았다. 암표 팔이는 회색지대도 아니고 그냥 범법이라서 법망에 걸릴 확률이 높으니까. 어쨌든, 그러니 이번에도 적당히 건지는 수준으로는 가능하겠다 싶었다.

그때 옆자리의 선아현이 슬그머니 말을 걸어왔다. 화면을 보니 이제야 겨우 예매 사이트에 접속한 것 같다.

"무, 문대야. 어느 구역, 고를 거야?"

"음… 2층 8구역 정도 해볼까 하는데."

"2, 2층?"

"문대 너무 쉽게 하려는 거 아니야~?"

"1층 같이해요!"

주변에서 대화를 들은 놈들이 참견해 왔다. 현실을 모르는 용감한 발언이 쏟아지는 가운데, 선아현만은 열심히 고개를 끄덕였다.

"그, 그럼 나도… 2층 할까? 어, 어떻게 하면 돼?"

본인의 경험 없음을 인정하고 조언을 구하는 자세가 돋보였다.

'…내가 아는 선까지는 말해둘까.'

나는 간단히 서버 시간과 사이트 세팅 관련 조언을 했다.

"일단 이 사이트에 들어가서 애프터파크 주소를 클릭하면……."

"오, 문대 뭐 알려준다!"

"저도 경청하고 싶습니다!"

"알려줘요?"

"…예매 사이트의 서버 시간이 나오는데, 예매 시간은 그걸 기준으로 생각하면 돼."

방해가 많군. 나는 일단 말을 마쳤다.

"아, 알겠어!"

선아현은 곧바로 자신의 PC를 조작했고, 곧 서버 이름과 함께 애프터파크 서버 시간이 나타났다.

[마법소년 테스타의 마법 같은 이선좌]
[02월 26일 19시 47분 49초]

"오오!"
주위들은 놈들이 신나서 사이트를 베꼈다. 그리고 류청우와 배세진까지 기웃거리며 방법을 배워가기 시작했다.
'흠, 맨땅에 헤딩하는 것보다야 낫겠지.'
예매 시작까지 10분밖에 안 남았다. 나는 빠르게 아는 내용을 털었다.
"그리고 예매 사이트는 웹 브라우저별로 여러 탭 띄운 다음에, 정각이 되기 직전 59초부터……."
요약된 설명이 다 끝났을 때쯤엔 놈들에게 약간 비장함이 생기기 시작했다.
"마, 많은 준비가 필요하구나…."
"문대가 조사 안 해왔으면 우리 다 실패할 수도 있었겠는데?"
생각보다 팁이 세밀하고 뉘앙스에서 절박함이 묻어나는 탓인 듯싶었다. 그리고 공지된 시간이 다가올수록 그 분위기는 강화되었다.
"앞으로 3분 남았다."
"헙."
"우리 꼭 좋은 자리 잡아서 러뷰어한테 보내줍시다~"
"최선을 다하겠습니다!"

"화, 화이팅…!"

본인이 안 잡아도 그대로 러뷰어에게 갈 자리라는 것은 이미 잊어버린 것 같다. 뭐, 잘못하면 암표상한테 갈 수도 있으니… 확률적으로 보완의 가능성은 있군.

나는 어깨를 으쓱하고 마우스를 고쳐 잡았다. 카메라 사각지대에서 스탭이 손짓으로 카운트다운 신호를 주었다.

"10! 9! 8! ……3! 2! 1!"

입으로 숫자를 따라 말하며, 나는 정각이 되기 직전부터 탭을 하나씩 새로고침하기 시작했다.

"……!"

그리고…… 아무 일도 일어나지 않았다.

화면이 멈췄기 때문이다.

'조졌다.'

아니, 정말 이거 외에는 설명할 방도가 없다.

모든 탭에서 끝없는 로딩이 계속되었다. 트래픽이 좀 풀리면 변할까 싶어서 7분쯤 브라우저를 왔다 갔다 하며 상황을 더 지켜봤지만 변하는 건 없었다.

주변도 시끄러웠다. 누구 하나 페이지를 본 놈은 없는 것 같았다.

'이거 아무래도 서버 터진 것 같은데.'

나는 PC를 버리고 모바일 앱을 켜보았다.

[대기인원 41,502명]

패배 선고였다.

"……."

촬영 중이라 폰을 자제하려다가 앱을 확인하는 게 늦었던 것이 패착인 듯싶었지만…….

'…내가 망했다고?'

다른 놈들도 아니고 내가… 한 자리도 못 건졌다고?

믿기지 않았다.

'…VTIC 콘서트도 성공해 봤는데.'

비록 지금보다 3년 전 시점이긴 했지만, 그때도 그 새끼들은 탑티어였단 말이다…! 당시에도 서버가 터졌는데 어떻게 탭 바꿔서 비비고 들어갔던 기억이 멀쩡했다.

근데 왜 하필 지금 그게 안 먹혔는지 모르겠다.

'……내 콘서트 예매인데.'

솔직히 좀 당혹스러웠다.

나는 몇 번 더 PC와 앱을 다시 확인한 뒤에야 허연 화면 앞 현실을 받아들였다.

'어쩔 수 없지.'

…티켓을 보내줄 수 없는 건, 좀 아쉽긴 하지만 말이다. 아마 나까지 속수무책으로 안 됐으니 다른 놈들이 해낼 가능성은 지극히 낮…….

"어, 어어?"

그 순간, 옆자리의 선아현이 소리를 지르며 마우스를 움직이기 시작했다.

슬쩍 보니 화면이 결제창까지 넘어가 있었다.

"……!"

"헐, 아현이 했어?"

"대체 어떤 묘수로 들어가셨습니까?!"

"나, 나도 모르겠…. 무, 문대가 알려준 대로 했는데…!"

선아현은 우르르 몰려든 놈들에게 당황한 얼굴로 대답하면서도 알려준 대로 착실히 단계를 밟아가기 시작했다. 미리 복사해 둔 개인정보를 입력한 뒤, 결제 수단도 무통장 입금을 잘 선택해서 다음 페이지로 넘어갔다.

심지어 위치도 예정했던 2층 중앙이었다.

"와 대박!"

"아현이가 성공하는구나."

"…다행이다. 한 명이라도 해서."

멤버들이 선아현의 어깨를 두드리는 등의 행동을 하며 벌써 축하 분위기에 돌입했다.

"……."

그러나 나는 씁쓸하게 선아현의 화면을 들여다보았다. 큰세진이 다짜고짜 등을 쳐왔다.

"헐 문대문대, 열심히 준비했는데 아현이만 성공해서 서운해?"

선아현이 화들짝 놀랐다.

"무, 무, 문대가 잘 알려줘서…! 무, 문대가 한 거나 다름없……."

"아니, 그게 아니라……."

내가 설명하는 것보다 먼저 선아현의 PC화면이 변했다. 거기엔 예상 그대로의 문구가 떠 있었다.

[결제 진행 중 오류가 발생하였습니다.]

"……."

"……."

죽음 같은 침묵이 흘렀다. 이럴 줄 알았다.

'…로딩이 너무 길었어.'

로딩이 너무 짧거나 길면 보통 이 꼴이 나더라고.

선아현은 상황을 받아들이지 못하고 굳어 있었다. 다른 놈들도 썩 정신 차린 것 같지는 않았다.

'…결제 단계에서 튕긴 표가 꽤 많을 것 같은데.'

나는 혹시 모를 기대에 다시 예매 페이지를 몇 장 확인해 봤다. 여전히 하얀 화면만 떠 있었다.

'시X.'

이거 성공한 사람이 있기는 한 건가?

트래픽 예측에 실패한 예매 사이트 때문에 서버가 다운된 것 같은데, 그럼 다들 똑같은 화면을 보고 있을 수도 있었다. 나는 침착하게 추측했다.

'제대로 예매한 사람이 아직 얼마 없을 수도 있다.'

물론 아니었다. 3분 뒤에 드디어 접속된 예매 페이지가 증명했다.

[0석]

"……."

놀랍도록 많은 사람이, 이 쓰레기 같은 서버를 뚫고 예매에 성공했던 것이다.

"진짜?"

"이렇게 끝이라고…?"

끝이었다.

그리고 거짓말처럼 매진 기사가 뜨기 시작했다.

[테스타 첫 콘서트 전석 매진]

[2만 6,000석 매진… 서버 장애까지 부른 테스타의 콘서트]

[테스타의 첫 콘서트, 양일 전석 매진까지 단 10분]

그렇다.

나는 그냥… 티케팅에서 팬들에게 진 것이다. 그것도 좌석 한번 보지 못하고 맞은 처절한 완패.

"……."

데이터팔이 1패… 추가.

테스타의 첫 콘서트.

팬들이야 기대와 행복에 부풀어 있었으나 대중적으로 큰 소식은 아니었다. 보통은 아이돌 콘서트에 갈 생각 자체를 하지 않기 때문이다.

더군다나 테스타는 컴백 일자까지 발표한 상태였다. 그 소식에 주목이 쏠린 나머지, 콘서트 자체는 큰 반향 없이 조용히 지나가는 듯 싶었다.

…테스타의 망한 티케팅 영상이 올라오기 전까지는 말이다.

[본인들 콘서트 티켓팅 도전했다가 전멸 당한 아이돌ㅋㅋㅋ.jpg]
: 결제창까지 갔던 선아현도 오류맞고 끝ㅋㅋㅋ
테스타 전원 넋부랑자 됨 (캡처)

-세상엘ㅋㅋㅋ

-얘네 거의 오열하는데?ㅋㅋㅋㅋ

-이거 영상으로 보면 더 웃겨 테스타 미치려고 함

-마지막에 보내드릴 티켓이 없다고 사과하는 게 제일 웃김 무슨 위튜버 사과 영상 썸네일인 줄ㅋㅋㅋㅋ

-서버가 잘못했네ㅠㅠㅋㅋ

-그저께 자신만만했던 테스타의 SNS 선전포고(캡처)

 └ㅋㅋㅋㅋㅋㅋㅋㅋㅋ

 └현실: 전원광탈

-아니 너무 귀엽고 공감됨ㅋㅋㅋ

-우리 애들 겪은 게 나랑 너무 똑같아!ㅋㅋ 근데 너희는 콘서트에 있겠지? 나는… 표가… 없는데…

└아아...ㅠㅠ

└취소표 꼭 성공하길..

테스타의 대환장 티케팅 실패기는 너무 화려하게 망했기 때문에 웃긴 의미로 화제가 되었는데, 특히 정성을 다한 것 같은 준비성에도 불구하고 대차게 망한 한 멤버에 대한 반응이 쏟아졌다.

바로 박문대였다.

-근데 박문대는 진짜 할 만큼 했다 멀티 브라우저에 앱까지 켜볼 줄은 몰랐음ㅋㅋㅋㅋ

└그러게 웬만하면 잡았을 것 같은데 서버 때문에 운이 안 좋았지.. 근데 충격받은 거 귀엽더라ㅎ

-박문대 닭발 때부터 그러더니 대충 할 것처럼 생겨서 왜 이렇게 모든 활동에 진심이냐고ㅋㅋㅋ

└침착한 척하다가 실패하면 고장나는 게 최고로 씹덕ㅠ

└일부러 그러는 듯

└존잘 메보가 뭐하러 그렇게까지 하겠니 정병아...

-문댕은 잘못이 없다 잘못은 애프터파크 서버에 있다

-박문대 자기 조사한 거 신나서 공유할 땐 눈 반짝반짝 댕댕이였는데 망하니까 티벳 여우행ㅋㅋㅋ

└ㅅㅂㅋㅋㅋㅋㅋ

└역시 댕댕은 대외용일 뿐 찐은 티벳여우다 이모티콘만 나오면 곧 대세는 뒤집힐 것

사람들은 팬들과 뒤섞여서 제법 오랫동안 박문대, 그리고 테스타의 귀여움에 대해 이야기했다. 팬들은 간만에 통한 훈훈하고 귀여운 분위기의 영업에 즐거워하면서도 동시에 거지 같은 티케팅 서버와 실패에 울었다.

그러자 의외의 효과가 나왔다. 테스타의 콘서트 관련 컨텐츠가 덩달아 관심을 슬쩍 흡수한 것이다.

-오 유닛 무대 위튜브 공개도 함? 뜨면 여기도 올려줘 아주사 생각나서 추억 팔이하고 싶어짐
-신곡도 첫 공개구나 테스타 콘서트 준비 많이 했나 보닼ㅋㅋㅋ
└그래서 이벤트 망하고 더 멘붕했는 듯ㅋㅋㅋ
└티켓 보내주려고 했는데 티켓이 없어..!
└아 진짜 웃기네ㅋㅋㅋㅋ콘서트 어떻게 하는지 기대하겠음ㅋㅋㅋ

그리고 그 분위기가 잦아들기 전에 콘서트 트레일러 영상과 유닛 무대 제작 리얼리티가 위튜브에 쏟아졌다. 심지어 VOD 서비스 공지까지 일찌감치 뜨며 넘치는 콘서트 수요를 잘 흡수했다.

분위기는 최고로 달아올랐다.

-티원이 계속 일을 한다 이게 무슨 일이냐
-콘서트 기대로 미칠 지경...
-본부장 바꾸길 잘했어ㅠㅠ

덕분에 팬들은 심장이 터질 것 같은 기대와 흥분 속에서 콘서트 첫날을 맞이할 수 있었다.

"사람 많아?"

"진짜 많아요!"

"아직 공연 시작까지 8시간 이상 남았는데도 불구하고 모여서 담소를 나누는 분들이 여럿 보입니다…!"

화장실에 가는 척 바깥을 염탐하고 온 김래빈과 차유진이 흥분해서 떠들었다. 무대 위에 선 멤버들이 얼굴을 가리거나 심호흡을 했다.

"후아……."

"리허설 소리 다 들리시겠네."

그렇다. 지금 콘서트 리허설을 하러 무대에 올라온 참이다.

해외 투어를 하는 아이돌의 경우 리허설 관람을 포함해서 표를 팔기도 하는데, 그 케이스가 아니라 다행이었다. 첫 콘서트에서 리허설까지 공개면 아마 지금보다 열 배는 긴장한 놈들이 속출했을 테니까.

물론 지금도 다들 기합은 바짝 들어가 있다.

"우리 진짜 잘하자. 연습을 그렇게 했는데, 한 만큼은 보여 드려야지."

"맞아요!"

"정말… 정말 많이 했어."

배세진의 얼굴이 약간 창백해졌다. 지난 연습 기간을 떠올리는 모양이었다.

'좀 심하긴 했지.'

체력이고 나발이고 폐활량이 안 버텨주겠다는 생각이 든 적이 한두 번이 아니었다. 덕분에 숙소에 사이클 머신을 들였다. PT 받는 시간만으로는 부족하다는 것에 만장일치가 나왔기 때문이다. 그 와중에 유닛 무대 제작 리얼리티에서는 활기찬 모습을 보여줘야 하니 보통 일이 아니었다.

'…그래도 결국 이날이 왔군.'

아쉽거나 불안하지는 않았다. 준비는 다 끝났으니까.

그리고 그건 다른 놈들도 마찬가지일 것이다.

"그래. 이번에야말로 연습량을 믿고 가보자."

"넵!"

그 단단한 분위기 속에서 큰세진이 슬쩍 손을 들었다.

"저희 구호라도 한번 외치고 갈까요~?"

"구호?"

"그거 있잖아요~"

"…아."

무슨 말인지 그제야 깨달은 놈들의 얼굴 위로 느낌표가 떴다.

그리고 잠시 뒤, 턱턱 손이 모였다.

"아 테스타 오늘 뭔가 보여준다!"

"가자!"

…민망함과 분위기를 등가교환 하는 문구였다만, 효과는 있었다.

"오프닝부터 가는 거죠?"

리허설은 문제없이 순조롭게 진행되었다.

아직 비어 있는 관객석이 다 찰 때까지, 정말 얼마 남지 않았다.

체조경기장 앞은 인산인해였다. 여러 이유가 있겠지만, 주목적 중 하나는 바로 콘서트 관련 상품 구매였다.

'MD 다 건졌다!!'

박문대의 홈마도 양손 가득 쇼핑백을 가지고 입장 줄에 섰다. 성공적인 사냥의 증거품이었다.

게다가 다들 퀄리티가 괜찮았다!

특히, 응원봉에 부착해서 커스텀이 가능한 반짝이는 파츠 세트가 아주 예뻤다. 사전 구매 당시 이미지 컷만으로도 순식간에 제일 먼저 품절 되는 것을 이미 SNS로 확인했다.

'생각보다 너무 잘 뽑았어.'

최근 대기업의 맛을 제대로 보여주는 티원의 행보에 많은 팬이 누그러든 상태였다. 거기에 이것저것 잘 뽑으니, 슬슬 우호적으로 돌아서는 사람들까지 나왔다.

하지만 홈마는 마음을 다잡았다.

'…방심하지 말자.'

콘서트 블루레이에서 이것도 저것도 애들이 시안을 냈다는 걸 확인하게 될지도 모르기 때문이다. 하지만 별개로 마음이 들뜨는 것은 어쩔 수가 없었다.

'준비 빡세게 한 것 같지?!'

콘서트가 너무 기대된 나머지 만면에 웃음이 번졌다. 표가 있는 자만 느낄 수 있는 보람이 벌써 물밀듯 밀려왔다.

게다가 그녀의 객석은… 2층 8구역이었다! 바로 박문대가 도전하려 했으나 시도도 못 해보고 실패한 그 자리였다.

'문대야, 내가 여기 앉는다…!'

원래 그녀는 직캠이 잘 나오도록 스탠딩과 교환을 구해볼 생각이었지만, 테스타의 티케팅 영상을 본 순간 운명이라고 생각하고 받아들이기로 했다.

'내일 더 각 잡고 찍지 뭐!'

내일도 표가 있는 자라 가질 수 있는 여유였다.

"저, 이거 혹시 드실래요…?"

"헉, 감사합니다!"

그녀는 옆자리의 낯선 김래빈 팬이 준비해 온 간식과 작은 포토 엽서를 받았다. 이야기를 나누며 간간이 SNS에서 상황을 확인하자니 순식간에 시간이 지나갔다.

슬슬 콘서트가 시작될 시간이었다. 안내 방송이 회장을 울렸다.

"……후우."

박문대의 홈마는 카메라를 능숙하게 꺼내서 짐으로 감추었다.

그 순간, 회장의 불이 어두워졌다.

"……!"

사람들의 웅성거림이 뚝 멈춘 자리로, 거대한 스크린의 빛이 쏟아졌다.

우우우웅-.

화면을 가득 채운 것은… 교실 바닥에 원형으로 누운 7명의 인영이었다.

테스타였다.

와아아아아!!!

환호와 함께 영상이 전개되었다.

바닥에서 눈을 뜨는 테스타의 얼굴이 한 사람씩 클로즈업되더니, 다음 순간 그들의 머리 위로 비눗방울이 훅 지나갔다. 이윽고 멤버들은 비눗방울을 쫓아서 햇살이 쏟아지는 교실 창문 밖으로 가볍게 몸을 날렸다.

그리고 뚝, 화면이 꺼졌다.

♬♪↓♪- ♬♪♬♪- ♪↓-

다시 어두워진 공연장.

익숙한 멜로디가 더 화려하게 변주되어 울리더니…… 어느새 현장은 쏟아지는 비눗방울과 응원봉의 반짝이는 불빛으로 가득 찼다.

"……!"

보랏빛 조명에 일렁이는 그 환상적인 공간에서, 박문대의 〈마법소년〉 도입부가 들리기 시작했다.

−내일 만난 너를 오늘 내내 생각해

천장에서 와이어를 탄 인영들이 내려오기 시작했다.
"······!"
테스타 7명이 모두 사방에서 와이어를 탄 채 등장한 것이다. 아이돌들은 무대 장치에 몸을 맡긴 채 공연장을 휘감고 돌기 시작했다.

−But reality is breathing, All the time···

그녀의 머리 위로 선아현이 자신의 파트를 부르며 휙 날아갔다.
'미친!'
주변에서 비명 같은 환호가 쏟아졌다.
아아아악!!
선아현이 지나간 자리로부터 살랑이는 바람이 불어 머리를 간지럽혔다. 소름이 쫙 돋았다.
'문대, 문대는?!'
박문대는 그녀와 약간 떨어진 스탠딩 위를 스쳐 지나가고 있었다.
'내일 내 구역 저긴데!!'
금발이 찰랑이는 것이 스크린에 잡혔다. 박문대는 가볍게 미소 짓고 있었다.
'요정! 내일도 제발 저기에 있어줘···!!'
그녀는 울부짖으며 카메라를 들었다.

－Cast a spell

테스타는 2절 후렴이 되기 직전, 삽입된 작은 간주 부분에 중앙 무대로 모여 장치에서 내리며 후렴 안무를 시작했다. 격렬한 움직임에 뮤직비디오의 것보다 훨씬 화려한 교복 의상의 장식들이 조명에 반짝였다.

그리고 숨을 돌릴 틈도 없이, 몰아치듯 반주가 연결되며 다음 곡이 이어졌다. 두 번째 활동기의 타이틀인 〈비행기〉였다.

－마음이 울렁거려, 어딘가로 날려 보내고파

테스타는 오프닝부터 와이어를 쓰고 날아와서, 첫 번째 무대로 순식간에 보유한 타이틀을 다 털어버린 것이다.

'세상에.'

다음 구성이고 뭐고 일단 몰입부터 시켜놓고 보겠다는 느낌이 강렬했다.

다만 분위기는 확실했다. 히트곡만 연달아 나오자, 관객들은 공연 후반부 구성이 걱정되기도 전에 머리가 아드레날린으로 달아올랐다.

테스타의 첫 콘서트는 그렇게 시작되었다.

테스타는 'Choose your side' 앨범에 수록된 나직한 발라드를 한 곡 더 부른 후, 그제야 가벼운 토크를 진행했다.

[후, 오프닝, 재밌으셨나요??]

네!!!!
살짝 울리는 목소리에 찢어질 것 같은 긍정의 대답들이 공연장을 채
웠다. 말을 꺼낸 류청우는 그 기세에 약간 놀란 것 같았으나, 곧 하하
웃으며 고개를 끄덕였다.
'쟤도 자꾸 보니까 귀여워.'
후하게 평을 내리면서도 홈마의 눈과 카메라는 박문대에게 집중되
어 있었다. 박문대는 자신이 마신 물병을 옆의 선아현에게 건네주더
니, 관객석을 향해 살짝 손을 흔들며 인사했다.

[안녕하세요. 러뷰어. 저는 문대… 입니다. 오늘 재밌고 신나는 시간
보내셨으면 좋겠습니다.]

'귀여워!!'
일부러 SNS 말투를 재현하려고 한 노력이 보였다. 하지만 제법 부끄
러웠는지 귀가 발갰다.
'우리 댕댕이가 용기를 냈어…!'
울부짖으며 카메라를 잡고 있는데, 옆에서 흑흑거리는 소리가 들
렸다.
"귀엽잖아……."
"……?"

이 옆자리의 사람은 분명 김래빈 개인 팬인 것 같았는데 말이다. 어쨌든 문대가 그만큼 파괴적으로 귀엽다는 뜻이니 그녀는 훈훈하게 생각하기로 했다.

[이번 무대는~ 저희가 열심히 준비하는 모습을 이미 다들 보셨을 것 같은데요!]
[바로 첫 번째 유닛 무대입니다!]

멤버들은 긴장한 듯 보였지만, 그래도 들뜬 얼굴로 곧잘 토크를 소화했다.

[아, 어느 팀이 첫 번째냐고요? 그건… 비밀입니다!]
[비밀!]

장난스러운 팬들의 야유와 웃는 테스타의 멘트가 몇 번 더 교차한 후에, 테스타는 무대 아래로 내려갈 채비를 했다.

[다들 준비되셨나요? 그럼 누가 나올지, 기대와 함께 기다려 주시기 바랍니다!]
[곧 공개해요!]

그리고 테스타가 손을 흔들며 무대 뒤로 뛰어갔다.
관객의 기대감을 부추기기 위해 그 모습을 일부러 끊지 않고 다 보여준 뒤에야, 조명이 꺼지며 다시 스크린에 영상이 흘러나오기 시작했다.

[빰바밤!]
[빠바바밤!!]

고개를 내민 둘은⋯ 차유진과 큰세진이었다!
'여기를 벌써??'
댄스 퍼포먼스를 주로 하는 유닛은 분위기 구성상 후반부에 등장할 줄 알았다. 게다가 '그' 차유진이 있지 않은가. 무대 박살 내는 차유진, 개인 팬 제조기 차유진!
'⋯에이 몰라. 문대가 나오는 것도 아니잖아!'
그녀는 어깨를 으쓱거리며 등받이에 등을 기댔다. 문대가 안 나오니 좀 편하게 볼 생각이었다.
'뭐, 차유진이 날아다니고⋯ 세진이도 잘 추겠지?'
그녀가 대충 위튜브 리얼리티에서 봤던 기억으로는 좀 유명하고 오래된 재즈풍 알앤비 팝송을 할 것 같았다.
두 사람이 키득거리는 귀여운 VCR도 금방 끝났다.

[그래서 저희 컨셉은⋯⋯, 뭐라고 유진아?]
[황야의 무법자!]

차유진의 말을 마지막으로 화면은 한번 검게 끊겼다.
그리고 잠시 후 다시 뜬 스크린은⋯ 정말로 황량한 황야였다.

'어?'

전형적인 미국 서부물에서 볼 것 같은 풍경이었다.

Bam Bam Bam Barabararararabam

전주가 흐르기 시작했다. 원곡보다 훨씬 유쾌한 색소폰 리듬과 함께
화면에 그림이 떴다.

[WANTED]
[$100,000,000]

현상금 포스터였다. 두 사람의 익살맞은 카툰 캐리커처가 척척 영상
에 붙는 효과가 났다.

−Who's next?

비음 섞인 차유진의 목소리가 한 소절을 날카롭게 던져놓은 순간.
두 사람이 중앙 무대의 양 끝 아래에서 동시에 튀어 올랐다.
그리고 서로를 향해 달려들었다.
"…!"
왼쪽과 오른쪽에서 세차게 달리던 둘은 서로를 향해 미끄러지듯 안
무 동작을 교차하더니, 마법처럼 휙 몸을 일으켜 다시 서로를 뒤를 돌
아보았다.

장신의 둘은 모두 가죽바지에 느슨한 셔츠와 조이는 조끼, 그리고 카우보이모자를 삐딱하게 눌러쓰고 있었다. 다만 차유진은 밝은 갈색이었고, 큰세진은 어두운 갈색이었다.

−Now~ You have to know
What is right D'oh
What is Left

둘은 동시에 모자를 집어 던졌다.

유쾌한 팝송에 맞춰 큰세진의 보컬이 툭툭 튀는 가운데, 비딱하게 웃고 있던 두 사람의 뒤로 검은 옷을 입은 댄서들이 등장했다.

그리고 둘은 허리춤에서 로프를 꺼내 들었다.

"······?!"

사방에서 공격적인 군무가 전개됐다. 차유진과 큰세진은 발과 로프를 사용하여, 기묘하고 활기찬 동작으로 댄서들을 하나둘씩 걸어 눕히기 시작했다.

그 움직임은 댄서들의 안무와 유사점이 있으면서도 서로에게 맞춰져 있었다. 소절마다 서로 같은 타이밍에 같은 동작을 구사하는 부분이 꼭 있던 것이다. 그래서 무대의 통일감은 매끄럽게 유지됐다.

입을 떡 벌리고 볼 묘기였다.

−Take my gun and
Bababababa−by Say

Goodbye!

후렴에 들어가는 순간, 둘은 조끼를 뜯어서 뒤로 던졌다.
그러자 숨겨진 의상 요소가 모습을 드러냈다. 총이 든 건 홀더였다.

−Oh my~

둘은 한 손으로 서로에게 총을 겨눈 채로 안무를 계속했다.
유기적으로 연결되어 계속 위치를 바꾸면서도 다시 제자리로 돌아
오는 안무는 다분히 뮤지컬스러웠지만, 동시에 한쪽 손이 제약되며 다
른 동작들이 더 과격해졌다.
그리고 마지막.
서로가 든 총을 쳐내는 동작으로 안무가 마무리되었다.

−Say Goooodbye~~

드럼 롤과 미친 듯 연주되는 색소폰 소리 위에서, 둘은 천천히 없는
모자를 들어 인사하는 것 같은 동작을 공들여 취했다.
그리고 서서히 무대 아래로 사라졌다.

−Yay ha!

곡의 마지막 구절이 나오기도 전에, 공연장은 비명으로 가득 차

있었다.

'헐.'

품평할 새도 없이 몰입한 나머지 휙 지나가 버린 무대에, 박문대의 홈마는 벌어지는 입을 다물려 노력했다.

'엄청 좋네…….'

'황야의 무법자'라는 키워드를 듣자마자 관객들이 기대했을 법한 요소를, 기대 이상으로 푹푹 찍어낸 강렬한 구성의 무대였다.

'…만우절에 이 무대 컷을 올려볼까.'

조끼를 던지는 컷이 잘 나온 것 같다며 그녀는 애써 침착하게 생각했다. 그리고 그녀처럼, 첫 번째 유닛 무대를 본 관객들 대다수의 뇌리에는 해당 무대가 진하게 남았다.

어떤 멤버 개인이 아니라, 무대가.

큰세진의 판정승이었다.

'유닛 무대가 방금 끝났군.'

의상을 갈아입고 대기하는 중, 환호성으로 무대 아래까지 진동이 울렸다.

"두, 둘이 정말 잘했나 봐!"

선아현이 환한 표정으로 웃었다. 나는 고개를 끄덕였다.

'…안 밀렸겠지.'

뭐, 사실 큰세진이 크게 우려되진 않았다. 며칠 전에 샤워하고 나오다가 선곡의 전말을 대뜸 들어버렸기 때문이다.

−문대야 재밌는 거 알려줄까?
−뭐?
−나 기본기 저걸로 연습했다? 연습생 처음 들어왔을 때부터.
−…….
−그러다 보니 그냥 혼자 연습할 때마다 저걸 쓰게 되더라고.
−……얼마나?
−글쎄… 아마도 8년? 하하.

간단히 말하자면, 차유진은 이놈이 8년간 가지고 논 곡에 붙은 것이다.

물론 그냥 오래 붙잡고 있다고 그 곡을 잘 소화하는 건 아니겠지. 하지만 큰세진 놈 성격을 고려하자면, 아주 곡의 요소란 요소는 다 뜯어서 뽑을 수 있는 퍼포먼스는 이미 다 뽑아봤을 것이다.

거기서 분명 본인이 생각하기에 잘하고 좋았던 것만 추려다가 차유진을 살살 꼬셨을 테니 결과는 뻔했다.

'큰세진이 잘하는 방향으로 좋은 무대가 나왔지.'

게다가 큰세진은 장치를 하나 더했다.

'…솔로 파트가 없었어.'

저 유닛 무대에는 누군가 혼자 움직이는 단독 파트 자체가 없었다. 무조건 함께 움직였다.

그리고 둘이 같이 움직이는 거의 모든 순간에서, 큰세진은 시선을 무작정 빼앗기지 않았다. 한 사람만 보면 재미가 덜하도록 유기적인 무대를 구성했기 때문이다. 물론 실력이 없으면 무슨 짓을 하든 소용이 없었겠지만··· 큰세진은 실력이 있었다.

그러니 아마도, 모든 전략이 잘 통했을 것이다.

'···머리는 진짜 잘 돌아가는 놈이야.'

나는 내심 고개를 끄덕였다.

물론 남의 유닛 무대에 더 신경 써줄 시간은 이제 없었다.

"우, 우리 무대가··· 두 번째니까. 우리도 잘하고 오자!"

이제 곧 내 차례였다.

테스타의 콘서트 표를 구하지 못한 사람들은 온갖 곳에 출몰했다.

-31일 막콘 표 양도 구합니다 당연히 없겠지만ㅠ
-제발 추가 일정 잡아줘 평일이라도 좋아
-표는 없지만 그냥 한번 겉돌 와봤다ㅎ 나 같은 사람 진짜 많더라 웃기다ㅋㅋㅋ
　사실 안 웃김(사진)

정말, 정말로 많았다. 게다가 콘서트에 관심은 있는 사람들까지 포함하면 숫자는 배로 늘었다.

-아 테스타 콘서트 오늘이야?

각 잡고 티케팅까지 할 마음은 없지만, 무대는 궁금한 사람들이었다. 테스타의 티케팅 동영상이 잠시 화제가 된 덕에 〈아주사〉로 미리 형성된 대중 인지도가 콘서트에까지 닿을 수 있었기 때문이다.

덕분에 온갖 커뮤니티와 SNS에서 녹음으로, 또는 저화질 휴대폰 영상으로 콘서트가 중계되고 있었다.

-오 와이어
-박문대 라이브 진짜 잘한다
-방금 위로 지나간 거 선아현이야? 개멋졌는데 중계하던 분이 화면 흔들어서 잘 못 봄.. 아쉽다ㅠ

물론 불법이었지만, 어차피 콘서트 VOD 수요에 영향이 미칠 정도의 퀼리티도 아니었기에 슬그머니 넘어가는 분위기였다. 그래서 사람들은 가지도 않은 테스타의 콘서트를 두고 실컷 떠들 수 있었다.

-타이틀 벌써 다 지나감? 후반에 어쩌려고 그러지
-수록곡 끝나면 알려줘ㅋㅋ
-테스타 진짜 빡세게 잘 춘다 역시 첫콘이 좋아 내 돌도 첫콘 때 저랬는데...ㅎ
-와 무대 때깔이ㅋㅋㅋㅋ 티원 돈 좀 썼구만ㅋㅋ

물론 호의적인 관심을 가진 사람만 있던 것은 아니다.

-아... 테스타 생각보다는 라이브 별로다ㅠ 하도 무대 난리라 기대했는데 어설퍼... 앞으로는 방송 보정 감안해야겠다.

└엥 개잘하는데?

└중계 엿들으면서 아주 대법관 납셨네ㅋㅋㅋ

└팬들 왜 이렇게 공격적이야? 입막음 그만해

└테스타 팬들을 왜 여기서 찾앜ㅋㅋㅋㅋ

└지들끼리 콘서트 달리느라 바빴던데 자기 혼자 머리채 잡고 있네

└야 그냥 좀 보자 이런 걸로 품평질은 너무 나갔음

어그로 시도는 번번이 차단되었다. 어지간히 대놓고 망하지 않는 이상, 정식 송출되는 것도 아닌 해적 영상으로 실력에 대해 떠드는 것은 한계가 있었기 때문이다.

다만 재밌게도, 몹시 잘하는 것은 대놓고 티가 났다.

-카우보이 뭐냐ㅋㅋㅋ 쩔어

-딱딱 맞을 때 쾌감 오졌다

-유닛 팀 짜는 거 볼 때부터 여기 무대 재밌을 줄 알았음 댄스 라인이라ㅇㅇ

-이건 진짜 보고 싶다

첫 유닛 무대가 끝난 후엔 무대에 대한 호평이 쏟아지며 다음 유닛 무대에 대한 기대로 연결되었다.

하지만 오래가진 못했다.

-나머지 유닛은 뭐 하려나ㅋㅋㅋㅋ

-다음 누군지 모르지? 청우-래빈, 문대-아현-배세 이렇게 인가?

  └ㅇㅇ 둘 중 하나

  └오 무슨 무대 할지 감도 안 오는데

  └ㅋㅋㅋㅋㅋㅋㄹㅇ

  └나 리얼리티 봤는데도 모르겠음 둘 다 무슨 옛날 노래 골랐더라

메인 포지션이 겹치지 않는 멤버들끼리의 조합이었기에, 구체적인 그림이 그려지지 않았기 때문이다. 그래서 이어지는 무대에 반응하다 보니 다음 유닛 무대에 대한 기대감은 좀 시들해졌다.

-베러미 나온다

-방금 겁나 큰 황금 깃발 같은 거? 올라탄 거 차유진인가? 진짜 자본 맛 잘 살리네

-와 127 콜라보 곡도 한다 나 이거 좋아ㅠㅠ

-밴드 라이브 편곡한 거 음원 내주면 좋겠다

-테스타 숨은 쉬냐? 군무 계속 몰아치네

사람들은 한 곡의 발라드 이후 계속되는 강렬한 퍼포먼스의 단체 무대에 재밌어하며 콘서트 중계에 몰입하고 있었다.

중간 토크가 다시 시작된 것은 딱 그때쯤이었다. 다들 슬슬 테스타가 자리를 잡고 앉아 넉넉히 떠들며 체력도 보존해 보는 시간을 예상했다.

하지만… 무대 위에서 마이크를 잡은 건 두 사람뿐이었다.

-??
-뭔데 다들 어디 갔어
-차유진이랑 큰세진이야?

둘은 거칠게 숨을 몰아쉬면서도 방긋방긋 웃으며 입을 열었다.

[안녕, 안녕하세요, 헉!]
[하압, 후, 여기 안에 아파요! 근데 기분 최고예요!]
[유진이가, 후, 숨이 찬데 여러분 봐서 좋답니다!]
[맞아요!]

-ㅋㅋㅋㅋㅋㅋ차유진 귀여워 기분 최고래
-아이고 숨 고르고 말하지ㅋㅋㅋ
-아주사 소감 때 생각 난다ㅠㅠ
 └이제 아주사 좀 보내주면 안 되겠냐...

적극적으로 온갖 긍정적인 반응을 보내는 관객들 사이에서 둘은 가벼운 농담을 주고받으며 분위기를 더 고조시키는 듯하더니, 시원하게 다음 무대를 발표했다.

[다음은…….]

[다음은!]
[두 번째 유닛 무대입니다~!]

두 사람은 환호하는 관객들을 향해 '자세한 건 화면으로 만나 보시라'는 말을 남긴 채, 싱글벙글 웃으며 무대 아래로 뛰어 내려갔다.

그리고 몇 초 뒤. 스크린에 세 사람이 떠올랐다.

[화면 켜졌나요?]

스크린의 이목구비는 중계로 엿보는 사람들에게도 확실히 보였다.

-박문대 유닛이다
-오오
-뭐 보여줄지 궁금
-선아현 춤 박문대 노래 배세진... 연기...?
└ㅋㅋㅋㅋㅋㅋㅋㅋㅋ
└대체 뭘 준비했을지.. 제일 확률 높은 건 박문대 중심으로 보컬 퍼포먼스이긴 한데
└선곡 때문에 그러면 개노잼일 것 같다고ㅠㅠ

사람들은 한마디씩 얹으며 두 번째 유닛의 VCR이 끝나기를 기다렸다.

[저희가 준비한 곡… 미소 선배님의 〈그대는 놀라워〉.]

[지금 바로 시작합니다!]

세 사람이 손을 흔드는 것을 끝으로 스크린이 꺼졌다.
그리고 잠시 후.
중계화면이 미친 듯이 흔들리기 시작했다.

-???
-뭐여
-중계 왜 이래

동시에 '어? 어?' 하는 소리가 순식간에 지나가더니, 곧 찢어질 것
같은 환호와 비명이 가득 찼다. 노랫소리가 제대로 안 들릴 정도의 함
성들이 저음질로 바뀌며 어마어마한 노이즈를 생성했다.

-헐 뭐야
-지금 중계 이상한 거 나뿐임?
-ㅋㅋㅋㅋㅋㅋ반응 봐
-아니 대체 뭐했냐고
-벗고 나왔니?
  └ㅋㅋㅋㅋㅋㅋㅋ아 미쳤냐고!
-진짜 너무 궁금해 미친ㅠㅠㅠ

중계로 콘서트를 엿보던 사람들은 그 엄청난 리액션에 기겁하면서도

흥분하기 시작했다. 뭔진 몰라도 굉장한 일이 일어난 것은 확실해 보였기 때문이다.

심지어 몇몇 영상 중계들은 아예 끊겼다.

-왈ㅋㅋㅋㅋ

-중계 어디 갔냐

-폰 떨어트렸나 봐 화면이 우당탕탕 꺼짐ㅋㅠ

-무슨 일인지 아는 사람?ㅠㅠ

-소리 중계에서 계속 비명만 들림ㅋㅋㅋㅋ

혼란으로 가득 찬 그 반응들 속에서, 마침내 정황이 담긴 글이 하나 올라왔다.

[미친 방금 박문대]

내가 보던 중계 꺼지기 전 마지막에 본 것

(사진)

첨부된 사진 속 박문대는… 반짝거리는 핑크 스팽글 리본 띠를 야무지게 차고 있었다!

콘서트가 열리는 체조경기장 안, 테스타의 두 번째 유닛의 무대는 전화부스에 스포트라이트가 꽂히며 시작되었다.

지이이잉—.

리프트 장치로 돌출무대 위로 올라온 세 개의 전화부스는 얌전한 색색의 파스텔 톤이었다.

'꼭! 꼭 찍어 간다!'

박문대의 홈마는 카메라를 부여잡고 침을 꿀꺽 삼켰다.

그리고 순간적으로 추리했다. 부스에 기대서 노래하는 컨셉일까? 80년대의 감성적인 곡이니 느리게 편곡해서 그럴 수도 있겠다 싶었다.

'문대 파트 많았으면!'

그 순간 전주가 흘러나왔다.

청량한 실로폰 소리와 발랄한 신스브라스 소리가 경쾌하게 비트를 어지럽히는 듯하더니, 그 신나는 비트에 맞춰서 차례대로 부스의 문이 열렸다.

빰! 빰! 빰!

온갖 요란한 장식과 꽃 가루, 풍선이 각 부스에서 무대 위로 튀어나왔다.

"······?!"

그리고 그 반짝이 사이로 부스에 기대어 자세를 취한 인영이 보이기 시작했다.

'금발!'

가운데 부스에 박문대가 있었다. ···핏 좋은 청바지에 흰 티셔츠, 그리고 어깨 밑으로 느슨한 청재킷을 걸친 채!

'착장이!!'

홈마가 당장 카메라를 들어 올리려던 순간, 박문대가 부스 밖으로 걸어 나오기 시작했다.

곧바로 안무와 함께 첫 소절이 시작되었다.

－우! 마음이 들려요~
수줍은 가슴의 떨림이
그대 귀까지 들릴까 봐
입술이 꼭 다물어져요

박문대는 눈웃음을 지으며 노래를 시작하자마자, 등 뒤에 감추고 있던 것을 꺼내어 금발 위에 올렸다.

반짝이는… 거대한 리본이었다.

"허어억!"

끼 없으면 시도도 못 할 것 같은 애교 섞인 제스처의 안무가, 몸을 유연하게 쓰는 가운데 청량감 있게 펼쳐졌다. 그 와중에 거대한 스크린에 박문대의 하얀 얼굴이 잡혔다. 눈 밑에 반짝이는 글리터용 스티커까지 붙어 있었다.

'미친! 박문대 미친!'

80년대 여성 솔로 가수의 곡을 완전 클래식한 의미의 아이돌 스타일로 해석해 놓은 것이다!

-마음이 간지러워 잠을 설치죠
내가 먼저 다가가 볼까
그대 오늘 어때요?
무슨 생각을 그렇게 해요?

배세진이 다음 파트를 이어 불렀다. 그 머리 위에도 색만 다른 하늘색 리본이 올라갔다.
안무가 유연하고 예쁜 선에 초점이 맞춰진 덕에, 살짝 힘이 부족한 배세진도 제법 맵시 있게 소화할 수 있었다. 게다가 표정이 워낙 좋아서 얼굴로 시선이 빨려 들어가 줬다.

-그때 짠하고 그대가 나타났죠
난 깜짝 아무 말 못 해
꼭 안아주는 그대 품속이
너무 뜨거워 가슴이 뛰는걸

그리고 선아현이 나와서 미성으로 프리코러스를 불렀다. 머리 위에서 보라색 리본이 흔들렸다.
'미친 얼굴……'
청재킷에 하얀 티셔츠라는 착장이 선아현을 위해 태어난 것 같이 보였다.
그리고 다 함께 들어가는 코러스.
안무에 따라 청재킷이 어깨에 걸쳐졌다가 다시 팔꿈치 아래로 내려갔다. 드러난 흰 티는 반팔이었다.

－우우우 놀라워!
그대의 모든 것이
난 매일 두근대!
오늘도 잠들 수 없어요

착장, 헤어, 연출, 안무, 편곡까지.
아이돌의 기막힌 재롱을 보여주고 말겠다는 의지가 느껴졌는데, 그
의지가 아주 제대로 먹혔다. 한 치만 어긋나도 과할 수도 있는 요소들
을 부담스럽지 않게 소화하는 얼굴과 끼 덕분이었다.
그 덕에 무대를 보는 관객들은 그저 흐뭇함과 과몰입의 절정이었다.
'허……'
직캠은 확인하지도 못하고 간신히 각도만 고정해 둔 채 무대를 보던
홈마는, 문득 주변이 엄청난 비명과 신음으로 가득 차 있다는 것을 깨
달았다. 재롱 200% 상태인 박문대를 보느라 이렇게 시끄러운지도 모
르고 있던 것이다.
'…나도 소리 질렀겠지?'
아마 직캠에는 선명한 자신의 비명 소리가 들어갔을 것이다.
'하지만 저걸 보고 비명을 참는 팬이 있다면 그건! 그 사람이! 이상
한 게 아닐까!'
그녀는 꾹꾹 눌러 비명을 참으며 2절에서도 무대에서 시선을 떼지
않았다.

전화 부스에서 풍선까지 뜯어 온 세 아이돌은 풍선 줄로 몇 가지 보기 좋은 안무까지 선보이며 화려하게 무대를 마무리했다.

"허어어어⋯⋯."

홈마는 흐느적거리며 등받이에 몸을 기대다가, 그때서야 저 유닛이 여성 보컬 원키로 라이브도 끝내주게 잘했다는 것을 깨달았다.

재롱잔치의 부작용이었다.

"패, 팬들이 좋아했어!"

무대 아래로 내려오자마자 선아현이 흥분한 얼굴로 외쳤다. 드물게도 아주 확신에 가득 차 있었다.

하긴, 인이어를 뚫고 들어오는 함성이 엄청났다. 어느 정도였냐면, 하마터면 2절 후렴 들어갈 때 반박자 늦을 뻔했다. 그걸 듣고 확신 안 하기도 힘들 것이다.

연습 초기에 자괴감으로 괴로워하던 배세진도 머리띠를 뜯어내며 덤덤히 인정했다.

"컨셉⋯ 괜찮은 생각, 맞았네."

"그, 그렇죠⋯!"

선아현은 격하게 동의했다. 누가 보면 저놈이 낸 의견인 줄 알겠다.

'뭐, 저 둘이 선곡했으니⋯ 어느 정도는 선아현의 의견도 맞군.'

난 선곡 이후부터만 의견을 내서 이 컨셉을 제안했었다. 이렇게 하는 게 제일 콘서트에 어울릴 것 같았으니까.

그리고 이 선택은… 콘서트 전체 구성상의 문제기도 했다.

'분위기 푸는 곡이 없어.'

그나마 〈Hi-five〉 정도가 신나는 곡이고, 나머지 라인업은 좀 과하게 컨셉추얼했다. 중반쯤에 하나는 이런 웃고 넘길 수 있는 곡을 넣어줄 필요가 있었다는 뜻이다.

그러면 분위기상 신선할 테니 반응이 좋을 거라고 생각은 했지만… 음, 생각보다 더 좋아서 좀 놀라긴 했다.

'……재미도 있었고.'

하지만 더 상념에 빠질 시간은 없었다. VCR 끝나기 전에 당장 환복하고 메이크업도 손봐야 하니까. 사실 지금 떠들면서도 그렇게 움직이는 중이다.

"이야~ 리본 멋지더라!"

"신나요!"

뛰어서 다음 동선을 맞추자, 미리 기다리고 있던 나머지 멤버들이 한마디씩 던졌다. 적당히 받아주며 내 자리를 잡았다. 멤버들은 서로의 착장을 확인하며 피식피식 웃었다.

"이번 곡 기대되는데."

"나도."

시간이 없다는 걸 다들 알았기 때문에 대화는 그걸로 끊겼다.

우우우웅-.

눈앞의 무대 장치가 열리며, 관객석이 펼쳐졌다.

반짝이는 빛들이 거대한 공간 전체에서 흔들리고 있었다. 무슨 공상 과학 영화 속에 들어온 것 같은 광경에 아드레날린이 치솟았다.

다시 들리는 함성 속에서, 나는 첫 소절을 시작했다.

－내 기다림은 길고
언제나 즐거우니까

〈아주사〉 3차 팀전. 달토끼팀의 '기다림이 좋아'가 체조경기장에 울
려 퍼졌다.

'기다림이 좋아'. 〈아주사〉에서 참가자들이 했던 각종 무대 중에서
도, 특유의 동양적이고 아련한 분위기로 지금까지도 유독 꾸준히 조
회수가 붙는 무대였다.
　물론 이 곡 외에도 테스타는 각자 성공한 팀전 무대가 제법 많았다.
당연히 그중 다시 해보고 싶은 무대에 대한 의견은 그들이 콘서트를
준비하는 내내 다양하게 나왔다.

　－아무래도 히어로 컨셉이 콘서트용으로 스케일을 키우기 가장 적합
할 것 같습니다!
　－새, 새로운 세상으로… 다, 다시 하면, 더 잘할 것 같은데…!
　－뱀파이어! 저 하고 싶어요!
　－얘들아, 혹시 브이틱 선배님 곡 해보고 싶은 마음은 없니? 지금은
가능할 것 같은데…….

-…진정하세요, 형.

하지만 대부분은 논의 단계에서 탈락했다. 인원이 너무 많이 바뀌었기 때문이다. 자칫하면 '탈락자들에게 곡까지 뺏는다'는 꼬투리를 줄수 있었다.

하지만 큰세진이 적극적으로 밀었던 이 곡은 그런 불안 요소가 없었다.

-하하, 우리 멤버들 그대로 여기 있는데요 뭘~

달토끼는 골드 1을 제외하면 모든 팀원이 테스타로 데뷔에 성공한 것이다. 게다가 곧 데뷔하는 골드 1은 본인 콘서트에서도 써먹겠다는 것을 전제하에 흔쾌히 문자로 허락까지 남겼다.

그렇게 테스타는 신나게 무대를 준비할 수 있었다.

그리고 마침내 지금, 어두운 두루마기를 두른 7명의 인영이 무대 전면에 등장했다.

대금 소리가 울렸다.

우웅-. 우우우웅-. 우우- 우우우-.

우아하고 구슬픈 그 소리는… 이 자리에 있는 관객 전부가 한번은 들어본 소리였다.

그 순간, 한 인영이 우아하게 뒤로 돌아서더니 두루마기 자락을 휘날리며 공중으로 거꾸로 박차고 올랐다. 그 쭉 뻗은, 선뜩한 선이 예전보다 더 높게 도약했다가 앞으로 떨어져 내렸다.

나부끼는 군청색 두루마기에서 화려한 황금빛 곤룡포 무늬가 빛났다.

"······!"

관객들은 잠시 상황을 파악하지 못했다가, 토끼탈의 디테일이 스크린에 잡히는 순간 비명을 지르기 시작했다.

"악!"

"미친!!"

재롱잔치에 이어서, 그리운 토끼가 모습을 드러냈다.

그것도 호화롭게 치장한 채로.

─널 기다리는 길목마다

언제나 설레는 내가 있어

멤버들이 휙 넘긴 토끼탈 아래로 화려한 비취 노리개가 흔들렸다. 아주사 때보다 배는 휘황찬란해진 의상 디테일은 장신의 인영들이 움직일 때마다 보기 좋은 원과 반짝거림을 만들었다.

그리고 테스타는 당시의 묘한 분위기와 살짝 비인간적인 군무까지 고스란히 가져왔다.

아니, 오히려 더 강렬해졌다.

—난 기다림이 좋아
내 기다림은 길고
언제나 즐거우니까

인원이 늘어난 덕에, 후렴의 안무에서도 대형과 전체 움직임이 한층
성대했다.

—이 기다림이 끝나면
마주칠 너를 알아
벌써 내 맘이 밝아

박문대가 후렴의 고음을 맑게 소화했다. 스크린에 잡힌 그 얼굴에는
아직도 유닛 무대의 반짝이가 살짝 남아 있었다.
그리고 〈아주사〉 때 무대 시간 문제로 잘려 나갔던 2절이, 이번에는
잘리지 않고 계속 이어졌다.

—다시 흘러가는 순간마다
내 초점은 네게 멈춰 있어

새롭게 달토끼에 합류한 친구들이 새 구절을 소화했다.
차유진이 씩 웃더니 가벼운 발동작으로 화려한 움직임을 만들어냈
다. 그 두루마기 끝자락까지 안무를 받아갔다.

−스쳐 지나가도 상관없어
이미 알고 있으니까 난 꼭

달토끼들은 벅차서 어쩔 줄 모르는 것처럼 무대를 표현했고, 관객들
은 똑같이 전염되어서 끙끙 앓으며 무대를 즐겼다. 반가움과 즐거움으
로 달아오른 공연장은 뜨거웠다.
그리고 다가온 브릿지 파트.

−너도 날 기다려 왔다고
말하는, 선명한 기시감

달토끼들은 달짝지근한 관능미가 느껴지는 그 구절을 돌출무대까
지 달려 나와서 소화했다.
두루마기 안쪽에서 꺼낸 부채를 든 채로.
"아아아악!"
"으학!"
주변 스탠딩에서 들리는 비명은 처절했다.
전신으로 바닥을 쓸어 두루마기를 내리는 안무 끝에, 이제 그들은
셔츠 차림이었다. 띠로 묶는 하얀 셔츠 위로 반짝이는 끈 장신구들이
아롱다롱 매달려 있었다.
그리고 마침내 다가온 마지막 후렴구의 엔딩.
다시 누군가를 설레며 기다리는 것처럼, 허밍과 함께 발을 움직이는
안무가 즐겁게 이어졌다.

−Hum hu hu hum− huhu

DDu−ru Du−ru Du Du

관객들이 허밍을 따라부르며 신나게 호응했다.

뚜뚜루뚜루뚜뚜~

토씨 하나 틀리지 않고 정직한 발음의 떼창이었다. 예상 못 한 귀여운 상황에, 달토끼들은 결국 계획했던 미소보다 큰 웃음과 함께 무대를 마무리했다.

−기다려 줘

기어코 큰세진의 마지막 소절마저 떼창이 나왔다. 큰세진은 씩 웃으며 팔짱을 낀 채, 돌출무대로 나온 거대한 나무 몸통에 픽 머리를 기댔다.

그렇게 무대가 암전되고 나서도 함성은 끊이지 않았다.

와아아아악!!

전개상 VCR이 이어지며 새 무대를 예고할 타이밍이었다. 사람들은 전 무대의 여운으로 잔뜩 흥분한 채 다음 무대를 기대했다.

하지만 몇 초가 지나도 무대는 그냥 암전 상태였다. 환호를 보내던 관객 중 몇 명은 곧 의아한 목소리를 내기 시작했다.

"음?"

"어어??"

"뭐야?"

혹시 무대 사고인가 싶어서 사람들이 술렁거리기 직전.

갑자기 무대에 불이 돌아왔다.

픽.

단 한줄기의 거대한 스포트라이트였다. 그 빛줄기는 돌출무대 위의… 거대한 그루터기를 비추고 있었다!

"…!!"

원래 나무가 있던 자리였다.

하지만 마치 몸통이 찢겨 나간 것처럼, 그 위는 통째로 사라지고 덩그러니 그루터기만 남아 있었다. 그리고 그 그루터기 위에… 머리 검은 두 사람이 고개를 숙인 채 걸터앉아 있었다.

"……?!"

느릿한 현악기 독주가 흘렀다.

두 사람은 천천히 머리를 들어 올렸다. 그들의 얼굴은 토끼탈로 완전히 가려져 있었다. 다만, 탈은 머리 부분이 일부 파손된 채, 그 부위에서 물감이 흘러내렸다.

"……"

심상치 않은 분위기에 조용해진 수많은 관객 앞에서, 노래가 시작되었다.

—Je te donne des fleurs que……

피치가 극단적으로 조절되어 다소 기괴해진 샹송의 반주 위.

세 번째 유닛 무대는 그렇게 예고 없이 시작되었다.

"야, 청우 형이랑 래빈이 진짜 대단하지 않냐."

다시 내려온 무대 아래, 큰세진이 사람들의 도움을 받아 황급히 옷을 갈아입으면서도 말을 걸어왔다.

"갑자기 왜."

"왜긴, 지금 안무 없이 딱 자기 편곡이랑 목소리만 듣고 승부 보는 거잖아. 배짱 봐. 완전 멋있지~"

숨쉬기도 바쁜 와중에 뜬금없이 자리에 없는 놈들 칭찬을 해? 뭔가 싶어서 고개를 돌리니, 콘서트 비하인드용 카메라가 눈에 들어왔다.

'역시.'

정말 한결같은 놈이다. 나는 감탄하며 대답했다.

"뭐, 그렇지."

아마 류청우는 저 말대로 '아이돌 콘서트'라는 특성의 리스크까지 생각했을 것이다.

다만 김래빈은 배짱을 가질 필요도 없었겠지. 편곡 잘 나왔고 라이브도 잘 되니 뭐가 문제냐고 생각했을 것 같다.

그리고 정말로 편곡이 잘 나오긴 했다.

몇십 년 전에 나온 고전적인 샹송을 이리저리 깨부수고 재조합해서 최근 음원차트에서 잘 먹히는 인디 스타일로 바꿔놨더라. 콘서트 음반이 나온다면 아마 제일 잘될 것이다.

큰세진은 내 동의에 씩 웃었다.

"그치? 아, 물론 문대 배짱도 굉장했지. 리본 머리띠 어마어마했어~"

"……어, 그래."

옆에 카메라가 있다. 잊지 말자.

"문대문대, 나한테는 뭐 해줄 말 없니? 카우보이 봤지?"

"어 멋졌다."

"좀 더 마음에서 우러나는 느낌으로 다시 해줘~"

나는 개소리를 무시하며, 무대에서 들리는 소리에 귀를 기울였다. …음울한 비트 위에 올린, 귀에 잘 붙는 쨍한 리프 멜로디.

ㅡ…마르지 않는 상처

눈물은 딱지처럼 굳어

흔적을 남기네 저 아래…

그리고 랩이 들렸다. 아이코닉한 도입부와 후렴을 뺀 곡 전개를 랩에게 맡겼기 때문이다.

사람들에게 익숙한 구성일 테니 더 귀에 잘 붙을 것이다. 다만 이렇게 랩과 보컬, 그리고 분위기로만 밀어버리는 노래의 마력이 과연 콘서트에서도 통했을지 궁금했다.

'분위기가 한몫할 것 같긴 한데.'

무대 위 세트와 조명을 연극처럼 활용해서 강한 서사를 주기로 했었다. 그리고 스크린에서는 샹송 가사의 뜻이 잉크가 튀는 것처럼 검게 떠올랐을 것이다.

-사랑하는 당신에게
꽃을 건네요
오늘은 특별한 날
거리에 웃음이 넘치네

-보잘것없는 순간들이
먼지처럼 쌓여서
보석처럼 빛나요
지금도 당신의 숨을 느껴요.

원곡에서는 산뜻했을 가사가 음울한 비트와 랩을 만나서 다른 느낌으로 다가왔다.

'인상은 강렬하겠군.'

그리고 저 가사 덕분에, 사실 우리가 만들었던 첫 세트 리스트 시안에서는 다음 곡이 만장일치로 결정되었었다.

바로 새 앨범 타이틀을 잇기로 했던 것이다. 가사 맥락이 비슷해서 빌드업에 좋은 구성이었다고 생각한다.

하지만 회사 쪽에서 기각했다. 체력과 시간 소요의 문제였다.

-래빈 씨랑 청우 씨 쓰러질 것 같은데요?!

-연달아 이러면 의상 갈아입다 실수할 것 같아요. 신곡 공개 무대에 치명적일 수 있으니까, 최대한 피하는 게 낫지 않겠어요?

하나하나 주옥같이 맞는 말이라 입 다물고 수긍했다.

그래서 짧은 토크와 관객 소통이 추가되었는데, 과연 저 곡 다음에 토크를 해도 분위기가 살지는… 모르겠다.

'토크는 신나는 곡이나 서정적인 곡 다음에 하는 게 맞을 것 같은데.'

곡 풀이 좁다 보니 구성상 어쩔 수 없었지만 좀 아쉬웠다. 나는 혀를 차며 의상과 헤어 정비를 마친 뒤, 동선대로 복도를 이동했다. 그리고 얼마 지나지 않아서 세 번째 유닛 무대를 마친 사람들이 합류했다.

"오오~"

"좋았어요?"

"응. 생각보다도 훨씬 좋았어."

"보여 드리고 싶던 건 전부 잘 표현한 것 같습니다!"

대답하는 얼굴들이 밝았다. 반응이 썩 괜찮았던 듯하다.

'함성이 길었지.'

별 불안 요소 없이, 콘서트는 순조롭게 진행되고 있었다.

"올라갑니다! 착석 조심하세요!"

"네!"

우리는 일곱 개의 의자에 나란히 앉은 채로, 리프트 장치를 통해 중앙 무대 위로 올라갔다.

눈앞에서 거대한 공간을 가득 채운 수많은 빛이 반짝이며 물결쳤다.

와아아아아―

환호가 마치 빛이 내는 소리 같았다.

'…이거 장난 아닌데.'

무대를 해야 할 때는 좀 덜했는데, 이렇게 다짜고짜 앉아서 맨정신으로 여기 앉아 있으려니 머리가 아찔했다. 만 명을 훌쩍 넘는 사람들이 이 자리, 저 빛마다 앉아 있다고 생각하면… 아니, 그만하자.

'대본 진행하기도 벅차다.'

나는 첫 토크를 시작할 류청우가 마이크를 들어 올리는 것을 확인했다.

[다시 만나서 반갑습니다, 여러분! 공연은 잘 즐기고 계시나요? 저희 유닛 무대는 괜찮았나요?]

[오오~ 형, 소리 들리세요? 다들 즐기고 계신답니다, 너무 좋았대요!]

[정말 좋아요!]

나도 마이크에 입을 댔다.

[어떤 무대가 가장 좋으셨나요.]

여기저기서 온갖 단어가 밀물처럼 몰아쳤다.

전부!

다 좋아!

토끼!

와이어!!

문대 무대~!

날 선 말 하나 없는 그 표현들이 귀를 울렸다.

"……."

나는 잠시, 의도치 않게 입을 다물었다. ……준비한 대답은, 한 박자 늦게 나왔다.

[…저도 다 좋았어요.]

[아, 문대 완전 감동했네~]

[저도 감동해요!]

[이게 생각하시는 것보다도 드문 일입니다, 여러분.]

잠시 가벼운 놀림감이 된 후에, 진행이 계속되었다.

[자, 그럼… 〈테스타에게 하고 싶은 말〉 코너를 시작합니다!]

그리고 준비한 질문들과 함께 본격적인 컨텐츠에 들어가려던 순간이었다.

갑자기 무대 주변의 조명들이 훅 어두워졌다.

"…?"

예정에 없던 일이다. 살짝 당황한 멤버들과 눈이 마주쳤다.

'뭐야?'

'사고인가.'

그 순간, 갑자기 뒤에서부터 빛이 쏟아졌다.

스크린에서 나오는 빛이었다. 반사적으로 고개를 돌리자, 스크린에서 계획에 없던 영상이 흘러나오고 있었다.

…테스타의 데뷔 쇼케이스였다.

[마법처럼 찾아온 나의 가수]
[고마워! 사랑해!]

자막과 함께, 영상은 계속 흘렀다.

지난 9개월간의 활동이 시간을 따라 화면에 나타났다. 첫 공중파 무대부터 연말 무대까지, 온갖 의상을 입은 테스타가 컷으로 지나갔다.

그리고 관객석으로 화면이 돌아갔다. …어느새, 사람들의 손에는 똑같은 연보랏빛 천이 들려 있었다.

그건…… 슬로건이었다.

거대한 스크린에서 그 문구가, 선명하게 떠올랐다.

[테스타에게 날려 보내는]
[러뷰어의 종이비행기]

그리고 이미 아는 노래의 반주가 갑자기 흘러나오기 시작했다.

…〈마법은 너〉.

테스타의 첫 팬송이었다.

오늘은 기분이 좋아 마치

좋은 일이 일어날 것 같지

눈 깜짝할 사이, 공연장 안은 수많은 소리로 가득 찼다.

너라면 다 괜찮아질 거야
낯설지만 어쩐지 좋을 거야

만 명의 노랫소리였다.

수많은 목소리가 결을 이루며, 불빛과 함께 별똥별처럼 온 사방에서 쏟아져 내렸다.

숨이 턱, 막혔다.

"……."

처음 보는 광경도 아니었다.

팬들이 콘서트에서 가수에게 이벤트를 해주는 것이 드문 일은 아니지 않은가. 나도 서너 번 데이터 의뢰받고 갈 때마다 봤었다. 그리고 특별한 감흥을 느낀 적은 없었다. 그냥 그 많은 사람이 돈 받는 것도 아닌데 타이밍 맞춰서 해내는 게 신기했을 뿐이다.

하지만 이건…….

내가 직접 그 대상이 되는 건, 전혀 다른 경험이었다.

넘실거리는 저 수많은 불빛이 하나하나 사람의 마음이라는 게 이토록 실감될 수 있는 거였나.

외부자가 아니라, 그 중심에서 체감하는 이 압도적인 공유감은…….

뭐라고, 뭐라고 말해야 할지 모르겠다.

"……."

그 와중에도 노랫소리는 계속되었다.

……내 파트였다.

변하지 않는 건 없어도

지금 이 순간의 마법은

Maybe it's YOU

상상도 하지 못한 전율이, 정수리에 뜨거운 물을 부은 것처럼 발끝까지 흘렀다.

"……후읍."

나는 황급히 고개를 숙였다. 시야에서 사라지자 좀 나았다. 하지만 동시에 고개를 들어서 더 보고 싶었다.

'……난리 났군.'

어처구니가 없었다.

귀에서는 여전히 끊이지 않는 노랫소리가 들렸다.

오늘은 기분이 좋아 마치

좋은 일이 일어날 것 같지

게다가 이젠 다른 놈들까지 합세해서 부르고 있었다.

처음은 큰세진이었다.

"…너라면 다 괜찮아질 거야~"

어지간히 감동적이었는지, 자기 파트를 부르는 놈마다 목소리가 떨리는 게 아주 잘 들렸다.

"Li, Life is strange, 가볍게⋯."

코를 훌쩍거리는 김래빈의 랩 파트가 이어졌다.

그리고 곧 내 파트가 다가왔다.

'⋯돌아버리겠네.'

나는 일단 마이크를 들었다.

"⋯⋯날 보면,"

⋯한 소절을 통으로 날렸다. 뒤늦게 들어간 말도 제대로 이어지지 않는다.

'망할.'

나는 이를 악물었다. 침묵이 길어지자 이상했는지, 드디어 시선이 쏟아졌다.

"⋯문대?"

"무, 문대야?"

"너 울어?"

갑자기, 여러 개의 손이 어깨를 흔들고 목뒤와 등을 두드렸다. 노래를 부르던 팬들의 목소리 사이로 당황한 감탄사가 섞였다.

'⋯맙소사.'

나는 한 손으로 눈 주변을 눌렀다. 그리고 고개를 들어, 최대한 침착하게 주변을 살폈다.

멤버들은 대부분 눈시울이 붉어져 있었다. 그러나 울먹이거나 그렁그렁한 놈은 있어도 눈물을 주룩주룩 쏟는 놈은⋯ 없었다. 심지어 배세진도 이렇게는 안 운다.

'이런 X발.'

지금 이거 나만… 나만 이상한 놈 된 거 아니냐.

"아이고 세상에."

"문대가 이러네."

모여든 놈들이 몇 번 웃더니, 다행히 본격적으로 울기 시작했다. 이놈들도 참고 있던 게 분명했다.

"……우리, 잘하자."

분위기에 취한 놈들이 머리 위와 어깨에서 사정없이 포옹해 왔다. 후끈거렸다. 부둥켜안는 게 숨 막히는 건지, 이 상황 자체가 숨 막히는 건지 모르겠다.

어떡해

울지 마

괜찮아

간주가 흐르는 중, 노랫소리 대신 온갖 외침이 귀에 들어왔다.

"어휴."

포옹이 풀리고, 어딘가로 달려갔다가 돌아온 큰세진이 얼굴 앞에 천을 들이댔다. 생각할 것도 없이 잡아다가 얼굴에 눌렀다.

연보라색 바탕에 남색 글씨가 보였다.

…슬로건이다. 누군가 무대 위로 던져준 것이다.

'미치겠네.'

나는 그냥 얼굴을 파묻었다. 아주 그냥, 웃긴 꼴이었을 것이다.

누군가 머리를 거칠게 쓰다듬었다.

"고생했어."

간주가 끝나기 전에 멤버들에게 이끌려 무대 앞으로 걸어 나갔다. 그리고 나란히 손을 잡은 채, 크게 고개를 숙여 인사했다. 노랫소리 대신 함성이 머리를 울렸다.

나는 비틀거리며 마이크를 들었다.

"…그래, 마법은 바로 너야."

다행히, 마지막 구절은 어떻게든 불렀다.

토크의 탈을 쓴 팬 이벤트가 끝나고, 간신히 소감 몇 마디 말하고 나서야 무대 아래로 내려왔다.

그제야 겨우 질질 짜는 걸 멈췄다.

'…5분 전에 이랬어야지.'

어처구니가 없었다. 설마 근 7년 만에 처음 우는 상황이 만삼천 명과 카메라 앞에서 라이브일 줄은 꿈에도 몰랐다.

'…SNS 모니터링을 피하지 말았어야 했나.'

미리 알기라도 했으면 나았을 텐데, 콘서트 코앞이라 괜한 영향 안받으려고 다 같이 합의하에 일주일쯤 인터넷을 안 들여다봤다. 특별히 모니터링이 필요한 활동을 했던 게 아니어서 괜찮을 줄 알았지.

'그 사이에 이런… 일이 물밑에서 오갈 줄이야.'

앞으로 내 인생에 이런 쓰잘머리 없는 인터넷 디톡스는 없을 것이다. 나는 손에 든 슬로건을 구길 뻔했으나, 간신히 참고 근처 의자에 잘 접어서 올려두었다.

"야 너 진짜 예상도 못 했다. 1위 해도 안 울더니."

"……."

"역시 아이돌 하려고 태어난 남자야. 팬 사랑 앞에서만 우는… 캬."

"그만해라."

자기도 오열한 주제에 내려오니 입만 잘 털었다. 큰세진은 깔깔 웃으며 옷을 갈아입었다.

"괘, 괜찮아?"

"…괜찮지."

이쪽은 진짜 걱정이라 화도 못 내겠군.

선아현은 크게 감동받은 것 같았으나, 그다지 울진 않아 얼굴이 멀쩡해서 스탭의 수고를 덜었다. 반대로 배세진은 내려오고 나서야 눈물을 줄줄 흘리는 통에 스탭도 당황했다.

"…형은 좀 어때요."

"머, 멀쩡하거든."

배세진은 겨우 훌쩍임을 멈추며 마저 메이크업을 받았다.

"우리 시간 얼마 안 남았다. 이동해야 돼."

빨리 울고 빨리 정신을 차린 류청우는 얼른 상황을 다독였다. 그 옆에서 안 울고 신나기만 한 차유진은 벌써 옷을 다 갈아입은 상태였다.

"가요, 가요!"

…그래. 가야 할 시간이다.

대망의 타이틀 무대가 기다리고 있었다.

"VCR 남은 시간 50초!"

우리는 스탠바이 장소까지 달려서 이동했다. 아마 조명이 꺼진 중앙 무대에는 이미 세트가 다 올라온 상태일 것이다.

나는 콘티의 장면을 떠올렸다.

고풍스러운 고저택. 먼지 쌓인 샹들리에, 나비 표본과 녹슨 새장⋯⋯. 그리고 등 뒤의 태엽.

"올라갑니다!"

무대 장치가 이동했다. 다시 바닥이 열리고 무대 위로 머리가 드러나는 순간, 빛과 함성이 아우성치기 시작했다.

와아아아아아아―

하지만 이젠 압도당할 때가 아니었다. 모든 감상을 털어내고, 다시 집중할 시간이다.

푸른 조명이 무대에 꽂혔다.

테스타는 대형을 잡았다.

"허어어⋯⋯."

테스타의 콘서트가 이틀 모두 끝난 31일 주말 밤, 박문대 홈마는 가방을 움켜쥔 채로 비틀비틀 발걸음을 옮겼다. 홈마의 가방 속에는 스탠딩에서 촬영 임무를 끝마친 기특한 카메라가 잘 담겨 있었다.

이틀간 콘서트를 뛰고, 이틀 내내 울고, 사진을 찍고, 심지어 오늘은 서서 무대를 관람한 탓에 체력이 바닥나 있었다.

하지만 후회는 없었다. 한 점도, 진짜 티끌만큼도!!

'너무 좋았어……'

처음부터 끝까지 아쉬운 요소가 하나도 없었다.

최선을 다하는 모습이라 좋았을 뿐만 아니라, 그냥 무대 자체가 너무 재밌고 좋았다. 마치 다른 세상에 잠깐 들어갔다 온 것 같은 기분이었다.

'이틀로 끝내기 너무 아쉽다…!'

딱 이틀만이라도 더 해줬으면 좋겠다. 그리고 방금 보고 나오는 길인데도, 또 살아 움직이는 테스타가 너무 보고 싶었다.

그녀는 끓어오르는 마음을 주체하지 못하며 폰을 열어서 SNS에 접속했다. 그리고 카메라에 담긴 사진을 다시 스마트폰으로 찍은, 화질 조악한 사진이나마 빠르게 업로드했다.

[2×0331 막콘 박문대 프리뷰]

(눈시울 붉히는 박문대 사진) (유닛 무대에서 손가락으로 볼 가리키는 박문대 사진) (와이어에 타서 돌아보는 박문대 사진)

사랑해 문대야

#테스타 #TeSTAR #박문대 #문댕댕

홈마는 특히 첫 번째로 첨부한 사진을 볼 때마다 심장이 아팠다. 바로, 종이를 두 손으로 꼭 쥐고선 살짝 고개를 숙인 채 눈물을 참는 박문대의 모습이었다.

홈마는 내심 가슴을 두들겼다.

'우리 애는 진짜 댕댕 천사야……'

박문대는 콘서트 두 번째 날에도 울었다.

팬들은 첫날과 다른 이벤트를 준비했는데, 바로 테스타가 앵콜에서 팬송을 부르는 도중 허공에 종이비행기를 날려 보내는 것이었다.

당연히 테스타는 색색의 종이비행기 만 개가 공연장에 다 같이 떠오르는 어마어마한 광경에 또 압도당했다. 그리고 무대 위에 운 좋게 도착한 몇몇 비행기들을 잡아 들던 그들은 종이 속 내용까지 직접 확인하게 되었다.

―어, 이거…….

―잠깐만요, 아…….

―…….

팬들이 비행기로 접은 종이 안마다 각자 하고 싶은 말을 적어둔 것이다.

잔인할 정도로 감동적인 이벤트였다. 그 과정에서 몇몇 멤버는 기어이 눈시울을 붉혔고, 그중 박문대의 모습을 찍은 게 바로 홈마의 첫 번째 프리뷰 사진이었다.

그리고 박문대는… 가장 안 울 것 같은 이미지였던 주제에 콘서트에서 가장 크게 운 멤버기도 했다.

아주사 1위를 할 때도, 데뷔 후 첫 공중파 1위에서도, 어떤 시상식에서도 눈물 한 방울은커녕 웃어버리던 사람의 폭포수 같은 눈물은 어마어마한 파괴력이 있었다.

첫날에는 그야말로 팬들은 물론 각종 커뮤니티까지 뒤집어졌었다.

-미친 곰머까지 울었냐?

　└그냥 운 것도 아니고 오열 수준 (사진)

　└헐

　└찐이네 와 눈물범벅

-ㅋㅋㅋ대상 탈 때도 안 울 줄 알았는데 겨우 콘서트 떼창 한 번에 무너졌냐고 개짜릿

　└히이익 변태! (입틀막

　└이 새끼 손 치우면 웃고 있을 듯

　└어케 알았냐

-앞으로도 콘서트마다 울면 VOD 산다 일단 이번 건 샀다 얼른 고화질로 보고 싶구나

　└ㅋㅋㅋㅋㅋㅋㅋㅋㄹㅇ

-셤별 놈들 다 잘 우네 하긴 나도 첫콘이 체조면 울었지

　└어그로 존나 꼬이고 데뷔 전부터 사회의 불닭맛 보며 커서 그런지 빠들 소중한 건 아는 듯

　└그래 몰라도 아는 척은 할 놈들이라 빠는 맛 난다ㅋ 이것도 못 하면 망주사에서 벌써 처맞고 탈락했겠지만

-응 핑크 리본 달고 재롱부리는 내 곰머 천년돌♡♡ 셤별 곰머한테 잘해 개구린 선곡도 심폐소생하잖아♡♡ 곰머 많이 울고 계속 빠들한테 부채감 느껴줘♡♡

└ㅋㅋㅋㅋㅋㅋㅋㅋㅋ악개 어서 오고

참고로 섬별은 극한까지 변형된 테스타의 검색 방지명이다.

어쨌든 필터링 없이 막말이 오가는 커뮤니티부터 예의와 상식이 있는 팬 계정까지, 다양한 곳에서 테스타의 이번 콘서트 행보는 빠르게 공유되었다. 새로운 유닛 무대, 파격적인 신곡 무대, 그리고 우는 모습까지 온갖 떠들 만한 이야기가 다 나왔으니, 어쩌면 당연한 일이었다.

박문대 홈마의 프리뷰 공유 수치가 올린 지 5분도 지나지 않아서 천 단위를 가볍게 돌파한 것이 하나의 증거였다. 지인과 팔로워들의 반응도 우수수 달렸다.

-문대 금발 소중해 절대 지켜
-SO CUTE♡
-아이고 우리 문댕 또 울었구나ㅠㅠ 풀문베님 언제나 감사합니다!
-His real skin color is beautiful, too. STOP whitewashing (우는 이모티콘)
　└보정 안한 프리뷰인데요 미친아 좀 꺼져 아무데서나 화이트워싱 무새질;

슬슬 해외 팬들도 많이 붙는지, 외국어 어그로도 출몰하기 시작했다.

'얘네는 모든 홈마한테 시비네.'

익히 봐온 꼴이었기 때문에 홈마는 가뿐히 무시했다. 그리고 마침 도착한 지하철에 얼른 탑승했다.

'으, 사람 진짜 많다……'

첫날은 콘서트에 같이 왔던 친구의 차를 얻어 탄 덕에 편하게 갔는데, 오늘은 그런 요행이 불가능했다. 그래도 홈마가 택시나 호텔 잡을 걸 그랬다고 후회하기 직전, 다행히 바로 앞에 자리가 나서 앉을 수 있었다.

'다행이다.'

홈마는 자리에 앉자마자 카메라를 들고선 촬영된 것을 앞으로 휙휙 넘기기 시작했다.

신곡 무대가 머리 한구석에서 떠나질 않았기 때문이다.

'진짜 미쳤지.'

설마 그런 걸 들고 올 줄은 몰랐다. 근데 들고 와줘서 너무 고마웠다! 첫 임팩트가 중요하니 암묵적으로 신곡 무대의 사진이나 직캠은 자정까지 업로드하지 않는 분위기였지만, 솔직히 정말 자랑하고 싶었다.

'돌려보기라도 하자.'

홈마가 그렇게 오늘 촬영한 직캠을 확인하려던 순간, 갑자기 무릎에서 진동이 울렸다.

드르르르-

스마트폰이었다. 그리고 알림창에는… 기대도 하지 않은 소식이 떠 있었다.

[테스타의 콘서트 뒤풀이에 러뷰어를 초대합니다! (박수 치는 이모티콘)]

W라이브 알림이었다!

'허억.'

박문대의 홈마는 숨도 쉬지 않고 즉시 알림을 클릭했다.

'이 타이밍에 실시간 화상 소통이 나와?!'

테스타가 평소 비활동기에도 SNS 활동을 잊지 않고 꼬박꼬박 챙기는 편이긴 했지만, 설마 콘서트 직후까지 이럴 줄은 몰랐다. 그것도 당일 1시간 안에!

'되게 피곤할 텐데.'

체력을 다 쏟아붓는 세트 리스트를 생각하면 슬며시 걱정이 들면서도, 올라가는 입꼬리는 어쩔 수가 없었다.

'테스타 바로 또 본다!'

콘서트가 끝난 후 몰려올 수 있는 먹먹한 공허감이 사전에 차단되는 느낌이었다.

사람이 엄청나게 몰렸는지, W라이브는 평소보다 긴 로딩 끝에 영상이 나오기 시작했다. 첫 장면은 배달 음식이 한가득 차려진 상에 둘러앉아 있는 테스타의 모습이었다.

[앗 들어오신다!]
[잘 보이시나요?]

게다가 손을 흔들며 인사하는 테스타는 하나같이 머리에 파티용 고깔모자를 쓰고 있었다!

'귀여워!'

콘서트 뒤풀이라고 쓴 게 분명했다. 홈마는 훈훈한 얼굴로 빠르게 박문대의 얼굴부터 확인했다.

"……?"

약간… 티벳 여우가 나오고 있다? 왠지 모르게 현타 맞은 쓸쓸한 얼굴로 보였다.

'우리 프로 아이돌 문대가 겨우 고깔모자로…?'

의아해하던 홈마는 직후 그 이유를 깨달았다. 잘 보니, 멤버들이 직접 꾸민 건지 고깔모자마다 크레파스로 문구를 하나씩 적어뒀다.

그리고 박문대의 문구는 이것이었다.

[〈축〉 이틀 연속 울보 왕 〈하〉]

"어허어억….."

미친 듯이 귀여웠다!

다른 멤버들도 '복근을 준비 중' 같은 장난기 넘치는 문구를 머리에 달고 있기는 했지만, 박문대의 시무룩함은 정말 치사량만큼 귀여웠다…….

그녀는 지하철에서 미치광이처럼 보이지 않기 위해 입을 틀어막았으나, 그럴 필요가 없다는 것은 깨닫지 못했다. 어차피 그 칸의 절반은 콘서트 귀가 행렬이었기 때문이다…. 하나 건너 하나꼴로, 승객들은 끙끙 앓거나 웃음을 참지 못하고 있었다.

그리고 W앱의 댓글들도 순식간에 고깔모자의 멘트를 묻거나 귀여워하는 것으로 가득 찼다. 몇 번 손을 흔들며 댓글 반응과 시청자 수를 확인하던 테스타는, 약간 부끄러워하면서도 즐겁게 대답했다.

[아, 문구요? 하하… 바로 눈치채셨네요.]

[그렇습니다, 저희가 서로 적어준 거 맞습니다~]
[제 문구 좋아요! 문대 형이 적었어요!]

차유진이 번쩍 두 손으로 들어 올린 고깔모자에는 '와이어 한 번만 더 타자고 무릎 꿇음'이 적혀 있었다. 귀여운 문구였으나, 차유진은 그 문구가 자신의 열정을 보여줘서 멋지다고 생각하는 듯싶었다.

'차유진도 귀엽긴 해.'

홈마는 너그럽게 상황을 인정했다. 우리 애랑 잘 노는 막내 포지션을 받아들이겠다는 뜻이었다.

박문대도 피식 웃었다.

[좋았다니 다행이고.]
[히히.]
[그런 의미에서, 제 모자 문구는 대체 누가 적은 건지 정말 궁금한데…….]
[하하하! 다 같이 적었지, 다 같이!]
[아! 이세진 형이 적었어요!]
[아니, 유진아!]

아웅다웅 귀여운 분위기였다. 그녀는 숨을 죽이며 화면에 집중했다. 류청우가 웃으며 입을 열었다.

[그래서, 오늘 콘서트는 어떠셨…….]

뚝.

갑자기 영상이 꺼졌다.

[W라이브가 종료되었습니다.]

"……?"

갑자기?

하다못해 멤버들이 폰을 건드리던 중도 아니었다.

'뭐야? 오류인가?'

아마 테스타 쪽도 당황했는지, 라이브 알림은 약간 시간이 흐른 후에 다시 왔다.

[테스타의 콘서트 뒤풀이에 러뷰어를 다시! 초대합니다♡ >_<]

당황했는지 고깔모자도 벗은 테스타 멤버들은 다시 켜진 W라이브에 안도의 한숨을 쉬고 있었다.

[어후! 뭐 문제가 있었나 봅니다!]

[러뷰어, 다시 안녕하세요!]

[이, 이제 잘 되겠죠?]

[에이~ 그렇겠지! 자, 그럼 이야기를 계속해 볼까요? 래빈 씨!]

[네, 이번 W라이브는 저희가 러뷰어 분들의 귀갓길에 색다른 재미

를 드리면 어떨까 하여……]

뚝. 또 끊겼다. 이번에는 1분도 제대로 송출되지 못했다.
"……"
홈마는 아주 불길한 예감에 휩싸였다.
다음 W라이브는 곧바로 켜졌다.

[대체 왜 이러는 걸까요?!]

하지만 화질이 깍두기였다. 도트 이미지처럼 보이는 테스타는 화면
을 보며 수군댔다.

[우리가 잘못 건드린 건 아닌 것 같은데?]
[포, 폰을 바꿔보는 건, 어떨까…?]
[……일단 목소리라도 안정적으로 송출하는 게 나을 것 같다. 지금
앱 환경 자체가 좀 불안정한 것 같…]

박문대의 말은 끝나기도 전에, 동영상이 종료되었다.
'X발!!'
얼마 전에 앱을 업데이트한 뒤부터 아이돌들 돌아가면서 오류가 나
더니 이번에는 테스타의 차례인가 싶은 상황이었다. 홈마는 당장 W앱
공지 사항을 확인했으나, 오류나 서버 불안정에 대한 공지는 눈에 씻
고 찾아봐도 없었다.

'…맞다. 얘네 그런 거 안 하지.'

언제나처럼 안정적인 흑우 취급에 말문이 다 막혔다.

"……."

테스타는 다음 시도까지 5분 정도 시간이 더 걸렸다. 아무래도 선아현의 의견대로 폰을 바꾼 것 같았다.

이제 W라이브 제목에는 우는 이모티콘이 붙기 시작했다.

[테스타의 콘서트 뒤풀이... 제발 하게 해주세요ㅠ (우는 이모티콘)]

깨끗한 화면이 테스타와 시청자들을 반겼다.

'하, 이번에는 되나…!'

홈마는 폰을 바꾼 테스타의 전략이 통한 것 같아서 순간적으로 안심했다.

하지만 이번엔 소리가 나오지 않았다.

[(신난 차유진)]
[(질문하는 김래빈)]
[(댓글을 따라 읽는 배세진)]
[(당황한 류청우)]

그리고 화면 밖으로 나간 박문대가 크레파스로 글을 쓴 종이와 함께 등장했다.

[안 들리시나요?]

그렇다는 댓글이 폭주했다.
큰세진이 웃는 것도 우는 것도 아닌 표정으로 종이 위에 크레파스를
덧칠했다.

[ㅠㅠ]

그리고 또 재시도.
슬슬 테스타가 낡아가고 있었다.

[다시… 뵙습니다, 여러분.]
[허허허허….]
[이번에는 잘 들리시나 봅니다.]

그러나, 이번에는 웬일로 끊기지 않는 것 같았다!

[아, 이제 좀 안정적인 것 같아요!]
[음, 저희가 보는 화면에서는 약간 오류가 있는 것 같긴 한데….]
[다시 시작하면 또 꺼질 수도 있으니까, 일단은 그대로 진행해 보자.]
[찬성!]

류청우의 신중한 말에 테스타 대다수가 고개를 끄덕였다. 다시 틀었

다가 또 끊기면 정말 대책이 없었기 때문이다.

[자, 그럼 저희 콘서트하면서 가장 감명 깊었던 순간부터 이야기해 볼까요?]
[저! 저부터 해요!]
[그래, 유진이부터 말해보자!]

테스타는 그제야 신이 나서 본격적인 콘서트 후기에 돌입했다.

[로프 쓰는 거 재밌어요!]
[어이구, 우리 유진이 그래서 연습할 때 자꾸 재밌다고 로프 끊어먹었어요~?]
[안 먹어요!]
[바보야, 진짜 음식물 섭취한다는 뜻 아니거든.]
[아니에요. 바보는 김래빈이에요.]
[…!! 아닙니다! 제 지능지수는 공증된 시험에서 기록이 남아 있는데…!]

하지만 그들은 알지 못했다.
극소수의 인원을 제외한 거의 모든 시청자가 방송에서 튕겼다는 것을.
댓글이 줄어든 것이 오류가 아니라, 시청자수가 그대로인 것이 오류였다는 것을. 대다수의 러뷰어가 들어가지지 않는 무한 로딩이나 오류 화면을 보며 꽝꽝 울고 있다는 것을……

그리고 박문대의 홈마도 그 대다수에 속했다.

[일시적인 오류가 발생하였습니다.]

"……"

성공한 극소수 중 몇몇 악성 종자들은 낄낄거리며 적선하듯이 SNS에 상황을 중계했다.

-와 셤별 치킨 뜯는다 이 야밤에 제정신이냐고 댓글 달아줘야지ㅠ

-콘서트 리허설 때 육진이랑 레빗이가 밖에 사람 얼마나 있는지 확인했대 국데와 그분 다 늙어서는 어리고 잘생긴 애들한테 서열질한 거 아니냐고 우우욱

평소라면 묻혔을 그 어그로들이 관심을 받으며 공유와 인용 수가 늘어나는 것이 보였다.

"……하."

홈마는 신인상 논란 이후로 오랜만에 깊은 빡침을 느꼈다.

그런 사람이 한둘이 아니었기에, 당연히 W앱의 SNS 계정은 어마어마한 읍소 폭탄을 맞게 되었다.

-테스타 덥앱 좀 어케 해봐

-내 돌 돌려내라고ㅠㅠ

-앱 관리 대체 어떻게 하는지 궁금합니다. 업데이트 이후로 아이돌들마다 오류 사례 나오는데요.

-오류오류오류 매번 오류인데 어떻게 사과문 한번이 없어 씨발놈들

-WHY(화난 이모티콘)

하지만 W앱은 일언반구도 없었다.

'…알고는, 있었지만…….'

이놈들은 얼마 전 브이틱 멤버의 개인 W라이브에서 다섯 번 오류를 처먹고도 사과가 없었다. 아예 댓글이 막히는 등 기능이 마비되는 수준이 아닌 이상, 그냥 오류 정도엔 배짱 장사인 것이다. 어쩌면 테스타 건에 무슨 의사 표명이 있는 게 더 어색할 일이었다.

'이대로 실시간 문대는… 못 보는 건가.'

박문대의 홈마는 혹시 몰라 테스타의 실시간 W라이브 썸네일을 클릭해 계속 들락날락했지만, 아무 일도 일어나지 않았다.

그리고 그녀가 집에 도착했을 때쯤에는 테스타의 W라이브가 아예 끝나 버렸다.

"……."

다시 보기는 빠르면 내일, 늦으면 일주일 뒤에나 뜰 것이다.

'오류가 진짜 심각하면 다시 보기도 못 뜨는… 아니야! 그럴 리 없어!'

더는 불길한 예감은 생각도 하지 않는 편이 나았다.

"휴우……."

홈마는 긴 한숨을 내쉬며, 집에 들어갔다. 씻고 나와서 데이터를 정리해야겠다고 마음먹으면서.

기분 좋게 콘서트 보고 와서 이런 걸로 속상할 필요가 없었다.

'맞아, 너무 좋았잖아.'

이틀간의 콘서트를 떠올리자 금세 다시 기분이 괜찮아졌다.

그리고 그녀가 다시 폰을 잡았을 때는, 새로운 소식이 도착해 있었다.

"…?!"

테스타의 SNS 알림. 그것도 박문대였다!

안녕하세요 러뷰어

저는 문대 (강아지 이모티콘)

이것은 오늘의 W라이브 직캠입니다.

많은 러뷰어들과 만나고 싶었는데 아쉬워요. 금방 다시 오겠습니다. (어설픈 여우 그림)

(동영상)

첨부된 동영상은… 방금 했던 W라이브의 녹화본이었다!

그렇다. 박문대는 멤버들이 폰을 바꾸어 송출을 재시도할 때, 혹시 몰라 자신의 폰도 나란히 옆에 세워뒀었다. 동영상 녹화를 켠 채로 말이다.

그리고 W라이브가 끝나자마자 사태를 파악하고 즉시 올려 버렸다. 아예 다른 폰으로 촬영한 것이라 W앱 계약 규정에도 어긋나지 않았다.

'…세상에.'

홈마는 침대에 철퍼덕 머리를 박았다. 박문대가 너무 명석하고 대단한 아이돌이라 할 말을 잃어버렸다.

그리고 간신히 다시 박문대의 SNS 글을 보자, 아까 주목하지 못했던 것이 눈에 들어왔다.

크레파스로 삐뚤빼뚤 그린… 여우 그림이었다.

'아니, 이게 진짜 인간적으로 말이 되냐고 미친!!'

괴멸적인 박문대의 그림 실력을 고려하자면, 저것도 엄청나게 따라 그려서 연습한 뒤 올린 것이 분명했다.

'티벳 여우 이모티콘 없다고 우는 거까지 신경 쓴 거냐고…!'

무슨 이런 아이돌이 다 있냐며 홈마는 울부짖었고, SNS도 마찬가지였다.

그리고 흐름은 박문대 개인 팬들에게서 끝나지 않았다. 박문대 글에 멤버들이 줄줄 댓글로 콘서트 연습과 뒤풀이 준비 사진을 올리기 시작한 것이다.

게다가 깨알 같은 정보 글도 포함되어 있었다.

-미친 배아문 유닛 무대 왕리본 머리띠 배세가 골랐댘ㅋㅋㅋㅋㅋ아현이가 예쁜 거 골라줘서 감사하다는뎈ㅋㅋㅋ너무 웃곀ㅋㅋㅋㅋㅋ

-기다림이 좋아하는 이세진 픽이었구나 역시 뭘 좀 아는 게 내 돌답다

-ㅠㅠㅠㅠㅠ류청우 흰 티에 곤룡포만 걸친 사진 진짜 고맙다 래빈아 널 사랑해

-아니 다들 남의 사진만 주구장창 올리넼ㅋㅋㅋ 알았어 올팬하면 되잖아 얘들아

테스타의 팬덤에서 W라이브를 함께 못 달린 서운함은 어느새 사라진 후였다.

"음, 다들 좋아하시네요!"

"휴."

"그러게."

"정말 다행입니다!"

큰세진의 확답에 여기저기서 안도의 목소리가 나왔다. 나는 한숨을 참았다.

'하필 그 타이밍에 오류가 떠가지고.'

콘서트 끝난 당일에 분위기가 안 좋으면 곤란했다. 다들 신나고 즐거워해야 다음 콘서트에도 오고 이번 앨범도 들을 마음이 생길 것 아닌가.

그래도 어떻게든 좋은 방향으로 틀어나서 다행이었지만, 예정대로 W라이브가 잘 진행되지 못한 건 뒷맛이 나빴다. 그거 하려고 장소까지 따로 섭외해 놓은 건데 말이지.

영 아쉽긴 했다. 하지만 언제나 예상대로 시나리오가 잘 흘러갈 수는 없는 법이니 이 정도에서 만족하기로 하자.

"자, 그럼 우리는 좀 편하게 계속할까?"

"좋죠~"

"치킨 시켜요!"

현재, 숙소로 복귀한 테스타는 드디어 편한 옷으로 갈아입은 상태였다. 그리고 지금 막 2차가 시작되려는 상황이다.

'체력들 좋군.'

아마 있는 대로 들뜬 데다가 내일 오전 일정이 없다는 것 덕분에 객기를 부리는 것 같았다.

적당히 어울리다 빠져야겠다. 배세진까지 음식을 고르고 있는 통에 혼자 빠지긴 그림이 이상했다.

대신, 이놈들 떠드는 사이에 볼일은 좀 봐야겠고.

'상태창.'

마침 콘서트가 잘 마무리된 덕에, 약간 정산할 거리가 생겼다.

우선, 첫날 콘서트가 끝나자마자 본 적 없던 팝업이 하나 떴다.

[성공적 공연!]
절대다수에게 감명을 주었습니다!
−관객수 : 13,120명 (NEW!)
−감명받은 비율 : 96% (NEW!)
: 영웅 특성 뽑기 ☞ Click!

그리고 '최초의 공연'이라는 업적도 하나 달성했다. 그 덕에 간만에 레벨업도 했다.

'무대가 아니라 공연으로 잡히는 건가.'

아무래도 단발성 무대와 단독 콘서트는 서로 다른 분야로 카운트되는 모양이었다.

'이건 이득이긴 하지.'

상태창이 정체기였는데 이렇게 얻어먹을 구석이 더 나와주니 운용하기 좋았다. 오랜만의 레벨업에 특성 뽑기까지 뜨니, 여러모로 콘서트는 수확이 좋았다.

'…재밌기도 했고.'

좀… 현대인이 보통 경험하는 유의 재미는 아닌 것 같았으나, 압도적인 감각인 건…… 확실했다.

지금 다시 생각해도 아찔한 순간이었다. 그 수많은 불빛, 목소리, 열기와 감정들이…….

"……."

나는 잠시 감상에 잠길 뻔했으나, 그 순간 내가 했던 행동까지 같이 떠올려 버렸다.

'……질질 짰지.'

…그리고 아까 쓴 고깔모자의 문구까지 생각났다.

'망할.'

고깔모자가 자체제작인 탓에 여분이 없고, W라이브에서 비협조적인 모습을 보여줄 수는 없으니 쓸 수밖에 없었다.

'다신 안 운다.'

그 X 같은 울보 왕 문구는 다음엔 그걸 만든 새끼의 타이틀이 될 것이다.

"문대 넌 맥주?"

"예."

나는 마침 류청우가 내미는 맥주 캔을 받아다가 들이켰다. 잘 들어갔다.

"다들 참 고생 많았다!"

"후, 이제 활동 시작인데 벌써 끝난 것 같네요~"

"엄밀히 말하자면 아직 시작하지 않은 상태입니다. 저희 앨범 발표 날짜는 내일이기 때문입니다."

"…뮤직비디오 공개도 아직이야. 삼십 분 뒤."

"이, 이따가 보고 자면 어떨까요?"

"좋지!"

다들 제대로 신났군. 잠시 후에 동영상 녹화를 한 번 더 해야 할지도 모르겠다. 뮤직비디오 첫 리액션이니까 찍어둬서 나쁠 건 없겠지.

나는 낡은 저가형 폰 대신, 노란 강아지 케이스가 덮인 새 최신형 스마트폰을 잠시 만지작거렸다.

…생일날 받은 선물 중에 있던 것이다. 원래 써오던 폰들과 운영 체제가 달라서 적응에 좀 시간이 걸리긴 했다만, 기능이 다양해서 즐거웠고… 고마웠다.

하지만 최신형 스마트폰 선물을 일곱 번쯤 받고 나서는 식은땀이 나기 시작했다.

'동일 기종만 이걸로 3대였지.'

일부러 카메라에 잡히도록 만들어서 몇 번 인증까지 했는데, 스마트폰이 끝이 아니었다. 지금까지 선물로 웬만한 전자제품이나 명품은 종류별로 받은 것 같거든.

'…너무 고가야.'

값을 액수를 계산하다가 정신이 혼미해질 지경이다.

이대로는 안 되겠다. 어차피 바빠서 제대로 선물을 쓸 시간도 없었다. 그렇게 쓰는 걸 보여줄 수도 없는데 계속 받기만 하는 건 자기만족일 뿐이었다.

'하다못해 팔아먹을 것도 아니고.'

아마 팔다가 걸리면 그날로 인터넷에서 화형식이 열릴 것이다. 그리고 그게 아니더라도… 내가 쓰라고 준 선물인데, 팔 수는 없지 않은가.

'그만 주셔도 된다고 공지라도 해야겠는데.'

나 혼자만 안 받겠다고 해봤자 괜한 어그로 먹잇감만 던져주는 꼴이니, 정산 들어오는 대로 이놈들에게 이야기라도 꺼내봐야겠다.

다만 지금은 안 되겠다. 말 꺼내봤자 홧김에 오케이만 외치고 다음 날 후회할 것 같은 술자리 분위기가 따로 없었다.

"아이고 스무 살 두 분 어떠세요, 맥주는 마음에 드세요?"

"써요."

"당도가 전혀 없었군요…."

"그, 그럼… 이, 이건 어떨까?"

처음으로 합법 음주 중인 놈들에게 자기 마시던 걸 권하는 놈들이 섞여서 시음 평이 난무했다.

"이거 좋아요!"

"다, 다행이다…! 그, 근데 많이 마시진 말고…… 어어."

'난리군.'

나는 리액션 비디오 생각을 접었다. 저 꼴을 공개하려면 연차가 3년은 더 쌓여야 할 것 같다.

"문대는 뭐 추천 없어~?"

"사이다나 마시라고 해라."

"싫어요!"

그래 뭐, 그럼 술 계속 마시고 뻗어라.

나는 맥주 캔을 새로 따며 홧김에 특성 뽑기를 돌렸다.

'영웅 특성 뽑기면 최소 B등급이던가.'

쓸 만한 게 나와줬으면 좋겠다. 바쿠스가 한 번 더 나와서 업그레이드되는 게 최고일 것 같고.

이제 익숙해진 슬롯머신이 뜨더니, 황금색 칸에 간간이 백금색 칸이 섞인 슬롯이 팽팽 돌아가기 시작했다.

[멘탈 갑]

[집중]

[말랑뽀짝 귀요미]

[더 이상의 자세한 설명은 (중략)]

[공감이 필요해]

[바쿠스]

…….

어디서 본 것 같은 특성과 제발 안 걸렸으면 하는 문구들이 번갈아서 휙휙 지나가더니, 이윽고 멈췄다.

땡!

몇 없던, 백금색 칸이었다.

"……!"

파파파팡!

꽃 가루와 함께 A급 특성이 떴다.

[특성 : 유학생(A)]
−무슨 말씀이신지 잘 알겠습니다.
: 외국어 습득 능력 +200%

"…??"

뭐야 이게. 이 뜬금없는 취준생용 특성은 대체 어디서 튀어나왔냐.

'외국어 습득 능력 증가?'

왜, 아예 언어 하나 통으로 구사하게 해주지. 무에서 유를 창조하는 건 상태창으로도 안 되나 보지?

'…A급 하나 날렸군.'

나는 쓴웃음과 함께 새로 뽑은 특성을 버리려다가, 문득 정신을 차렸다.

'잠깐만.'

지금까지의 사례를 생각해 보자.

부동심. 나오자마자 버리고 과거사 논란이 터졌다.

수도꼭지. 나오자마자 버리고 콘서트에서 질질 짰…… X발, 설마 이거, 그때그때 제일 필요할 만한 특성을 던져주는 거냐.

지난번부터 떠올린 불길한 예감이 아주 설득력 있게 보이기 시작한다.

"……후."

진정하고. 일단 유추해 보자. 외국어 습득 능력이 필요한 상황.

이건 해외 진출밖에 없다. 근시일 내로 납치당해서 해외 고기잡이배에 팔리는 게 아닌 이상, 아이돌로서 개연성 있는 미래는 그 정도였다.

'슬슬 투어 정도는 시도할 때가 되긴 했어.'

국내 오디션 프로그램 출신 특성상 테스타의 해외 팬덤은 국내에 비해 빈약한 편이었지만, 그렇다고 없는 수준은 아니었다. 일단 국내에서 인기가 생기면 해외에서도 자연스럽게 관심이 따라오는 경향이 있더라고.

게다가 지난번에 커버한 오닉스 무대가 해외 케이팝 팬들 사이에서 제법 화제가 됐던 모양이다.

'그런 게 그쪽 취향인가 보지.'

전에 번역기 돌리는 외국인한테 몇 번 데이터 팔아본 적이 있는데, 유독 국내보다 거래 성사율이 높던 그룹들이 그런 컨셉이었다. 비트 강하고 퍼포먼스도 격렬한 힙합 베이스 댄스곡들 말이다.

'테스타가 그걸 메인으로 잡은 그룹은 아니긴 한데.'

모든 게 경향성대로만 흘러가지는 않지만, 언젠가 해외를 노려야 한다면 한두 번 정도는 저런 곡도 싱글 타이틀로 시도해 봐도 괜찮을 것 같았다.

아무튼… 각설하고, 올해 내로 해외 투어가 잡힐 예정이라 이 특성이 나왔다는 추측으로 돌아가 보자.

'…그래도 투어에 저런 능력까지 필요할 것 같진 않다.'

나도 그냥 대졸 수준의 영어는 구사한다. 가벼운 소통 정도는 된다는 뜻이다. 게다가 이미 우리 팀에는 네이티브도 있지 않은가. 차유진…….

"더 마셔요!"

"잠깐, 유진이 그만하자~"

"너, 너무 많이 마셨어…!"

"……."

차유진… 이 유일한 네이티브 스피커란 말이지. 그리고 남은 유학파는 선아현이다. 둘의 의사소통 궁합은 더 말할 것 없이 처참한 수준이고.

'이건… 안 되겠다.'

나는 결국 귀납법에 따르기로 했다. 부동심과 수도꼭지를 버렸을 당시 같은 꼴을 또 보느니, 여차하면 다음 특성 잡을 때까지 외국어 공부나 하는 편이 나았다.

그러면 기존에 가지고 있던 세 가지 특성 중 하나를 삭제해야 하는데… 뭐, 이건 뻔했다.

[특성 : 듣고 보니 맞는 말이군(C)이 삭제되었습니다!]

데뷔 이후 아예 이 특성을 써본 적이 없다. 전 본부장 설득할 때도, 선아현한테 상담 권유할 때도 안 터진 놈이다.

등급도 제일 낮으니 이걸 보내 버리는 게 맞다. 이제 〈아주사〉 때처럼 미친 서바이벌 개인전에서 조별 과제 하면서 줄타기하는 것도 아니니까.

나는 정리된 내 상태창을 다시 확인했다.

[이름 : 박문대 (류건우)]

Level : 16

칭호 : 없음

가창 : A+

춤 : B

외모 : A-

끼 : B

특성 : 잠재력 무한, 유학생(A), 바쿠스500(B), 잡아채는 귀(A)

!상태이상 : 상이 아니면 죽음을

남은 포인트 : 2

일단 B-에서 B로 자연 성장한 춤 스탯이 눈에 들어왔다.

'구른 보람이 있군.'

연말 무대와 콘서트 준비를 거치며 이룬 쾌거였다. 이제 웬만한 놈 옆에 붙어 있어도 썩 잘 추는 것처럼 보일 것이다.

그리고 현재 운용 가능한 남은 포인트 2점으로는… 음, 사실 여분도 하나 있으니, 하나를 가창에 찍어버리고 싶다. 등급이 달라지지 않는가. S에 진입하면 소리가 얼마나 달라지는 건지 확인하고 싶은데.

하지만 끼나 춤에 두 포인트를 부어서 A 등급을 세 개로 만드는 것도 괜찮아 보였다.

'어떻게 할까.'

나는 잠시 고민하다가, 앞으로의 스케줄 중 하나를 떠올린 후에 마음을 정했다. 이게 맞을 것 같군.

그리고 포인트를 분배하는 순간, 누군가 등을 툭툭 두드렸다.

"박문대, 이거 봤어?"

"뭔데."

고개를 돌리자 큰세진이 자신의 스마트폰 화면을 들이댔다. 아주 오랜만에 보는, 〈아주사〉 3차 팀전이었던 달토끼 단체방의 새 메시지였다.

[하일준 형님 : 콘서트 잘 끝냈다며! 축하한다(눈물 흘리는 이모티콘) 초대해 줬는데 못 가서 미안하구먼!]

[하일준 형님 : 사실 나 4월에 데뷔야! 데뷔 준비하느라고 못 갔어ㅠㅠ 앞으로 잘 부탁합니다 테스타 선배님! (인사하는 이모티콘)]

오, 골드 1이 데뷔하는군.

그런데 축하 말고 더 할 말이 있나? 특이사항은 없어 보이는데.

"…아, 잠만. 스크롤 올라갔네."

큰세진은 내 표정을 확인하더니, 보여주던 자신의 스마트폰 화면을 손가락으로 내렸다. 그러자 새 메시지가 나타났다.

[하일준 형님 : 근데 우리 팀에서 원길이도 같이 데뷔하거든. 혹시 인터뷰 같은 곳에서 너희랑 사이 어떻냐고 질문하면, 다 잘 풀고 넘어갔다는 정도로 말해도 괜찮을까?]

[하일준 형님: 친하다거나 하는 건 아니고 그냥 딱 그 정도만!]

…그렇군. 최원길도 결국 한 팀으로 데뷔하는 모양이었다.

테스타 멤버들 과반수가 〈아주사〉에서 최원길의 트롤 짓을 경험했고 그게 다 방송을 탔으니, 확실히 질 나쁜 인터뷰에서 나올 만한 소리긴 했다.

'골드 1이 걱정할 만하군.'

큰세진은 어깨를 으쓱했다.

"어떻게 생각해?"

어쩌긴, 별생각 없었다.

골드 1은 멍청한 관종은 아니었으니 정말 딱 저 정도로만 말할 것이다. '잘 풀었다' 정도. 그리고 최원길이 그때 방송국 계단에서 사과했던 걸 고려하자면, 그놈도 쓸데없는 소리 안 할 정도로는 마음 고쳐먹은 것 같고.

"상관없어."

"그래? 사실 나도 그래. 그럼 올린다."

큰세진은 웃으며 단체 메시지방에 글을 올렸다.

[나 : 헉 형님 데뷔~ 너무 축하드려요! (눈 반짝이는 이모티콘) 인터뷰 그 정도는 당연히 괜찮죠~ 우리가 뭐 싸운 사이도 아닌데요 뭘!]

"이 정도로 한다? 너도 축하나 올려~"

"그래."

"다른 애들은, 음… 정신 차리면 축하 글 올리겠지?"

"그러겠지."

선아현과 김래빈이었다. 뻔했다.

지금 술 마시랴 차유진 말리랴 정신이 없어 보이니 나중에 정신 차리면 알아서 할 것이다.

"무, 문대야! 너도 마실래?!"

"…괜찮아."

눈이 마주치자 무슨 포×몬 시합처럼 말을 걸어왔다. 피하자.

결국 막판에는 그 개판에 끼어서 와인까지 마시게 됐지만, 어쨌든 지금 상황 때문에 특별히 문제가 발생할 거라고는 생각하지 않았다.

며칠 뒤, 음악방송 첫 컴백 직전에 올라온 그 위튜브 인기 동영상을 발견하기 전까지는 말이다.

[최원길 녹음2]

여기까지만 해도 내 일은 아니었다.

근데 재생을 누르니 달라지더라고. 그냥 영상 없이 검은 바탕에 소리만 나오는 녹음본이었는데, 어디서 들어본 대화가 나왔다.

"……??"

야 설마.

댓글로 내렸다. 누가 친절하게 해석 자막까지 달아줬다.

-들리는 대로 받아적었음

최원길: 그렇게 사는 건 어떤 기분이에요? 세상이 자기 마음대로 돌아가 주는데?

박문대(추정) : (한숨 쉼)

…….

"……."

내가 왜 여기서 나와…?

일단, 녹음본을 계속 들어봤다. 들을수록 MBS 방송국 외진 계단에서 최원길과 했던 대화가 확실했다.

'망할.'

[다들 원래 그렇게 살잖아요! 나만 그런 것처럼 막… 다들 파트 싸움하고, 욕하고 그랬으면서.]

최원길이 구구절절 다른 사람들을 거론하며 토로했던 자기변명들이 저음질로 줄줄 이어졌다. 사실, 여기까지만 들어도 욕할 놈은 넘칠 빌드업이었다. 다짜고짜 시비를 걸더니 남 탓하며 우는 소리만 하고 있었으니까.
근데 이 뒤에 편집의 마술까지 부려놨다. 단어 하나를 새로 배치해 놨더라고.

[형은 뭐든 다 잘됐으니까요.]
[…아닌데. 너 나랑 바꾸라면 할 거야?]
[…못 바꾸잖아요!]
[바꾸고 싶은 마음은 있다는 거네. 음……. 근데 솔직히, 가족을 바꾸고 싶진 않을 거 아니야.]
[네.]
[……]

원래 이후 가족 안부 질문에 나왔을 최원길의 대답이, 다짜고짜 저 대화의 마지막으로 들어갔던 것이다. 덕분에 뉘앙스가 훨씬 이상해졌다.

'최원길이 원래보다도 훨씬 싹수없게 나왔어.'

내가 가정사를 꺼내자마자 냉큼 '그래, 너 같이 고아로 사는 건 좀 그렇고 네 커리어만 부러운 거야'라고 대답한 꼴이 됐지 않은가.

당연하지만 이후 최원길이 했던 사과는 흔적도 없었다. 지직거리는 소리만 몇 초 더 재생된 뒤에 영상은 끝났다. 마치 최원길의 즉답에 당황한 박문대가 말문이 막힌 것처럼 느껴지도록 만드는 공백이다.

이것도 의도적인 것 같군.

"……흠."

댓글을 다시 살펴봤다.

우선 최원길의 말을 본래보다 더 과격한 어투로 해석해 적어놓은 베스트 댓글이 하나. 아까 내가 읽었던 댓글이다. 그리고 다음으로 추천을 많이 받은 댓글들은… 음, 정말 예상대로였다.

내 이야기가 절반이라는 뜻이다.

-와 시비 거는 거 미쳤나
-박문대 부모님 다 돌아가셨잖아 세상에 저 반응 무슨 일이야…
-ㅋㅋㅋ말투 봐 성격 대단한 듯
-최원길은 처음 얼굴 볼 때부터 쎄했음 욕심 덕지덕지 붙어서는 열폭에 돌아버렸네 인성 좋은 문대는 얼굴도 계속 리즈 갱신하는데ㅉㅉㅉ
-박문대 계속 잘 타일러보려고 하는 것 같은데 저런 말이나 듣고… 아… 마음 안 좋아…ㅠㅠ
-부모님 돌아가신 애한테 인생 잘 풀려서 좋겠다는 식으로 말하는 거 실화

냐고

-증거도 없는데 이걸 진짜 믿어요? 댓글 다 테스타 팬들인가..

└주작 냄새에도 달려드는 빠순이들ㅋ이럴 시간에 효도나 해라~

└녹음본 1번도 있는데 거기 영상도 있어서 빼박임

└이런 일에 빠순이 같은 소리 들먹이는 거 창피하지 않으요?

-★☆녹음 1번 있음 다들 듣고 오세요 (링크)☆★

'…1번.'

영상 제목에 '2'가 붙어 있더라니, 1번까지 있는 모양이다.

나는 댓글의 링크를 클릭했다. 방송국 외진 계단에 앉아서 혼자 중얼거리는 최원길을 흔들리는 저화질 카메라가 잡고 있었다.

'있는 대로 당겼군.'

스마트폰으로 촬영하며 확대한 것이 분명했다.

최원길은 혼자 뭐라 뭐라 중얼거리고 있었는데, 아마 정신적으로 한계에 몰려서 자기가 입 밖으로 말하고 있는 것도 모르는 것 같았다.

문제는… 내용이 네티즌 저격이었다는 점이다.

[원래 댓글 쓰는 새끼들은 다 생각 없이 쓰는 거야…… 자기들이 뭘 쓴 건지도 모르고, 금방 잊어버리고…….]

사실 최원길 입장에서 못 할 말은 아니었다. 인터넷에서 그렇게 조리돌림을 당했으니, 상담하거나 혼자 다짐할 때 저런 말을 할 수도 있지.

사실 동정심이 들 수도 있는 모습이다.

다만 〈아주사〉 때 최원길 욕했던 사람들이 보면 배알이 꼴리기 딱 좋았다.

- ㅋㅋㅋㅋㅋ정신승리 눈물겹다
- 본인 인성이 터져서 욕먹었던 건데 남 탓하는 거 봐 어휴...
- 응 그런 경우도 있긴 한데 넌 아니야

여기서도 댓글의 비난과 비꼼은 거침없었다. 나랑 했던 대화를 잘 편집해 놓은 그 녹음본이 준 명분 덕일 것이다.

"……."

머리가 지끈거리는군.

일단, 날 저격하려고 했던 건 아니라는 점은 알겠다.

'최원길을 잡으려는 거지.'

정성스럽게 녹음을 편집까지 해서 올린 걸 보면 확실했다. 아마 그때 방송국 계단 밑에서 본 놈이 이 새끼겠지. 그때 안 올리고 최원길 그룹 데뷔 기사 뜰 때까지 존버한 걸 보면 작정한 놈이다.

'그리고 여기에 나를 써먹었군.'

이 새끼가 판 키우려고 박문대를 땔감으로 삼은 점이 돌아버릴 노릇이었다.

날 동정하고 옹호하는 댓글이 줄줄 이어지는 것을 보았는가? 여론이 호의적이니 좋은 일이라고 착각하기 쉬웠지만, 절대 아니다. 겨우 백그라운드 서사 속으로 묻어둔 불행한 가정사 이미지가 또 대놓고 물밖으로 떠올랐다는 뜻이기 때문이다.

당장 SNS에 올라오는 글들이 이랬다.

-사고로 부모님을 잃고 학교 폭력으로 자퇴까지 했던 사람에게 '넌 계속 잘
돼서 좋겠다'는 워딩을 쓴다는 건 공감지능의 문제다.
-박문대 저 때 어땠을 지 생각하면 내가 눈물날 것 같아 최원길 진짜 제정신
아닌 듯

심지어 테스타 팬 계정도 아니었다.
'…이런 걸로 이득 볼 단계는 한참 전에 지났는데.'
당장 한 표가 아쉬운 오디션 중이 아니라 그룹이 자리 잡는 데 성공
한 지금, 이런 화제는 오히려 방해였다.
이미지가 변질되기 때문이다.
사람들이 박문대를 보면 무대나 그룹 이미지보다 먼저 충격적으로
불행한 과거사부터 떠올린다고 생각해 봐라. 그것도 테스타 새 앨범 활
동기에 말이다.
아무 생각 없이 즐겁고 재밌어야 할 컨텐츠들까지 피곤해지기 딱 좋
았다.
'…차라리 울보는 웃기기라도 하지.'
한마디로, 지금 이건 나한테도 악재였다.
'첫 컴백 방송 날부터 이게 무슨 일이냐……'
벌써 피곤했다.
"……후."
일단, 손 닿는 상황부터 컨트롤하자.

나는 당장 매니저에게 상황을 알렸다. 그리고 매니저가 스마트폰을 들고 뛰쳐나가는 것을 확인한 뒤, 곧바로 연락처에서 골드 1을 찾았다.

내 행동을 확인한 류청우가 즉시 말을 걸어왔다.

"무슨 일이야."

"……위튜브 인기 동영상 5위… 아니, 3위 확인해 보세요."

벌써 실시간 랭킹이 쭉쭉 오른다. 환장하겠군.

이미 확인했는지 큰세진이 달려왔다.

"이거 최원길 진짜야?"

"편집돼서 뉘앙스가 달라졌어. 잠깐."

골드 1이 드디어 전화를 받았다.

"형."

―문대야, 너 혹시 그거….

"봤어요."

―그래. 그럼 물어봐서 미안한데, 혹시 원길이가 한 말….

"편집된 겁니다. 그런 수준의 막말 아니었고, 뒤에 최원길이 사과도 했어요."

안도한 듯, 숨 들이켜는 소리가 들렸다.

―하……. 일단 진짜, 진짜 아니라니까 다행인데, 아… 미치겠다.

"거기 회사는 다 알아요?"

―어. 회의 벌써 들어갔지. 근데…….

골드 1은 크게 한숨을 쉬었다.

―……사실, 지금 원길이가 상태가 좀, 많이 안 좋거든. 회사에서도

어떻게 할지 모르겠어. 잘 해결되면 좋겠지만……

"……."

ㅡ일단 나도 회사에 상황 다시 말해볼게. 너희 회사도 혹시 알아?

"예. 말해뒀어요."

아마 소속사끼리 벌써 컨택 들어갔을 것이다.

ㅡ그럼 어떻게 수습은 될 것 같다. 근데, 후……. 원길이 어떡하냐.

"……."

골드 1은 나에게도 몇 가지 위로의 말을 한 뒤에 황급히 전화를 끊었다. 그리고 나는 대충 상황을 파악했다.

'최원길이… 이대로 데뷔조에서 잘릴 수도 있겠는데.'

저쪽 회사에서도 여론이 파멸적이니 슬슬 손절 각을 보는 모양이었다. 해명한 뒤에도 반응 안 좋으면 빼버릴 듯한 뉘앙스였다. 그리고 최원길 상태가 안 좋다고 하는 걸 보니… 잠깐, 이거 느낌 안 좋은데.

이 새끼 혹시 이상한 생각 하는 건 아니겠지.

"……."

식은땀이 났다. 이건… 수습 속도가 생명일 수도 있겠다.

'늦으면 반동이 어마어마해지는 거 아니냐.'

이 논란이 계속 재생산되면서 X나 커지고, 소속사가 손절 각을 보며 상태 나쁜 최원길이 바닥까지 친 후에 해명이 됐다고 치자.

그때 상황이 수습되어 봤자 역풍은 나한테 쏟아진다.

왜냐고?

지금 나랑 최원길로 일대일 선악 구도가 잡혀 버렸기 때문이다.

객관적으로 보자. 이 녹음본에서 내가 했던 말들이 대단히 선량한 발언도 아니다. 그냥 아이돌이 시비 앞에서 적당히 몸 사리며 할 법한 말이지.

그런데 지금 이걸 무슨 성인군자 발언처럼 사정없이 올려치고 있다. 날 불쌍하고 착한 피해자로 만들어야 최원길 욕할 때 각이 더 잘 나오기 때문이다.

하지만 최원길이 얻어맞을 대로 얻어맞고 나중에서야 해명되어 동정 여론이 부상하게 되면, 상황이 딱 반대로 뒤집힐 것이다.

-솔직히 갑자기 가족 얘기로 끌어들인 건 박문대잖아 근데 팬이 많아서 피코 가능했던 듯
-최원길 무팬유죄에 걸린 거임ㅠ

아마 이런 식으로, 박문대의 팬들이 박문대를 피해자로 이미지 메이킹해서 여론몰이했다며 얻어맞을 확률이 높았다. 물론 그 과정에서 박문대의 과거 논란도 줄줄 다시 올라오겠지.

그렇게 신나는 정의 구현을 한 판 더 때리는 것이다.

'절대 안 되지.'

거기까지 전개되기 전에 해프닝급에서 수습한다. 최원길도 이런 오해로 더 고생하기엔 어린놈이 쓴맛을 너무 많이 봤기도 했고.

'얼른 털어야겠는데.'

메인에 기사 뜨기 전에 매듭지어서 최원길이 X 되지 않게 만드는 수밖에 없다. 나는 매니저를 통해 빠르게 회사와 전화로 면담한 뒤, 바로 컨펌을 받았다.

"뭐 하게."

배세진이 슬그머니 와서 물었다. 분위기 보니 이미 멤버들한테 상황이 다 퍼진 모양이다.

"해명해 줘야죠."

"테스타 계정에?"

"아뇨."

배세진은 본인 입장문을 올렸을 때를 생각하는 것 같았지만, 지금은 그런 케이스가 아니었다.

'내가 직접 올리면 화제성이 더 커진다.'

그럼 테스타 컴백이 받는 관심까지 논란이 처먹을 수도 있다. 그렇다고 회사에서 공식입장만 뜨게 두면 '회사끼리 이미 다 입 맞춘 거다, 박문대만 안됐다' 같은 소리가 분명히 나올 것이다.

그럼 방법은 하나다. 제3자를 이용한다.

나는 다시 골드 1에게 전화를 걸었다.

-어, 왜?

"형, 시간 되세요?"

-되는데, 혹시 급한 소식 생겼어?

"비슷해요. 메시지 기록 좀 만들어볼까 하는데요."

-……??

생방 무대까지 코앞이었다. 30분 내로 증거물부터 만들자.

최원길은 신난 어그로들, 상황에 몰입한 대중들, 그리고 극대노한 박문대의 팬들에게 전방위로 두들겨 맞기 시작했다. 각 잡고 옹호하는 사람이 거의 없었기 때문에 녹음본 소식은 재해석 없이 쭉쭉 퍼지고 있었다.

그 와중에 일시적으로 박문대의 인성 주가는 최고조가 되었다.

[콘서트에서 팬들 떼창에 우는 박문대]
[박문대가 아주사 내내 다른 참가자 챙겨줬다는 증언 모음]
[자퇴 당시 박문대 사정.jpg]

최근부터 〈아주사〉 방영 초기까지 온갖 미담이 끄집어내져 올라왔다. 다만 박문대의 팬들은 복잡미묘한 심정이었다. 마냥 최원길에게 분노한 사람부터 후폭풍부터 걱정하는 사람까지 다양한 여론이 소용돌이쳤지만, 이 갑작스러운 상황에 당황한 건 매한가지였기 때문이다.

- 우리 애 과거사가 무슨 공공재처럼 막 올라오는 게 기분 나쁘면 정상임?
- 녹음 듣는데 너무 열 받아서 미칠 것 같다
- ㅊㅇㄱ 진짜 개빡치네 당장 30분 뒤면 컴백 무대 해야 되는데 ㅅㅂ 애들 그냥 모르고 지나갔으면 좋겠어..ㅠㅠ
- 그래도 문대가 착한 댕댕인 거 다들 알아주는 건 다행이다

골드 1의 SNS에 글이 올라온 것은 바로 그 시점이었다.

(사진)

원길이 말 듣고 많이 고민하다가 직접 물어봤습니다. 정말 노력하는 친구
니, 너무 밉지 않게 봐주셨으면 합니다.

원길이가 SNS 계정이 없어서 제 계정으로 대신 올립니다.

___

사진으로 올라간 것은… 골드 1 자신의 톡방 캡처였다. 그리고 상단
에 표기된 방 이름은 바로 '박문대 동생'이었다.

캡처 내용은 골드 1의 선톡으로 시작했다.

[나 : 문대야 미안한데 이거 좀 봐줄 수 있을까? 혹시 진짜니? (동
영상 링크)]

[박문대 동생 : ?]

[박문대 동생 : 잠시만요]

링크는 당연히 '최원길 녹음2'였다. 그리고 딱 동영상 재생 시간 만
큼 시간이 지난 뒤, 답장이 왔다.

[박문대 동생 : 아니 이게 뭐야]

[박문대 동생 : 이런 느낌 아니었는데요…]

[나 : ㅠㅠㅠㅠㅠㅠ]

[나 : 그치 이거 아니지...?]

[박문대 동생 : ㅇㅇ 짜깁기 같아요]

[박문대 동생 : 이때 원길이랑 덕담 주고받고 끝났던 것 같은데]

[박문대 동생 : 원길이한테 이거 올린 사람 명예훼손으로 고소하라고 전해주세요 자기 맘대로 말 순서 바꿔놨네요]

[나 : ㅋㅋㅋㅋㅋㅠㅠ 알았어! 고맙다 (하트 쏘는 이모티콘)]

[박문대 동생 : 뭘요 (인사하는 노란 강아지 이모티콘)]

캡처는 14분쯤 뒤에 골드 1이 '이거 혹시 캡처해서 올려도 괜찮냐'고 물어본 후, 박문대의 흔쾌한 허락을 받는 것으로 마무리되었다.

-헐...

-이런 것도 요새는 조작이구나

-이거 하일준 공계 맞죠?

-미친 개소름

그리고 어느 소속사와 달리 일 잘하는 골드 1의 소속사는 여론이 요동치는 것에 맞춰서 기사를 뿌리고 위튜브 베스트 댓글을 장악했다.

-이거 주작이래요 (링크)

-박문대 증언 나옴 짜집기라고 최원길한테 고소하래ㅋㅋㅋㅋ

-기사 떴다 소속사에서 진짜 고소 들어간다고 함 미친놈ㅉㅉ

그렇게 최원길에 대한 비난은 수위가 돌이킬 수 없는 지점에 도달하기 전에, 포탈 메인에 걸리기 전에 잦아들기 시작했다. 욕하던 사람들이 약간 민망해하고 흥이 식는 수준에서 비난의 화살을 녹음을 조작한 당사자에게 돌릴 수 있던 것이다.

음악방송이 끝나자마자 스마트폰을 잡은 박문대도 순식간에 그 상황을 확인했다.

'일단 급한 불은 껐다.'

나는 스마트폰 화면을 끄며 한숨을 내쉬었다.

다만, 지금 이 대처는 어디까지나 미봉책일 뿐이다. 일단 이 녹음 올린 새끼가 다른 걸 쥐고 있으면 최원길은 또 롤러코스터급 직강을 처맞을 수도 있다.

그리고 나도 아직 갈 길이 멀었다. 한번 튀어나온 가정사 이야기는 아직 봉합이 안 됐다.

게다가 방금 본 해명 기사 댓글 반응도 찜찜했고.

-분명 자라면서 이런 일로 상처받을 일이 많았을 텐데, 너무 고운 마음씨를 가진 청년이네요. 최원길군도 큰 경험을 했다 생각하고 수양의 계기로 삼길~

-박문대처럼 좋은 사람이 잘 되어야하는데ㅠㅠ 앞으로 더 잘 되길!

-와 최원길이 문대 덕에 살았네...

요약하자면, '착한 문대가 좋게좋게 넘어가 주는구나'다.

아무리 짜깁기라고 해도 앞에서 최원길이 건 시비가 사라지는 건 아니었다. 덕분에 골드 1에게 보낸 내 정정 메시지는 배려심 넘치는 착한 마음씨로 와전되었다.

거기서 끝났으면 흐지부지됐을 텐데, 문제는 작업이 들어갔다는 것이다.

최원길 소속사는 혹시 해명 기사 자체가 긁어 부스럼이 될까 봐 걱정한 모양이었다. 그래서 아예 화제를 틀어버리고 싶었는지, 최원길보다 박문대의 '착한 대처'에 집중해서 기사를 풀고 여론을 밀었다.

결과는 아까 본 댓글이고.

'이거 싸한데.'

느낌이 안 좋다.

갓성, 천사표. 이런 수식어는 급하게 붙일수록 순식간에 뗄 수도 있다. 꼬투리 하나에도 박살 나서 이미지 말아먹을지 모르는데, 문제는 그 꼬투리 잡으려고 대기 중인 놈이 한둘이 아닐 것이란 점이다.

'신인상 못 받게 만들려고 카드뉴스까지 만든 놈들이 갑자기 사라지진 않았겠지.'

이런 상황이니, 부각되지 않고 그냥 은은하게 착한 놈으로 보이는 정도면 충분했다. 저렇게 대놓고 착한 이미지는 부담이었다. 괜히 인성영업을 피하는 게 아니다.

그래서 종합적으로, 결론이 나왔다.

'이미지를 틀어야 해.'

이 난리를 이번 활동 초기에 바로 덮을 만큼 강한, 강한 임팩트가 필요했다.

'답은… 예능뿐이다.'

예능.

어느 정도 활동이 궤도에 오르고 성적이 나오는 아이돌이라면 잡기
마련인 스케줄이다.

근래 아이돌 자체의 대중성이 많이 줄어서 웬만큼 성적이 나와도 예
능 잡기 까다롭다는 말도 있지만, 일단 테스타는 여기 해당하지 않는다.

작년 예능 버즈량 1위 〈아주사〉 출신이니까.

대충 연예계 관심 좀 있는 사람이다 싶으면, 차라리 테스타를 몰라
도 〈아주사〉 최상위권 참가자인 멤버들 얼굴이나 이름은 한 번쯤 들
어봤을 것이다.

우리가 작년 활동으로 성적도 확실히 증명했겠다, 이번 컴백에도 예
능 오퍼가 꽤 많이 들어온 걸로 알고 있다. 덕분에 내가 원하던 적당한
예능 스케줄을 잘 잡았다.

"긴장되나~?"

"어느 정도는."

큰세진이 씩 웃었다.

"야, 나도 그래!"

자기도 긴장된다고 하는 것치고는 눈이 아주 야망에 타오르는데.

'그럴 만도 하지.'

지금 촬영장으로 향하는 테스타 멤버는 나랑 큰세진, 둘뿐이다. 이
예능이 그룹 전체가 참가할 만한 포맷은 아니었기 때문에, 여러 상의

를 거쳐서 오퍼가 내려왔고 이 둘이 당첨되었기 때문이다.

이렇게 멤버 개인으로 예능을 잡는 경우는 거의 처음이었다. 그리고 큰세진 저놈은 절대 개인을 어필할 기회를 놓치지 않을 것이다.

'유닛 무대가 성공해서 오히려 더 불이 붙었나.'

뭐, 어쨌든 나쁜 일은 아니었다.

"말 안 해도 알지? 도착하면 인사 잘하고~"

"넵!"

"예."

매니저의 말에 선선히 고개를 끄덕인 대로, 우리는 도착하자마자 일단 출연진에게 인사부터 돌렸다.

"안녕하십니까!"

겨우 2년 차니 예상 가능한 일이겠지만, 우리보다 후배는 없었다. 하지만 무시하는 사람도 없었다.

"오~ 테스타!"

인지도와 성적이 확실했기 때문이다.

'역시 뜨는 게 답이군.'

그래도 큰세진이 순식간에 배우 셋과 번호를 교환한 건 그야말로 진기명기였다.

그리고, 한 대기실에서 제법 반가운 얼굴도 발견했다.

"헉! 선배님~"

"아, 반갑네요. 두 사람."

〈아주사〉에서 대표를 맡았던 여자 아이돌, 영린이었다.

"소식 잘 듣고 있습니다. 이렇게 만나니 좋네요. 다른 분들도 같이 봤으면 좋았을 텐데."

영린은 몇 가지 덕담을 하고는 농담처럼 덧붙였다.

"올해 솔로 앨범 낼 건데, 활동은 겹치지 말죠."

…갑자기 데뷔 초 VTIC과 동발한 악몽이 떠오르는군.

"하하! 에이, 저희가 무서워서 미뤄야죠, 선배님~"

"앨범이 많이 기대됩니다."

"고마워요."

영린은 미미하게 웃으며 고개를 끄덕였다.

그리고 그 옆에 음… 예상 못 한 사람이 있었다. 초면이었지만, 인사를 마치자마자 나를 보며 반색했다.

"문대 씨 맞죠? 와, 이렇게 보네! 오늘 촬영 잘해봐요~"

바로… 말랑달콤 멤버였다. 내가 첫 등수 평가에서 춘 〈POP☆CON〉, 그리고 첫 팀전에 할로윈 컨셉으로 바꿨던 〈새로운 세상으로〉의 원곡자인, 여자 아이돌 말랑달콤 말이다.

그리고 지금 만난 건… 흠, 말랑달콤 중에서 유일하게 잘나가는 배우로 활동 중인 그 멤버다. 어쨌든 연차로 따지면 대선배라는 뜻이니, 나는 고개를 꾸벅거렸다.

"저야말로 잘 부탁드립니다…."

잠깐. 그러고 보니 지금 다들 내가 말랑달콤 팬이라고 알고 있지 않은가.

'설마 이 사람도 내가 본인 팬이라고 생각하나?'

아니나 다를까, 말랑달콤 멤버는 싱글벙글 웃으며 물었다.

"저기, 혹시 저희 멤버들 중에 누구 팬이었어요? 저희끼리 살짝 내기를 해가지고."

이건 정답이 하나뿐이다.

"……당연히, 올팬이었죠."

"에이, 내 팬은 아니었구나? 잘 빠져나가네, 문대 씨!"

말랑달콤 멤버는 호탕하게 웃으며 자기 허벅지를 쳤다. 무슨 사촌 동생 대하듯 하는군. 아무래도 내가…… 하도 팝콘을 취댄 탓에 일방 적인 친분이 생겨 버린 모양이다.

"물론 농담이고요! 문대 씨 덕분에 우리끼리 오랜만에 진짜 재밌었 어요~ 고마워요. 오늘 촬영 때 잘해봐요!"

"…감사합니다."

이러다 말랑달콤 사인 CD도 하나 받아 갈 것 같다.

아무튼, 출연진 중에 인연 있는 사람들이 보이는 건 호재긴 했다.

'이리저리 편집 스토리 빼기 좋지.'

아예 서로 모르는 출연진보다는 묶어서 설명할 부분이 있는 점이 분 량 받기도 좋지 않나. 저 둘과는 워낙 연차가 많이 차이 나서 쓸데없이 올드한 공중파식 사랑의 작대기 편집이 들어갈 확률도 낮았다.

'그래도 같은 성별인 편이 편하긴 한데.'

아쉽지만 나머지 출연진 중에서 특별히 활동이 겹치거나 아는 인선 이 보이진 않았다…… 라고 이때까진 생각했지.

그러나 어지간히 스케줄이 바쁜지, 촬영 직전에야 간신히 도착한 놈 들이 있었다.

"안녕하세요~"

VTIC 멤버 둘이다.

'X발.'

저 새끼들이 여기서 왜 나오냐. 단체 출연하면 이 예능이 포맷을 바꿔서라도 단독 특집을 편성할 급의 놈들이, 활동기도 아닌데 왜 튀어나왔냔 말이다.

그 순간, 마이크를 다 착용하고 온 큰세진이 내 등을 찌르면서 숙덕거렸다.

"이야, 레티 일 잘하네."

"레티?"

LeTi 엔터테인먼트, VTIC과 말랑달콤의 소속사였다. 큰세진이 힐끗 본인이 번호를 땄던 배우들 쪽을 눈짓했다.

"저기 배우 그룹, 말랑달콤··· 소현 선배님 첫 주연 영화 팀이었어."

"······!"

"같은 소속사잖아. VTIC 끼워주는 걸로 단체 출연 합의 봤겠지."

······영화 홍보 차 출연진이 단체로 나왔던 거였나.

덕분에 휴식기인 VTIC 둘이 친히 나와준 모양이다. 보유한 회사 주식도 있으니 같은 회사 소속 연예인 홍보에도 마음이 너그러워질 만도 했고.

큰세진이 슬쩍 웃었다.

"그래도 문대는 좋지?"

"뭐가."

"문대의 사회생활을 담당하는 선배님은 안 보이네~"

"······."

아무래도 내가 청려를 불편해한다는 건 진작에 눈치챈 모양이다.

뭐, 그냥 '생각보다 꼰대 새끼였나 보다' 정도로 추측하는 것 같긴 했다만.

나는 피식 웃으며 고개를 저었다.

"아니, 그런 건 별로 안 중요하고."

"오, 그래?"

그렇다. 청려가 당장 이 사람 많은 촬영장에서 다짜고짜 내 머리통에 오함마를 후려갈기진 않을 것 아닌가. 그냥… 미친놈 만나서 좀 짜증 나고 피곤한 정도일 것이다.

'그놈이 있든 없든 상관없지.'

문제는… VTIC이 나왔다는 것 자체다. 같은 남자 아이돌 포지션인데 급 차이가 나니까. 나는 솔직하게 말했다.

"분량이 걱정돼서."

"어?"

큰세진이 웃음을 터뜨렸다.

"야, 문대가 예능 분량도 다 걱정하네! 근데 너무 걱정 마~"

"……?"

큰세진이 더 목소리를 낮춰서 속삭였다.

"저 두 선배님, 예능에서 말을 잘 안 해."

"……!!"

"아마 된다는 사람 급하게 보내줬나 봐. 음, 적당히 때우고 가시지 않을까?"

예능에 별 뜻 없는 멤버라 큰 의욕이 없을 것이란 뜻이었다. 솔직히, 약간 감탄했다.

'이 새끼 머리 진짜 잘 돌아가네.'

정보 모아놓고 생각하는 게 난놈은 진짜 난놈이다. 나는 고개를 끄덕였다.

"열심히 해봐야겠네."

"열심히 해봐야지."

우리는 드물게 쓸데없는 주먹 인사를 했다.

마이크가 켜지고, 촬영은 곧 시작되었다.

"더 감각적인 토요일! 주말 밤의 즐거움, 〈토요 파티〉에 여러분을 초대합니다!"

"와아아아!!"

〈토요 파티〉, 국민 MC가 진행하는 본격 버라이어티 예능이었다. 이름에서 짐작 가능한 대로 연차가 아주 지긋하신 프로그램이었는데, 2000년대 후반에 종영했다가 복고 열풍으로 몇 년 전 부활했다.

공중파에서 토요일 오후 8시 50분에 편성된, 시청률 잘 나오는 프로그램.

한마디로 극한의 대중성을 갖춘 예능이다. 쓸데없이 게스트 가정사가 튀어나올 일이 없고, 딱 몇 장면 캐릭터 재밌고 임팩트 있게 보여줄 수 있는.

내가 찾던 요소는 다 갖췄다…… 만, 필요한 게 하나 더 있다.

나 자신을 놓는 과정.

…컨셉에 항마력이 필요했기 때문이다.

두둠칫 두두둠칫!

당장 지금 MC가 80년대 스타일 DJ 부스에서 단발머리를 흔들면서 디제잉 중이다. 굉장히 심취한 것 같다. 프로의식이 대단했다.

"오늘의 파티 컨셉? 〈이심동체〉!"

사전에 공지 받은 말이 나왔다.

"오로지~ 한 쌍의 똑같은 파뤼피플, 완전 붕어빵만 입장 가능한 오늘의 스테이지! 우리 파뤼피플들 지금~ 등장해 주세요!"

덕분에 큰세진과 옷이랑 머리 모양을 맞췄다.

……참고로 이 컨셉을 의식했는지, 회사에서 생각한 이 예능 출연 멤버 조합 중 하나가 '큰세진-배세진' 페어였다. 물론 배세진의 적극적인 기겁 덕에 논의하기도 전에 무산되었지만.

"우리 차례."

"어."

슬슬 나와 큰세진이 세트장에 등장할 차례였다.

[이번에 입장할 파뤼피플은~ 오우~ 어리다! 잘생겼다!]

우리는 그대로 스테이지에 올라가서, MC의 어마어마한 소개 멘트와 함께 준비한 춤을 출 예정이었다.

MC가… 출연자가 춤을 추는 내내 옛날에 밈으로 유행했던 오글거리는 예능 자막을 입으로 재현했기 때문이다.

[춤추는 마법! 솟구치는 주식! 테스타의 빛나는 두 별이 지상으로 내려왔다!]

마이크를 통해 회장에 울리는 저 소리를 참지 못한 출연진이 무너지는 게 웃긴 포인트인 것 같았다만, 큰세진이나 나나 썩 재밌게 무너질 것 같지 않았다. 류청우, 선아현 둘이 나왔으면 모를까.

그래서 역으로 해주기로 했다.

나와 큰세진은 춤을 추면서 슬금슬금 DJ 부스를 둘러쌌다.

"…?!"

MC가 약간 당황했다.

"와, 최고의 국민 MC!"

"진행이 뭔지 보여주겠다! 내가 바로 진행이다!"

"부스도 가둘 수 없는 존재감! 전국을 울리는 빛!"

"토요일 저녁을 쥐고 흔든다. 이것이 거인의 멘트!"

"감동과 웃음을 동시에 잡는 건 오로지 DJ석의 그분뿐!"

[아니…!]

MC가 대신 무너졌다.

처음에는 정말 당황한 것 같은데, 이건 좀 장단 맞춰준 것 같았다. 다행이다. 더 심한 멘트를 입으로 내지 않아도 괜찮아서.

하지만 옆에서 큰세진이 실실 웃으며 남은 멘트를 모조리 털어냈다.

"대한민국의 예능사는 최호수 전과 후로 나뉜다. 그가 바로 예능의 기준!"

"……."

댄스 스테이지는 그렇게 끝났다.

정신 차린 MC는 몇 번 웃음을 참고서, 주옥같은 엔딩 멘트를 남겼다.

"등장하자마자 스테이지를 접수! 이것이 바로 예능이다! 열정, 패기, 러브 앤 피스!"

"감사합니다!"

나와 큰세진은 무대 아래로 내려왔다.

'……후.'

일단… 이 파트에서 내가 노렸던 건 다 했다. 제작진까지 웃고 있는 걸 보니 임팩트도 괜찮았고.

그러나 출연진용 의자에 앉자마자 번뇌가 몰려왔다. 출연 전 방송 예습할 때도 각오는 했다만, 어떻게 예능이 이렇게까지 사람의 항마력을 시험할 수 있는지 신기했다.

'이런 포맷을 그리워한 사람들이…… 많았다고.'

믿기지 않았다. 하지만 시청률은 거짓말을 하지 않았다.

'리액션이나 하자.'

나는 마지막으로 스테이지에 올라간 VTIC 놈들에게 열심히 박수를 보냈다. 큰세진 말대로 예능에 별 뜻은 없는지, 크게 준비해 온 것은 없는 것 같았다.

"하늘이 내린 잘생김!"

그렇게 출연진 12명이 다 등장하고 나자, 본격적으로 프로그램이 진행되기 시작했다.

"사실, 오늘 이 파티를 연 것은… 가짜를 찾아내기 위해서였습니다!"

"아니 너무 붕어빵이라 이상하지 않았어요?? 한 명은 도플갱어야! 가짜라고!"

…이런 컨셉으로, 함께 출연한 사람이 갈라져서 6:6 팀전을 하는 것까지가 들은 내용이었다.

"팀을 패배하게 만든 결정적인 인물! 그 사람은… 벌칙을 받게 됩니다!"

그리고 첫 게임에서 벌칙자가 선정되는 순간, 진짜 속셈이 드러났다.

"어? 같이 입장하신 우리 주호 씨는 왜 안 나오세요?"

"네, 네?!"

"같은 몸이니 벌칙도 같이 받아야죠~ 도플갱어잖아요! 그래서, 〈이심동체〉!"

"……!!"

그렇다.

벌칙자가 나오면, 상대 팀에 있는 그 사람의 도플갱어도 함께 벌칙을 받는 것이다.

"아니, 세상에!"

"그럼 저쪽에 나는 노리면 안 되겠네?"

"아니, 팀 승리가 중요하죠! 벌칙 까짓거 그냥 받읍시다~"

놀랍게도 아무한테도 고지해 주지 않았기 때문에, 출연진들은 진짜 놀랐다. 수군거리는 그 틈에서 나는 큰세진과 눈이 마주쳤다.

'벌칙 한번 받자.'

'오케이.'

벌칙 같은 위기 상황에서의 리액션이 캐릭터 뽑기 좋았다. 이건 무조건 챙겨 먹어야 했다.

"이번 팀전의 벌칙은…… 물풍선 폭탄입니다!"

"허억!"

흠, 저 정도면 수위도 괜찮을 것 같고.

하지만 기회가 왔을 때, 방해가 들어왔다.

"가자!"

이번 팀전인 미러볼 피구전에서 일대일로 남은 상황이었다.

라인업은 나와 VTIC 멤버였다. 그리고 마침 상대편의 혼자 남은 VTIC 멤버가 공을 잡았다.

'이런 건 맨 마지막에 탈락하는 사람이 벌칙이다.'

이 프로그램 특성상 억울해하는 모습을 웃기게 뽑으려고 백 프로 그렇게 했을 것이다.

'아 마지막까지 남았으면서 못 이겼으니까 패배의 원인 맞잖아요~' 같은 소리 하겠지. 전적도 많았고.

'여기서 맞으면 되겠군.'

나는 공을 맞을 준비를 했다.

"됐다!"

"저기 때려요!!"

그런데 상대편의 VTIC 멤버가 미친 짓을 시작했다. 애매한 눈으로 나를 보더니, 공을 던지는 척하다가 금을 밟아 탈락해 버린 것이다.

"……??"

"아차차! 실수를 해버렸네!"

'뭐야.'

저 새끼 뭐 하는 짓이냐.

심지어 눈이 마주치자 찡긋거리며 신호를 보냈다. 무슨 발표에서 신입생을 커버쳐 준 고학번 선배 같은 면상이다.

'대체 뭐냐고.'

VTIC에게 벌칙 분량을 도난당했다.

"자~ 두 분, 스테이지 위로 올라와 주시면 됩니다!"

"어우, 아깝네요!"

"좀 억울합니다~"

날 아웃시키는 대신 자진해서 금 밟고 벌칙에 들어간 VTIC 한 놈과 다른 놈은 별 특출날 것 없는 리액션과 함께 물풍선을 맞았다. 앨범 초동 180만 장 파는 놈들 아니었으면 3초 컷으로 지나갔을 만한 특색 없는 꼴을 보니, 큰세진 말대로 예능에 별 열정은 없어 보인다.

'…분량 따려고 일부러 탈락한 건 아니라는 뜻인데.'

그럼 아까 그 뿌듯한 얼굴이 진심으로 '신인 아이돌을 배려하는 마음'에서 나온 것이란 말인가? 차라리 진짜 실수였는데 민망해서 그랬다는 쪽이 설득력이 있지 않나.

큰세진과 눈이 마주쳤다. 그럼 같이 웃으며 손가락으로 자신을 슬쩍 가리켰다. 빡치지만 별수 없고 다음에는 본인이 적극적으로 벌칙 받기를 시도해 보겠다는 뜻인 것 같다.

"자 이번 팀전은~ 쌍화차 찾기!"

하지만 다음 팀전에서도 이 기묘하고 어처구니없는 상황은 계속되었다.

"달걀노른자가 없는! 쌍화차를 제일 처음 고르는 분의 팀이 패배합니다~ 자, 음악에 맞춰서 댄스와 함께 골라봅시다!"

한마디로 의자 뺏기와 복불복을 합친 애매한 90년대 바이브 게임이었다.

'이건 완전 운인데.'

이번 건 패스하기로 생각하고 차라리 고민도 하지 않고 골랐다. 이러다 걸리면 더 웃길 테니까. 물론 확률상 그놈의 노른자는 들어 있을 가능성이 훨씬 컸다.

"아, 문대 씨~ 통과!"

그리고 그대로 이루어졌다. 내가 고른 쌍화차에는 노른자가 들어 있었다.

그러자 VTIC 놈들이 박수를 치며 선동을 시작했다.

"오오~ 대단해!!"

"와, 이걸 어떻게 이렇게 바로 맞히지?"

"……."

왜 이러냐고 새끼들아.

대충 대답해서 넘기긴 했는데, 이건 대놓고 웃긴 것도 아니고 순 애매하고 부자연스러운 훈훈함일 게 뻔했다. 결국 보다 못한 MC가 이걸 꼬집어서 웃기려는 중이다.

"아니, 두 분 아까부터 문대 씨한테만 너무 리액션이 좋은데요?"

"아 형님 뭘 모르시네~ 잘나가는 사람들끼리 친한 거잖아요~!"

"그런 거야~?"

VTIC 놈들은 손을 내저었다.

"아뇨 아뇨~ 아니 그냥, 잘하는 친구잖아요!"

"고민도 안 하고 맞히는 게 신기해서 그랬죠."

차라리 살리지 그냥저냥 부정해 버리니 또 그림이 애매했다. 예능 못하는 놈들은 맞는 것 같다. 그런데 그걸로 왜 나한테 트롤 짓을 한단 말이냐.

'엿 먹이는 건가?'

혹시 몰라 살펴봤지만 딱히 도발하려는 기색은 느껴지지 않았다.

'미치겠네.'

그리고 이번 벌칙은 말랑달콤 멤버가 가져갔다.

"잘 보세요! ……노른자 아니죠? 통조림 황도죠?!"

"으아악!!"

벌칙은 고삼차였다. 도플갱어로 벌칙을 함께 수행한 영린은 표정도 안 변하고 원샷해 스탭들의 반응까지 이끌어냈다.

'부러운데.'

나도 차라리 고삼차 마시고 뿜기라도 했으면 좋았을 텐데 말이다. 이러다 계속 벌칙 한번 못 받고 리액션 병풍 겸 VTIC 분량 곁다리로 끝나겠다.

'차라리 활약을 해야 하나.'

노선을 돌릴까 고민하던 찰나에, 잠시 촬영이 멈췄다.

"컷! 갈고 가겠습니다~"

"저희 마이크 잠시 체크할게요."

"넵!"

짧은 정비 겸 휴식 시간이었다.

"나 화장실."

"어."

큰세진이 MC를 따라 슬쩍 자리를 떴고, 나는 일부러 음료를 마시며 타이밍을 기다렸다.

그러자 상대가 먼저 움직였다.

"안녕하세요, 후배님~"

"아까 우리 너무 급하게 와서 인사도 제대로 못 했죠?"

VTIC 놈들이 싱글벙글 웃으며 말을 걸어왔다. 통성명도 해본 적 없는 놈들이지만 정색할 수는 없는 게 또 사회생활이다.

"…예. 오랜만에 뵙습니다. 선배님들."

"아~ 선배님 어색하네요. 그냥 형으로 해요. 형으로!"

"맞아. 우리 너무 늙은 것처럼 부르지 마요."

8년 차가 양심 없는 소리를 한다는 감상보다도 먼저 든 느낌이 있었다.

'음?'

이놈들… 왜 이렇게 어색하지.

'등에서 식은땀 흘리고 있을 것 같은데.'

나름대로 호탕하고 살갑게 말을 걸려 한 것 같지만 한계가 보인다. 원래 이런 걸 해오던 놈들… 그러니까 큰세진이나 류청우 같은, 사람 휘어잡는 게 익숙한 부류의 느낌이 아니었다.

사교적인 연장자 역할이 안 익숙한 것 같은데.

'뭐지.'

일단 대답은 제대로 해줘 보자.

"나이의 문제가 아니라, 대선배님이신데 제가 함부로 부르긴……."

"무슨 대선배예요~ 으악!"

"그냥 편하게 하라니까요!"

"······."

와 이놈들 애쓰네. 아까 벌칙 막타 도난당했을 때보다도 당혹스럽다.

나는 말문이 막혔다. 그러자 그걸 대충 암묵적 동의라고 생각했는지 두 놈이 시시덕거리며 눈빛을 주고받았다. 그리고 헛기침을 하며 입을 열었다.

"흠, 예능 많이 어렵죠?"

"예? 예···."

너희만 없으면 난이도가 두 단계는 떨어졌을 것이다.

하지만 둘은 뿌듯한 얼굴이었다.

"어, 촬영하면서 너무 무리하지 말고······ 힘들면 SOS 보내요. 도와줄게."

"···??"

"아 부담은 가지지 말고! 나중에 후배 생기면 또 잘해줘요. 우린 신경 쓰지 말고요."

그리고 이 두 놈은 서로 '오~ 말 좀 하는데?' 하는 표정을 주고받고 있다. 기가 막히는군.

"······."

나는 두통을 참으며 대놓고 물어봤다.

"······그럼 아까, 금 밟으신 건."

"아하하! 아니~ 그렇게 티가 났나?"

"아냐, 이 후배님이 감이 좋은 것 같아."

"그렇지? 아무튼 막··· 너무 신경 쓰지 마요. 그냥 어쩌다 보니까~"

···이제 확실히 알겠다.

'이놈들, 완전히 호의로 한 짓이야.'

지옥으로 가는 길은 선의로 포장되어 있다더니 딱 그 꼴이었다.

게다가 도와주겠답시고 떠올린 발상이 1차원적이다. 예능 경험이 별로 없다는 걸 감안해도 썩 머리 굴릴 줄 아는 부류는 아닌 것 같았다.

'한 5년 안에 보증이나 사업 사기로 한탕 털릴 것 같은데.'

아무리 VTIC이 순조롭게 큰 놈들이라지만, 이 불지옥 K팝 사회에서 8년 버틴 것치고는 영 맹탕이었다.

'…설마 청려가 갈아 끼운 놈들인가.'

사고 안 칠 놈들, 다루기 쉬운 놈들 찾다 보면 저 꼴 날 수도 있겠구나 싶다. 어쨌든 별다른 복잡한 생각은 없어 보이는 놈들이니 적당히 쳐내면 되겠군.

"정말 감사합니다. 그래도 제가 해볼 수 있는 데까지는 해보려고요. 아까처럼 배려 안 해주셔도 괜찮습니다."

"어?"

약간 당황한 놈들이 잠시 고민하다가 머쓱한 얼굴로 다시 입을 열었다.

"으음, 사실 거, 청려 형한테 이야기를 좀 들었는데."

"……??"

이건 또 무슨 소리냐.

'쓸데없는 말을 한 건 아니겠지.'

정수리가 서늘해지려던 찰나에, 앞의 놈이 빙긋 웃었다.

"아니, 문대 씨 진짜 열심히 하고 좋은 후배니까 잘해줘라, 뭐 그런 말을 하더라고요!"

"…!!"

"맞아! 그런데 그 형이 진짜 그런 말 안 하는 사람이거든요."

"어. 친한 사람도 진짜 거의 없고… 후배님이랑 친해져서 신기했지."

안 친하다.

"좀 사람이 삭막해 보일 순 있긴 한데… 그래도 재현, 아니, 청려 형이 생각보다 되게 사람 괜찮잖아요."

"맞아. 그 형 막 유기견 센터에 자기 정산받은 거 절반씩 기부하고 그런다?"

"헐, 절반이나 했어?"

"어 나 그 형 은행 어플 쓰는 거 보다 기겁했잖아."

"무슨 산신령처럼 살더니 진짜 동물은 좋아하네."

둘은 말하다가 자기들끼리 대화로 빠져들었다. 그리고 정신을 차리자 머쓱하게 다시 빠져나왔다.

"아니, 왜 이야기가 이리로 갔냐? 아무튼, 이것도 인연인데 오늘 촬영 때 힘든 일 있으면 말해라~ 뭐 그런 거죠."

"혹시 지금 힘든 건 없고?"

"……."

갑자기 말도 안 되는 말을 너무 많이 들어서 정신이 혼미했다.

나는 내 내면에 주먹을 갈겼다.

'알 게 뭐야 X발. 정신이나 차리자.'

청려가 뭐 유기견들의 수호자든 말든 자기 알아서 할 일이고. 중요한 건 지금 내 목표. 현재 촬영이다.

나는 어휘를 골라 입을 열었다.

"사실……."

내가 적당히 처한 상황을 설명한 뒤, 사실 벌칙을 노렸다는 것을 우회적으로 알려주자 두 사람은 소스라치게 놀랐다.

"헉! 그랬어요??"

"야 미안하다!"

"이제 벌칙 막 몰아볼까?"

"올 벌칙으로 해줘?"

"······괜찮습니다."

나는 대신 가벼운 부탁을 했고, VTIC 멤버들은 흔쾌히 승낙했다.

"헤이 문대~"

그 직후, 화장실에 갔던 큰세진이 돌아왔다.

"뭐 좋은 얘기 했어?"

"그럭저럭. 넌?"

"야, 화장실 갔다 왔는데 무슨 좋은 이야기까지야 있겠어~?"

대답하면서 실실 웃는 걸 보니 뭘 한 건 올린 모양인데 입은 일단 딴소리를 한다. 아니나 다를까, 곧 전리품이 튀어나왔다.

"그냥··· 어쩌다 보니 동선이 겹쳐 가지고, 최호수 MC님이랑 대화 좀 했지. 번호도 교환하고."

역시.

"대화가 알찼나 보네."

"뭐, 우리의 예능 방향성 이야기를 좀 했달까?"

큰세진이 씩 웃었다.

"우리 둘은 절대 벌칙 안 받을 거라고 말했거든."

"······!"

"그러니까 어떻게든 벌칙 줘서 리액션 뽑으려고 할걸."

훌륭했다.

후반부 촬영은 몇몇 출연진들의 협조하에 잘 끝났다.

'계획 이상으로 잘 나온 것 같군.'

이제 편집의 문제인데, 솔직히 큰 걱정은 안 든다. 내가 PD라도 이건 안 자를 것 같아서 말이다.

"고생하셨습니다~"

"수고 많으셨습니다!"

"아, 오늘 굉장히 좋았어요!"

어쨌든, 도착했을 때처럼 꾸벅꾸벅 인사를 박은 뒤에야 촬영장을 빠져나왔다.

그리고 다음 스케줄로 가는 차 안, 촬영이 잘 끝나 조용하고 평화로운 분위기에 반갑지 않은 연락이 불쑥 찾아왔다.

[VTIC 청려 선배님 : 오늘 촬영에서 애들 만났다면서요.]

[VTIC 청려 선배님 : 어때요. 도움이 됐을 것 같은데^^]

"……후."

VTIC 놈들 만났을 때 왠지 이럴 것 같긴 했다.

어처구니없지만, 또 이렇게 보면 문자 내용 자체는 그럭저럭 정상이었다. 만나면 미친놈이라 문제지. 나는 눈두덩이를 몇 번 누른 후에 답장을 보냈다.

[예. 선배님들께서 도움 주셨습니다. 감사합니다.]

그리고 의외로 시간이 좀 흐른 후에 답장이 왔다.

[VTIC 청려 선배님 : 도움이 됐다니 다행이네요. 혹시 후배님도 더 좋은 팀원들과 다시 활동해 보고 싶지 않으세요?]

'X발.'

뭐만 하면 무조건 뒈지고 다시 시작하라는 쪽으로 가냐고.

VTIC 놈들의 헛소리가 뇌리에서 울렸다.

―재현, 아니, 청려 형 생각보다 되게 사람 괜찮잖아… 괜찮아… 괜찮아….

괜찮을 리가 있냐. 괜찮은 사람 다 얼어 죽는 소리 하고 있다.

하지만 VTIC 놈들이 거짓말을 한 것 같지도 않았다. 즉, 예시로 든 사례 자체는… 진실 같단 거지.

'…딱 한 번만 해본다.'

나는 초인적인 인내심으로, 한번 상대가 정상이라고 가정한 뒤 답장을 시도했다.

[안 하고 싶습니다. 그리고 그런 말을 계속 듣는 것 자체가 굉장히 스트레스입니다. 전 미션 생각만으로도 거의 한계입니다.]

[굉장히 힘드니 하지 말아주셨으면 합니다.]

그리고 한참 동안 답장은 오지 않았다.

'…지뢰 밟았나.'

하지만 혹시 야산 생매장이 초읽기 상태에 들어갔다 하더라도, 절대 나 혼자는 안 죽는다.

'이 새끼도 사회적 사망 상태로 만들어줘야 하는데.'

나는 목 베개에 기댄 채로, 예전에 떠올렸던 안을 다듬기 시작했다.

약간… 마음을 안정시키는 반복 노동 같은 짓이다.

"흠."

그러다 또 불쑥, 답장이 돌아왔다.

[VTIC 청려 선배님 : 알았어요.]

"……!"

몇십 초가 흘렀다. 그 후에야 다음 문자가 도착했다.

[VTIC 청려 선배님 : 미안해요.]

"……."

문자는 그걸로 끝났다.

"…후."

나는 스마트폰을 끄고, 도로 눈을 감았다.

사람이라는 게 참 알 수 없는 놈들이었다.

박문대가 차 안에서 생각에 잠겼을 때, 인터넷에서는 슬슬 기사가 뜨고 있었다.

[최호수의 <토요 파티>, 특급 라인업이 온다… VTIC부터 테스타까지]

[테스타의 예능 나들이? <토요 파티> 촬영, "많이 기대해 주세요!"]

-헐 브이틱 테스타

-이번엔 동발 아니고 예능 출연이라 너무 다행

└ㅋㅋㅋㅋ그러게

-청려랑 박문대 일친에서 진짜 웃겼는데... 또 보고 싶다 그 둘 나왔으려나

그리고 얼마 지나지 않아 테스타 중 누가 출연하는 것인지도 공개되었다.

-문대랑 큰세넹

-아 문대다 개조아ㅠㅠ

-토요 파티라니 드디어 엄마한테 테스타 영업할 날이 왔다!!

└ㅋㅋㅋㅋㅋㅋㅋㅋㅋㅋ축하해

-왠 이세진; 차유진이 나와야 맞는 거 아닌가

└예능 멤이라 그런 듯?

└예능 멤 같은 소리하네 그건 본인이 알아서 뚫어야지 6위가 예능 먼저 나오는 거 웃긴 일 맞잖아 자기 분수를 모르는 건데 인지도나 화제성 생각하면 당연히 1, 2위부터 나와야하는 거 아니야?

└예능 하나에 목숨 걸 기세

└누가 보면 우리가 꽃은 줄 알겠음

-문대 파이팅!ㅎㅎㅎ

그리고 이 반응을 다 살펴본 뒤 가슴을 쓸어내린 사람도 있었다.

'문대한테는 거의 욕이 없네!'

대학원생은 안도하며 보던 페이지를 빠져나갔다. 위튜브 영어 댓글

의 파도에 침몰당한 뒤, 인터넷을 찾아보게 된 박문대의 팬이었다.

최근 문대를 좋게 봐주는 분위기가 확실해서 마음이 들떴다. 홈마인 친구는 영 불안해하는 눈치였으나, 그녀로서는 썩 이해가 되진 않았다.

'다들 문대 착하고 귀여운 거 알아주면 좋지 않나?'

문대가 악플을 볼까 봐 걱정했던 시절을 생각하면 선녀나 다름없었다.

'예능 기대된다!'

대학원생은 웃으며 침대에서 발을 구르다가, 치밀어오르는 덕심을 참지 못하고 위튜브에 접속했다. 그리고 아직도 인기 동영상 순위에 떠 있는 한 썸네일을 클릭했다.

'한 번만 더 보고 자야지.'

바로 테스타의 이번 신곡 뮤직비디오였다. 클릭하자마자 재생되는 5초짜리 광고보다 먼저 동영상 타이틀이 눈에 들어왔다.

[테스타(TeSTAR) '자정, 그리고 다음 (00:01)' Official MV]
[조회수 22,147,586회]

'헉, 이천이백만 됐네.'

얼마 전에 봤을 때는 이천만이었는데, 발매 일주일이 지난 참인데도 조회수 붙는 속도가 꽤 빨랐다. 천만까지 걸린 시간도 그룹 자체 신기록이었다.

'나도 또 보고 있는데 뭐.'

그럴 만도 하다며, 대학원생은 어깨를 으쓱거렸다. 테스타의 이번 뮤직비디오는 기존의 것들과는 좀 결이 달랐기 때문이다.

"아, 시작한다."

그 순간, 광고가 끝나고 뮤직비디오가 시작되었다.

[……]

먼지가 쌓이고 거미줄 쳐진 고풍스러운 축음기가 화면에 잡혔다. 흰 손이 불쑥 구석에서 나와, 그 위의 바늘을 눌렀다.

투두둑.

거미줄이 끊기며, 느리고 지직거리는 멜로디가 흘러나오기 시작했다. 일부러 음질을 낮춘 것 같은 로파이(Lo-fi) 재즈였다.

로맨틱하고 서글픈 피아노가 울렸다.

어느새 화면은 대저택의 현관으로 컷이 바뀌었다. 오래됐지만, 사치스러운 흔적이 여전한 그 구조물은 잡히는 프레임에서 엄청난 영상미를 선보였다.

그리고 그 가운데.

먼지가 쌓인 채 빛나는 샹들리에 아래, 대형을 갖추어 앉은 일곱 명의 모습에 초점이 잡혔다.

노래가 시작되었다.

ㅡ서서히 잠기는
시간을 밤을
벗어나고 싶지 않아

−고요해 이제는
노래도 꿈도
다 잊어버려 여긴 자정,
너의 Midnight

안무가 펼쳐졌다.
　현대 무용과 왈츠의 색채가 두드러졌다. 온몸을 쓰며 서로를 지탱하는 동작이 많은, 우아하고 복잡한 안무였다.
　긴 소맷단이 흔들렸다.
　따라 추기 쉬운, 외우기 쉬운 반복적 동작은 없었다. 오로지 입을 벌린 채 보게 만드는 것을 목적으로 하는 움직임이었다. 그 구조적인 선들이 샹들리에 불빛 아래 길게 잡혔다.

−시계 초침이 달려 날 불러도
끌어올릴 수는 없어 오늘도
나는 여기, 너의 자정
너의 Midnight

영상은 낡고 사치스러운 현관에서 비가 내리는 고상한 서재로, 녹슨 새장들만 즐비한 거대한 식탁으로, 붉은 향초로 가득한 욕실로 배경을 바꾸었다. 그때마다 머리와 의상도 그 형태와 색을 바꾸며 순식간에 배경을 자연스럽게 소화했다.
　미친 것 같은 영상미였다.

그리고 배경은 어느새 황금빛 푸른 나비가 날아다니는 침실까지 왔다. 화려한 정장을 기초로 구성된, 끝이 없을 것 같던 의상의 변천사도 마지막까지 왔다.

고전적 형태의 가벼운 셔츠였다. 그 어깨 사이 등골에서, 돌아가는 고동빛 태엽이 보였다.

- 번지는 Midnight
일그러진 초점이
흔들려 시간을 애태워

마지막 후렴의 만개하는 안무.

나비들은 대형이 바뀔 때마다 모여들어, 횃대에 앉는 새처럼 태엽에 앉았다. 바닥의 그림자가 늘어지며 나비 날개를 길게 드리웠다.

- 넘치는 Midnight
허물어진 Shape
찢어져 새로운 날이 와

의미심장한 컷 신, 연기, 돌출된 서사는 없었다. 오로지 안무, 그리고 적절한 클로즈업 샷으로만 이루어진 영상은 순식간에 시간을 삼키고 지나갔다.

아름답고 황홀한 영상미와 달라붙는 듯이 어울리는 곡이 흐르는 뮤직비디오였다.

−널 만났던

자정

그리고 다음

노랫말은 그렇게 끝났다. 모든 소리가 잠시 멈췄다.

마지막 반주는 가냘프게 다시 시작되었다.

피아노와 콘트라베이스가 툭툭 흐르는 가운데, 첫 장면처럼 흰 손이 등장했다. 다만 이번에는 팔을 타고 카메라가 올라갔다.

흰 손의 주인은 선아현이었다.

안무 대형에서 벗어난 선아현은 침실 한 편의 괘종시계로 향했다. 그리고 시계 위에 매달린 푸른 나비 박제의 오른쪽 아랫날개를 뜯어냈다.

날개 밑의 유리에서, 대각선으로 난 금이 드러났다.

[00:01]

정면에서 다시 잡힌 괘종시계 위로 유려한 필기체 자막이 뜨며, 영상이 끝났다.

'후!'

다시 봐도 너무 좋았다!

대학원생은 입꼬리를 주체하지 못하며, 문대의 클로즈업이 잡히는 마지막 소절을 돌렸다. 푸른 나비가 관자놀이 부근에 날아다니고, 살짝 위를 응시하는 박문대의 색조가 오른 얼굴은 정말 최고였다.

그리고 화룡점정도 있었다.

'목에 초커!!'

비록 재질과 분위기는 전혀 달랐지만, 그녀가 처음 박문대를 봤던 〈아주사〉 2차 팀전이 떠올라서 더 좋았다. 대학원생은 이미 했으면서도 괜히 그 장면을 한 번 더 캡처해 봤다.

'아, 진짜 이번 뮤직비디오 너무 좋아! 곡도 그냥 듣기 좋고!'

괜히 머리에 물음표 뜨는 일 없이 4분간 황홀한 영상미와 귀에 편한 곡을 즐기게 해주는 게 딱 그녀의 취향이었다.

그리고 그 점이 당장 썸네일에서부터 드러났다.

원래 테스타는 〈마법소년〉 때부터 손이나 풍경, 소품처럼 서사적이고 의미심장한 썸네일을 써왔다. 하지만 이번에는 대놓고 멤버 상반신 클로즈업을 썸네일에 걸어놨다.

김래빈이었다.

"으음."

문대가 아니라 아쉬웠고, 하필 처음 만났던 팬의 인상이 영 별로였던 김래빈이라 대학원생은 오묘한 느낌이 들었다.

그러나 컷 자체는 예술이었다.

'……래빈이 잘생겼지.'

목에 코르셋 초커를 하고, 턱 아래 푸른 나비가 보이는 김래빈의 물기 젖은 컷은 대단했다.

그리고 이 곡에 완전히 어울리는 인물이기도 했다. 아주 나른하고 사치스러운 컨셉이었기에, 약간 퇴폐적인 인상인 김래빈이 잘 어울렸다.

뮤직비디오도 세계관이고 나발이고 시각과 청각을 폭격하겠다는 식이었지 않은가.

'앗, 넘어갔다.'

그녀가 잠깐 생각에 잠긴 사이, 다시 흐른 영상이 끝나며 자동재생
으로 연관 동영상이 이어 재생되었다.

바로 콘서트에서 했던 〈자정, 그리고 다음〉의 첫 무대였다.

[아아아아악!!!]

[으아악!!]

비명 때문에 노랫소리가 잘 안 들릴 정도였다.

'아 맞아! 다들 이랬어!'

그녀는 당시 상황을 떠올리며 킬킬 웃었다. 홈마인 친구가 보내준 본
인의 직캠 영상 링크에는 깔끔하게 음향 편집까지 해놔서 잊고 있었다.

친구에게 듣기로는, 직전까지 공개된 컨셉 포토에서는 낌새도 안 줬
기 때문에 더 난리였던 거라고 한다.

'음, 그러고 보니 그냥 사진 예쁘다! 기대된다! 이런 느낌이었던 것 같아.'

맞다.

더 극적인 첫 무대 임팩트를 위해, 테스타와 회사는 박문대의 의견
을 수용해 컨셉 포토와 티저를 심심하게 찍었다. 그냥 적당한 정장과
저택을 이용해서 적당히 보기 좋은 컷을 낸 것이다.

-섬별이 드디어 컨셉충을 벗어났다는 소식 듣고 옴

  ㄴ어 개노잼 됐다

└그래도 애들은 이뻐 그럼 됐지

-아 뭔가 아쉬운데

-이번엔 한 턴 쉬고 가나? 정규라 작업할 것도 많고 콘도 겹쳐서 무난히 가는 거 아닌가

　└행복 회로 튼튼하네 분리수거 힘들겠어

-초심 다 뒤졌다 곧 살도 찔 듯

대학원생은 잘 몰랐으나, 물밑의 적나라한 반응은 이 정도였다.

하지만 콘서트가 나오는 순간 모든 게 뒤집혔다.

심지어 테스타는 콘서트 의상이니 좀 과해도 된다는 생각에, 진짜 태엽에 나비 모형을 꼬리처럼 달고 나오기까지 했다. 자본이 투하되니 그 정도로 과해도 의상이 어색하지 않았다.

-섬별놈들은 컨셉에 진심이다

-코르셋 초커에 저 셔츠 대체 누가 낸 의견이냐 인간적으로 성과금 줘라

-♡나비 소년 너무 조아♡

단물 다 빨아먹은 학교 세계관은 이제 퇴물이지 이거 밀자

-빠수니 초심 풀충전

-역시 남돌은 섹시야

　그 뒤에 앨범 전용으로 뮤직비디오의 컨셉을 고스란히 딴 스페셜 포토를 추가하고, 일부는 테스타 SNS에 올린 것까지 완벽했다.

　그러나 그런 치밀한 계산을 굳이 알 일 없이 대학원생은 그냥 행복했다.

'그래, 문대 직캠도 보자!'

대학원생은 신나게 위튜브 검색어를 집어넣고, 박문대의 이번 신곡 음악방송 직캠을 찾아냈다. 이마를 반만 드러낸 헤어스타일과 느슨한 무대용 정장이 정말 잘 어울렸다.

'금발 최고…!'

그녀는 행복하게 동영상을 보다가, 문득 댓글창을 열었다.

물론 베스트 댓글이 영문으로 도배되어 있다는 것을 이제 경험상 알았다. 그래도 한두 개 정도의 한글 댓글을 찾으면 반갑기 때문이다. 그 주접을 보고 있으면 자기도 쓱 대댓글로 뭔가 달아보고 싶기도 했다.

"흠흠~"

대학원생은 행복하게 댓글창을 내리다가, 드디어 한글 댓글을 발견했다. 그러나… 생각하던 느낌의 댓글이 아니었다.

-박문대 화이팅~ 씩씩하고 멋진 모습 좋아용
-문대 잘 돼라! 힘들지 않았으면ㅠㅠ

"……?"

…위화감이 느껴졌다.

이번 컨셉은 근사함과 우아함을 바탕으로 약간 섹시하기까지 했고… 요소마다 예술성을 신경 썼다는 것이 느껴졌다. 그리고 박문대는 그 컨셉을 넘치지도 모자라지도 않게, 아주 적절히 소화한 천재 아이돌이었다!

'근데 왜 무대 이야기 대신 이런 게 이렇게 위에…?'

물론 좋은 말이었기 때문에 기분이 나쁘진 않았다. 다만…… 좀, 홍이 식었다.

"으음."

대학원생은 그냥 댓글을 넘기고 쓱쓱 내렸다. 다행히 곧 그녀와 마음이 꼭 맞는 주접 댓글을 발견하고 하트를 누를 수 있었다.

-문대가 눈 깜박거릴 때마다 세상이 깜박거리잖아 이게 바로 개기일식이다

'이거지!'

대학원생은 히히 웃으며 즐거워했다. 위화감은 금방 잊어버렸지만, 이제는 그녀도 친구가 불안해하던 지점이 뭔지, 슬쩍 알 것도 같았다.

'문대보다 문대가 착한 데에 더 관심이 많구나……'

물론 사람들 대다수가 그렇다는 건 아니지만, 그런 기류가 생겼다는 게 이젠 즐겁지 않았다.

'얼른 문대 예능이나 보고 싶다.'

대학원생은 예능을 기다리며, 간간이 쉬는 시간마다 지난 콘서트 유닛 무대 준비 영상과 유닛 무대 직캠을 돌려보았다.

그리고 돌아온 〈토요 파티〉 방영 날.

그녀는 박문대와 큰세진의 첫 등장 신부터 사레가 들린다.

"크헙!!"

박문대와 큰세진이… 유아용 핑크빛 요정 날개를 야무지게 챙겨입고 있었기 때문이다.

"…?!"

두 사람은 음악에 맞추어, 80년대 음악다방풍 스테이지에서 척척 춤을 추기 시작했다.

[춤추는 마법! 솟구치는 주식! 테스타의 빛나는 두 별이 지상으로 내려왔다!]

멜빵 바지를 입은 그 모습이 물론 귀엽고 잘생겼다. 하지만 핑크빛 요정 날개가 시청자의 시야를 강탈했다.
자막도 떴다.

[금방이라도 하늘로 날아갈 것 같은…]
[꿈결의 춤사위!]
[요정인가 인간인가]

DJ의 새 멘트였다.
'왜… 왜 저런 걸 꼈지?'
대학원생은 혼란스럽게 화면을 보다가, 곧 깨달았다.
"아, 나비!"
이번 신곡이 팬들 사이에서 암암리에 '나비소년'이라고 불리는 걸 의식한 것 같았다!
'너무 귀여워!'
개그 겸 홍보를 위한 큰 그림이었지만, 어쨌든 보는 팬은 즐거웠다.
"아하학!!"

대학원생은 폭소하며 볼륨을 키웠다. 참고로 같은 시간, 테스타도 똑같은 짓을 하고 있었다.

"으하하하하!!"

"크, 크흐흠!"

굳이 〈토요 파티〉를 모니터링해 주겠다며 거실에 모인 놈들이 폭소했다.

'이럴 줄 알았다.'

좀 민망은 했으나… 이런 일로 평정심이 무너지기엔 지금까지 별 괴상망측한 일을 다 겪었지 않은가.

"그렇게 웃기냐."

"네!!"

차유진이 대답하자 옆에서 배세진이 고꾸라졌다. 저 대답까지 웃긴 모양이다.

'…참자.'

나는 리모컨으로 향하려는 눈을 돌렸다. ……하지만 나와 큰세진이 DJ 부스를 둘러싸고 춤을 추는 장면이 나오자, 더는 참을 수 없었다.

화면의 내가 외쳤다.

[와, 최고의 국민 MC!]

틱.

나는 음소거 버튼을 눌렀다.

"어??"

"야, 왜~"

"문대야, 재밌어! 괜찮아!"

안 괜찮다. 나는 쓸쓸한 눈으로 화면을 바라보았다.

촬영 후반부가 참… 기대된다.

[쏟아지는 찬사에 그만 DJ 공백]

[23년 예능 외길, 첫 출연 핑크 요정에게 압도적 패배]

둘이 뜬금없이 MC를 역으로 공격해 버린 댄스 신고식은 예상대로 잘리지 않고 통째로 잘 나왔다. 주로 MC를 희화화하는 구도로 편집이 되었으나, 그래도 임팩트는 잘 챙겼다.

[요새 신인은 다 이런 거야?]

[무섭다… 너무 무섭다!]

…날개가 형광색으로 불타는 CG랑 이런 정도의 자막도 받았고.

'등장할 때마다 폭소하진 않겠다'는 다짐 후에 사운드를 되찾은 멤버들은 입꼬리를 씰룩거리며 헛기침을 해댔다.

"하하, 흠, 예능 잘하고 왔네."

"훌륭하, 큼, 하십니다!"

"형은 무서운 사람이에요. 멋져요!"

"…어, 고맙다."

차유진은 자막의 '무섭다'를 '위협적으로 잘난'으로 창조 해석한 것 같다.

어쨌든, 민망은 둘째치고 잘 뽑히긴 했다. 실시간 체크 중인 시청자 반응도 썩 좋았다.

- ㅋㅋㅋㅋㅋ왜 니들이 그걸 핵ㅋㅋㅋ

- 디제이최 죽었는데욬ㅋㅋㅋㅋㅋ

- 뭐야 이 도른자들은

- 스탭 웃는 소리 들림ㅋㅋㅋ

- 날개 뭐얔ㅋㅋㅋ 미쳤나봐 너무 웃곀ㅋㅋㅋㅋㅋㅋㅋㅋ

- 와 패기 오졌다

- 브이틱 산 채로 구워 먹었을 듯

마침 화면에서 VTIC 두 사람이 나와서 멋진 댄스를 선보였다. 바로 10초 후에, 멘트를 이기지 못하고 기어 다니게 됐지만 말이다.

"……흠."

저것도 나름 웃기네. 브이틱 팬들도 그럭저럭 만족하겠군.

후한 평가를 내려주고 있자니, 슬슬 반전과 함께 도플갱어 팀전이 시작되었다.

[같은 몸이니 벌칙도 같이 받아야죠~ 도플갱어잖아요! 그래서, 〈이

심동체〉!]

재미야 있었다만, 이 게임 초반 30분에서는 특별히 베스트 컷으로 더 건질 만한 사항은 없었다. 그냥 열심히 게임 하면서 자연스럽게 몇 컷, 그리고 브이틱의 자폭에 당황하는 리액션만 잡혔을 뿐이다.

"날개 왜 없어요??"

"위험하니까 빼놓고 했지~"

"아하!"

이 정도 선선한 대화를 나누면서 이번 주 〈토요 파티〉 모니터링은 끝났다.

"둘이 예능 참 잘했다."

"재, 재밌었어…!"

후한 평가였지만, 아직 다음 주 분량이 나오지도 않은 상황에서 듣기에는 좀 이른 감이 있었다.

"아이고, 고맙습니다! 다음 주에도 본방 시청해 주세요~"

"하하, 알았어."

류청우는 너스레를 떠는 큰세진에게 웃으며 대답했다. 다음 주에 무슨 꼴을 보게 될지 상상도 못 하는 얼굴이었다.

인터넷 반응도 적당히 팬들 위주로 다음 주를 기대하는 수준에서 그쳤다. 우리의 강렬한 등장 덕에 일반 시청자들 사이에서도 '테스타 둘 재밌네~' 정도의 호의적인 감상이 주를 이뤘다.

흠, 딱 좋았다. 너무 기대받지 않을 때 효과가 더 좋을 테니까. 나는 기지개를 켜며 소파 앞에서 일어났다.

'한 주 더 기다려 봐야겠군.'

큰 문제만 발생하지 않는다면 아주 순조로웠다.

하지만 이후, 우려했던 상황이 드디어 발생했다. 내 여론이 흔들리기 시작한 것이다.

박문대가 〈토요 파티〉의 다음 방영분을 기다리는 동안 인터넷은 또다시 시끄러워졌다. 그의 예상대로, 최원길의 녹음본 폭로자 사건이 제대로 마무리되지 않았기 때문이다.

폭로자는 이번엔 아예 글을 올렸다. 스탭 인증과 함께 〈아주사〉에서 최원길의 악명에 대해 증언하는 내용이었다.

-헐 스탭이었구나
-녹음본짜깁기가아니라중간중간녹음버튼 누르느라대화가잘린거라고함
-최원길 무섭다 문대 협박당한 거 아니야?ㅠ
-그 소속사 걸러야할 듯

하지만 며칠 가지 못했다. 미처 지우지 못한 메타데이터로 인해 폭로자의 신상이 드러난 것이다.

[미친 최원길 폭로자 쓰레기잖아]

: (캡처) 여기 구석에 이미지 원주소 보이지? 끝부분이 아이디 같아서 구글링해보니까 행적 다 뜨네 ㅅㅂㅋㅋㅋㅋㅋ

고인 능욕하는 무직 허언증 환자임

스탭증도 도용

(캡처)

_____

그리고 곧바로 회사의 고소 진행 공지가 떴다. '유포자는 최원길과 안면도 없는 사람이며, 일일 알바 도중 우연히 대화를 들어 녹음하게 되었다'가 중론이었다.

동시에 최원길의 소속사는 각 커뮤니티에 익명으로 정정 글을 올리며, 폭로자의 정체를 최대한 자극적으로 알리기 시작했다.

[최원길 루머 유포자 = 유명한 고인 능욕 네임드]

[상상 이상으로 끔찍한 최원길 폭로자 정체]

그 작업이 끝나자 여론은 드디어 최원길에게 동정 어린 시선을 보내기 시작했다.

-개역겨워 최원길 불쌍;

-진짜 무섭다 아주사 끝난 지가 언젠데 그때 악편이 지금까지 애를 잡네ㅜㅜ

-지금 녹음 들어보니까 1번 너무 슬퍼.. 얼마나 고생했으면 애가 저러냐

여론의 주목이 옮겨가며, 자연스럽게 박문대를 향하던 동정과 인성 고평가는 시들시들해졌다.

그리고 그때만을 기다리던 사람들도 있었다.

[지금 박문대와 최원길 관련 의견 갈리는 상황]

: 종영되고 올라온 아주사 비하인드 영상임 (캡처)

1차 팀전 때 원래 최원길 파트였던 브릿지를 박문대가 하게 됨

박문대가 이 파트를 단독 편곡할 거라고 말하면서 최원길 힐끗 쳐다보는 장면

참고로 이 파트 자기 혼자 초고음 성녀 편곡해서 박문대 떡상했음

(캡처) 최원길 당황한 얼굴

'박문대가 최원길 맥인 거다'

vs

'기분 탓이고 억측이다'

어떻게 생각해?

-헛소리 또 시작하네

-왜 이런 걸 지금 올려? 싸우라고?

  └팬 눈치 보면서 글 올릴 타이밍 골라야 돼?

-대체 어디서 의견이 갈리고 있는데요ㅋㅋㅋㅋㅋ갈리길 바라는 거겠지.

주로 씨알도 안 먹히는 소리 하지 말라는 이야기가 대세였으나, 흐름

을 타보려는 악의도 많았다.

-오 생각보다 박문대 쎄하다...

-곰인 척하는 여우 재질인 거 다들 아는 줄ㅋㅋㅋㅋ

-얘 이미지메이킹 진짜 잘하잖아 솔직히 이번에 최원길 해명 올린 것도 다 손익 계산해본 거라고 생각

　└맞아 사람이 좀 음습한 느낌임

　└사랑 못 받고 자란?? 특유의 그 느낌 있음...

-박문대 팬들 녹본에서 최원길이 다짜고짜 시비 건 건 맞지 않냐고 그러던데... 솔직히 다 개연성이 있었을 듯

　└나도 이 생각 했어ㅋㅋㅋㅋ

-이거 최원길이 후렴 하겠다고 해서 바꿔준 건데 무슨 개소리야 앞뒤가 다 바뀌었네

　└또 최원길 탓하고 싶어?

물론 이 글은 신고와 반박으로 얼마 안 가서 삭제되었다. 하지만 팬들에게 찜찜한 뒷맛을 준 건 어쩔 수 없었다.

이후로도 불쑥불쑥, 박문대의 지난 행적을 악의적으로 꼬집는 글이 인기 글에 등장했다가 싸움이 나서 사라지는 일이 반복되었다.

그들이 노린 반응은 이것이었다.

-박문대 인성 좋다고 난리 치더니 아니잖아. 괘씸하네?

박문대의 발 빠른 대처와 테스타 자체의 스타성으로 인해 그 정도의 역풍은 일어나지 않았으나, 위태로운 며칠이었다. 팬들은 긴장에 찌든 채 하루하루를 넘겼다.

박문대가 촬영한 2번째 〈토요 파티〉가 방영되기 시작한 건 바로 그 타이밍이었다.

'제발 뭐 하나만 걸려라.'

'제발 노잼이어도 되니 아무 일도 없어라.'

두 마음이 교차하는 가운데, 〈토요 파티〉의 '이심동체' 2번째 회차가 방영되기 시작했다.

처음에는 그냥 적당히 웃겼다.

[이야~ 끝이 안 나!]
[다들 왜 이렇게 잘해요??]

맹렬하게 게임에 달려들어 열심히 하는 아이돌과 배우들의 모습은 훈훈하고 마음 편히 보기 좋았다. 벌칙을 받고 돌아오는 배우를 챙기는 큰세진의 모습도 '벌써 절친 다 됐다'며 부드럽게 조명해 주었다.

이상한 낌새는 그다음 게임부터였다.

[이번 게임은~ '가만히 멈춰라'입니다! 어떤 상황에도 동요하지 않고, 가만~ 히, 오래 버티는 분이 성공!]

입에 생수를 한가득 담은 채로 가장 오랫동안 뿜지 않고 참는 사람이 속한 팀이 이기는 게임이었다.

그리고 박문대는 물대포로 난장판이 된 테이블에서 홀로 살아남았다.

[……]

[아니, 문대 씨, 깨어 계신 건 맞죠?!]

[이게 가능해??]

스탭이 갑자기 고함을 지르며 섹시 댄스를 춰도, DJ 부스에서 원숭이가 튀어나와도, 눈앞에서 코끼리를 탄 단원이 불꽃 저글링을 하면서 지나가도 아무 반응이 없었다. 아무 동요 없이 허공을 응시하는 박문대의 얼굴은 평온 그 자체였다.

지금까지 박문대가 겪었던 미친 상황에 비하면 코끼리 정도는 아무것도 아니었기 때문이다.

'코끼리는 실제 자연계에 존재라도 하지.'

상태창에게 협박당하는 판타지 소설 주인공의 비애였다.

그리고 그 자막이 오랜만에 박문대의 머리에 붙었다.

[평-온]

티벳여우 CG까지 뒤에 등장했다. 두 볼이 물 때문에 다소 면적이 넓어진 덕에 기가 막힌 싱크로율을 자랑했다.

[※초유의 상황]

[지금 제작진이… 제작진이 준비한 게 다 떨어졌다고 합니다!]
[와!!]
[대박이다 진짜!]

완승이었다.

박문대는 물을 삼키고 꾸벅꾸벅 주변에 인사를 돌렸다. 그리고 시청자들에겐 즐거움을 돌려줬다.

- ㅅㅂㅋㅋㅋㅋㅋㅋㅋㅋㅋㅋㅋ

-개웃겨 진짜

-박문대는 정말 한결같아… 놀라워

-변한 게 없얽ㅋㅋㅋㅋㅋㅋㅋ

-티벳여우 대승리

-너무 귀엽네요ㅠㅠㅋㅋㅋ

하지만 여기서 끝나지 않았다.

MC가 슬슬 움직이기 시작한 것이다. 바로 큰세진 저격이었다.

[자, 그럼 이번 벌칙자는… 이세진 씨입니다!]
[네??]
[에이 그건 아니죠!]
[세진이보다 먼저 탈락한 사람이 셋이나 되는데요?]
[결정적인 그 순간! 거기서 탈락하시면서 팀의 힘이 무너지는 거거

든요~ 아~ 보세요! 세진 씨가 빵 터지면서 지금 연달아 둘이 같이 웃어버렸어요~]

그렇게 MC는 그럴싸한 말로 상황을 몰아가며 당황한 큰세진의 반응을 뽑아내려 했으나…… 큰세진은 활짝 웃었다.

[아, 좋죠!]
[…!?]
[세진아?]
[너 아이돌이 얼굴에 낙서 괜찮아?]
[그것보다 팀의 승리가 더 중요하니까요!]
[?!]

당황한 자막 너머로 큰세진이 박문대에게 검지를 뻗었다.

[문대야!]
[……?]
[너 자꾸 잘하면 내가 무조건 벌칙 받아버릴 거야!!]
[…!!]
[팀은 이겨도 넌 올 벌칙이라구! 잘 생각해!]

승리를 향한 광기였다.

[희생정신…?]

자막도 당황했다. 하지만 박문대는 당황하지 않았다.

[좋아. 올 벌칙 받죠, 뭐.]
[!!!!!]
[팀이 이기는 게 중요하잖아요. 도플갱어 잡아야죠.]
[애들아 너희 너무 몰입했어!!]
[이거 예능인 거 알지??]
[저희 꼭 이겨서 가짜 잡고 나가요.]
[가짜 중요하지! 근데 너희 이거 자료 앞으로 평생 간다니까?!]
[가짜를 여기서 못 잡으면 우리 팀에 앞으로가 없잖아요.]
[맙소사.]

말이 안 통했다.
둘은 나란히 나가서 고양이 수염과 너구리 낙서를 당했다. 귀여웠지만 눈은 불타오르고 있었다.

[진짜 광기]

자막도 불타오르는 가운데, 다음 판이 진행되었다.

[이번 판은~ '가요 대백과'! 지금은 몇 년도? 88년도~ 올해 발매된

곡을 듣고 이름을 맞히면 됩니다!]

그리고 패턴상 이 게임을 예측하고 예습해 온 큰세진이 정답을 쓸어 가기 시작했다.

[정답입니다!]
[예이!]

큰세진이 속한 팀의 승리가 확실시된 그 순간.
이번에는 박문대가 자폭하기 시작했다.

[아… 문대 씨, 땡!]
[…후배님 뭐 하시는……?]
[제가 최다 오답률을 기록해서 벌칙을 받으려고요.]
[!!!!]

놀라 나자빠지는 자막 너머로 박문대가 주먹을 불끈 쥐었다.

[이세진도 잘할수록 벌칙 맛을 볼 겁니다.]
[잠깐.]
[이게 원래 이렇게 쓰라고 있는 규칙이 아니야 얘들아!]

파국이었다.

결국 게임이 진행될수록 말려든 출연진들은 활약하는 사람을 자폭으로 저격해 벌칙을 받게 만드는 방식을 완전히 받아들이고 말았다.

시청자들은 뒤집어졌다.

-ㅋㅋㅋㅋㅋㅋㅋㅋ이게 뭐얔ㅋㅋㅋㅋㅋㅋㅋㅋ

-너무 웃어서 토할 것 같음

-돌았냐고 왜 이렇게 됐냐고

-미치겠어

-과몰입 신인이 불러온 대참사ㅋㅋㅋㅋㅋ

분명 팀의 승리를 위해 희생하는 구도인데도, 현실성이라고는 없는 예능에 과몰입한 덕에 이상하게 흘러가는 상황이 그냥 웃길 뿐이었다.

[야 가자.]

[에휴.]

심지어 기성 출연진까지 분위기에 휘말려서 자체적으로 희생했다. 다 포기한 얼굴로 어깨동무를 하고 벌칙을 받으러 가는 모습은 희극이 따로 없었다.

그리고 화룡점정으로, 최종 승부를 가르는 마지막 게임에서 또 일이 터졌다. 말랑달콤 소현이 막판에 자폭 위협을 포기한 것이다.

[미안해 문대 씨! 영린 언니 고소공포증이 있어! 이건 아닌 것 같아!]

[!!!!]

과몰입은 그렇게 배신당한 채로 끝났다. 영린은 성공적으로 깃발을 들어 올리며 팀에게 승리를 안겨줬다.

[그래서 진짜는… 파티 팀입니다!]
[와아아아아!!]

쓸쓸한 표정으로 넋이 나간 박문대의 얼굴은 정말 웃겼다.

- 하얗게 불태웠다….
- ㅋㅋㅋㅋㅋㅋㅋㅋㅅㅂ귀여워
- 아니 이런 거에 과몰입하지 말라구 바보얌ㅋㅋㅋㅋㅋㅋㅋㅋㅋㅋㅋ
- 아 진짝ㅋㅋㅋ 넘 웃곀ㅋㅋㅋ
- 진짜 귀엽다ㅋㅋㅋ신인이라 가능한 대환장 파틱ㅋㅋㅋ
- 얘 아주사 때도 방송에 너무 진심이더니 여기서돜ㅋㅋㅋㅋㅋㅋ

그리고 이 회차의 테스타 중심 클립은 위튜브에 올라오는 순간 순식간에 인기 동영상에 올랐다.

[(토요 파티) '저놈의 도플갱어를 매우 쳐라!' 테스타의 과몰입 모음.zip | 레전드 <이심동체> | SBC]

안티들이 열심히 빌드업하던 '아닌 척 음습하게 사람 꼽주고 머리 굴리는 박문대'는 '과몰입 티벳 여우 사차원 문대가또'의 파도에 밀려서 산산조각이 났다.

'됐다.'

나는 복잡한 의미의 한숨을 쉬며 스마트폰을 껐다. 좀… 많이 민망했지만, 만족스럽긴 했다.

'분위기 제대로 잡혔군.'

브이틱에게 일부러 더 호들갑을 떨어달라고 부탁했던 보람이 확실했다. 덕분에 테스타의 행동이 더 유별나게 이상해 보였기 때문이다. 일종의 리액션 효과였다.

이렇게 웃긴 이미지가 확고하게 붙은 덕에 한동안은 사소한 일로 판이 요동칠 것 같지 않았다.

그러자 문득 떠오르는 게 있었다.

'…맘 편히 진행할 수 있겠어.'

이번 활동 시작할 때부터 계획했던 일을 슬슬 진행해도 괜찮겠다는 생각이 들었다. 그럼 먼저 사전작업이 필요했다.

'정산 액수 정리부터 하자.'

드디어 작년 성과를 까볼 때였다.

CHAPTER
10

나는 미리 깔아놓은 은행 어플에 접속했다.

'지금쯤이면 입금됐겠지.'

정산금이 들어올 것이란 이야기는 어제 들었다.

사실 분기별로 정산되는 것으로 계약은 됐었다. 하지만 작년에 회사가 난장판이라 법정금리가 붙는 조건으로 잠시 유예된 것이다. 그래서 4월인 지금, 작년 정산금과 이번 1분기 정산금이 한꺼번에 입금됐다.

일반 직장인이었다면 회사를 고소할 공백이었지만, 당장 급한 사람이 없고 계약 기간이 많이 남아서 큰 잡음 없이 넘어갔다.

하지만 돈 싫어하는 사람은 없다.

덕분에 4월 22일 월요일, 스케줄이 끝나자마자 즉시 정산금을 들여다보고 있는 건 나뿐만은 아니었다.

"으헉!"

옆 침대에서 숨넘어가는 소리가 들렸다. 배세진이다.

'액수가 큰가 보군.'

그럴 거라고 생각은 했다. 워낙 성적이 좋았고 콘서트까지 했으니까.

'그래도 크게 실감이 나진 않는데.'

나는 관성적으로 어플의 대표계좌를 밀고 새 계좌를 확인했다.

그리고 눈을 의심했다.

[대한 종합예금]
[1,146,193,520원]

'…11억?'
11억이라고??
장기밀매를 해도 못 만져볼 액수가 화면에 떠 있었다.
"……."
말문이 막혔다. 이게 9개월 일하고 받는 게 가능한 액수였나?
잠 못 자고 부담감이 큰 상태에서 구른 건 맞았다. 그리고 길게 보자면, 〈아주사〉 때부터의 개고생이 누적된 금액이기도 했다.
하지만 11억을 받을 수 있다면 너무 남아서 무서운 장사다.
'아무리 그래도 11억은… 상상 이상인데.'
정산서를 확인해 봐야 할 것 같았다.
나는 회사 수신용으로 개통한 메일을 확인해 봤다. 어떻게 주소가 유출된 건지 별 이상한 메일들이 폭탄처럼 쌓여 있긴 했다만, 대충 거르고 나니 정산서 메일을 찾을 수 있었다.
빠르게 훑었다.
"……후."
11억이, 맞았다. 그리고 원인도 알았다.
'연습생 비용이 없군.'
회사의 사전 투자 비용이 안 잡혔다는 뜻이다. 덕분에 수익이 발생하는 즉시 알짜 그대로 정산됐다.

앨범, 행사, 광고, 음원, 콘서트……. 게다가 제작에 참여한 비중이 커서 저작권료도 꽤 됐다.

'김래빈은 더 받았겠는데.'

마침 옆방에서 비명이 들렸다. 김래빈이 통화 중인 것 같았다. 아마 가족 중 누군가가 놀라서 전화한 듯싶다.

'난리군.'

난리가 나야 정상인 금액이긴 했다. 아직도 썩 내 돈 같지가 않다.

"너, 너 봤어??"

배세진이 뻘게진 채로 말을 걸었다. 정산금 봤냐는 뜻일 것이다.

"…네. 지금."

"이 정도면, 서울에 집 살 수 있지?? 대출, 대출 끼면……."

어떤 집이냐에 따라 다르지. 하지만 배세진은 보안 좋은 내 집 마련 계획의 초기 달성이 성큼 눈앞으로 다가오자 흥분한 모양이었다.

하지만 계산이 잘못됐다.

"그거 세금 떼기 전 금액이에요."

"어, …어?"

"고액이라 세율이 높을 테니까, 다 쓸 생각 마시고 5월에 종합 소득세 신고하기 전에 세무사랑 꼭 상담하세요."

"……그, 그래."

배세진은 멍하게 긍정하더니, 도로 자기 침대에 털썩 주저앉았다.

좀 현실로 돌아온 모양이다. 그리고 나도 배세진에게 조언하면서 정신 좀 차렸다.

"형은 정산금 익숙할 줄 알았는데요."

"이런 금액은 처음이야……"

배세진은 햄스터 바디 필로우에 얼굴을 처박았다. 저거, 전부터 유용하게 써먹는군.

"무, 무슨 일이야…?"

씻는 중이던 선아현까지 소리를 듣고 욕실에서 고개를 내밀었다.

"정산 확인 중."

"아, 아하."

선아현은 안심했는지 웃었다. 얼만지는 별로 궁금하지도 않은 모양이었다.

"넌 부모님이 관리해 주시던가?"

"으, 으응! 요, 용돈 받기도 하고……"

지난번에 백화점 상품권을 턱 하고 생일 선물로 내민 걸 봐서는 아마 저 용돈이라는 것도 상당한 고액일 것이다.

'그러고 보니 그 상품권도 아직 안 썼군.'

시상식 시즌 끝나자마자 콘서트랑 새 앨범 준비하고, 곧바로 또 활동기라 잊고 지냈다.

'마침 내일 오전에… 음, 스케줄은 없는데.'

앞으로 주말을 포함한 2주 동안 낮에 시간이 비는 건 그때가 유일했다. 일단 재확인부터 해보자.

"내일 낮에 우리 스케줄 없는 거 맞지?"

"어, 어! 맞아, 왜…?"

"좀 나갔다 오려고."

"…쇼핑? 은행이야?"

배세진이 끼어들었다. 정산받자마자 나간다고 하니 짐작한 듯싶었다. 나는 고개를 끄덕였다.

"네. 쇼핑."

"…그럼 같이 나갈래? 나도 은행 들러야 되니까."

"음… 그건 좀."

"뭐?"

나는 목뒤를 쓰다듬었다.

"디저트 가게 갈 생각이라서요."

"……?"

"한… 일곱 군데 정도."

"…??"

그래서 다음 날인 화요일. 나는 혼자 유유자적 서울 시내를 돌아다니게 되었다.

……아니, 돌아다닐 예정이었는데, 말이다.

"무, 문대야. 저기 파란 간판 맞지?"

"우측 첫 번째 골목에서 내려주시면 될 것 같습니다, 기사님."

까보니 꼬리가 두 놈이나 붙었다. 선아현과 김래빈이 반색하며 따라온 것이다.

-나, 나도 나가고 싶었는데…!

-디저트요? 다음 주가 누나 생일인데 선물 중 하나를 고르기 정말 좋은 기회가 될 것 같습니다.

…뭐, 그렇다고 한다.

참고로 배세진은 오다가 은행에 내려줬다. 택시 대절비가 절약돼서 이득이었다. 물론 이제 택시비 걱정은 안 해도 된다만, 인생에서 돈 걱정을 안 해도 되는 상황이 너무 오랜만이라 좀 이상했다.

그리고 얼마 지나지 않아 택시 기사분이 첫 목적지에 차를 세웠다.

"자, 도착했습니다~"

"감사합니다."

내가 차에서 내리자, 뒷자리에서 초롱초롱 눈을 빛내고 있던 둘도 얼른 따라 내렸다.

"마, 맛있겠지?"

"기대가 큽니다."

마스크에 모자까지 눌러쓴 남자 셋이 전문 디저트 가게에 들어가는 게 썩 흔한 그림일 것 같지는 않았다만… 뭐, 됐다.

'길에 사람 자체가 별로 없어.'

평일 9시 반이라 그런 것 같았다. 나와 멤버 둘은 막 문을 연 가게에 첫 손님으로 들어갔다.

"안녕하세…… 헉."

"안녕하세요."

그리고 눈이 마주치자마자 간파당했다. 전에도 느꼈지만, 이젠 마스크는 무용지물인 것 같다.

"어어, 어… 헉, 와……. 노래 너무 잘 듣고 있고, 허어."

"감사합니다. 다쿠아즈 종류별로 하나씩 다 포장해 주세요."

"네, 네?"

"맛별로 하나씩 전부 포장 부탁드립니다."

"아, 아, 넵!"

미안하지만 시간이 별로 없었다. 나는 악수와 사인을 포장된 다쿠아
즈와 교환했다.

"으허헉."

…그래도 즐거우신 것 같아 다행이군.

그리고 당황한 채로 서 있는 둘을 돌아보았다.

"너희 안 골라?"

"아!"

나머지 둘도 얼결에 악수와 함께 다쿠아즈를 골랐다. 나는 곧바로
계산대로 갔다.

"같이 결제 부탁드립니다."

"아, 네!"

둘 다 기겁했다.

"꽤, 괜찮은데!"

"정산 액수로 정렬하면 제가 사는 게 맞… 아니, 잘난 척하려는 게
아니라, 그, 괜찮다는 의미로……."

나는 픽 웃었다.

"됐어. 내가 나오자고 한 거고."

"형······."

"무, 문대야······."

차유진이나 큰세진을 데리고 왔으면 뻔뻔하게 뜯어먹었을 텐데, 이 두 놈은 감동이나 받고 앉아 있다. 둘은 포장된 다쿠아즈를 건네받으며 싱글벙글 웃었다.

"자, 잘 먹을게!"

"감사합니다."

그리고 가게 밖으로 나오는 순간, 김래빈이 그제야 뭔가를 깨달았다.

"아, 저 누나 생일 선물을 사야 합니다."

"그건 천천히 골라봐도 괜찮을 것 같다. 가게가 많이 남았으니까."

"네?"

둘은 눈을 끔벅였다.

"그, 여, 여기서 샀으니까, 고, 고른 거 아냐?"

"마음에 안 들 경우를 대비해서 후보군을 많이 찾아놓으신 줄 알았습니다만······."

"아닌데."

나는 고개를 저었다.

"일곱 곳에서 다 살 거야."

"······!!"

그리고 정말 그렇게 했다.

그래서 정오가 됐을 때, 두 놈은 모두 흐느적거리며 택시에 앉아 있게 되었다.

나는 박스를 정리해서 발밑에 내려놓았다. 모두 일곱 개. 다 성공적으로 구매해 맛도 봤다. 중간에 앨범을 흔들며 달려온 분과 포옹하는 예상 못 한 이벤트가 있긴 했지만 순조로웠다.

'마지막은 좀 아슬아슬했지.'

계산대에서 눈이 마주친 사람이 우렁차게 비명을 지르는 바람에, 마카롱 받자마자 인사만 하고 도둑놈처럼 가게에서 도망쳤다.

"끄, 끝이지…?"

"어. 끝."

"흐아아아……."

선아현이 줄줄 녹아내렸다. 사람 많이 만나서 지친 모양이다. 중간에 그냥 숙소 들어가라니까, 어차피 몸 관리하느라 단 건 별로 먹지도 않는 놈이 왜 꾸역꾸역 따라붙었는지 모르겠다.

'소외감 때문인가.'

선아현 성격상, 여럿이서 다니다가 혼자 빠지는 게 싫었을 수도 있겠다. 어쨌든 쉬는 시간에 굳이 따라 나와준 건… 효용을 떠나서 고마운 일이긴 했다.

"이제 귀가하는 겁니까?"

"어. 가자."

나는 택시를 숙소로 돌렸다.

그리고 도착한 숙소에서 같이 올라가는 대신, 디저트만 맡겼다.

"숙소 있는 사람들 나눠 먹으라고 전해줘."

"어, 어?"

"내가 잠깐 할 일이 생각나서."

나는 두 놈을 귀가 조치 하고 도로 택시에 탔다. 그리고 내비를 다시 찍었다.

"백화점?"

"예."

나는 볼일을 마저 본 뒤, 한 시간쯤 뒤에 숙소에 귀가했다.

띠리링―

현관문을 열고 들어가니 거실에서 다쿠아즈를 볼이 터지게 집어 먹고 있는 차유진과 눈이 마주쳤다.

"……."

"맛있어요! 고마워요!"

"뭐… 그래."

살찌는 놈도 아니고 단 것도 좋아하니, 적임자라고 볼 수 있었다.

"뭐가 제일 맛있냐."

"이거요."

딸기 마카롱이군. 나는 포장지의 가게 이름을 기억해 뒀다.

"과자 잘 먹었어 문대야."

"뭘요."

"문대 여자친구 생겨서 연막으로 우리까지 사준 건 아니지? 형 믿는다~"

"미쳤냐."

나는 류청우와 인사한 후 킬킬거리는 큰세진의 등을 치고 내 방으로 돌아갔다. 침대에서 책을 읽던 배세진 너머, 책상에서 수세미를 뜨던 선아현이 보였다.

"무, 문대야. 할 일은 잘 끝났어?"

"어. 그리고 이거."

"으, 으응?"

나는 손에 든 것을 내밀었다.

"좀 이르지만… 생일 선물이야."

"어, 어어!?"

선아현이 기겁했다. 배세진이 벌떡 상체를 일으켰다.

"선아현 생일이야…?!"

"아, 아니요…?!"

둘이 나란히 당황한 게 무슨 콩트 같다.

"이 주 뒤인데, 그때까지 외출할 시간이 없어서 지금 주는 겁니다."

"아……."

배세진이 안심하며 도로 누웠다. 선아현은 고개를 마구 끄덕였다.

"그, 그렇구나, 고마워…!"

"별말씀을."

……저 선물에 자기가 준 백화점 상품권을 썼다는 것은, 굳이 말하지 말도록 하자.

"여, 열어봐도 돼?!"

"당연하지."

선아현은 당장 포장을 개봉했다. 그리고 등장한 코트에 굳었다.

"…! 너, 너무 비싼 거, 아니……."

"아니야."

상품권 준 놈이 별소리를 다 한다.

나는 백화점에서 사 온 다른 쇼핑백을 침대 밑에 넣었다. 쇼핑백 크기가 커서 약간 시간이 걸렸다.

'…잘 고른 것 같긴 한데.'

차라리 선아현을 데리고 갈 걸 그랬나, 짧게 후회가 됐지만 이미 사버린 건 어쩔 수 없었다.

배세진이 힐끔 쳐다봤다.

"그건 뭔데?"

"선물이요."

그리고 그 주 일요일.

테스타의 이번 활동 마지막 음악방송 사전녹화가 진행되는 새벽의 방송국, 현장에 도착한 테스타의 팬들은 웬 큼직한 박스를 하나씩 받게 되었다.

[테스타가 부릅니다.]

[자정 그리고 러뷰어♡]

"…??"

박스가 배부된 시점은 음악방송 사전녹화가 끝나고 팬들이 빠져나갈 때였다. 덕분에 사람들은 귀갓길에 박스를 열어보게 되었다.

테스타의 로고 스티커까지 붙은 연보라색 박스는 대놓고 외치는 것 같았다.

'저 역조공이에요!'

당연히 팬들 모두는 상황을 빠르게 눈치챘다.

'어쩐지 공방 포카를 입장할 때 안 주더니⋯!'

아마 이 상자 안에 사녹에 참가한 사람들에게 주는 포토카드도 함께 들어 있을 것이다. 이미 크림빵이나 커피, 간단한 간식을 몇 번 받아본 팬들은 그저 기쁜 마음으로 박스를 열었다.

'닭강정 들었으면 좋겠다.'

'묵직한 게⋯ 이번엔 음료인가?'

하지만 박스 안에 보이는 것은 화려하게 포장된 큼직한 마카롱 28구였다.

"⋯⋯!!"

"으헉."

7구씩 네 줄이 좌르르 놓여 있는 것이 엄청난 박력이었다. 사람들은 지하철과 버스에서, 혹은 차 안에서 각자 기겁했다. 당연히, 살면서 마카롱을 굳이 28구나 한꺼번에 살 일이 없던 사람도 많았다.

'우리 인원이 300명이었는데 인당 28구를⋯?'

'이게 무슨 일이여.'

물량에 무슨 착오가 있던 건 아닌가, 몇몇 팬들은 의심했을 정도였다. 심지어 그냥 기성품도 아니었다. 마카롱을 들어보니, *꼬끄*에 동물 발바닥 모양 아이싱까지 올라가 있었다.

'미친, 새 발바닥도 있어!'

'이 유독 작은 건 햄스터야? 햄스터냐고!'

심지어 사슴 발굽 모양까지 있었다. 팬들은 발을 구르고 시트를 두들기고 입꼬리를 주체하지 못하면서도, 고이 박스를 접어두려고 했다.

'인증 샷이나 찍고 얌전히 두자.'

'영원히 냉동시켜 놔야지.'

하지만 그게 끝이 아니었다. 박스 커버 안쪽에 뭔가가 붙어 있었다. 작은 상자가 하나 더 있던 것이다.

'설마.'

'또?'

팬들은 상자를 뜯어내어 뒤집었다. 그러자 정체가 드러났다.

잘 포장된 고급 브랜드 향수였다. 그것도 샘플 사이즈가 아니라, 50㎖짜리 본품.

'헐.'

'잠깐.'

'이거 무슨 당첨 박스인가? 설마 다 준 거야 이걸?'

기쁨을 넘어서 혼란스러워하는 사람도 나오기 시작했다. 그 와중에 또 뭔가가 나왔다.

툭.

박스 사이에 끼어 있던 편지 봉투가 떨어진 것이다. 두께가… 상당히 두툼했다.

이쯤 되니 슬슬 무서워진 팬들도 나왔다.

'설마 뭐가 또 있어?'

'대체 어디까지 했냐…?'

침을 삼키며 봉투를 열어보니, 자필 쪽지를 복사한 것 같은 편지지가 나왔다.

[사랑하는 러뷰어에게♡]
: 오늘 마지막 음악방송 녹화에도 응원하러 와주셔서 감사합니다.
사실 이번에 저희가 정산을 받았어요!
무엇을 드리면 좋을까 생각하다가, 이번 활동의 기념이 될 만한 선물을 드리고 싶어서 열심히 준비해 봤습니다.
활동 끝나기 전에 드리려고 급하게 하느라… 혹시 부족한 점이 있더라도 예쁘게 봐주시면 감사하겠습니다ㅜㅜ♡
ps. 향수는 각자 좋아하는 향을 골랐습니다. 7가지 중 랜덤으로 하나가 들어갔어요!

편지는 '러뷰어 사랑해'라고 쓴 낙서로 끝났다. 이 부분은… 진짜로 친필인 것 같았다.
그리고 편지지를 꺼낸 봉투 안에는 인화된 사진이 잔뜩 들어 있었다. 숙소에서 찍은 것처럼 보이는 테스타의 사진이었다. 이것 때문에 봉투가 그렇게 두툼했던 것이다…!
'미친!!'
'미친놈들…! 이 미친놈들이!!'
이쯤 되니 공방에 왔던 팬 대다수가 내적 비명을 지르기 시작했다.

그리고 SNS에서는 불이 나기 시작했다.

-미미미친 테스타가 마카롱 28개랑 향수랑 사진이 으아아악 으악 세상에
얘들아 무슨 1주년도 안 온 돌이 역조공을 이렇게 하냐고 으아아하 (사진)

"뭐??"

박문대의 홈마는 소파에서 굴러떨어졌다. 야밤에 식중독에 걸려 응
급실에 실려 가는 바람에 못 간 마지막 공방에서 빅 이벤트가 벌어졌
다는 현실을 받아들이지 못한 탓이었다.

떨리는 손으로 확인해 본 타임라인은… 박스 인증 샷으로 도배되어
있었다.

'X발!!'

홈마는 소파에 머리를 퍽퍽 박았다.

공짜 마카롱과 향수가 아까워서는 당연히 아니다. 내 아이돌의 팬
사랑 증거품이 눈에 보이는데, 그걸 못 받았다는 게…! 너무 억울해서
였다…!

'갈 수 있었는데!'

하필 빠진 날 이런 일이 벌어졌다니 너무 억울해서 미칠 것 같다!

그리고 그건 그녀 혼자만의 감상은 아니었다.

-시발 배 찢어지겠다 나도 우리 애들이 준 딸기 마카롱 먹고 싶어ㅠㅠ

-마지막 음방이라고 준 건가... 아 나 진짜 코앞에서 신청 잘렸는데 너무 허망하다

-4세트나 줄 거면 마지막 주 음방에 나눠서 줘도 좋았을 텐데 물론 애들 맘이지만... 흑흑 나도 햄찌 발바닥 마카롱 하나만..ㅠㅠ

워낙 신경 쓴 티가 났기 때문에, 분위기는 도리어 부러움을 넘어서 살짝 박탈감으로까지 흘러가기 시작했다.

그리고 이 역조공은 일반 연예 커뮤니티에서도 제법 화제가 되었다. 척 보기에도 고액이라 관심 가지는 사람들이 많았기 때문이다.

[금액 상당해 보이는 테스타 인기뮤직 역조공.jpg]

: (사진) (사진)

마카롱 4세트에 브랜드 향수

마카롱 멤버들 시그니처 따서 제작한 수제로 추정. 향수도 일괄 아니고 같은 브랜드 여러 향 섞여 있다고 함.

처음에는 팬들 부럽고 테스타가 대단하다는 반응이 대다수였지만, 곧 상황을 분석하려는 사람들이 등장했다.

-이건 회사 픽이네 갑자기 역조공 스타일 확 달라짐.. 브랜드 나온 거 보니 광고 찍은 듯

└헐 이건가 딱 봐도 뭔가 과한 구성이라 이상했어ㅋㅋㅋㅋ

-애초에 역조공 회사에서 해주거나 정산에서 반반 까는 게 많잖아 근데 너무 이러니까 좀 위화감 들긴 함ㅋㅋㅋ 티 좀 덜 나게 하지

-가격대가 2년 차 돌이 준비할 급이 아닌데?ㅎㅎ 그래도 팬들 좋았겠다 부러워ㅠ 나도 마카롱이랑 향수 공짜로 가지고 싶어ㅠ

-오 혹시 향수 광고 찍나? 아이돌 향수 광고 드문데 신기

진심이든 악의든, 오해의 연속이었다. 하지만 여론이 안 좋은 수렁에 빠지기 전에 역조공 편지지 인증 글이 이어서 줄줄 올라왔다.

-우리 애들.. 첫 정산받았다고 신나서 일단 지른 것 같습니다... (편지지 사진)

정산 언급에 향수를 골라서 샀다는 내용까지, 편지 글은 테스타가 직접 역조공을 준비했다는 확언이나 다름없었다. 일반 커뮤니티 여론은 그 선에서 정리되었다.

-미친 자기들이 정산받아서 직접 샀대

-뭐야 궁예질 다 틀렸네ㅋㅋㅋ으휴

-광고가 아니라 현찰 박치기 본새난다 진짜ㅋㅋㅋㅋ부럽다 재력이

-테스타 공방 신청 어렵지? 다음 활동 때 뭐 줄지 궁금해 더 비싼 거 주면 나도 가보고 싶억ㅋㅋㅋ

└나도ㅋㅋㅋㅋㅋㅋ

└진심임?;; 선 넘네

-돈 개많이 받았나보다 이렇게 막 쓰고
└앨범을 그렇게 팔았는데 못 받으면 오히려 이상한 거 아닐까ㅋㅋㅋ
└누가 뭐래?
└엥 왜 화내ㅠ 테스타 초동 보고 화 풀어♡ 83만이야 (캡처)

몇몇 어그로가 성공적으로 퇴치당하며, 테스타는 훈훈한 역조공으로 적당히 인상을 남겼다.

하지만 팬들은 거기서 끝나지 않았다. 며칠 전 멤버 목격담과 연결 짓는 사람들이 드디어 나타난 것이다.

-미친 설마 화욜에 디저트 맛집 투어 다닌 게 이거 고르려던 거야 얘들아?
ㅠㅠㅠ
└헐
└헐 맞는 듯?
└추측인데 기정사실처럼 이야기하는 거 자제하자 좀...
└마카롱 사진 확인해봄. 일단 포장지 위에 'x그네트 스윗'은 화요일에 아문래 목격담이 뜬 집 중 하나는 맞습니다.... (로고에 동그라미 친 사진)
└으허어어억
-그 맛집 투어가... 활동기의 일탈이 아니라... 역조공 준비였다고...?

팬들은 이 스토리가 과하게 감동적이라 오히려 충격에 휩싸였다.

-너무 과대해석 하지 말자 혹시 아니면 또 이걸로 욕하려는 정병들 나옴

-그냥 정산받았다고 팬들한테 맛난 거 준 것만으로도 너무 귀엽고 훈훈하잖아ㅠㅠ

하지만 역조공 마카롱을 만든 가게의 SNS 계정에 후기 글까지 떴다.

-×그네트 스윗 후기 떴다..(링크)
-애들이 마지막 주 음방에 맞춰서... 다 넣고 싶어 했는데, 이미 예약이 다 차서 못했던 거래ㅠㅠ (인하트 캡처)
-그리고 여기가 진짜 맛있다고 계속 그래서, 주인장분이 엄청 으쓱하셨다고...

확인 사살이었다.
모든 게 진실이라는 엄청난 상황에, 팬들은 완전히 감동과 아련함에 젖어서 우는 이모티콘으로 글을 도배해 버리기 시작했다…….

-진짜 정산받자마자 허겁지겁 준비했나 봐 아 수니심장 너무 뛰어서 터질 것 같다....
-다른 팬클럽에서 섭외가 와도 절대 안 넘어가고 어쩌고저쩌고 진짜 살아 있는 천재 아이돌 테스타 외않해?ㅠ
-첫 정산 받았다고... 비싼 먹을 거 왕창 사고 좋아하는 물건까지 팬들 바리바리 싸주는 아이돌... 평생 너희와 가겠다
-됐어 마카롱 가게 알았으니 주문 넣어서 먹으면 돼 얘들아 역조공 맛 짜릿하다...

팬들은 박탈감이고 나발이고 머리끝까지 뿅이 차올랐다. 그리고 어떤 향수가 누구의 취향인지 맹렬한 추리 글이나 올리며 행복해하기 시작했다.

게다가 테스타는 이 타이밍에 역조공했던 사진 대부분을 SNS에 풀어버리기까지 했다.

-진짜 테스타는 전설이다...

-마카롱 주문하고 향수도 샀다 이제 사진만 인화하면 나도 역조공을 받은 것

즐거운 역조공의 시간이었다.

나는 엄지로 화면을 밀었다.

"흠."

사진들은 잘 업로드되었다. 첫 팬사인회 때와 비슷한 행동 원리로 움직인 결과였다.

'서운한 사람이 더 많으면 안 한 것보다 못하지.'

정보와 컨텐츠는 모두에게 돌아가는 게 맞았다. 나는 올린 글을 한 번 확인한 뒤, 음악방송 대기실에서 반응 모니터링을 계속했다.

'…분위기 좋네.'

낮 시간을 다 써서 준비한 보람이 있었다. 기껏 돈 썼는데 선물 받는 사람 마음에도 안 들면 그런 돈 낭비가 어디 있겠는가. 다행히 돈값은

제대로 한 모양이었다.

'향수를 굳이 일곱 종류 중 랜덤 하나로 넣은 것도 괜찮은 선택이었고.'

덕분에 목격담은 셋뿐이지만 테스타 이름으로 선물을 넣어도 어색하지 않았다. 역시 개인이 아니라 그룹부터 시작해야 분란 소지가 없었다.

내가 돈 내는 건 딱히 상관없었고 말이다.

애초에 돈 들어갈 곳도 없다. 가족도 지인도 없는데 뭐 어떤가. 당장 생활비나 집이 필요한 상황도 아닌 데다가 워낙 정산금이 고액이라 이 정도로 뭐라 하기도 웃겼다.

그래서 처음부터 계산은 내가 하고 명의는 그룹으로 뺄 생각이었다. 회사도 그러길 원했고.

그런데 변수가 발생했었다. 듣자마자 류청우가 반대한 것이다.

−문대야 그건 안 되는데.

−예?

−네가 쉬는 시간까지 반납하면서 골라서 사 온 거잖아. 그럼 문대가 주는 선물로 들어가야지.

−아뇨. 안 그래도 괜찮습니다. 품목은 멤버들이 같이 고른 셈이니까요.

−문대 네가 괜찮아도 팬들은 안 괜찮을 거야.

−…!

−아무것도 안 부담한 사람이 선물에 이름 올리는 건 거짓말이잖아. 사실을 알면 팬들이 얼마나 슬프겠어.

-…….

-그리고 팬들이 몰라도 우리 마음이 안 괜찮아. 그렇지?

-네!

-마, 맞아요!

-이야 형님 말씀 진짜 잘하시네요~

류청우는 단호하게 정리했다.

-최소한 돈이라도 분담해야 해.

…그래서 멤버들의 열화 같은 성원과 함께, 그냥 전부 N빵해 버렸다는 말이다. 고맙긴 하다만… 굳이 이럴 필요까지 있었나 싶긴 하다.

'혹시 말 새어나가면 여파가 걱정돼서도 아니고, '안 되는 일이라 안 된다'라…….'

흠, 그러고 보니 내 인성에 관해서 말 나올 때, 사랑 못 받은 티가 어떻다는 어그로를 봤던 것 같다. 불꽃 패드립이었지.

하지만 별개로 '잘 자란 티'라는 건 이 류청우 같은 놈을 가리키는 걸 수도 있겠다 싶다. 구김살이 없다고 해야 하나. 회복 탄력성 좋고 다른 샛길로 안 빠지는 타입 말이다.

마침 당사자가 말을 걸었다.

"선물 반응 봐?"

"예."

"나도 봤는데, 팬들 좋아하시더라. 사실 네가 다 한 거라 너한테 미안하기도 하고… 고맙다."

"뭐… 돈만 내려고 했던 건데요."

"준비도 너 혼자 했으면서 무슨 소리야!"

류청우가 장난치듯이 내 어깨를 가볍게 두드렸다.

"그래도 다음엔 준비부터 다 같이 하자. 뭐든 너 혼자 다 감당하려고 안 해도 괜찮아. 팀으로 움직이는데 팀원을 잘 써먹어야지."

"…그렇죠."

팀원이 전부 나보다 6살 이상 나이가 어리지만 않았어도 고민해 봤음 직한 논제다. 류청우는 빙그레 웃으며 내 등을 한번 치고 지나갔다. 나는 목뒤를 문질렀다.

'뭐… 애들이 협조적이긴 하다만.'

이번 팬 선물도 결국 막판엔 금액 분담을 넘어 다 같이 진행했다. 그래서 그림이 더 좋았긴 했다. 향수도 각자 고르고, 마카롱 시안도 같이 상의했고.

저기 앉아서 메이크업 수정 받고 있는 놈들과 협업한 결과가, 제법 괜찮았다는 점은 부정할 수 없….

"역시 누가 어떤 향을 선호하는지에 대한 단서가 부족합니다. SNS 등으로 암시를 남기는 편이 좋을 것 같……."

"마카롱 더 먹고 싶어요."

"네 마카롱 욕구가 이 안건보다 더 중요해?"

"응."

"도, 돌아가는 길에 주문하면……."

"유진이 그만 주자~ 애 굴러다니겠어."

"아니에요! 저 멋져요!"

얼굴에 붓 대고 참 말들도 많군. 잠시 혹한 내가 멍청이 같아진다.

…사실, 안 그래도 다른 선물들은 그냥 나 혼자 처리한 상태다.

음, 그렇다. '다른 선물'이 있다. 백화점에서 선아현 생일 선물을 사면서, 가볍게 회사 실무진들 선물도 챙겼었거든. 이런 거 하나씩 먹여두면 일 터졌을 때 한 번이라도 더 신경 써준단 말이지. 어려운 것도 아닌데 겸사겸사 미리 해두면 좋지 않나.

물론 대단한 건 아니다. 그냥 사무실에서 쓸 만한… 좀 비싼 실내용 고급 슬리퍼다. 하지만 먹을 것보단 나을 것이다.

'이 사람들한테는 먹을 건 줘봤자 그때뿐이야.'

계속 보급할 게 아니면 악수다. 차라리 일하는 환경에서 계속 쓸 수 있는 물건인 편이 좋았다. 그럼 효과가 좀 오래 갈 것이다.

'적재적소에 괜찮은 소비였지.'

나는 계좌에 남은 금액을 떠올렸다. 그러다가… 마지막 출금액도 떠올렸다.

'…기부도 좀, 했고.'

익명으로 아동복지재단에 넣었다. ……'박문대'가 받은 부모님 보험금을 썼으니, 그 정도는 해야 할 것 같아서 말이다.

그게 이번 정산금 소비의 끝이었다.

'참, 인생 알 수 없군.'

나는 목뒤를 주무르며 스마트폰을 내려놨다.

마침 부르는 소리가 들렸다.

"얘들아 스탠바이 들어간다!"

이번 활동기 마지막 음악방송 생방이 기다리고 있었다.

"테스타 올라갑니다!"

"예~"

무대는 언제나처럼 꽤 재밌었다. …그리고 다른 상황은 모르겠지만, 여기 위에선 이 나이 어린 놈들이 있어서 제법 든든하긴 했다.

'…괜찮은 팀이지.'

류청우의 말이 은근히 머리에 남는군. 나는 괜한 감상을 털어내며 아래로 내려왔다. 그리고 다음 스케줄을 떠올리려던 순간, 저쪽에서부터 우다다 달려온 매니저와 눈이 마주쳤다.

'뭐지?'

매니저가 두 손을 번쩍 들고 외쳤다.

"얘들아! 너희 빌보드 차트 들었대!"

"……??"

"…?"

"예?"

성적이 안 되는데 무슨 헛소리신지…?

테스타가 국내에서 성적을 잘 내고 있긴 하지만, 어디까지나 한국 내의 이야기다. 당장 위튜브 조회수만 봐도 음원차트 50위권인 그룹에게 밀리기도 한다. 해외에서는 상대적으로 다른 대형 기획사 그룹들보다 인지도가 부족하다는 뜻이다.

근데 무슨 뜬금없이 빌보드냐. 월드 앨범 차트에 들었다는 건가? 그게 그나마 현실성이 있다는 생각이 들었다.

하지만 아니었다.

"얼터너티브 디지털송 세일즈 차트… 요?"

"그래!"

생전 처음 들어본다. 이놈 저놈 할 것 없이 반사적으로 네이티브인 차유진을 쳐다봤다.

흠, 마찬가지로 생전 처음 들어본다는 얼굴이군.

"아차차! 잠깐."

설명해 줘야 할 매니저는 회사에서 전화가 와서 다시 뛰어나갔다.

'정신없군.'

우리는 알아서 대기실로 돌아가면서, 차유진에게 질문을 던졌다.

"아까 차트, 혹시 알아?"

"Alternative Songs Chart 알아요…. 저거 몰라요."

김래빈을 제외한 모두가 애매한 얼굴이 되었다.

"그… 얼터네이… 차트 뭔데…?"

"Alternative Rock만 있어요. 저 좋아해요!"

"아."

록 장르의 일종인가 보다. 일종의 장르별 차트를 말하는 것 같다. 그럼 그 뒤에 디지털 세일즈가 붙었다는 건… 순수하게 음원 판매량만 측정하는 차트라는 뜻인가.

나는 대기실에서 스마트폰을 찾자마자 대체 무슨 차트인지 확인해 봤다. …25위까지밖에 표기 안 되는, 장르 하위 마이너 세부 차트였다.

'심지어 유료 회원용이야.'

옆에서 김래빈이 어정쩡한 얼굴로 중얼거렸다.

"타이틀곡 중에 얼터너티브 록은 없는데……"

나는 우선 지난 검색엔진의 저장된 페이지를 이용해서 직전 차트를 확인했다.

"오, 그게 그거야?"

큰세진이 끼어들어서 화면을 휙 내렸다.

"야."

"하하! 여기 앨범만 봐도 알 수 있……?"

훑으며 내려간 결과, 테스타의 앨범 아트는… 없었다.

"……?"

뭐야.

"이거요!"

그때, 차유진의 손까지 내 스마트폰 화면 위로 난입했다. 그리고 쓱쓱 움직여 한 곡을 짚었다.

[〈127 Section〉 Bonus book / TeSTAR]

"…‼"

"헐."

"우리 게임곡!"

그렇다.

2집을 발매하면서 콜라보했던 그 꿈도 희망도 없는 게임, 〈127 Section〉의 곡이 차트에 든 것이다. 챕터 1에서 몰살당하는 동료 캐릭터들로 분장했던 경험부터 저절로 떠올랐다.

"근데 우리 앨범이 아니네?"

큰세진의 말대로 앨범 아트까지 달랐다. 나는 곧바로 스파티파이에 해당 곡을 찾아냈다.

'…게임 OST 앨범이군.'

돌아온 매니저에 의해 차로 이동하면서 소식을 다 들은 후에야 상황이 정리되었다.

"게임 글로벌 런칭이요?"

"어! 근데 굉장히 잘됐나 봐. 난리라더라!"

〈127 Section〉이 이번에 영미권 중심으로 글로벌 런칭을 했는데, 대박을 터뜨렸다는 것이다. 매니저가 흐흐거리며 웃었다.

"그래서 OST 앨범도 냈는데 거기서 너희 곡이 차트에 들었다네! 야, 그것도 곡이 좋으니까 든 거 아니겠어~"

"그렇죠?"

"기, 기쁜 일이네요…!"

대충 사태를 파악한 멤버들이 웃으며 긴장을 풀었다. 적당히 좋은 소식이었기 때문이다.

엄밀히 말하자면, 이건 테스타의 성적이 아니라 게임의 성적이었다. 소속사든 팬들이든 크고 급한 사안은 아니니 매니저 선까지 소식이 내려오는 데에 며칠쯤 걸렸을 법도 했다. 빌보드 차트는 수요일 업데이트였을 텐데, 이래서 뜬금없이 일요일인 오늘 소식이 왔나 보다.

T1은 좋겠군. 인수한 작은 게임사에서 대박이 나왔다니 말이다. 물론 자본은 무지막지하게 부었겠지만.

어쨌든 OST가 잘됐다니 우리 쪽에도 잘된 일이었다. 앨범이랑 연결이 많이 된 곡이기도 했고.

'벌스 빼면 다 영어라 좀 먹혔나.'

메인 차트에는 기색도 없고 저 마이너 차트 하위권에만 반짝 나타난 거지만, 그래도 흥미롭고 좋은 소식이었다. 나는 어깨를 으쓱하며 목 베개를 걸치다, 문득 위화감을 느꼈다.

'아무리 그래도 게임 OST가 차트에 진입을…?'

마이너 차트라 그러려니 했다만, 아무리 그래도 영화 OST도 아니고 게임 OST가 들어갈 수 있나? 그것도 막 런칭한 모바일 게임이?

게다가 무슨 기준으로 얼터너티브 록으로 분류가 된 건지도 잘 모르 겠다. 그냥 록 요소만 차용한 케이팝이라고 생각했는데 말이다.

'좀 이상한데.'

대체 무슨 일이 일어난 건지 확인해 봐야겠다. 나는 스마트폰으로 아주 오랜만에 게임 커뮤니티들을 돌아다녔다.

그리고 사태를 파악했다.

'테스타 컴백 트레일러를 또 게임 광고로 썼군.'

〈127 Section〉은 글로벌 런칭에 맞춰서 위튜브나 전광판 광고를 해 외에서 진행한 모양인데, 여기서 우리 트레일러 영상을 적극적으로 사 용한 모양이다.

'퀄리티가 워낙 괜찮았지.'

시네마틱 트레일러 수준이었다. 나라도 재활용했을 것이다.

어쨌든, 이 광고를 접한 영미권 외국인들은 트레일러에 등장하는 테 스타가 그냥 게임 속 인물을 연기하는 광고 배우라고 생각했던 것 같 다. 춤도 노래도 안 하고 연기만 했으니 케이팝에 관심 없는 게임 마니 아라면 충분히 그렇게 생각할 만했다. 우리가 VTIC만큼 해외에서 인지도가 있는 것도 아니지 않은가.

아무튼, 트레일러 광고 반응이 괜찮으니… 게임사는 한 걸음 더 나아갔다.

글로벌 버전 게임에서는 트레일러 일부가 아예 앱 내 추가 데이터 다운로드를 기다리는 화면에 삽입된 것이다. 덕분에 해외 유저들도 자연스럽게 '왠지 비중 있을 것 같은 놈들이 챕터 1이 끝나자마자 몰살당하는 경험'의 매운맛을 본 것 같다.

그리고 챕터 1을 플레이한 후 충격받는 영상을 올리는 것이 게임 스트리머들 사이에 한창 유행이라고 한다. 검색해 보니 진짜 조회수 몇십, 몇백만 단위 영상까지 나오더라.

[Never play 127 Section... NEVER!]
[MY FIRST TIME PLAYING 127 SECTION. (I hate it)]

썸네일은 헤드셋을 쓴 채 울거나 고함을 지르거나 눈이 튀어나오게 커진 외국인들이었다.

'정말 난리가 따로 없군.'

어쨌든 그 화제성을 토대로, 〈127 Section〉은 스토리성과 UI로 대호평을 받으며 영미권에서 제법 흥행하는 중이다…… 라는 게 요약이었다.

'게임 UI나 비주얼이 그쪽 감성일 것 같긴 했지.'

작품성과 세계관으로 인정받은 몇몇 유명 인디게임들과 비교되는 모양이었다. 벌써 GOTY 이야기까지 나오고 있었다.

다만 한창 호황인 글로벌 시장과는 다르게, 이걸로 국내 게임 커뮤니티는 난장판이었다. 일단 익명 사이트에서 검색해 보면…….

"……흠."

이건… 안 되겠군. 선아현이나 배세진이 보면 기절할 거 같은 수위다.

'좀 징그러운데.'

그래서 활기는 떨어지지만 아주 온건한 커뮤니티를 찾아봤다. 제작진에게 건의하는 게시판의 몇몇 글에서 논쟁이 벌어진 흔적이 남아 있었다.

[아이돌로 하는 홍보 이쯤에서 끝냅시다]

: 광고까지는 어쩔 수 없다고 칩시다. 요새 흐름이 그러니까요.

그런데 게임에서 실존 연예인을 계속 생각나게 하는 건 다른 경우입니다. 더는 안 그랬으면 좋겠습니다.

첫 챕터에 그 콜라보 캐릭터들 다 죽어서 괜찮을 줄 알았는데 계속 떡밥 나오고, 은근 다시 나올 것처럼 뉘앙스가 상당하던데요.

그래도 최근엔 아이돌 이미지가 좀 지워져서 게임 속 캐릭터로만 보려고 했는데, 또 글로벌 광고로 아이돌이 나오더군요.

양덕들이야 그 아이돌을 잘 모르니 괜찮지만, 저희는 아닙니다.

글로벌에서 성공한 걸 보고 또 허튼짓할까 봐 걱정되네요.

제발 런칭 광고로 끝냅시다.

(해당 아이돌에겐 유감없습니다.)

-맞아요 초기에 즐기고 끝난 거 다시 가져오는 일 없었으면 함

-런칭 때야 홍보해야 하니 그러려니 했는데 지금은 좀 걱정임 국내 업뎃 주기도 길어지는데... 폐허공장 정신 못 차리나?

-애초에 이게 무슨 씹덕 겜도 아니니까요. 티원이 인수하면서 판 키우려고 무리수 뒀던 거죠.

└씹덕물에 남자 아이돌...?

└여성향 씹덕 겜 의미하는 거였습니다.

└미쳤음? 거기도 싫어함 ㅋㅋ

-나는 좋았는데ㅠㅠ 트레일러 멋지지 않았나요?

└저도 트레일러 좋았습니다. 테스타 괜찮았는데 너무 과민 반응들 하시는 듯... 새로 콜라보 한다는 말도 없는데 말입니다.

└지금부터 이렇게 해 놔야 눈치 보고 안 들고 올 거 아니에요 분위기 파악 합시다

-뭐야 여기 왤케 변함? 원래 갓스타 아니었나

└그거 한 달 만에 끝난 판인데 언제적 이야기를... ㅋㅋ

└음 그땐 그 아이돌 팬분들이 굉장히 많았거든요ㅎㅎ

└이건 좀 악의적인 이야기 같네요. 그땐 그냥 막 런칭해서 다들 신나서 달리느라 그랬던 거예요. 그 아이돌분들도 콜라보로 이것저것 많이 홍보해줬고요.

-글로벌도 그 영상으로 광고한 건 강렬하고 좋은 것 같음 돈빨 났음 근데 양덕들 팬아트 보면 아이돌 보여서 좀 역겹긴 함 근데 참을 만함 근데 또 하진 마라

"으음."

몇 가지 글과 인기 글 흐름을 더 보고 나니, 대충 이해했다.

'확 식었군.'

속된 말로 말하자면, 뽕이 다 빠진 것이다.

처음엔 망할지도 모르는 게임사의 신작에 자본과 인지도가 투입되니 그 맛에 급격히 호의적으로 됐을 것이다. 당장 흥행이 급하니까 말이다.

'까보니 진짜 결과물이 좋아서 확 달아올랐을 거고.'

게다가 초기 동료는 다 죽어버리니 그 충격성 덕분에 더 흥분했겠지.

테스타의 홍보로 유입된 테스타의 팬들이 많으니 그 분위기가 어느 정도 갔을 것이다. 하지만 이미 죽어서 캐릭터는 퇴장했다. 당연히 테스타의 팬들은 계속해야 할 유인을 못 느끼니 금방 많이 빠졌을 것이다.

그렇게 초기 동료 몰살 이야기가 공공연해지고, '흥한 모바일 게임'에 유입된 사람들의 비중이 늘어나면서 통상적인 흐름이 다시 잡힌 것이다.

'아이돌 관심 없다 이거지.'

흥미 없고 이질적인 놈들을 내가 좋아하는 게임 컨텐츠 안에 가져다 붙이지 말라는 뜻이다.

게다가 워낙 초기 동료에 대한 반응이 격렬했다 보니, 게임사에서는 업데이트되는 내용에서도 계속 초기 동료 떡밥을 뿌린 모양이다. 그런데 이번 글로벌 판에서도 테스타 광고가 나오니 또 콜라보가 들어갈까 봐 걱정하는 마음도 이해가 갔다.

'그럼 하나뿐이지.'

안 엮이면 된다. 나는 스마트폰을 끄고 정리했다.

뜬금없이 빌보드에서 그룹 이름 봐서 재밌었던 걸로 끝내자.

그리고 아니나 다를까, 얼마 지나지 않아 회사로부터 은근한 떠보기가 들어왔다.

"얘들아 혹시 게임 콜라보 한 번 더……."

"아뇨. 그건 아닌 것 같습니다."

"다음 앨범 준비해야죠~"

"…?? 얘들아?"

깔끔한 거부에 매니저는 당황했다.

'이럴 줄 알고 애들 모아놓고 짧게 브리핑도 해놨다.'

―코, 콜라보 재밌었는데…….

―하하, 박수 칠 때 떠나자는 거구나~

좀 아쉬워하는 놈도 있었지만, 어쨌든 다들 납득했다. 또 해봤자 피곤해지기만 한다는 점이 크게 심금을 울렸던 것 같다. 〈아주사〉부터 신인상 논란까지 뚫고 온 아수라장을 생각해 봐라. 일단 인터넷에서 논쟁거리가 되는 것 자체가 피곤할 만도 했다.

그래서 그룹 결성 이후 최초로 프로젝트 거부 사태가 발발했다.

'그동안 너무 고분고분했나.'

회사는 아쉬워하며 몇 번 설득해 보려고 했지만, 테스타가 최근 워낙 성적이 잘 나오는 탓에 그룹의 발언권이 강해져서 무사히 무마되었다.

그리고 새 앨범 준비와 5월의 축제 스케줄을 병행하던 어느 날.

이번에는 다른 이야기가 나왔다.

"미국에서 무대요?"

"네! 그리고 요새 뜨는 프로그램이에요 여기! 위튜브 위주로 좀 작긴 하지만 시청자층도 확실하고……."

회사 직원이 흥분해서 이야기하다가, 살짝 헛기침을 했다.

'…눈치를 봐?'

예감이 안 좋았다.

"근데… 음, 그, 게임 콜라보곡을 불러달라고 하거든요?"

아, 역시.

일단 우리끼리 잠시 이야기할 시간을 달라고 회사 직원에게 요청했다. 그리고 토의를 시작했다.

"어떻게 생각해?"

"미국 가고 싶어요!"

"그래. 유진이는 찬성으로 알고 형들 이야기 좀 더 해볼게."

"예야!"

차유진이 온화한 류청우의 말과 함께 토의에서 제외되려던 순간, 큰 세진이 끼어들었다.

"잠깐만요~ 유진아, 너 이 쇼 들어봤어?"

"〈Nerdy Andy Show〉? 아니요!"

이번에 출연 요청이 들어온 쇼 이름이었다. 〈널디 앤디 쇼〉. 그리고 차유진은 정말 이 이름을 모르는 눈치였다.

"최, 최근에 생겨서 유진이도 잘 모르는 게 아닐까…?"

"맞아. 요새 뜨는 중이라고 했죠?"

멤버들이 각자 떠들었다. 나는 스마트폰을 꺼내 들었다.

"문대문대, 검색해 보게?"

"응."

"오~ 봐봐."

누가 보면 주머니에 스마트폰 없는 놈인 줄 알겠군. 어쨌든 검색하기 귀찮은지 슬금슬금 내 스마트폰 화면을 들여다보는 멤버 놈들을 끼고 진행했다.

간단히 번역 프로그램을 돌려가며 검색을 해본 결과, 쇼의 정체가 드러났다.

"아, 페이지 뜬다."

유명한 미국 지상파 간판 토크쇼는 당연히 아니었다. 하지만 그렇다고 완전히 소외된 작은 프로그램이냐? 그것도 아니었다.

"오, 신기하네."

"되게 특화된 느낌이다."

유명 토크쇼를 패러디한 형식으로 진행되는 유쾌한 분위기의 방송이었다.

그리고 컨텐츠는… 말하자면 서브컬처다. 게임이나 코믹스, 슈퍼히어로 영화 쪽 위주로 다루는 것 같은데, 회사 직원 말대로 위튜브 조회수가 꽤 나왔다.

"유진아, 이거 한번 볼래? 재밌어?"

"뭐예요?"

차유진이 토크쇼 클립이 재생되는 내 스마트폰 화면에 머리를 들이

밀었다. 그리고 잠깐 화면을 보더니, 작게 코웃음을 쳤다.

"……?"

설마 이놈이 문제를 잡아냈나?

"재, 재미없을까…?"

"몰라요. 저 이런 거 안 봐요. So nerdy."

"어, 어어?"

…그냥 취향에 안 맞는 모양이다. 차유진은 입을 삐죽거렸고, 큰세진이 짓궂은 얼굴로 물었다.

"근데 너 미국 가려면 여기 나가야 하는데~? 나와서 게임 곡 불러야 돼!"

"나오는 거 괜찮아요. 보는 거 안 해요."

거참 프로페셔널한 태도였다.

'문제는 그래서 나갈 거냐는 건데.'

보니까 적당히 화제성도 있고 괜찮은 프로그램 같긴 했다. 하지만 첫 미국 무대로 이걸 나가도 될지 모르겠다.

'게임하고 더 안 엮이고 싶은데 말이지.'

장기적으로는 리스크가 상당하다. 테스타는 케이팝 그룹이고, 케이팝 앨범을 만들 것이기 때문이다.

그런데 여기 나가서 잘해봤자 괜히 게임 캐릭터 아바타 이미지만 뒤집어쓰고 나올 수 있었다. 그러면 나중에 진짜 테스타의 앨범을 들고 해외 진출했을 때, 첫인상과의 괴리감이 상당하겠지.

그건 조롱이나 배신감으로 돌아올 확률도 충분했다.

'영미권 진출에 별 뜻이 없다면야 언플용으로는 괜찮은 선택이

다만….'

어쨌든 미국 프로그램에 나오는 것이니 국내 기사용으로는 나쁘지 않을 것이다. 내수용 이미지 떼는 데에 도움이 되겠지. '우리도 글로벌 진출 짱짱해요'라고 연막을 치는 것이다.

이 경우 게임 커뮤니티 여론도 크게 신경 쓸 건 아니었다. 혹시 게임 이용해서 언플한다고 얘기 나와도 콜라보만 새로 안 하면 금방 가라앉을 테니까.

하지만 멤버들은 이런 방식으로 생각한 것 같진 않았다. 그냥 커리어적인 기회로 받아들인 것이다.

"해볼까? 흔치 않은 기회잖아."

"…나는, 상관없는데."

"저도 도전할 만한 제안이라고 생각합니다. 게임 콜라보곡이라도 저희 곡을 들려드릴 수 있다면 좋겠습니다."

굉장히 발전적이고 신인다운 태도였다. 흠.

놀라운 것은 여기서 선아현이 우려하는 의견을 꺼냈다는 점이다.

"그, 근데 괜찮을까요? 무, 문대가 그때… 콜라보 또 하면 안 좋다고, 했는데…… 이건 괜찮을까…?"

마지막은 날 보고 물어본 질문이다.

여기 큰세진도 끼어들었다. 다만, 이놈도 찬성하는 측이었다.

"에이~ 새로 콜라보하자는 것도 아니고, 무대 하나 정도는 괜찮지 않겠어? 멋지게 해서 좋은 인상 남기는 거지 뭐~"

저거 첫인상의 중요성을 모르는 놈이 아닐 텐데 미국 진출 야망이 리스크를 이겨 버린 모양이다. 모로 가든 인지도부터 챙기자는 거군.

설상가상은, 선아현이 눈을 빛내며 고개를 끄덕였다는 점이다.

"그, 그럴까? 머, 멋진 무대 했으면 좋겠다…!"

내심 하고 싶었나 보다.

그리고 다른 놈들도 동조하며 의욕 찬 분위기를 형성하기 시작했다.

…어쩔 수 없지. 나는 머리를 휘저었다.

"…그래. 나도 좋아."

"오오!"

"단, 최대한 그룹을 보여주는 쪽으로 했으면 하는데."

"그, 그룹을?"

"어."

무슨 포괄적인 말인가 싶었겠지만, 설명 이후에는 모두가 납득했다.

"좋아요!"

"흠~ 예습 잘해야겠네."

"최근 일정에 여유가 생겨서 다행입니다."

들뜬 분위기로 그룹 토의가 끝났다.

그리고 다시 만난 회사 직원에게는 아까 내 발언과 비슷한 의견이 들어갔다. 약간 더 구체적으로.

"일단… 저희 타이틀도 하나는 부를 수 있었으면 하는데요."

"아~ 아! 물론이죠. 그건 무조건 저희가 상의할 거구요!"

"네. 감사합니다. 무대는 프로그램 쪽에서는 선곡 요청만 있고, 나머지는 저희 쪽에서 준비해 가는 게 맞을까요."

"네. 맞아요. 하고 싶으신 컨셉이나 세팅 있으면 최대한 맞춰 드릴게요. 시간상 가능한 선에서요!"

"잘됐네요."

시간, 아주 괜찮을 것이다. 나는 피식 웃었다.

"저희 밴드 라이브 하려는데요."

"아! 좋죠."

"그리고 의상은 필요 없습니다."

"……? 예?"

대체 무슨 헛소리를 하냐는 얼굴이군. 이제부터 한 번 더 설명이 필요한 타이밍인 것 같다.

테스타의 미국 프로그램 출연 소식은 한 번 정도 연예 뉴스 메인을 찍고 내려갔다. 혹시라도 출연 이후 반응이 안 좋으면 언론 놀이도 힘드니, 그냥 섭외 들어오자마자 소속사에서 냅다 기회를 잡아버린 것이다.

테스타의 5월 대학 축제 직캠들과 선아현 깜짝 생일 파티 영상을 신나게 즐기던 팬들에게도 이 소식은 금방 들어갔다.

-헐 미국 진출??

-해외 이야기 슬슬 나올 때가 되긴 했는데 일본부터 갈 줄... 역시 테스타야 노리는 인구수가 다르지

-아 드디어 차유진 영어 하는 거 원 없이 볼 수 있겠다 캘리보이의 쾌활 섹시 억양ㅠㅠ

-실시간으로 보려면 연차를 내야 하는군 오케 그날 식중독 걸릴 예정임

아직 해외 투어로 인한 국내 활동 소홀을 걱정하기보단 '이렇게 잘난 내 돌 전 세계가 알아야 함'의 분위기가 압도적이었다. 테스타는 워낙 국내에 팬들이 훨씬 많은 구조였기 때문이다.

다만, 정확한 프로그램 내용과 섭외 과정이 공개된 뒤에는 살짝 식었다.

-아 게임 콜라보곡 부르는 거였구나.. 어쩐지 방송 느낌이 좀 그쪽이긴 했어ㅋㅋ

-저 프로그램에 케이팝 나오는 거 처음이라네 충분히 의미 있는 성과임

-겜 콜라보 의견도 우리 애들이 많이 냈다던데 결실 봐서 좋다

-타이틀곡보다 이쪽이 현지에서 잘 먹힐 것 같기도 함 일단 그 콜라보 곡이 빌보드도 들었음 (캡처)

-근데 이걸로 겜 하는 씹덕 새끼들이 또 발작하면 가만 안 둘 거임 시발 우리 갓기가 천재라서 콜라보 곡도 갓띵곡으로 만든 걸 어쩌라구요ㅎ

마지막은 김래빈의 개인 팬이 분노를 담아 한 글자 한 글자 자신의 비공개 계정에 눌러쓴 말이었다.

'개X끼들 진짜 빡치네!!'

그녀는 쾅 키보드를 내려쳤다. 별 거지 같은 소리를 지껄이던 악성 게임 유저와 개싸움 했던 기억이 떠올랐기 때문이다.

'처음에 런칭할 때는 갓스타거리면서 올려치기 오지게 하더니 이제 게임 흥했다고 꼬리 자르기질이야!'

상황이 변하며 유저층이 그 당시와 많이 달라졌다는 건 분노한 김래

빈의 팬 앞에서는 별 의미가 없었다.

'차라리 흐지부지됐으면 좋겠다. 하!!'

이 게임을 아주 그냥 손절 해버리고 싶었다!

사실 막말로 테스타가 해외에서 잘되는 것도 그녀의 이득과는 거리가 멀었다. 혹시라도 이걸 계기로 잘되면 투어 다니느라 음방도 잘 안 나올 텐데, 어느 쪽이든 자신에게 별로라며 그녀는 주먹으로 키보드를 연타했다.

…하지만 이래 놓고서, 〈널디 앤디 쇼〉의 테스타 출연 당일에는 또 실시간 시청을 위해 대기하는 중이다. 심지어 스마트폰은 화면이 너무 작고 에러가 잦다는 이유로 굳이 데스크톱 앞에 앉기까지 했다.

'후……'

가벼운 현타가 그녀의 어깨를 지배했다.

어쩔 수 없었다. 김래빈과 박문대가 이 같잖은 프로그램에 인질로 잡혀 있었다…….

"헐, 너 또 걔들 보냐?"

"응, 꺼져."

"응, 너나."

"한 번만 더 너라고 부르면 뒤진다 진짜."

그녀는 자신의 남동생에게 손으로 욕을 날린 뒤 무시했다. 하지만 남동생은 알짱거리며 그녀의 컴퓨터 화면을 들여다봤다.

"이거 그거야? 미국에서 젬 곡 부르는 거? 코스프레하고 나옴?"

"야 꺼져라."

"뇌절 오졌다~ 으악! 억!"

남동생은 등짝을 사정없이 맞고 나서야 도망치듯 소파로 돌아갔다. 〈127 Section〉이 워낙 잘된 덕에, 남동생도 그 게임을 제법 깊게 플레이해 봐서 그쪽 소식을 알음알음 알았던 것이다.

'벌써 뇌절 소리가 나와? 더 열 받네.'

김래빈의 개인 팬은 이를 바득바득 갈며 컴퓨터 화면을 노려보았다. 다행히 얼마 지나지 않아 프로그램이 시작되었다.

[Welcome to the Show!]

[This is… nerdy!]

[Oh, I mean, Andy~]

"뭐라는 거야."

굉장히 미국스러운 B급 감성 CG와 자막이 날아다녔다. 그리고 또 한참을 영어가 스피커에서 쏟아졌다. 거기에 몇 분마다 들어가는 중간 광고는 덤이었다.

한마디로 재미가 없었다. 그나마 알아볼 수 있는 건 몇몇 슈퍼히어로 영화 캐릭터들뿐이었다.

'이게 뭐 하는 짓이냐….'

과제나 마저 하고 나중에 편집본이나 볼 걸 그랬다. 김래빈의 개인 팬은 진한 후회를 느꼈다. 그래도 튼 게 아까워서 보고 있자니, 다행히 테스타의 예고가 떴다.

정확히는… 〈127 Section〉 OST 공연에 대한 예고였지만 말이다.

'X발…!'

게임만 실컷 홍보하는 거 아닌가? 싸한 느낌에 그녀는 발을 찼다. 남동생이 킹콩이 어쩌구 하며 개소리를 하는 것을 무시하고 있자니, 곧 광고가 끝났다.

그리고 스테이지가 비쳤다.

"……!"

테스타가 나올 그곳에는… 웬 밴드가 가득했다.

'밴드 라이브 하려나 보네.'

그녀는 일단 화면에 집중했다.

얼마 지나지 않아 테스타가 스테이지 위로 올라왔다. 그런데 그들은…… 평상복 차림이었다.

"어?"

아니, 그냥 평상복이라기엔 깔끔했다. 하지만 평소 그들의 아이돌 무대 의상같이 컨셉추얼하지도 않았다.

"어? 코스프레 안 했어?"

남동생의 말대로, 그렇다고 게임 캐릭터의 의상이나 머리 모양도 아니었다. 테스타는 그냥 자연스러웠다. 리얼리티 영상에 나올 것 같은 모습이었다.

차유진이 씩 웃으며 스탠딩 마이크를 잡았다.

−What makes people live? …CHOICE!

그리고 밴드의 라이브 연주와 함께, 트레일러곡 무대가 시작되었다.

DOOOM DOOOM DOOOM DOOOM ZZZZ-ING!

−I'm gonna survive,
Like you did before

박문대가 고음의 도입부를 대단히 시원스럽게 들어갔다. 테스타는 각자의 스탠딩 마이크를 잡은 채로, 추임새를 넣으며 노래를 불렀다.
"……!"
음원보다… 듣기 좋았다.
남동생이 어깨를 으쓱거렸다.
"노래 좀 하네?"
테스타는 원래 라이브를 잘했다. 하지만 이렇게 다른 요소 없이 딱, 곡만 듣게 하는 공연은 처음이었다.
사실 지금 이 프로그램을 보던 팬 중 대다수는 테스타가 어떻게든 이 무대에 연출을 넣거나 안무를 넣을 거라고 내심 짐작했다.
하지만 그런 건 없었다.
그냥 깔끔하고 시원하게, 곡을 즐길 수 있는 무대였다. 표정을 잘 쓰고 제스처가 어색하지 않아서 그것만으로도 무대를 쭉 끌고 갔다.

−Choose your way
Choose your side

자신감이 느껴졌다.

―Survive!

테스타는 캐릭터 퍼포머가 아닌, 정석적인 가수의 이미지로 게임 콜라보곡을 훌륭하게 선보였다. 화면의 박수와 환호 소리에 맞춰서 남매도 입을 벌렸다.

"와……."

"올~ 이건 인정함."

김래빈의 팬은 '네가 뭔데 인정하고 말고 지랄이냐'고 대답하는 대신, 끓어오르는 흥분에 책상을 두드렸다.

'하여간 무대는 진짜 잘해!'

완전한 선 긋기가 따로 없었다. '우리는 게임의 일부분이 아니라 이 게임 OST를 만든 〈가수〉예요!'라고 외치는.

그리고 가수로서의 역량이 충분했기 때문에, 선 긋기는 자연스럽고 훌륭하게 통했다.

[Wow~ That's awesome!]

이 구도는 첫 번째 무대 이후의 작은 토크 분량에서도 드러났다.

테스타는 스테이지에서 내려와 토크쇼의 게스트용 소파에 앉았다.

다만 마이크를 든 것은… 차유진이었다.

'저래도 괜찮아??'

차유진이 제일 영어가 능숙하다는 것을 아는데도 저절로 걱정부터 들었다.

하지만 차유진은 능숙했다.

[어서 오세요! 제 쇼의 첫인상은 어떤가요?]

[음, 색깔이 넘치고, 쾌활하고, 또 형씨 인상이 참 좋네요~ 그쪽 노란 넥타이 맘에 들어요. 127 섹션 마크죠!]

[오, 고마워요! 이건 지난 5월 11일, 127 섹션 공식 사이트에서 판매했던 가장 첫 번째 공식 상품이고요. 어렵게 구매했는데, 이 특별한 자리를 위해 처음으로 몸에 대봤답니다.]

남동생이 깐족거렸다.

"알아듣냐?"

'그럴 리가 있겠냐.'

그냥 대충 듣는 중이었으나, 그래도 화면 속 분위기는 좋았다.

영어를 사용하는 차유진은 어쩐지 평소와는 느낌이 달랐다. 그는 훨씬 여유롭고 어른스럽게 느껴졌다.

화면에서는 짧은 스몰 토크가 끝나가고 있었다.

[맞아, 당신 정말로 캘리포니아 사람처럼 보여요! 이제야 이해가 가는군요. 서핑 좋아할 것 같은데, 맞죠?]

[하하, 샌디에이고에서 안 그런 사람도 있어요?]

[어… 그렇다면, 음, 당신은 이런 것들이 별로 관심 없을 수도 있겠군요. 옙.]

사회자가 일부러 몸을 움츠리고 사방을 훑었다. 관객석에서 웃음이 터져 나왔다.

[아뇨아뇨, 이건 색다르고 재밌는 경험이에요. 그리고 127 섹션은 재밌는 게임이었고요!]

[너그럽게 말하는군요~ 좋습니다. 그럼 게임 안에서 여러분의 역할에 대해 좀 말해볼까요?]

그러자, 옆에 앉아 있던 박문대가 바로 마이크를 들었다.

[사실 저희는 가수고, 대부분이 연기 경험이 없었습니다. 짧지만, 뮤직비디오 안에서 게임 캐릭터를 연기한 건 재밌고 새로웠습니다.]

단정한 영어가 술술 흘러나왔다.

"헐?"

김래빈의 개인 팬… 아니, 이제 박문대의 팬이기도 한 대학생은 거의 모니터를 흔들 뻔했다.

"와 영어 X나 잘하네?"

"그러니까!!"

예상 못 한 영어 능력에 흥분한 대학생과 다르게, 화면의 박문대는 침착하게 대화를 계속했다.

[아, 그러면 여러분이 그 동료들이 만들어지는 데에 영감을 준 건 아니군요?]
[그 친구들에게 영감을 받아서 곡을 만들긴 했습니다. 주로 이 친구가요. 이름은 김래빈입니다. 래빈이라고 부르시면 돼요.]
[오~ …안녕하세요, 래빈? 당신 정말 작곡할 것처럼 생겼네요! 뮤지션의 눈빛이에요!]
[안녕하세요.]

화면의 김래빈이 어색하게 사회자와 인사했다.
'래빈이부터 챙겨주네.'
자세한 문맥까지는 몰랐으나 영상과 단어만 들어도 확실했다. 대학생은 흐뭇하게 그 모습을 지켜보았다.

[캐릭터들의 어떤 부분이 영감을 줬나요? 워후! 나쁜 말 아닙니다, 그냥 좋은 질문이에요! 누가 저분께 알려주세요!]
[오우, 저 친구 인상이 좀 강하죠? 그렇지만 눈을 잘 보면, 아주 부드러운 영혼을 가졌다는 걸 알죠!]
[여전히 무서워요!]

차유진이 찐따 컨셉에 심취한 사회자에게 친근하게 다가가서 김래빈의 눈빛을 변명해 주는 사이, 김래빈의 말은 선아현을 통해 통역되어 나왔다.

[그들의 서사가 많은 영향을 줬다고 하네요. ……그건 비극이었지만, 캐릭터의 선량한 의지가 주는 아름다움과 강렬함을… 살리고자 노력했지요.]

프랑스 어투가 묻어났다.
'쟤도 외국어 쓰니까 느낌이 다르네?'
선아현은 최근 공식 석상에서처럼, 외국어를 쓰는 동안도 거의 말을 더듬지 않았다. 약간의 머뭇거림도 수줍음 정도로 해석할 정도였다.

[맞아요! 챕터 1을 끝내고 트레일러를 돌려보는 내내 느꼈던 감정이군요! 오, 이제 당신의 영혼이 보여요, 래빈!]
[하하하!]

김래빈은 사태를 잘 이해하지 못했는지, 멀뚱한 얼굴로 갸우뚱거렸다.
"아 귀여워!!"
"니 저게 귀여움? X나 뻥 뜯을 것처럼 생겼는데."
"닥쳐."
대학생은 남동생을 무시하며 화면에 집중했다.

[그럼 혹시 127 섹션의 새 OST는 계획에 없을까요?]

원래 이 질문은 '동료 캐릭터 재출연 계획'에 대한 것이었으나, 앞선 테스타의 답변으로 수정된 것이었다.

박문대는 차분하게 준비한 답변을 했다.

[저희도 첫 작업을 진행하면서 정말 즐거웠지만, 새 OST가 나와도 저희의 곡은 아닐 것 같습니다.]

[대체 왜죠?!]

차유진이 휙 끼어들었다.

[다른 아티스트 분들은 어떤 OST를 작곡할지 궁금하니까요! 여러분도 그러시죠?]

그 긍정적인 부추김에, 관객석에서 반사적으로 호응이 돌아왔다.

[네네, 물론 그렇지만. 그래도 아쉽네요! 'Bonus book'이 정말 좋은 곡이라서요.]

[감사합니다.]

[그거 알아요? 형씨, 뭘 좀 아네요! 취향이 아주 훌륭해요!]

[제가요? 하하하, 그렇죠!]

차유진의 칭찬에 사회자가 웃으며, 게임 이야기는 그렇게 끝났다. 그리고 그제야 몇 마디 자기소개와 인사가 오가더니 마무리 국면으로 접어들었다.

[아까 본 무대가 정말 근사했는데, 다른 무대도 하나 준비하셨다고요?]
[예. 저희가 평소 하던 음악을 하나 보여 드려도 좋을 것 같아서요.]
[좋습니다, 좋아요! 그럼 부탁드립니다. 앤드류 밴드~]

밴드가 준비 사운드를 내자, 테스타 멤버들은 소파에서 웃으며 일어났다.
그리고 신발을 벗기 시작했다.

[오~]

"어??"
"야야 키 작아지지 않았냐?"
대학생은 개소리를 지껄이는 남동생을 때릴 여유도 없었다.
그 사이, 화면의 테스타는 걸친 가디건이나 재킷도 벗어서 적당히 소파에 두었다. 스탭들이 나와서 빠르게 소파를 치웠다. 그러자 청바지에 흰 반팔 티셔츠를 입은 맨발의 모습으로 착장이 통일되었다.
휘익!
예상 못 한 본격적인 준비에 관객석에서도 반응하는 소리가 들렸다.
테스타는 답변하던 마이크를 그대로 쥔 채로 쓱쓱 움직이더니, 안무 대형을 맞췄다.

조명이 꺼졌다.

Uuuu- Uu- Uuuu-

송출을 만져서 지지직거리는 밴드 사운드 위로, 느릿하고 우울한 피
아노가 올라갔다.
그리고 현대무용에 가까운 움직임이 펼쳐지기 시작했다.

-서서히 잠기는
시간을 밤을
벗어나고 싶지 않아

간단한 옷차림과 재즈 사운드, 외국어, 그리고 라이브 밴드 사운드
위에서 펼쳐지는 현대무용 안무.
모든 것이 시너지를 주며, 테스타의 무대는 컨셉츄얼보단 예술적으
로 보였다. 낯설거나 이곳에서 거부감을 느낄 수 있는 요소들까지 그
안에 묻혀서 '수준 높음'으로 받아들여지도록 만든 것이다.
게다가 보고 듣는 재미를 극한으로 연마한 케이팝 장르의 장점은 확
실했다. 잘 소화할 수 있는 그룹에게는 더더욱.
그리고 테스타는 그런 그룹이었다.

-널 만났던
자정

그리고 다음

덕분에 무대가 끝나고 조명이 켜지는 순간, 관객석은 '좋은 관람'에 해당하는 박수 소리로 가득 찼다.
사회자도 박수를 보내며 뛰어나왔다.

[예술이 따로 없군요! 테스타의 앨범 〈Time to go〉의 'Midnight, and next'였습니다. 여러분~ 다음 코너에서 뵙죠!]

그렇게 '127 섹션'으로 시작한 출연은 '테스타'로 마무리되었다.
화면은 광고로 변했지만, 무대의 인상은 쉽게 사라지지 않았다.
'찢었다.'
대학생은 왼손으로 책상을 친 뒤 들어 올렸다.
그리고 이 반응이 여론이 되었다.

미국에 온 김에 여기서 할 수 있는 스케줄이 이것저것 잡혔다. 대충 몇 가지를 끝내고 나니, 우리가 출연한 〈널디 앤디 쇼〉가 방영된 후였다.
나는 호텔 침대에 누워서, 일단 한국 여론을 살폈다.
일단 '성공적 출연, 뜨거운 반응' 같은 상투적인 기사가 몇 개 떴고, 흠……. 해외 반응 리뷰하는 인기 위튜브 채널 영상에 테스타가 등장했다.

[(해외반응) 양덕들에게 케이팝 맛을 보여준 테스타! 리액션모음 한글자막]

'반응이 나쁘진 않았나 보지.'

저런 영상이 우후죽순 있는 걸 보니 일단 현지에서 무작정 비웃음을 당하진 않은 모양이다. 나는 〈널디 앤디 쇼〉에 업로드된 무대 영상을 찾았다.

'조회수가 제법 높아.'

심지어 127 섹션 OST가 아닌 쪽도 조회수가 비슷했다. 기대도 안 한 일이었다.

두 영상 모두 영문 댓글들 위주로 줄줄 달려 있었지만, 대충 분위기 보는 것에는 큰 무리는 없었다. 이번 활동하면서 틈틈이 영어 공부를 좀 해뒀기 때문이다.

'기왕 생긴 특성인데 낭비할 수는 없지.'

이걸 의식해서였다.

[특성 : 유학생(A)]

−무슨 말씀이신지 잘 알겠습니다.

: 외국어 습득 능력 +200%

숙련 속도라서 빨리 익힐수록 다음 특성이 나왔을 때 갈아 끼우기 용이했으니까. 물론 시간이 부족했기 때문에 대단한 정도는 아니고, 그냥 외운 말 어색하지 않게 할 수 있을 정도만 익혔다.

'그래도 상상 이상으로 빨랐어.'

내가 아직 대학생이었을 때 이런 게 생겼으면 도서관에 반년쯤 처박혀 있었을 것이다.

어쨌든, 그래서 댓글을 대충 읽어보았다.

-그들의 확고한 음악적 정체성이 흥미롭다
-케이팝이라고? *정신이 날아감*
-정말 대단한 가수들이야 라이브 퍼포먼스가 인상적이었어!
-아무래도 이들에게 빠진 것 같아 위튜브 알고리즘이 날 계속 새로운 영상으로 이끌어
-대중적 의견: 테스타는 케이팝 계에서 저평가 당했으며 마침내 그들을 발견한 게 너드들일 줄은 아무도 몰랐다

127 섹션에 대한 댓글을 제외하면 대충 이 정도 분위기였다. 다만 내가 예상치 못했던 것은, 이 프로그램 시청자들에게 〈자정, 그리고 다음〉이 먹혔다는 점이다.

'아무리 그래도 게이 같다고 싫어할 줄 알았는데.'

그 동네에서 케이팝 볼 때 자주 나오는 말 아닌가. 나도 안다.

근데 곡 장르 덕을 좀 본 모양이다. 이 프로 시청자 중에 프로그래머가 많았는데, 이런 로파이 재즈가 그 동네에서 유행했다고 한다.

-내 코딩용 플레이 리스트에 추가했어
-그들은 진정한 뮤지션같아 보였어! 폴인 OST도 해줬으면 좋겠는데 말이

야 (울면서 웃는 이모티콘)

-진정하기 좋은 음악이네. 밤새 코드를 짰는데 버그가 하나도 나오지 않았을 때 들어야겠어. (공포스러운 이모티콘)

어쨌든, 전체적으로… 대성공이었다.

혹시 몰라 국내 게임 커뮤니티도 확인했는데, 분위기가 완전히 누그러들었다. 도리어 게임 초기 분위기를 추억팔이 하는 사람들도 몇 명 튀어나왔다.

'선 그어둔 게 유용했군.'

OST나 캐릭터 관련해서 뇌절할 것 같지도 않고 콜라보곡을 라이브로 잘 보여줬기 때문에 호감을 회복한 모양이다. 127 섹션 게임 커뮤니티들에게 날을 세우기 직전이었던 테스타 팬들도 확 가라앉았다.

"뭘 그렇게 열심히 보나~"

"인터넷."

"우리 무대?? 좋지~"

씻고 나온 큰세진이 옆 침대에 털썩 누웠다. 위튜브 업로드용으로 호텔 룸메이트를 무작위로 바꾸면서 이놈이 걸렸기 때문이다.

'의외로 안 거슬리는군.'

좀 귀찮고 시끄럽긴 한데, 생활 패턴이 비슷했다.

큰세진이 쾌활한 목소리로 물었다.

"어때, 우리 다음 앨범은 더 잘될 것 같아?"

"글쎄. 해봐야 알지."

"야, 이럴 때는 다 잘될 거라고 하는 거야~"

큰세진은 시원하게 웃더니, 자신의 스마트폰을 들여다보기 시작했다.

'뭐, 잘될 확률이 높긴 하지.'

〈널디 앤디 쇼〉의 동영상이 제법 호평을 받으면서, 해외 케이팝 팬들이 급격히 테스타에 관심을 가지는 게 눈에 보였다. 아마 케이팝과 친하지 않은 분야에서 인정을 받아서일 것이다.

'원래 사람 마음이 그렇지.'

이 기세라면 다음 앨범 뮤직비디오 뷰를 기대해 봐도 괜찮을 것 같았다. 나는 어깨를 으쓱한 뒤, 큰세진에게 말했다.

"나 잔다."

"어, 불 꺼도 돼~"

나는 조명을 끄고 침대에 누워서 다시 스마트폰을 확인했다. 모니터링을 끝냈으니, 전체적으로 현재 국내 여론이 어떻게 돌아가는지 확인하기 위해서였다.

그리고 알았다. 테스타가 케이팝 해외 파이를 슬슬 잡아먹기 시작할 때, 국내에서도 파란이 일어나고 있었다는 것을.

한 신인 남자 아이돌의 데뷔곡이 음원에서 대박을 맞은 것이다. 바로, 마침내 데뷔에 성공한 골드 1의 그룹이었다.

'오.'

대충 확인해 보니, 데뷔 때 테스타급은 아니었지만 음원차트에서 대단히 선전하고 있었다. 곡이 워낙 좋다는 게 중론이었다.

'기세만 유지하면 성공하겠군.'

골드 1이야 썩 괜찮은 놈이니 잘된 일이었다. 그리고 거기까지 생각하니, 다른 쪽에까지 생각이 미쳤다.

내 상태이상이었다.

청려의 말이 맞으면, 이번에 받을 4번째 상태이상이 내 마지막 미션이었다. 그리고 지금까지 흐름으로 보면, 분명 한층 더 높은 기준선을 요구할 것이다.

'…그럼 지금 상태이상을 받는 게 낫나?'

해외에서 오는 반응과 국내에서 치고 올라오는 후발주자를 보니 그런 생각이 들었다.

앞으로 1년 정도가 커리어 하이일 수도 있겠다는 생각 말이다.

물론 VTIC처럼 끝없는 성장세로 계속 더 잘나갈 수도 있겠지만, 이런 불확실한 업계 환경에서 그렇게 확신할 수 없었다. 그래도 올해는 거의 확실히 잘나갈 것 같거든.

'흠.'

일단, 나는 상태창 팝업을 불렀다.

[성공적 수상!]

당신은 '가장 권위 있는 국내 시상식'인 대중의 인정 속에서 신인상 수상에 성공했습니다!

!제한시간 : 충족 (대성공)

!상태이상 : '상이 아니면 죽음을' 제거!

: 진실 확인 ☞ Click!

우선 저 '진실 확인'을 눌러서 이번 상태이상을 제거해야 다음 상태이상으로 넘어갈 수 있다. 문제는 누를 때마다 찝찝한 남의 뒷이야기들이 튀어나온다는 점이지만.

'일단 청려는 더 안 보고 싶군.'

당시에는 도움은 됐다만, 지금 와서는 뭘 캐내고 싶은 마음도 안 든다. 차라리 원래 '박문대'의 사정을 더 보는 편이 낫겠다.

…그러고 보니, 최근에는 아예 청려와 연락이 끊겼기도 했다.

이번에 그 〈널디 앤디 쇼〉 출연 반응이 제법 좋으니 여기저기서 안 친한 놈들까지 축하 문자를 보냈었다. 심지어는 최원길한테까지 사과 겸 축하 문자가 왔으니까.

−선배님 미국 진출 축하드립니다. 그동안 폐를 끼쳐서 죄송했습니다.

그 용건만 적힌 문자를 보니, 저절로 전에 받았던 청려의 '미안해요'만 적힌 사과 문자가 떠오르더라고.

그러나 그놈에게 다른 연락은 없었다. 예능에서 만났던 다른 브이틱 멤버 두 놈에게 이모티콘 폭탄을 받았을 뿐이다.

'정서적으로 좋은 일이지.'

앞으로도 서로 손절하는 이 분위기로 갔으면 좋겠다. 나는 머리를 한번 휘젓고, 다시 팝업을 들여다보았다.

'가자.'

뭐가 나오든, 과민반응할 필요는 없다.

나는 팝업을 터치했다. 그리고 지난번처럼, 시야가 암전되었다.

시야에 들어온 것은 달리는 좌석버스 안이었다.

우우우웅.

사람들이 자리마다 앉아서 이야기를 나누거나 웃고 있었다. 유독 서로 화목한 분위기나, 노선도가 붙어 있지 않은 벽을 보아 대충 짐작이 갔다.

'대절된 버스군.'

대중교통이 아니라 단체 관광객이라도 태운 것 같았다. 제법 옛날인지 좀 촌스러운 느낌이었지만, 옷도 잘 차려입은 것 같았고.

그리고 그때 알아차렸다. 지난번 경험들과 달리, 누군가의 입장이 아니라 내 자아가 뚜렷했다.

'대체 뭐지.'

약간 혼란스러울 찰나, 왼쪽 창가 자리에 앉은 낯익은 얼굴이 보였다. 어린 류청우였다.

'⋯⋯!'

류청우는 창가에 기댄 채 팔짱을 끼고 잠들어 있었다. 어린데도 벌써 기골이 잡혀 있었는데, 굉장히⋯⋯ 뜬금없었다.

'류청우가 자는데 뭘 어쩌라는 거냐.'

떨떠름하게 그걸 보고 있자니, 갑자기 섬광처럼 지나가는 말이 있었다. 언젠가 술자리에서 류청우가 했던 발언이다.

―어릴 때 교통사고가 좀 크게 났었는데⋯ 뭘 잘못 건드렸는지 다 크고 나서야 후유증이 생기더라고, 힘을 주면 손이 떨려.

'……설마.'

X발 아니겠지, 설마.

하지만 설마가 사람을 잡았다.

고속도로를 시원하게 내달리던 버스가, 갑자기 휙 꺾였다. 순식간에 버스가 휘청거렸다.

"아악!!"

비명과 버스 기사의 고함이 교차하는 순간, 왼쪽 유리창이 깨지면서 뭔가가 후두둑 튀었다.

찢겨 나온 사이드미러였다.

그리고 그 쇳덩어리가 그대로 류청우의 어깨에 찍혔다.

'……!!'

"청우야!!"

고함과 비명에 버스가 난장판이 되었다.

'무슨 사이코패스 새끼가 이런 걸 라이브로 보여주려고 하냐?!'

반사적으로 류청우를 당기기 위해 손을 뻗으려 했지만, 내게 몸이 없다는 것을 깨달았다. 나는 상당히 참혹한 몰골로 쓰러진 류청우를 앰뷸런스가 실어 가는 모습을 지켜보았다.

……기분이 착잡했다.

구급 대원들과 승객들이 대화하는 소리가 들렸다.

"신고가 '어린이 부상자 한 명'으로 들어와서 지금 운송 차량 규모가 그 정도거든요."

"아, 저희야 괜찮아요! 아프면 병원 가보면 되지."

확실히, 크게 다친 건 류청우 정도였다.

바로 수긍한 구급 대원들은 기절한 류청우와 울부짖는 그의 부모들만 앰뷸런스에 태운 뒤 병원으로 향했다. 남은 승객들은 보험 처리를 위해 대표로 한두 명만 남은 뒤, 택시를 타고 도로를 빠져나가기로 합의한 것 같았다.

그리고 나는 계속 이 시야에 머물러 있었다.

'뭐냐.'

차라리 류청우를 따라간다면 모를까, 왜 여기 남았는지 모르겠다.

그리고 다시 시야가 승객들로 향하는 순간.

"그러면 이렇게 가?"

"그래."

나는… 나는, 생각이 멈췄다.

다신 볼 수 없을 줄 알았던 사람들이 멀쩡한 모습으로 서 있었다.

…엄마와 아빠였다.

"먼저 타세요. 저희 다음 거 탈게요."

"아이고 고마워~"

맞아. 저런 목소리였다.

사진이라도 남은 모습과 달리, 목소리는 한 소절도 남지 않았다.

내 돌 때 찍어둔 비디오도 이사 도중에 분실됐었기 때문에, 기억에만 남은 목소리는 금방 밋밋해졌다. 가끔 잠결에 기억해 낼 때도 있었다. 하지만 기록할 수 없었기 때문에 그것도 곧 무너졌다.

심장이 입 밖으로 튀어나올 것 같았다.

하지만 지금은 그저 의식만 있을 뿐이었기에, 대신 나는 추측을 완성할 수 있었다.

'……친척 모임이었구나.'

이 버스는 아마 풍산 류씨 모임이었나 보다. 박문대의 몸에 들어오기 전 나, '류건우'와… 류청우의 성씨 말이다. 무슨 가족 여행 따위를 가는 도중에 류청우가 사고가 났던 모양이다.

류청우에겐 미안한 말이지만… 그쪽으로 시야가 가지 않고, 여기 남아서 너무, 다행이었다.

…정말 다행이었다.

부모님이 몇몇 친척과 함께 택시를 탔다. 중고등학교 때 일이 년 신세를 졌던 낯익은 얼굴도 보였다.

'친척 모임 맞네.'

나는 내심 고개를 끄덕이다가, 갑자기… 이상한 생각이 들었다.

'이게… 대체 언제지?'

내가 기억하는… 부모님의 모습과 한없이 가까운 이때는.

'안 돼.'

조건반사처럼, 섬뜩한 예감이 머리를 두드렸다.

택시는 바로 출발했다. 엄마의 목소리가 들렸다.

"애 괜찮으려나 몰라. 걱정이네."

"그러게요. 다들 놀랐을 텐데, 펜션 도착하면 좀 쉬고 돌아가죠. 모처럼 가족 행사인데, 세상에."

"강원도까지 와서 이렇게 돼서 애 엄마 아빠 마음이 어떨지…… 휴."

가족 행사. 강원도.

나와선 안 될 키워드가 계속…….

"그래도 건우 안 와서 다행이네. 외고 준비한다며, 애가 참 열심히 한다~ 누굴 닮아서 그런다니?"

"엄마 닮은 거죠 뭐. 둘이 머리 좋은 게 아주 똑같아요."

"어휴. 금슬도 좋구만."

"하하!"

웃음소리가 머리를 어지럽혔다. 뭔가 이상했다.

뭔가…….

"도착했네요."

"좀 누웠다가, 버스든 기차든 잡아서 서울 돌아가죠?"

창밖으로, 펜션이 보였다. 산과 잘 어울리는 운치의 목조건물이었다.

다 탄 모습만 사진으로 봤던 것 같…….

'그만.'

하지만 택시의 사람들은 나란히 내려서 짐을 들고 펜션으로 들어갔다.

나는 여기 남았다.

'그만하라고.'

하지만 시야는 순식간에 돌아갔다. 시간이 감겼다.

그리고 곧, 펜션에서 연기가 피어오르기 시작했다.

트드트트드드드득….

안에서 작은 불꽃이 튀었다. 밖에서 보니, 한낮이라 대단할 것도 없는 밝기였다.

하지만 사람은 저런 걸로도 죽더라.

특히 허가받지 않은 가연성 건축자재로 지은 건물에서는… 말이다.

유독한 연기가 발생해서.

자다가 미처 나오지 못해서.

삐이이이이이익―

뒤늦은 사이렌 소리가 뇌를 뒤흔들었다.

끝났다.

"허어억."

입에 손을 밀어 넣었다. 그래도 소리가 샜다. 나는 이불을 얼굴에 처넣었다. 드디어 입이 틀어막혔다.

'이게 뭐야.'

모르겠다. 이게 대체 무슨 상황이지? 내가 X발 이런 걸 왜 봐야 하지? 뇌가 이상했다. 생각이 제대로 안 돌아갔다.

진정해야 했다. 왜 진정해야 하냐면, 왜냐하면…….

'내일 W라이브.'

맞아. 내일 스케줄이 있다. 호텔에서 노는 모습을 적당히 한국 저녁 시간대에 맞추어 송출할 건데, 그러니까…….

카메라 앞에 설 수 있나?

내가 이 상태로 과연 일을 할 수 있… 왜 이딴 걸 고민해야 하지?

"야, 너 왜 그래?"

카메라고 나발이고 내가 X발 왜 이런 걸 봐야 하냐고. 내가 그렇게 인생을 X 같이 살았냐?

"박문대 너 괜찮아? 뭐야."

"말 걸지 마."

"뭐?"

"말 걸지 말라고 X발…!"

이불 때문에 뭐라고 지껄였는지 나도 모르겠다. 하지만 말 걸던 놈은 알아들었나 보다. 말을 더 안 건다.

됐다. 좀 생각을… 생각을…….

[돌발!]

상태이상 : '관객이 아니면 죽음을' 발생!

"X발 진짜."

나는 머리를 침대 협탁에 박았다.

"야!!"

"박문대!"

소리가 늘었다. 사람이 늘어난 모양이다.

침대가 푹푹 꺼지더니 손 몇 개가 어깨를 잡았다.

"…지금 병원 갈래? 너 어디가 아픈데."

"안 아파."

"그럼 왜 그래. …무슨 문제 생겼어? 일단 얘기해 봐. 회사에 말 안할 테니까."

"……."

피곤했다.

이…… 설명할 수 없으니, 좀 닥치고 나가줬으면 좋겠는데. 그게 최선인데 그걸 설명해도 비합리적으로 들리는 상황이.

"무, 문대야. 이거."

누군가 손에 뭘 쥐여주었다. 잔이다. 그리고… 약인가.

나는 입에 털어 넣고 물을 삼켰다. 그대로 역류할 것 같았지만, 넘어갔다.

"……."

주변이 조용해졌다.

그리고 나도, 좀… 머리가 식었다.

"…진정제야?"

"…! 지, 진통제랑, 수면제……."

아, 그래. 진정제는 처방 없으면 못 사는군.

그래도 뭘 입에 처넣으니 현실감이 돌아왔다. 그리고 익숙한 사람과 대화를 나누니, 도리어 엉망진창인 머릿속에서 좀 벗어난 느낌이다.

'침착하자.'

나는 기침을 몇 번 한 뒤에, 고개를 들었다.

"……좀, 안 좋은 꿈을 꿔서. 미안하다. 소란 피워서."

"괘, 괜찮아!"

"…좀 진정됐어?"

하지만 긴장한 몇몇 멤버들의 얼굴 사이로 류청우가 보이는 순간, 나는 저 새끼 얼굴을 그대로 협탁에 꽂아버리고 싶은 강한 충동을 느꼈다.

'안 되겠어.'

아직 내 머리는 맛이 간 상태인 게 분명했다. 나는 침대에 도로 누웠다.

"다시 한번, 미안하고……. 약도 먹었으니, 도로 자볼게."

하지만 곧바로 반박당했다.

"…아니, 병원 가."

"뭐?"

배세진의 목소리였다. 긴장한 기색이 느껴졌다.

"매니저 형 부를 테니까, 가서 진단서 끊고 진정제 받아오라고. ……할 수 있는데, 안 할 필요 없잖아."

"……."

부정할 수 없었다. 나는 결국 침대에서 일어났다.

놀라서 달려온 매니저의 동행하에, 나는 정말 이 미국 한복판에서 응급실을 거쳐서 진정제를 사 왔다. 적당히 불면증 핑계를 대고 받은 그 진정제는 제법 효과가 괜찮았다. 그날부터 큰 문제 없이 취침했다.

그리고 직후 건강 핑계로 빠진 W라이브 하나를 제외하고는, 스케줄도 문제없이 소화할 수 있었다. 그냥 다른 생각 안 하고 하면 되니까.

그렇게 정리하고 나니, 문제는 두 가지가 남았다.

하나는… 상태창을 부르기 더럽게 꺼려진다는 것.

이거야 유예기간이 넉넉하니 당장은 괜찮았다. 다른 한쪽이 훨씬 골칫거리였다.

바로 류청우와 상호작용을 못 해먹겠다는 것이다.

간신히 인사 정도는 하겠는데, 더 들어가면 바로 그 X 같은 '진실 확인'이 생각나서 미치겠다고. ……그런데 하필, 다음 촬영 룸메이트가 류청우였다.

'돌겠네.'

불화설과 정신건강 중 택일하게 생겼다.

"자, 활짝~"

셔터 소리가 울렸다. 풀장 위에 앉아 있던 테스타가 어깨동무를 한 채 카메라를 향해 웃었다.

물론 나도 거기 포함되어 있었다.

"사진 잘 나오네. 고생했습니다~"

"감사합니다!"

미국까지 온 김에 썸머 패키지(Summer package)를 촬영 중이다. 화보와 간단한 리얼리티 영상 컨텐츠를 함께 묶어 내는 그거 말이다. 그리고 이 영상 컨텐츠에서 '평소 그다지 보지 못했던 조합을 찍자'는 제작진의 요청 아래, 룸메이트가 배정되었다.

그래서 박문대와 류청우가 같은 방을 쓰게 되었다는 뜻이다.

아, 마침 말까지 거는군.

"문대야, 수건."

"…예."

수건을 낚아채서 목을 닦아냈다. 속이 울렁거렸다.

'후.'

최대한 자제는 하는데, 이게 카메라에 잡힐지 안 잡힐지 모르겠다.

'…망할.'

나도 안다. 류청우 잘못은 없지.

근데 X발 생각나는 걸 어쩌라는 말인가. 저걸 볼 때마다…… 떠오른다고.

덕분에 룸메이트 컨텐츠는 완전 초토화 수준이다. 방에선 대화도 제대로 안 하니까.

이게 내 한계였다.

모로 가든 불화설만 안 떴으면 좋겠는데. 일단…… 일단, 한국 돌아가서 좀 떨어지면, 나아지겠지.

'……미치겠다.'

나는 쉬는 시간 선언이 떨어지자마자 자리에서 일어났다. 잠시 후에는 룸메이트끼리 무슨 워터 슬라이드까지 타게 만들 것 같으니, 그동안이라도 떨어져 있을 생각이었다.

근데 또 꼬리가 붙었다.

"저, 저기…."

"왜."

"이, 이거."

따라온 선아현이 테이크아웃 잔을 내밀었다. 김이 피어오르는 음료가 들어 있었다. 자기 손에도 한 잔 들려 있는 걸 보니 스탭이 나눠준 모양이었다.

"……."

나는 잔을 받아 들었다. 안 받으면 계속 말을 걸 테니까.

선아현은 음료를 준 후에도 떠나지 않고 애매한 거리에 앉았다. 하지만 말을 거는 대신, 슬쩍 내 눈치를 보면서도 자신의 음료를 홀짝거렸다.

조용했다.

"……."

어깨에 힘이 빠졌다. 나는 대충 화단에 걸터앉은 그대로, 뜨거운 음료를 입에 가져다 댔다.

'핫초코였네.'

더럽게 달았다.

무슨 상어 수족관을 가로지르는 워터 슬라이드를 타고 나니, 모여서 문답을 주고받는 컨텐츠가 진행되었다.

참을 만했다.

"좋아요~ 그럼 질문을 뽑아보겠습니다!"

큰세진이 웃으며 통에서 질문을 뽑았다.

"음, '최근 가장 많이 친해진 멤버'라, 이거 저는 몇 표 못 받겠네요. 저는! 원래 친한 멤버니까~"

빨리 끝내자.

"저는 이세진이요."

"헉! 문대 최근에 나한테 많이 의지하는구나? 정말 감동적이야! 저도 문대 뽑겠습니다~"

순식간에 태세를 전환한 큰세진이 웃으며 등을 두드렸다.

"자, 그럼 우리 유진이는?"

"배세진 형이요! 저는 룸메이트 좋아요."

바로 다음 사람으로 넘어갔으니, 더 말하지 않아도 되겠지. 적당히 웃기게 대답했으니 이상해 보이지도 않을 것이다.

"하하하, 또 나야?"

웃으며 떠드는 소리가 또 한참 계속되었다. 몇 번의 질문이 지나가고…, 슬슬 끝날 무렵.

마지막 질문이 나왔다.

"마지막 질문 카드입니다. '힘들었지만 극복해 냈던 인생 경험은?'입니다. 흠, 많은 사례가 떠오를 수 있는 질문인 것 같습니다."

"…아~ 마지막치고는 좀 우울한가? 하나 더 뽑을 기회, 어떠세요?"

"…? 저는 뜻깊고 좋은 것 같습니다!"

김래빈의 대답과 함께 문답이 돌아갔다.

…류청우부터.

"음, 극복 경험. 사실 제가 양궁을 그만두게 된 게… 자의는 아니었어요. 어릴 때 가족 여행 중에 교통사고가 났었다는데,"

그만.

"그때 후유증 때문이었습니다."

…아니, 촬영 중이다. 다른 생각을 하자.

"하지만 여러분을 만나서 이렇게 데뷔하고 활동할 수 있어서, 지금은 그냥 인생의 변환점을 받아들일 수 있습니다. 고맙다 얘들아. 감사합니다, 러뷰어!"

"좋아요!"

"…이런 이야기 해도 괜찮겠어?"

"하하, 이런 이야긴 카메라 앞에서 처음 해보는 것 같은데, 팬분들이 보실 거니까 한번 해봤어."

"오, 청우 형 경험이 너무 세다~ 우리 그냥 승복하고 새 걸 하나 뽑죠? 유진이도 하나 뽑아봐야 하니까!"

"저 뽑아요!"

토할 것 같다.

"…박문대!"

"잠깐. 화장실."

나는 소파에서 벗어나서 조명이 가득한 방을 나갔다. 연결된 어두운 복도를 달려서 화장실에 들어갔다.

"허억."

다행히 목구멍에 올라오는 건 없었다. 아니, 다행이 아닌가? 행위에 집중하면 그만 생각할 수 있……

"닥쳐."

나는 세면대에 물을 틀고, 머리를 박았다.

찬물이 편했다.

"…문대야!"

"문대 씨, 괜찮아요?"

"형!"

밖에서 부르는 소리가 들렸다. 자체제작 컨텐츠라 다행이었다. 일반 방송이었으면 수습이 안 된다.

'나가야지.'

하지만 머리를 못 떼겠다. 좀 더 있다가… 조금만 더….

"그만."

나는 물에서 머리를 들었다.

그리고 물기를 대충 닦아낸 뒤에, 화장실 문을 열었다. 스탭과 멤버 몇 명이 문밖에 서 있었다.

"…죄송합니다. 좀, 속이 안 좋아서."

"아니에요. 괜찮으세요? 지금 촬영 가능해요?"

"……예."

큰세진이 끼어들었다.

"박문대. 여기 촬영 좀 미뤄도 괜찮대. 좀 쉬어야겠으면……."

"어차피 똑같아. 그냥 해."

나는 남은 물기를 털어낸 뒤에, 촬영을 계속했다.

그리고 이번에는 큰 문제 없이 마무리되었다.

"또 봐요 러뷰어~"

하지만 깨달았다.

이러다 X발 큰일 나겠다는 것을.

'대책을 세워야 한다.'

본격적인 촬영들은 다 마무리된 저녁. 나는 류청우가 있을 방으로 돌아가는 대신, 호텔 뒤편 정원으로 가서 상황을 정리했다.

일단 내 상태는 대놓고 PTSD다. 더 논할 여지도 없다.

문제는 이게 시간이 지나면 가라앉을 줄 알았는데, 이 지경이 되니 과연 그때까지 얼마나 걸릴지 슬슬 회의감이 든다는 점이다.

'…답이 없군.'

혹시 내 회복에 두세 달 이상 걸렸다간 차후 테스타 활동에 문제가 생길 지경이다. 그럼 정말 상태이상으로 죽어도 재시작이 가능하길 바랄 수밖에 없다.

'…다 끝장나도 괜찮겠다는 생각이 드는 게 더 문제지.'

정신머리가 어떻게 된 건 분명했다. 나는 한숨을 쉬었다.

지이이잉—

그 순간, 주머니에 넣어둔 스마트폰에서 진동이 울렸다.

꺼내서 확인하니, 예상 못 한 이름에게서 전화가 걸려오고 있었다.

[VTIC 청려 선배님]

청려였다.

"……후."

평소라면 그냥 안 받고 만다. 하지만 지금은 좀 받아봐야겠다. 이 X 같은 상태이상 보상을 받은 적 있는지 안 물어볼 수가 없군.

"…여보세요."

전화를 받자, 약간 의아한 목소리가 대답했다.

—흠, 바로 받을 줄은 몰랐는데.

"예. 그렇군요. 용건은?"

—오랜만에 연락한 건데 너무 그러지 말고… 잘 지내요?

"용건 없으시면 제 용건부터 말합니다."

—하하, 그래요.

"혹시 무슨 환영 같은 거 본 적 없습니까?"

-…환영?

"미션 하면서요."

-…….

전화 너머에서는 한동안 말이 없더니, 곧 대답이 들렸다.

-아, 무슨 문제 생겼구나.

"…!"

-성적? 회사? 아니지, 그런 건 아닐 테고… 좀 더 제어할 수 없는 요소인가. 그럼 인간관계?

"……."

-인간관계구나.

뭐 이런 새끼가 다 있나.

-스트레스가 극심한 상황 같은데, 음…… 내가 말하면 더 스트레스 받는다고 하니, 조언하기도 그렇고요.

내가 스트레스 때문에 환영을 본다고 생각한 모양이다. 그렇다면, 일단 이 새끼는 상태이상 보상은 받은 적이 없는 상태고.

조언이라.

"하세요."

-그래요?

어, 그래. 어차피 지금은 이놈한테 무슨 이야기를 들어도 아무 생각 안 들 것 같다. 재시작 관련해서 떠들게 놔둬 보자.

그러자 전화기 너머에서 차분한 목소리가 들렸다.

-스트레스를 받을 필요가 없어요.

"……."

—어차피 처음으로 돌아가면, 지금 하는 감정 소모는 아무 의미가 없거든. 그냥… 다음에는 제외하고 해야지. 그렇게 생각해요.

"……."

—어차피 없어지거든요.

…없어진다고.

나는 처음으로, 뚜렷하게 가정해 보았다.

진짜 돌아갈 수 있다고 치자.

나도 실패하면 20살 박문대 생일날로 돌아간다고 가정해 보자.

그래서 지금까지의 22살 박문대는 전부 없던 일이 되고, 처음부터 다시 만들어보는 것이다. 한 번 해봤으니 확실히 편하겠지. 로또 번호라도 하나 들고 가면 처음부터 보안 괜찮은 곳에서 살 수 있다.

그리고 처음부터 더 잘할 수 있었다. 이미 다 아니까.

〈아주사〉 첫 촬영부터 데뷔 후까지 터졌던 온갖 피곤하고 민망한 일들은 미리 피하면서, 더 괜찮은 인원으로 그룹이 만들어지도록…….

'아냐.'

…그러고 싶진 않았다.

웃기지만, 그렇게 해서 상태이상을 다 극복한다고 해도….

지금보다 마음에 들 것 같지가 않았다.

그 고생과 귀찮음이, 이 나이 어린 코찔찔이들과 함께 만든 모든 것들이… 어느새 내 성취라고 생각하게 됐기 때문이다. 그리고 다시 만든다고 해도, 절대 지금과 같은 의미일 수가 없었다.

물론 당장은 상황이 좀 거지 같았다. 그래도 이것 때문에 지금을 포기하기엔 수지타산이 안 맞았다.

"……."

머리가 좀 깨끗해졌다. 나는 입을 열었다.

"없어질 수도 있으니까, 더 잘해봐야겠군요."

—……그건.

"조언 감사합니다, 선배님."

—후회할 텐데.

"뭐, 하겠죠. 누가 뭘 한들 안 하겠습니까. 그럼 이만 들어가 보겠습니다."

나는 전화를 끊었다. 그리고 생각했다.

'이 새끼가 도움이 되기도 하는군.'

놀랍게도, 집 나갔던 이성이 청려와의 통화로 돌아온 것 같다. 그럼 객관적으로 현 상황에서 제일 좋은 선택을 찾아보자.

일단 이대로는 회복 기미가 안 보이면…… 답은 하나뿐이지.

'건강 문제로 활동 중단.'

경험상 약 먹으면서 한 달쯤 혼자 은둔 생활을 하면 좀 괜찮아질 것이다. 불화설보단 이쪽이 낫다. 회사에서 거절하면, 뭐… 불화설을 감수하는 수밖에는 없겠지.

다른 놈들한테 대충 류청우 얼굴을 보면 사이코패스가 될 것 같다고 설명하면 박문대와 류청우의 접점을 최대한 없애줄 것이다. 서로 불편하겠지만, 요양하겠다는 놈 잡은 회사 탓이니 회사에 항의하라고 말해둬야겠다.

그래도 최대한 피해가 없는 쪽으로 하고 싶으니 웬만해서는 활동 중단을 회사 측에서 받아줬으면 좋겠다.

'이 정도인가.'

나는 정원을 벗어나서 방으로 돌아가기 시작했다. 좀 진정됐으니, 그놈과 인사 정도는 가능할 것 같았다.

'이 썸머 패키지 촬영이 끝날 때까지는 어떻게든 버틴다.'

다른 수가 없고 어차피 내일 떠날 때 엔딩 컷만 따면 끝이니까.

참으면 그만이다.

하지만 방문을 열고 들어가자 상상도 못 한 광경이 보였다.

"…왔어?"

류청우가 탁자에 넘치도록 술병을 올려둔 채로 의자에 앉아 있었다.

"……."

나는 천천히 뒷걸음질 쳐서 문밖으로 나간 뒤, 도로 문을 닫…….

"카메라 다 수거해 갔어. 마셔도 돼."

"……."

그 순간, 나는 내가 술을 간절히 마시고 싶었다는 걸 깨달았다.

'망할.'

이 상황에서 술을 마셔봤자 좋을 게 없다는 걸 알긴 한다. 근데…….

"자."

나는 손을 뻗어 술병을 받았다. 그리고 위를 땄다.

그대로 입에 꽂았다.

그때야 내 주둥이가 벌벌 떨리고 있다는 걸 깨달았다. 이빨이 딱딱 병 입구에 부딪히는 소리가 났다.

"……."

나는 몸을 돌려 선 채로, 계속 술을 목에 들이부었다. 아무 생각도 안 들었다.

그때, 목소리가 들렸다.

"너 나한테 뭐 참고 있지."

"……."

"참다가 터뜨렸을 때 돌이킬 수 없는 상태가 될까 봐 그냥 참는 거야. 맞지?"

탄산이 새는 소리가 들렸다.

"그냥 말해. 난 이런 걸로 상처 잘 안 받으니까."

그러니까 X발 내가 말해도 넌 모르는 상황이란 말이다. 이건…, 이건 도저히 상식으로 이해될 상황이 아니지 않은가.

심지어 이 새끼 잘못은 전혀 없다. 애초에 내가 이놈 이름도 몰랐던 걸 보니, 안면도 별로 없는 먼 친척이다. 풍산 류씨들이 워낙 같이 뭘 많이 해서 얼결에 같이 갔겠지.

'그리고 애가 그렇게 큰 사고 났으니 저놈 부모님도 다른 일을 신경 쓸 겨를도 없었을 거고. 그러니까, 장례식에서도, 못 봤…….'

나는 다시 술을 목에 꽂았다. 견딜 수가 없었다. X발.

새 병을 집어 들었다. 다시 침착한 목소리가 들렸다.

"…좋아. 그럼 네가 용납 가능한 선에서만 말해봐. 절대 말 안 할 테니까."

"……."

"회사니 병원이니 하는 소리도 안 할 거야."

그 순간, 생각도 안 해본 소리가 입 밖으로 튀어 나갔다.

"부러워서."

"응?"

"부럽다고."

그리고 말하면서 동시에 깨달았다.

난 이 새끼가 부러웠던 것이다.

내가 류청우처럼 그날 여행에 따라가서 다쳤다면, 그래서 부모님이 날 따라 앰뷸런스에 타느라 그 망할 펜션에 안 갔으면… 하고.

단순히 그 사고가 연상돼서가 아니라, 이 새끼가 얄미웠다. 인생 최대의 행운을 시련으로 이야기하는 꼴을 보니 배알이 뒤틀렸던 것이다.

"부모님 멀쩡하고 하고 싶은 거 다 하면서 살아서… 부럽다."

"…!"

나는 다 마신 술을 내려놓고, 숨을 몰아쉬었다. 이딴 미친 소리를 지껄였는데…… 이상하게, 속이 시원했다.

류청우는 한참 대답이 없었다.

그리고 잠시 후에, 술병을 하나 더 건넸다.

"그때 자다가 기억났어?"

"뭐?"

"래빈이한테 들었어. 네가 자다가 예전 기억 떠올리는 것 같다고."

"……."

"내가 교통사고 후유증 이야기 꺼낸 게… 배부른 소리 같았겠구나."

…아무래도 '박문대'의 부모님이 교통사고로 돌아가신 것으로 오해하는 것 같았다. 가족이 교통사고로 죽은 놈 앞에서, 교통사고 후유증

으로 징징댄 것처럼 느껴졌나 보다.

…비슷, 하긴 했다.

"미안하다, 그런 말 해서."

"사과할 건 아니잖아."

"그래도 사과 들으니까 기분 좀 괜찮잖아. 봐라, 너랑 오랜만에 대화하네."

"……."

"문대야. 좀… 편하게 이런 이야기 해도 괜찮아."

류청우가 술병을 하나 더 땄다.

"사람이, 공포와 고통 앞에서… 원래 좀 화내고 남 탓도 하고, 그래도 괜찮거든."

"……."

"나는 겨우 양궁 그만둘 때도 그랬어. 아마 그런 진상이 없었을 거야."

류청우가 희미하게 웃었다.

"근데 넌 못 그러는 것 같다. 괜찮으니까 지금이라도 좀 해봐. 사람이 어떻게 매번 합리적으로 살겠어."

"……."

나는, 병을 내려놓았다. 손이 좀 떨렸다.

"…안 힘들게 살고 싶었는데."

그럭저럭 괜찮게 지냈다고 생각했다. 고등학교 졸업할 때까지는 여기저기서 지원도 받았고, 손재주가 좋아서 생활비도 어떻게든 구해왔고.

그렇게 최악은 아니었다고 생각했지만, 사실 별수 없으니 참은 거지… 참 싫었나 보다.

"근데 그렇게 못 살아서 X 같다."

"⋯⋯그래."

"좀, 버겁고."

새 술을 뜯었다.

이런 걸 말하고 나면 당연히 찝찝할 줄 알았는데, 의외로 괜찮았다. 술이 들어가서일지도 모르겠지만⋯ 어쨌든, 당장은 그랬다.

나는 천천히 목을 축였다.

취해서 확실하진 않지만, 그 후로도 맥락 없이 단어나 문장만 늘어놓은 것 같다. 류청우는 특별히 끼어들지는 않았지만, 가끔 반응했다. 그러다가 마지막에서야 말을 꺼냈다.

"병원 이야기 안 하기로 했지만⋯ 그래도, 한국 돌아가면 상담은 받는 게 낫겠어. 아현이랑 같이."

"⋯⋯."

"정신이 이상해 보여서가 아니라, 힘들어 보여서 하는 말이야."

"그래."

"돈도 많이 받았는데, 널 위해서 좀 써."

"그래."

나는 술을 삼켰다.

"근데 아직도 너 보기 힘든데."

류청우는 잠깐 얼빠진 얼굴이더니, 곧 처음으로 소리 내서 웃었다.

"하하, 천천히 가자. 우리가 한두 달 얼굴 볼 것도 아닌데, 좀 거리 두고 시간 보내도 괜찮겠지."

"⋯⋯그래."

맞는 말이었다.

"근데 문대야. 존댓말은 좀 써라. 너 갑자기 반말이다?"

"……!"

완전히… 잊고 있었다.

나는 요청대로 존댓말은 회복한 채로 술을 계속 마셨다. 대화 화제
는 약간 비껴갔고 마주 앉지는 않았지만, 그렇게 거북하지는 않았다.
그리고 그 술병들이 모두 룸서비스라 미친 가격이 청구되었다는 것은
다음 날 알았다.

하지만 그다지 아깝진 않았다.

그리고 한국에 돌아온 뒤에는, 다행히 일정 중간중간 혼자 시간을
보낼 만한 새 스케줄이 기다리고 있었다.

미국에 오느라 미뤄뒀던 개인 출연이었다.

"형 정말 죄송합니다. 제가 선부르게 임의로 상황을 판단하기 위해
형이 공유해 주신 사적인 경험을 함부로……."

"괜찮다니까."

한 번만 더 들으면 다섯 번째다. 나는 김래빈의 사과를 약간 진절머
리 내며 받았다.

'누가 보면 누명이라도 씌운 줄 알겠군.'

이놈이 한 일이라곤 '문대 형이 취침하다가 예전 일을 기억해 냈다고

말했다'라고 멤버들에게 알려준 것뿐이었다. 아마 그것도 겁에 질리거나 긴장해서 했을 확률이 높았다. 그걸 토대로 내 지랄발광을 어떻게든 해석해서 대응해 보려고 했던 것일 테니 말이다.

'……나름 잘 감췄다고 생각했는데.'

착각이었다.

한국 와서 썸머 패키지 촬영분을 확인해 보니, 내 분위기는 더럽게 어색하고 우중충했다. 나라도 뭔 일 날까 봐 취급 주의했을 몰골이다.

심지어 이놈들이 걱정하거나 긴장하는 기색까지 간간이 카메라에 잡혔다. 촬영이 무사히 진행된 건 전적으로 혼자 두 배쯤 더 떠든 큰세진 덕이었다.

'…류청우는 자제했지.'

촬영 초반부터 내가 본인에게 거북함을 느낀다는 것을 깨달은 게 분명했다. 나는 침음성을 참으며, 김래빈에게 말했다.

"그러면 나야말로 사과해야지. 분위기 흐려서 미안하다."

"예?? 절대 아닙니다! 애초에 촬영이 연속적으로 진행되는 상황에서 발생한 돌발 상황을 사과하실 필요가……."

"그래. 같은 의미로 너도 사과할 필요 없어."

"…! 알겠습니다. 감사합니다!"

'왜 사과할 필요가 없는지' 납득을 시켜주니 드디어 김래빈이 말을 멈추고 인사 후 나갔다.

"들어가 보겠습니다. 편안한 휴식 시간 보내시길 바랍니다."

"그래. 너도."

즉시 방이 조용해졌다. 룸메이트 하나는 스케줄로 부재중이고 남은 하나는 취미가 얌전한 덕분이었다.

'세상이 고요하군.'

나는 한숨을 쉬며 침대에 몸을 묻었다. 다만 옆 침대에서 또 소리가 났다.

'…조용하다고 한 지 3초도 안 지났다.'

배세진이었다.

"…좀, 괜찮아?"

"예? 예."

뻔한 대답이지만, 실제로도 내 상태는 제법 안정적이었다. 막판에 술 마시고 좀 털어서 그런지, 아니면 일 터졌던 낯선 나라를 떠나 익숙한 숙소의 방으로 돌아와서 그런지는 모르겠으나 직전처럼 못 견디겠다는 느낌까진 아니었다.

그냥 문득 기억나면 식은땀이나 나는 정도다. 그래서 나는 흔쾌히 설명을 덧붙일 수 있었다.

"이제 촬영 방해할 일은 없을 겁니다. 걱정 마세요."

"그, 그런 걱정은 안 했어!!"

배세진은 소리를 빽 지르더니, 자기가 놀랐는지 읽던 책을 도로 휙 치켜들었다.

"……."

뭐 어쩌라는 거지.

어쨌든, 그래서 썸머 패키지 촬영분을 확인한 뒤 바로 오늘을 체크해 놨다. 바로 썸머 패키지가 시중에 풀리는 날 말이다.

'혹시 모르니까.'

나는 스마트폰을 들어서 드디어 쭉 모니터링을 개시했다.

"……흠."

혹시 했는데 다행히 별문제는 없었다. 편집의 마법을 거치고 나자, 내 태도가 적당히 소극적인 정도로 바뀌었기 때문이다.

반응도 나쁘진 않았다.

-문대 진짜 몸 안 좋았나보다 티 안 내려고 노력하는 게 보여서 더 마음 아파ㅠㅠ
-박문대 눈깔 동태 다 됐네 의욕 박살 초심 박살 으휴
  └응 아냐 존나 아파 보이는데 무슨 개소리
  └아파서 덥라에도 못 나온 애한테 못 하는 말이 없어 미친 새끼가
-애들이 문대 챙겨주는데 진짜 마음 따뜻해짐 테스타 영원해
-썸패에서 조곤조곤 얌전 댕댕쓰 (문대 GIF)

'역시 날카롭게 리액션하느니 리액션 자체를 줄이는 게 맞았어.'

최대한 다른 멤버나 상황에 반응과 내 감정 표출을 줄인 쪽이 올바른 선택이었던 것 같다.

물론 드문드문 '박문대 초심 어딨어' 같은 유의 어그로 계정이 보이긴 했지만, 호응을 얻지 못하고 두들겨 맞은 뒤 사라지는 추세였다. 단발성인 데다가 촬영 전에 W라이브까지 빠졌던 덕에, 정말 아팠다는 쪽으로 여론이 잡힌 덕이었다.

……약간, 양심에 찔리긴 했다.

'특별히 아팠던 건 아닌데 말이지.'

아프다는 변명을 이미 한 번 써먹었으니 앞으로 반년쯤은 몸 관리를 정말 제대로 해야겠다. 또 아프면 그때부턴 단발성이 아니게 되고, 그럼 괜한 소리가 제대로 나올 수도 있었다.

이런 썸머 패키지들은 팬들만 구매해서 보는 편이라 대충 넘어간 것 같지만, 앞으로는 알 수 없다.

'조심해야겠군.'

나는 어깨를 으쓱하며 스마트폰을 껐다. 깔끔한 인터넷 상황을 보니 당시에 좀 무리하길 잘했다는 생각이 들었다.

…그리고, 그때 약속한 것도 지키는 중이다.

삐삐비빅.

[상담 시간]

마침 스마트폰에서 울리는 알람을 끄자, 또 슬그머니 배세진이 말을 걸었다.

"…가게?"

"예."

"잘 생각했어."

"뭐, 그렇죠."

선아현이 상담받으러 가는 시간에 나도 상담을 받기로 한 것 말이다. 덕분에 오늘도 스케줄에서 돌아온 선아현과 맞춰서 외출했다.

"무, 문대야. 끝나고 나올 때 연락하자…!"

"어… 그래."

그런데 솔직히 말하자면, 큰 소용은 없었다.

"그럼, 최근에 하신 가장 큰 걱정이 어떤 걸까요?"

"…남들 다 하는 걸 저도 하죠."

"그래요~ 어떤 예시가 있을까요?"

"음, 일을 제대로 할 수 있을지에 대한 걱정도 있고."

상담사에게 '상태이상 해결 못 하면 뒈지는데 이 새끼가 이상한 환영까지 보여줘서 PTSD 증상이 발작처럼 튀어나온다'라고 말할 수는 없는 노릇이기 때문이다. 그냥 보여주기식으로 하는 것이다.

"문대 선생님. 지금도 충분히 잘하고 계시거든요. 혹시, 본인한테 좀 더 너그러워도 괜찮겠다는 생각은 해보신 적 없나요?"

"……약간은, 하죠."

뭐, 그래도…… 전문가에게 털어놓는다는 감각 자체가 주는 안정감이 있긴 했다. 곤두선 신경이 좀 수그러들고 내면의 침착함이 견고해지는 느낌이.

여기에 국내 활동기가 아닌 덕에 그렇게까지 과하진 않은 스케줄이 바탕이 되자, 드디어 '그것'을 재시도해 볼 생각이 들었다.

상담을 마치고 돌아온 숙소의 화장실 안. 나는 숨을 들이켰다.

"……상태창."

등골에 소름이 쭉 돋았지만, 때려치울 정도는 아니었다. 그렇게 나는 오랜만에 상태창을 확인했다.

…새 상태이상을 제대로 확인하기 위해서.

['관객이 아니면 죽음을']
: 정해진 기간 내로 20만 명 이상의 관객과 만나지 못할 시, 사망
달성 인원 : 2,219 / 200,000
남은 기간 : D-339

'미쳤나.'

이번에도 수치가 양심이 없다.

20만? 이건 무조건 해외 투어를 해야 하는 숫자였다. 그나마 행사 덕에 지금 달성 인원에 이천이 찍혀 있긴 한데, 이것도 한계가 있었다. 1년 내내 행사가 있는 것도 아니니까.

계획대로라면 가을쯤에는 국내 콘서트를 시작으로 투어를 할 것 같으니 시기상의 문제는 없긴 한데… 이젠 규모의 문제였다. 아예 일찌감치 포기할 수준은 아니고 행사 등등 합치면 얼추 도전해 볼 만한 정도다.

'결국 앨범을 잘 내는 수밖에 없군.'

다시 원론적인 이야기로 돌아왔다.

…그래도 이게 마지막이라고 생각하니, 좀 평온이 돌아오긴 했다.

'대상이 아닌 게 어디냐.'

나는 약간 후들거리는 손으로 상태창을 돌려보내려 하다가… 문득, 손을 쓸 필요가 없다는 사실을 깨달았다. 머리가 제대로 안 돌아가고 있다는 뜻이다.

'…정상이 아니군.'

상태창이 사라졌다. 나는 세면대에 또 고개를 처박고 싶은 충동을

참았다. 그리고 생각했다.

'…대체 뭘 바라는 거야.'

이 상태창이라는 게 왜 저러는 건지 도저히 모르겠다.

첫 보상으로 박문대… 그러니까, 진짜 박문대의 사정이 떴을 때나, 두 번째로 청려의 사정을 구구절절 알려줬을 때는 좀 달랐다. 나는 그것들이 현 상황이 어떻게 돌아가고 있는지에 대한 힌트라고 생각했었다.

하지만 내가 미국에서 본… X발, 아무튼, 그건, ……아니지 않은가.

어떤 해명도, 어떤 도움도… 아니지 않은가.

"……후."

그만하자.

나는 심호흡을 하고, 머리를 비웠다. 어차피 더 생각해 봤자 답이 나오는 것도 아니다. 그냥, 할 일을 하자.

그게 최고였다.

'우선, 당면한 가장 큰 스케줄부터.'

바로 내 개인 스케줄이다. 류청우랑 술 처마시고 털었을 때부터 떠올렸던.

'혼자 일하는 시간이 좀 있는 것도 나쁘지 않지.'

…사실, 한국에 오고 나서 류청우와 각 잡고 대화한 적이, 없다.

인사나 가벼운 잡담, 카메라 앞에서 대본 정도는 이제 큰 무리 없이 말하는데 그 이상은… 전적이 있다 보니 섣불리 시도하기 좀 그렇단 말이지.

'거리두기를 이걸로 해야겠군.'

나는 기껍게 개인 스케줄 일정을 받아들였다.

─문대야, 괜찮겠어? 너무 빠르지 않아?

─괜찮습니다.

그리고 실은, 다소 기대가 되는 부분도 있다. 지난번에 찍었던 스탯이 바로 이 예능을 위해서였기 때문이다.

'오히려 생각보다 늦게 하게 됐어.'

기분 전환으로 도전하기 딱 좋은 상황이었다. 나는 쓸데없는 찌꺼기를 머릿속에서 몰아내고, 깨끗한 사실만을 생각하며 픽 웃었다.

이건 노래 부르는 예능이다.

그리고 현재 내 가창 스탯은…… S─였다.

〈내가 만든 가수님〉

최근 MBS에서 크게 히트를 치고 있는 예능이다.

정체를 감춘 유명인들이 나와서 노래를 부른 뒤, 서바이벌로 우승자를 뽑는다는 이 프로그램의 포맷은 어쩌면 다소 식상했다. 당장 MBS 당사에서도 그 포맷으로 대히트를 쳤던 종영 예능이 있었으나, 이 〈내가 만든 가수님〉에는 독특한 차별점이 있었다.

바로… 출연진들이 직접 나오지 않는다는 점이었다.

그렇다. 그들은 홀로그램으로 스테이지에 등장했다. 그것도 자신을 그대로가 아니라, 본인들이 설정한 '캐릭터'로.

출연진들은 외양부터 성격, 취향, 나이까지 프로필을 만들어서 마스코트 가수 캐릭터를 제작했다. 그러면 대기업의 지원을 받은 홀로그램 기계가 스테이지에 그 캐릭터를 구현해 줬다.

시청자들은 링크된 출연진의 무대 아래 모션까지 구현하는 최첨단 테크놀로지의 맛에 신기해하면서, 익숙한 포맷 덕에 위화감 없이 빠져들었다.

그래서 여기 채널을 뒤적거리며 돌리던 고등학생도 이 예능의 익숙한 스테이지 화면을 보고 리모컨을 멈췄다.

"오~ 짭가수~"

속된 별명을 부르며 킬킬대던 남고생은 별생각 없이 화면을 주시했다.

그의 누나는 테스탄지 테스턴지 하는 놈들 본다고 자기 방에 들어갔다. 아마 한동안은 뺏길 걱정 없이 편하게 TV 앞에 누워 있을 수 있을 것이었다.

마침 프로그램은 중간광고가 끝나고 막 2부를 시작한 참이었다.

[상상력이 현실로 이루어지는 서바이벌 무대!]

[〈내가 만든 가수님〉! 그 다섯 번째 무대에 올라올 '가수'가 지금! 준비되었습니다!]

[와아아아아!]

야구선수부터 삼각김밥까지, 종을 가리지 않는 스펙트럼의 예측 불가 캐릭터가 뜬금없이 등장하는 신은 언제나 꽤 재밌었다.

'이제 공룡 한 번 더 나올 때 됐지~ 아 노잼 나오지 말아라!'

지난번 우승자인 붉은 외눈박이 앞발 짧은 공룡, '티라노사우론'을 떠올리며 고등학생은 히죽 웃었다.

MC가 활기차게 외쳤다.

[이번 가수~ 등장합니다!]
[그의 이름은……]

두구두구. 드럼 롤과 함께 스포트라이트들이 어지럽게 무대를 오가자, 키 큰 인영이 스르륵 구성되어 무대 위에 나타나기 시작했다.

하얀 예식용 정장.

흡사 화려한 결혼 예복 같은 옷을 걸친 맵시 좋은 몸 위로는 흰 면사포가 덮여 있었다. 그 뒤로 하얀 나비들이 스르륵 날아가는 홀로그램이 인영을 휘감고 사라졌다.

'아 또 인간이야~'라고 고등학생이 야유하려던 찰나, 클로즈업되는 면사포 너머가 보였다.

얼굴이 있어야 할 자리. 그 대신 화려한 색색의 꽃들이 부케처럼 자리 잡고 있었다.

"헐."

[환영해 주십시오, '5월의 신랑'입니다~]

인위적으로 삽입한 것 같은 환호와 박수가 화면에서 울렸다. 그 소리와 함께, '5월의 신랑'이라는 이름의 가수 캐릭터 홀로그램 앞에 마이크가 나타났다.

대리석으로 조각된 스탠딩 마이크였다.

'5월의 신랑'은 정중하게 허리를 숙이더니, 하얀 장갑을 낀 두 손으로 그 스탠드 마이크를 잡았다. 현실에 존재할 일 없는 대리석 스탠드 마이크에는 화려한 꽃 덩굴과 흰 레이스가 얼기설기 엮여 있었다.

[과연 '5월의 신랑'은 어떤 목소리를 들려줄 것인가!]

화려한 꽃 부케의 오브젝트 헤드가 주는 충격에서 겨우 벗어난 고등학생은 발바닥을 턱턱 쳤다.

"컨셉충 뭐냐."

여자애들한테 멋있어 보이려는 것 같아서 슬쩍 반감이 들었다. 하지만 웨딩의 화려하고 청순한 이미지를 뚫고 나오는 약간 으스스하고 기이한 느낌이 재밌었다.

'가오 잡는 놈들이 원래 노래는 X니 못하는데.'

고등학생은 그 호감을 애써 부정하며 화면을 봤다.

반주가 시작되고 있었다. 영롱한 두 대의 피아노 소리와 밝고 경쾌한 브라스 소리가 드럼 박 위로 피어올랐다.

─가장 아름다운 마음으로
당신에게 건넬 나의 고백

"어?"

아주 유명한 청혼가였다.

본래 총 10명이 나오는 1차 예선전에서는 이렇게 캐릭터 컨셉에 충실한 곡을 부르는 것이 룰이었다. 그래서 당연히 예측 가능한 선곡이었으나, 단 하나 시청자가 예측하지 못한 지점이 있었다.

노래를 정말 잘했다.

-꽃 핀 5월에
흐드러지는 우리의 청춘
더없이 선량한 마음으로
당신에게 드릴 나의 사랑

단정하고 청초한 목소리가 낮고 풍성한 음을 냈다.

미친 듯이 전율이 이는 고음이나 테크닉은 아니었다. 하지만 이 곡에 더없이 어울리는 목소리였다.

마치 이 곡은 원래 이렇게 불러야 하는 것처럼 들리는.

-사랑이 들리면
나를 생각해 줘요
오늘도 내일도
그대를 사랑해요

삐걱거리거나 아쉬운 부분 없이, 이대로 계속 듣고 싶은 아름다운 노래였다.

그리고 예선전에서는 1분 30초의 시간만 허락되었기에 딱 감질날 시점에 곡이 끊겼다.

[달콤한 청혼의 노랫소리]

박수와 자막 너머로, 곡을 마친 '5월의 신랑'은 다시 한번 정중히 허리를 숙였다.

"오올."

좀 하네? 고등학생은 고개를 까닥거렸다. 아마 배우나 모델은 아니고 가수인 것 같았다.

'발라드 가순가?'

폭발적인 가창력은 아니었지만, 무난히 1차는 통과할 수 있을 것 같았다.

[울림이 풍성한 게, 내공이 느껴진달까?]
[너무 아름다운 목소리였어요~]
[확실히 가수신 것 같습니다.]

심사위원으로 초청된 음악인들이 뭐라고 말을 하든 '5월의 신랑'에게선 특별히 반응이 없었다. 그냥 단정한 자세로 서서 질문에 고개를 기웃거렸을 뿐이다.

즉, 부케가 흔들거렸다는 뜻이다.

"아 컨셉충 아 씨."

예능 출연하는 옛날 가수 아니냐며 고등학생은 진절머리를 냈다. 동작이나 분위기가 그럴싸해서 자꾸 몰입되는 게 자괴감이 들 지경 이었다.

[잘 들었습니다~]

이윽고, 심사평을 다 들은 '5월의 신랑'은 무대 위에서 스르륵 사라 졌다.

이어진 1차 무대들은 한두 개 빼고는 고만고만했다. 중간광고 이후 발표한 본선 진출자의 명단이 뻔했다는 뜻이다.

[본선에 진출할 세 번째 가수는… '5월의 신랑'입니다!]

'그럴 줄 알았지.'

고등학생은 6명의 진출자를 한 명 빼고 다 맞힌 자신의 안목에 스 스로 감탄했다.

'나 진짜 쩐다.'

이때까지만 해도 고등학생의 머리에 '5월의 신랑'의 다음 무대에 대 한 기대는 없었다. 1차에서 보여준 게 한계라고 생각했기 때문이다.

'음색빨로 미는 놈에 천 원 건다.'

그리고 잠시 뒤.

그의 천 원은 무참히 사라진다.

[아아아아아악!!!]

"…?!"

고등학생은 입을 떡 벌렸다.

…일이 이렇게 된 것에는 몇 가지 배경이 있다.

6명이 진출한 본선에서는 지정곡을 불러야 했다. 그래서 출연진들은 제작진이 제시한 세 곡 중 하나를 본선용으로 미리 연습해 왔는데, 원래는 이 과정에서 어떤 캐릭터가 어떤 곡을 선곡했는지 보는 맛, 그리고 같은 곡을 선곡한 출연진들을 비교하는 재미가 있었다.

다만, 이번에는 이변이 일어났다. 무려 4명이 같은 곡을 고른 것이다. 바로 '겨울밤'이라는 90년대 발라드 명곡이었다.

그리고 '5월의 신랑'도 이 확률을 피해가지 못하고 해당 곡을 선곡했다. 4명이나 되는 탓에 편곡도 겹칠 수밖에 없는 상황이었다.

하지만 '5월의 신랑'은 약간의 편법을 썼다.

—이 새벽에 취하여
노래를 불러도
겨울밤은 여전하네
눈바람이 세차네

그는 이별의 슬픔이 애절했던 발라드곡을 비장미가 넘치는 뮤지컬 스타일의 고급스러운 오케스트라로 편곡해 버렸다.

무슨 뜻인가 하면, 클라이맥스의 고음이 무지막지했다는 뜻이다.

─눈물 흘린 밤이 가면
눈 시린 아침이 오면
창가의 햇살로 다시
찾아올 나를

원래는 저음으로 마무리되는 음도 쭉 끌어 올려서 초고음으로 당겨 버렸다. 다정하고 조곤조곤한 첫 곡과 대비되는, 넘치도록 휘몰아치는 고음과 심지 단단한 발성이 충격적으로 다가왔다.

그리고 라이브 무대에서 이런 성대 묘기 대행진은 유구하게 잘 먹혔다.

[와아아아아!!]

끝난 뒤 박수와 환호가 첫 무대와 비견될 바가 아니었다. 본래는 여운을 망칠 만큼 과한 고음도, 웅장한 편곡 덕에 전율만 주고 끝났다.

콜로세움에서 1:3 맨몸 결투로 승리한 꼴이었다.

"개쩐다."

고등학생은 육성으로 감탄했다. 예능이나 나오는 퇴물가수라고 추측했던 것은 어느새 '시대에 밀려 빛을 보지 못하는 진짜배기 가수'로 탈바꿈되었다.

'보정 감안해도 탑티어에 비비는 거 아니냐?'

저 정도면 컨셉충이어도 인정이다. 고등학생은 고개를 끄덕였다. 예술병 걸린 인디 가수나 저런 걸로라도 멋있어 보이려는 아재로 추측을 구체화하고 있는데, 문득 뭐가 보였다.

자신의 생물학적 연장자 여성이었다.

"……너 뭐 하냐?"

고등학생의 누나, 김래빈의 팬은 입을 떡 벌린 채로 TV를 보고 있었다. 아무래도 '5월의 신랑'이 노래를 부르는 것을 오며 가며 들은 모양이다. 아니면 듣다가 너무 대단해서 뛰쳐나왔거나.

고등학생은 괜히 으쓱해져서 말했다.

"크, 봤냐? 이런 게 진짜 가수지!"

누나도 결국 그 춤추는 비리비리한 남자 아이돌들이 아니라 이 진가를 알아본다고, 고등학생은 오랜만에 나타난 공감거리에 뿌듯해했다.

김래빈의 팬이 외쳤다.

"저거 문대잖아…!"

"……?!"

고등학생은 잠깐 귀를 의심했다.

박문대라면… 누나가 좋아하는 남자 아이돌 중 하나였다!

"개소리 마세요, 저런 목소리 아니었다~ 저렇게 부른다고?"

"그냥 들어도 문대라고 멍청아!"

"아 X나 쪽팔리게 왜 그러냐고!"

남매는 서로 삿대질하며 소리를 지르기 시작했다. 그리고 이 대화는 인터넷상에서도 그대로 이루어지고 있었다.

"잘 들어가세요, 문대 선생님~"

"감사합니다."

이번 주 상담을 끝내고 돌아오는 길, 같이 왔던 선아현은 화장품 단독 광고 촬영 때문에 이미 문자로 인사 후 촬영장으로 떠났다.

[문대야 어제 스케줄 때문에 네가 출연한 〈내가 만든 가수님〉 모니터링 못 해서 아쉬웠는데, 나는 오늘도 스케줄이 촘촘해서 나중에야 보게 될 것 같아 더 아쉬워. 내가 어떻게든 시간 내서 꼭 보고……(더보기)]

'…이번에도 장문이군.'

거의 편지다. 나는 '정말 괜찮으니 쉴 때 쉬어라'라는 내용을 넣어 적당히 답장했다.

'그러고 보니, 확인하기 좋은 타이밍인가.'

내 무대… 그러니까, 내가 만든 '5월의 신랑'의 무대 말이다. 어젯밤에 본방송이 끝나자마자 인터넷에 클립도 업로드되었을 테니, 슬슬 충분히 반응이 쌓였을 것이다.

'지금 봐두자.'

나는 위튜브에 접속했다.

[신부를 찾습니다. | '5월의 신랑' - <5월의 어느 날> | <내가 만든 가수님> 예선 무대 | 202×0611]

다행히 두 무대 모두 조회수가 꽤 괜찮았다. 아무래도 첫 무대에선 특별히 고조가 없는 곡을 불렀으니, 조회수가 좀 적을 수도 있다고 생각했는데 말이다.

하지만 캐릭터의 조형에 더 관심을 가진 사람들이 은근히 많았나 보다.

-시발 부케 헤드 미쳤나 개좋아ㅜㅜ
-솔직히 꽃대가리 좀 무서운데 노래 부르는 순간 다 날아가고 미남으로 합성됨
-청혼 감사합니다 식장은 어디인지?
-캐릭터 몰입한 것 좀 봐 꽃이 귀엽고 잘생길 일이냐고ㅋㅋㅜㅜㅜ
-하얀 정장에 면사포? 꽃 달린 스탠드 마이크? 미남이 아니면 용납할 수 없는 조합임 고로 미남일 것이다

"오……."

설정한 캐릭터랑 어울리는 곡이라 그런지 생각보다도 몰입한 사람들이 종종 보였다.

'재밌다면 됐지.'

나는 어깨를 으쓱하고, 다음 영상을 확인했다. 본선에서 부른 '겨울밤' 영상에 달린 댓글은 이런 기조였다.

-진짜 존나 잘한다 속이 뻥 뚫림
-하루종일 틀어놓고 있다 음원 내줘ㅜㅜ
-다음 주 우승각 봅니다~

-누군지 참~ 궁금하네요^^ 움직임만 봐도 가슴이 콩딱거리게 잘생긴 것이... 참 기대가 됩니다...

-머리는 괴상한데 노래는 천하일품입니다.

-신부가 요절해도 참으로 저승까지 가서 찾아올 명가수 신랑이다

…아무래도 좀 예스럽게 편곡해서 그런지, 어르신들의 취향에 잘 맞았나 보다. 어쨌든 전체적으로 호평과 기대로 댓글이 넘실거렸다. 나는 등을 폈다.

'전략이 괜찮았나.'

첫 번째, 두 번째 무대가 같은 화에 방영된다는 점을 고려했다. 그렇다면 둘 다 첫인상이 될 테니 빌드업용 구성을 쓴 것이다. 첫 무대가 약해도 어차피 한꺼번에 뒷무대까지 보게 될 테니까.

그래서 첫 무대는 약간 약해도 캐릭터를 살리는 쪽으로 하고, 강한 편곡을 뒤로 뺐다.

'잘 통한 것 같아 다행이군.'

나는 피식 웃었다.

그러나 무대 반응을 최신순으로 정렬하면, 약간의 갈등이 드러났다. 추려내 보자면 이런 식이다.

-박문대 맞는 것 같은데...

-박씨도 노래를 잘하긴 하지만 아닌 것 같아요 음색도 다르고~

-바보들아 아이돌들 이런데 나오면 일부러 정체 감추려고 웃긴 캐릭터 만듬 대놓고 멋진 캐릭터 만든 거 보니까 아이돌 아님 ㅇㅋ?

└그 발상을 역으로 찔러서 아이돌일지도?

　　└노래 잘하는 아이돌 많긴 한데... 흠 아주사에서 본 박문대가 이 정도 수준 아니었음

　　└미국 프로그램에서 부른 거 한번 보세요 진짜 잘해요 전 박문대 맞는 듯 (링크)

　　└오 잘하긴 하는데 목소리가 다름 신랑이는 아닌 듯

이런 식으로, 박문대라고 의심하는 의견을 낸 사람들이 소수파로 밀리는 판이었다. 그나마 '박문대'가 노래를 잘하는 것은 제법 알려진 덕에 특별히 비웃는 분위기는 아니라 다행이었다.

"흠."

노린 상황은 아니다. 사실 이렇게까지 '5월의 신랑'이 박문대라는 추측이 힘을 얻지 못할 줄은 몰랐다.

물론 추리하는 재미와 긴장감을 유지하면 더 좋을 것 같아서 일부러 목소리를 좀 다르게 내려고 노력하긴 했다. 평소 그룹에서 부를 때하고는 발성도 좀 다르게 해봤고.

'…그래도 긴가민가 헷갈리는 수준으로 잡으려고 했는데.'

박문대가 노래를 부르는 것을 많이 들어본 사람들은 눈치챌 수준이라고 생각했다. 그런데 캐릭터가 너무 강해서 그런가, 여론이 예상보다도 완고했다.

'적당히 이족보행 고양이나 할 걸 그랬나.'

나는 마지막까지 후보에 있던 괴도 고양이를 떠올리며 살짝 후회했으나, 곧 정리했다.

'이쪽이 더 마음에 들었어.'

사실 이건, 상담하면서 받은 조언을 좀 의식해 봤다.

─객관적으로 가장 좋은 선택 말고, 문대 선생님이 좋아하는 쪽을 고르는 연습을 해보는 건 어떨까요? 일주일에 한두 번이라도요.

─'내가 무엇을 좋아하는가'에 대해서 리스트를 작성해 보는 게 이번에 드리는 숙제예요.

뭐 전문가가 그렇다니, 한번 스케일 크게 해본 것이다. 이번 상태이상과 크게 관련 있는 문제도 아니니 괜찮겠지. 아무래도 고양이 발보단 인간 팔다리가 내 움직임을 따라 하는 게 보기 편했다.

'사람들도 좋아하는 것 같고.'

나는 어깨를 으쓱하고는, 도착한 숙소 앞에 내려서 발을 옮겼다.

'다음 주에 캐릭터 프로필이 공개되지.'

나는 미리 제작한 프로필을 훑으며 혹시라도 수정하고 싶은 부분이 있는지 확인하는 동시에, 숙소 문을 열고 들어갔다. 마침 거실에 앉아 있던 사람이 아는 척을 했다.

류청우였다.

"왔어?"

"네. 형."

"거기 아이스크림 사났다. 먹어."

류청우는 가볍게 냉장고를 가리키며 말하고는, 앉아 있던 소파 밑에서 자연스럽게 일어나서 몸을 돌렸다.

그 순간 알았다.

'지금 자리 피해주는 거냐.'

본인이 거실에 있으면 불편할까 봐 일어난다. 내가 거실에 마음 편히 있을 수 있도록 말이다.

'…허이고.'

어쩐지 어깨에 힘이 빠졌다. 남아 있던 거북함은 솟은 매듭이 풀리는 것처럼 수그러들었다.

나는 냉장고를 열며 류청우를 불렀다.

"형도 아이스크림 드시죠. 무슨 맛 드릴까요."

"…아, 그럴까?"

"네."

소파에 다시 걸터앉은 류청우가 씩 웃었다.

"그럼 난 오렌지 맛으로 줘."

그러자 뒤에서 누군가 신나게 달려왔다.

"저도 아이스크림 주세요!"

'어디서 튀어나왔냐.'

본능적으로 문법이 자연스러워진 차유진에게도 아이스크림을 하나 던져준 뒤, 소파로 가서 앉았다. 그리고 함께 〈내가 만든 가수님〉 재방송을 시청했다.

"머리가 꽃이에요! 멋져요!"

"고맙다."

"너 진짜 노래 잘 부른다. 문대야."

"별말씀을요."

그다지 불편하지 않았다.

내 무대가 전부 끝난 순간, 류청우가 물었다.

"다음 화, 방금 촬영하고 온 거지?"

"네."

"어땠어?"

"…재밌었죠."

나는 피식 웃었다. 다음 주 방영분이 상당히 기대됐으니까.

〈내가 만든 가수님〉의 준결승전과 결승전이 펼쳐질 다음 화가 방영되기 전주, 오랜만에 등장한 인상적인 홀로그램 캐릭터 덕분에 인터넷상에서는 가볍게 이야기가 오가고 있었다.

  -요새 쓸만한 캐릭터 소재 다 떨어졌는지 온갖 운동선수 뇌절이나 보다가 간만에 신박한 거 보니 재밌네요

  -이번 주에 프로필이랑 컨셉 아트 나오지? 기대된다나 공중파 보고 가슴뛰는 거 너무 오랜만이야 당혹스럽다…

  -음색 너무 좋아서 놀랐는데 그다음 무대는 아예 찢어발겨 놓더라 부케 머리에 두근거릴 일인가

  -봄날 신랑을 그대로 상징화해놓은 듯한 첫 무대와 비극의 미가 살아 있는 다음 무대까지. 모두 좋았습니다. (링크)

  -노래 진짜 잘한다 이건 무조건 우승이지ㅋㅋㅋㅋㅋ

아쉬운 부분 없이 전방위로 퀄리티가 좋았기 때문에 당연히 호평이 대세였다.

그리고 물론, 박문대의 팬들은 대부분 짐작했다. '5월의 신랑'이 박문대일 것이라고 말이다.

-솔직히 빼박이다

-빠인데 모르면 고막이 없는 거임

-아니 실력 더 늘었더라 그 미국 프로 때부터 확 목소리 질 좋아진 티 났는데 대체 어떻게 이게 가능한 거지

└천재라는 게 학계의 정론

-솔직히 캐릭터도 누가 봐도... 그 취향임 보자마자 혹시 했는데 목소리 들으니 역시나ㅋㅋㅋ

└ㅇㄱㄹㅇ 마법소년 만든 짬 어디 안 갔다고 진짝ㅋㅋㅋㅋ

하지만 수면 위로 나오지는 않았다. 하도 지랄 맞은 여러 견제를 겪어본 덕에 여론과 다르면 적극적으로 주장하지 않는 기조가 일단 잡혔기 때문이다.

어차피 정체가 드러나면 끝날 일, 팬들은 그 후 반응을 기대하며 자기들끼리도 발언을 삼갔다. 간혹 캡처해서 조롱하려 드는 미친놈들을 피하기 위해서였다.

그리고 대망의 〈내가 만든 가수님〉 후반부 방영일. '5월의 신랑'을 기대하는 이 사람들은 오랜만에 해당 예능 프로그램의 본방송을 기다

렸다가 시청하기도 했다.

그중에 이 남매도 있었다.

"봐라. 박문대다."

"응 망상 오졌죠~"

바로 김래빈의 팬인 대학생과 그녀의 남동생이었다. 남동생은 깐족거리자마자 누나의 욕설이 날아올 것을 각오했으나, 그런 일은 일어나지 않았다.

"……후."

대학생은 한번 참더니, 그냥 비웃음으로 넘겼다. 결과를 아는 자의 자신감이었다.

"너 뭐냐?"

"어 됐어. 방송이나 봐."

괜히 열 받은 고등학생은 씩씩거리며 TV로 얼굴을 돌렸다.

그래도 방송이 시작되는 순간에 남매는 싸움을 잊었다. 남은 출연진 3명과 지난 회차 우승자 1명이 치르는 준결승전의 첫 경기부터 '5월의 신랑'이 나왔기 때문이다.

[웅성거리는 관객들]

[야~ 기대되는데?]

[어떤 무대를 보여줄지 모르겠어요!]

지난 두 무대로 상황을 학습한 관객들과 심사위원들의 기대 어린 리액션이었다.

자막과 멘트가 교차하는 가운데, 무대 위에 드디어 '5월의 신랑'이 모습을 드러냈다.

"헐."

"나왔다."

날아가는 나비들, 그리고 면사포와 장갑의 무늬가 더 정교하고 자연스러워진 것이 대학생의 눈에 포착되었다. 홀로그램을 약간 보강한 듯싶었다.

'반응 오니까 돈 좀 써줬나 보지?'

1군 아이돌 메인보컬이 나왔는데 당연한 거 아니냐며 대학생은 코웃음을 쳤다.

"야, 한다, 한다!"

"조용히 해!"

어두운 무대 위, 홀로그램만 홀로 빛났다.

그리고 반주가 흘렀다.

달콤하고 맑은 바이올린과 오보에 소리가 공간을 채웠다. 무대는 밝고 화사한 빛으로 가득 찼다. 꽃들이 흔들리며, 신랑은 오른손을 들어 마이크 위에 부드럽게 올려놓았다.

─나의 세상은

슬픔이 없는 곳

오롯한 기쁨만

그대와 나눠요

"어? 저거…."

"쉿!"

감미로운 한 소절 뒤로, 좀 더 낮고 간절한 한 소절이 붙었다.

─나의 세계에는
어둠이 없어요
밝은 별빛이
당신을 비추리

"와……."

이번에는 방해가 된다며 서로 말릴 생각도 잊은 채, 남매는 입을 벌리고 화면을 봤다.

'5월의 신랑'은 남녀가 함께 부르는 듀엣곡을 혼자 부르고 있었다. 동화적인 노랫말과 서정적인 멜로디로 유명한 곡으로 대단히 낭만적인 선곡이었다.

그리고 한 가지 특징이 더 있다면, 결혼 축가로 많이 쓰인다는 것이다.

─때론 슬픈 날도
우릴 찾아오겠지만
이 세상에 머물러 줘요

─나의 사랑이
당신의 세상을

따스히 안아서
지킬 수 있도록

　본래 원곡은 두 사람이 서로 멜로디를 주고받으며 가사가 쌓이고 견고해졌다.
　하지만 '5월의 신랑'이 혼자 부르는 이 축가는 완전한 구애의 뉘앙스로 변해 있었다. 단아했던 예선 무대의 청혼곡과 달리, 구애하는 공작새 꽁지깃처럼 화려하게 남녀의 키를 넘나드는 구성이 귀를 홀렸다.
　'진짜 듣기 좋다.'
　'개촌스러운 곡인데 왜 좋냐.'
　남매는 곡에 완전히 몰입해서 쥐 죽은 듯이 조용히 남은 곡을 감상했다.
　자막도 난리였다.

　[5월의 신랑이 전하는 사랑]
　[달콤한 목소리에 빠져든다…….]

　눈을 감은 심사위원과 눈을 크게 뜨고 무대를 뚫어지게 보는 심사위원의 얼굴이 교차되었다.
　"결승 각이지?"
　"무조건이다."
　노래를 마친 '5월의 신랑'이 또다시 허리를 숙여 인사한 뒤 스르륵 사라지는 것을 보며, 남매는 오랜만에 같은 의견을 냈다.

그리고 그들의 예상대로 '5월의 신랑'은 결승에 진출한다.

[두 번째 결승 진출자는… '5월의 신랑'!]

"예에쓰!"
"야 안 가면 조작이지."
무슨 스포츠 경기 보는 것처럼 남매는 신나서 TV에 리모컨을 휘둘렀다.
그리고 준결승 진출자들의 프로필이 조금 길게 소개되었다. 시간 채우기용 컨텐츠였지만 잘 만든 캐릭터 프로필은 그것만으로도 제법 재밌는 경우가 있었다.
'5월의 신랑'이 그러했다.

-미친… 신부를 만나기 전까지는 사랑 노래만 부를 수 있대;; 컨셉 뭐야
-그럼 본선 때 부른 겨울밤은 신부 만나고 사별한 시점이라 드디어 이별 노래를 부를 수 있던 건가
  └헐
  └이런 해석 개조아
-부케 헤드에는 다 5월에 피는 꽃들만 있단다… 5월의 신랑이라… 다른 달에 결혼하면 꽃이 바뀐데
  └제발 6월의 신랑까지는 뇌절해주라 마침 지금 6월이잖아
  └ㅋㅋㅋㅋㅋㅋㅋㅋㅋㅋㅋㅋ
-결혼하면 꽃 대가리가 신부 이상형으로 바뀐답니다 설정 과다인데 맛있

긴 하네

대학생은 프로필이 뜨자마자 SNS를 훑으며 뿌듯한 기분이 들었다.

'박문대가 이런 거 진짜 잘한단 말이야!'

그리고 다시 한번 확신했다. 이건 박문대가 아닐 수 없다!

"너 박문대 맞으면 어쩔래?"

"계속 이러다 개쪽당해도 난 모른다."

"야 진 쪽이 10만 원 콜?"

"와 용돈 감사."

남매는 결승 무대 직전, 고액의 내기까지 체결해 버렸다. 돌이킬 수 없는 두 사람은 진중한 얼굴로 TV를 응시했다.

"여기서 어지간히 망해도 우승이겠지?"

"내가 보는 견지에선 그럼."

둘은 대충 결승전 첫 무대를 흘려보냈다. 은박지 리본을 곱게 단 옛날 통닭이 신나는 삼바를 불렀으나 큰 감흥은 없었다.

그리고 드디어… 그 차례가 왔다.

'5월의 신랑'이 다시 스테이지로 등장했다.

[와아아아!!]

붉은 나비가 날아가며, 하얀 면사포 너머로 꽃다발이 비쳤다. 고요한 '5월의 신랑'은 자신의 스탠딩 마이크를 하얀 장갑을 낀 두 손으로 잡았다.

그리고 무대가 어두워졌다.

철컹.

사방에서 가는 조명 불빛 여러 개가 홀로그램으로 쏘아져 내려왔다. 어두운 붉은빛이었다.

"……!"

불빛들은 일그러지듯이 흔들렸다.

그리고, 불길한 소리가 들리기 시작했다.

쉬이이익– 쉬이이잇–

바람처럼 새는 소금(小笒) 소리가 정신없이 음을 오가는 피리 소리와 섞여 이상한 분위기를 조성했다.

느릿한 북소리가 울렸다.

둥…. 둥…. 둥….

싸늘했다.

그 섬뜩한 기운 속에서, '5월의 신랑'이 노래를 시작했다.

흰 정장이 얼룩덜룩한 붉은빛으로 물들어 있었다.

–사월 그믐날

달도 보이지 않는다

님은 오지 않고

사랑은 썩어간다

약간 쉰 듯, 긁는 소리가 느리게 무대를 울렸다.

조명이 떨리기 때문인지 '5월의 신랑'은 꽃을 흔드는 것처럼 보였다.

금방 시들 것처럼.

―연모는 이리 긴데

삶은 마땅치 않고

문득 창을 여니

길도 자국만 남았다

불안한 단조 위로 숨 쉴 틈 없이 노래가 달려 나갔다. 금방이라도 뛰어내릴 것처럼 가파르게, 음이 올라갔다.

그리고, 떨어졌다.

―그래도 기다리리

그 저음에 맞춰, 반주가 폭발했다.

"……!!"

폭주하는 단조의 국악기들 속에서, '5월의 신랑'은 고개를 숙인 채, 스탠드 마이크에 꽃을 파묻었다.

―마음이 다 썩어

앙상한 연심 녹을 때까지

땅 아래 묻혀

기억 다 문드러질 때까지
그래도 기다리리

우울한 멜로디가 지극히 저음으로 시작하여 미친 듯이 음을 타고 높아졌다. 반복되는 가사 속에서 수 없는 비유의 끝은 모두 하나의 단어로 끝났다.
'기다림'.
화면에서는 관객들의 반응도 보여주지 않았다. 오로지 붉게 질척한 무대 위 '5월의 신랑'만을 비추었다. 보일 리 없는, 그 면사포와 부케 너머의 눈빛이 보이는 듯했다.
스크린 너머로도 압도당할 것 같은 처절함이 느껴졌다.
그리고 도착한 마지막. 부르짖는 것 같은 고음이 마지막 후렴 가사를 올렸다.

-마침내 오신 날
참 어여쁘다 하실 날까지

숨을 쉬지 않는 것처럼 마지막 음이 이어졌다.
그것을 쫓아 음울한 반주가 정신없이 달려가다가… 뚝, 멈추었다.

-기다리리

"……."

가냘픈 소금 소리 한 줄기가 곡을 마무리했다.

공포와 광기가 떠난 자리에 아릿하고 애절한 여운이 남았다. 멈춰선 '5월의 신랑'은 스탠딩 마이크에 부케를 댄 채, 움직이지 않았다.

그리고 완전히 반주가 끊긴 순간.

무대에서 꺼지듯이 사라졌다.

[허어어어!]

[와……!]

그제야 박수와 감탄으로 관객석이 가득 찼다.

입을 가리고 있는 심사위원이나 관객들의 유난스러운 모습을 잡는 카메라가 드디어 전면에 등장했다.

[압도된 관객석]

[입에서 손을 떼지 못하는 사람들]

그리고 TV 앞에 굳어 있던 남매도 정신을 차렸다.

"……미쳤다 진짜."

"X나 소름 끼침."

"문대 우승이네."

"또 선 넘네."

돌아오지 않는 신부를 기다리다가 돌아버린 것 같은 '5월의 신랑'의 무대는 엄청난 여운을 남겼다. 자칫하면 과하다는 생각이 들 수 있는 무대를 섬뜩할 정도로 딱 맞는 가창으로 끌고 나가 버렸기 때문이다.

'다다음 주도 무조건 본방 본다.'

'5월의 신랑'의 우승을 확신한 고등학생이 내심 결심했다.

이런 건 봐줘야 했다. 심지어 정체가 공개되면 앨범도 사서 들어볼 생각까지 들었다.

'이번까지 각 보니까 밴드 보컬이다. 개마이너한 곡 쓸 듯.'

그래서 직후 '5월의 신랑'이 정체를 공개했을 때, 그 충격에 완전히 굳어버렸다.

['5월의 신랑', 이 홀로그램 캐릭터를 만든 사람의 정체를…… 지금 공개합니다!]

우승자를 발표하기 직전, 출연진이 직접 무대에서 홀로그램과 함께 발표를 기다리는 그림을 위해 그 정체가 선공개되었다.

모션 링크가 풀린 '5월의 신랑'의 홀로그램은 무대 위에 얌전히 서 있었다. 직전에 그토록 처참한 곡을 불렀다고는 생각되지 않는 다소곳함이었다.

우렁찬 MC의 목소리가 들렸다.

[자, 등장해 주세요!]

그 순간, 무대 아래가 열리며 사람이 드러나기 시작했다. 그리고 사람들이 이상한 감탄사를 내기 시작했다.

"……!?"

올라오는 것은… '5월의 신랑'이었기 때문이다.

"뭐야?"

끝까지 다 올라온 실물 '5월의 신랑'은 부케를 갸웃거렸다. 홀로그램이랑 똑같아서 소름이 돋았다.

"으헉."

지금까지 동물이나 음식을 장난스럽게 인형 옷으로 재현한 적은 있어도, 이렇게 똑같은 경우는 처음이었다. 보통 자기가 못하는 걸 캐릭터로 만드니까!

'뭐 하는 새끼야 대체?'

웅성거림으로 가득 찬 관객과 심사위원들 사이에서, MC만 쾌활하게 외쳤다.

[이분은… 바로!]

새로 올라온 '5월의 신랑'은, 오른손으로 머리의 부케를 뜯어냈다.

"……!"

꽃으로 뒤덮인 두터운 망사 복면이 목으로 흘러내리며, 땀에 젖은 얼굴과 머리카락이 드러났다.

[대세 아이돌, 테스타의 박문대입니다!]

[!!!!]

비명을 지르는 관객들과 일부러 더 놀란 척하는 심사위원들의 모습
이 화면에 계속 리플레이되며 잡혔다.

그리고 고등학생도 넋을 놨다.

"......."

"야, 야."

대학생은 툭툭 자신의 동생을 발로 건드렸다.

"10만 원 내놔."

"......."

참고로, 비슷한 상황이 인터넷에서도 실시간으로 벌어지고 있었다.

[방금 나온 〈내가수〉 5월의 신랑 정체]

: 테스타 박문대

홀로그램이랑 똑같이 입고 등장

(캡처)

-미친

-보다가 내 눈을 의심함

-세상엑ㅋㅋㅋㅋ

-박문대 맞았잖아 개새끼들아ㅜㅜ

'역시 실시간으로 올라오는군.'

나는 불어나는 댓글들을 잠깐 확인했으나, 결국 도피를 포기하고 도로 TV를 쳐다보았다. 눈앞의 숙소 거실 TV에서는 한창 '5월의 신랑'의 정체가 방영되고 있었다.

[테스타의 박문대라고??]

[국민 주식 아이돌의 깜짝 등장······.]

[충격에 빠진 관객과 심사위원]

저 자막과 편집 꼴을 눈 뜨고 보기 힘들어서 스마트폰 좀 켜봤다. 혼자면 대충 보겠는데, 문제는 지금··· 단체 관람 중이라는 점이다.

"괘, 괜찮아 문대야, 멋있어···!"

"인상적인 연출입니다!"

"이야 문대~ 작정했는데? 의상까지 준비했어? 크~"

큰세진이 어깨를 쿡쿡 찔렀다. 그 와중에도 TV 속 박문대의 말 밑에 또 자막이 떴다.

[자기소개 좀 부탁드립니다!]

[네. 안녕하세요. 저는 그룹 테스타에서 메인보컬을 맡고 있는 박문대입니다.]

[5월의 장밋빛 미소··· 녹아내리는 여심]

"장밋빛…!"

"와 자막 진짜……."

주변에서 더 견디지 못하고 고개를 처박은 채로 웃음을 참기 시작했다. 과장되게 편집된 테스타의 활동기가 짧게 화면에 나오자, 좀 민망하기까지 했는지 고개가 올라올 생각을 안 한다.

'이게 모니터링의 의미가 있냐.'

다 같이 보겠다고 할 때부터 이 꼴을 짐작은 했다만, 슬슬 혼자 들어가서 보고 싶다.

다행히 곧 우승자 발표로 분량이 넘어갔다.

[〈내가 만든 가수님〉, 가장 최고의 가수 캐릭터는…….]

[박문대의 '5월의 신랑'입니다!]

화면에서 꽃 가루가 튀었다.

"WOOOOW!"

"그렇게 불렀는데 당연히 우승이지!"

배세진이 흥분해서 외쳤다.

"……?"

쟤 뭐 하냐.

배세진은 나와 눈이 마주치자 헛기침을 하며 슬그머니 고개를 돌렸다. 지난주에 더없이 굳은 얼굴로 '겨울밤 잘 들었다'고 말한 게 떠오른다.

'저런 극적인 창법이 취향인가 본데.'

무슨 경주라도 보는 줄 알았다. 마침 화면에서 MC가 그만큼 호들갑을 떨고 있긴 했다.

[아~ 문대 씨, 소감 한 말씀 부탁드립니다!]
[음…… '5월의 신랑'을 움직이는 동안, 굉장히 재밌었습니다. 그것만으로도 의미 있는 경험이었는데… 좋아해 주시는 분들이 계셔서 정말 기뻤습니다. …정말 감사합니다.]

저 말은 사실이었다. 머리 비우고 시작한 일인데, 생각보다 결과가 좋아서 좀… 놀라웠다.

'운이 좋았어.'

계속 저런 요행을 기대할 수는 없겠지만 그래도 신선한 경험이었다.

"문대 형, 저 '5월의 신랑' 홀로그램과 체격이 굉장히 유사하신데 애초에 이 공개 퍼포먼스를 기획하신 일인 겁니까?"

"얼굴 꽃들 안 불편해요?"

…나는 가까스로 순순히 대답했다.

"…어, 기획했고, 당연히 불편했다."

"역시!"

"불편은 안 좋아요!"

좀 부담스럽지만, 이 정도는 받아줘야 했다. 근 한 달 동안 내 컨디션 나쁜 걸 알게 모르게 참아줬을 것 아닌가.

"이거 보니까 얼른 새 앨범 활동하고 싶다~"

"마, 맞아."

모니터링에 자극받은 놈들이 떠드는 소리와 함께, 화면의 내 분량은 거의 끝났다.

[아쉽게도… 우리 '리본 든 통닭'님은 준우승입니다!]

'저거 골드1 그룹 놈이었지.'
준우승한 옛날 통닭이 이어서 인터뷰하는 사이. 류청우가 물었다.
"그럼 문대는 다음에도 나오는 건가?"
"네. 다다음 주 준결승부터 나올 겁니다."
"좋네. 축하한다. 음… 그럼, 잠깐만."
류청우가 웃으며 자리에서 일어났다. 그러자 제일 어린 둘이 따라서 벌떡 일어났다.
"……?"
누가 봐도 부자연스러웠다.
'…아, 설마.'
부엌으로 사라졌던 셋은, 순식간에 다시 나타났다.
차유진의 손에는 웬 케이크가 들려 있었다.

[〈경〉 테스타 1주년 〈축〉]
[장하다! 멋지다!]

"……!"
역시.

…사실 오늘은 6월 18일. 테스타의 데뷔 1주년이다.

'이제 한 시간도 안 남긴 했지만.'

벌써 밤 11시 20분이었다. 기념 컨텐츠는 편집 시간 때문에 이미 예전에 찍었고, 그건 지난 자정에 업로드되었기에 순간적으로 잊고 있었다.

"자정에 영상 공개하긴 했지만… 우리끼리도 한번 하면 좋을 것 같아서 말이야."

류청우가 웃으며 막내 둘의 머리를 휘저었다.

"이 녀석들 데리고 준비 좀 했어."

"케이크 좋아요!"

"상단에 적힌 문구는 함께 상의해서 정했습니다."

…이 셋의 센스로 나올 법한 문구긴 했다. 하지만 중요한 건 문구가 아니기도 했다.

'…내 모니터링 끝날 때까지 기다린 건가.'

이거 참…. 기특하다고 해야 하나. 묘한 감상이 들 무렵, 큰세진이 끼어들었다.

"잠깐, 잠깐! 일단 사진은 찍어놓읍시다~ 문대야!"

"……."

뭘 천연덕스럽게 폰을 내밀고 있냐.

"에이, 문대가 사진을 잘 찍으니까~ 어? 설마 셀카라 자신이 없나? 그런 거야?"

"내놔."

"오오~"

봐준다. 나는 큰세진의 손에서 폰을 낚아채서 셀프 카메라 모드로 돌렸다. 그리고 손을 끝까지 뻗어서 일곱과 케이크가 모두 화면 안에 담기도록 조절했다.

"찍습니다."

"네~"

찰칵, 찰칵, 찰칵. 자연스럽게 일이 초 간격으로 여러 장을 찍었다.

그리고 잠시 후.

"자, 케이크 먹자!"

"…이거 먹어도 되는 거 맞아? 이 위에 색소가……."

"맛있어요!"

"차유진! 형들 먼저 드시고 먹어!"

"……."

배세진은 포기했는지 입에 케이크를 처넣었다. 나는 어깨를 으쓱했다.

'…맛 괜찮네.'

디자인 케이크치고는, 정말 괜찮았다.

그렇게 6월 18일이 끝나기 30분 전. 단출하게 케이크를 씹어 먹으며 1주년이 지나갔다.

"일 년 동안 고생 많았어. 우리 앞으로도 잘해보자."

"아, 물론이죠~ 대상 받을 때까지 해봅시다~"

"활동기도 아닌데 팍팍 좀 먹어."

"네, 네…!"

그 조촐함이 나쁘지 않았다.

그렇게 박문대와 멤버들이 평화롭게 케이크를 나눠 먹고 있을 무렵. 박문대의 팬들은 승리의 포효를 내지르고 있었다.

-아 5월의 신랑 박문대다!! (쩌렁쩌렁)
-샤워기 밑에서 사이다 폭포수 맞는 기분 고맙다 내돌
-허 진짜 답답해 죽는 줄 알았네 드디어 제 남편을 소개하는군요 신랑 박문대입니다
　└아 줄 서세요 님 차례 한참 뒤임
　└ㅋㅋㅋㅋㅋㅋㅋㅋㅋㅋㅋ

그간 입 다물고 자제했던 기간이 답답했던 만큼 미친 듯이 SNS와 커뮤니티에 글이 쏟아졌다.

['5월의 신랑'과 박문대 동작 비교]
[알만한 사람은 다 알았던 5월의 신랑 정체.jpg]
[개소름 돋는 내가수 이번 결승무대]

한풀이하듯이 몰아친 팬들은 한 타임이 지나자 그제야 제대로 박문대의 새 컨텐츠를 대놓고 앓기 시작했다.

-박문대 미친놈 진짜 어떻게 그런 생각을... 브레이크를 몰라 내 새끼!! 그래서 사랑해!!

-신랑 프로필에 신부 만나면 꽃머리가 이상형으로 변한다고 넣어놓고는 자기가 뿅 나타난 거 실화냐고 서사 어쩔 거야
└청혼이지? 청혼 맞는 듯 혼인 신고하러 가야 됨
-뭐가 꽃이고 뭐가 얼굴인지 모르겠어ㅜㅜ 박문대와 부케는 동의어 아닌가?
-5월의 문댕댕? 이거지 (꽃을 단 시골 강아지)
-진짜 뿅찬다... 박문대 노래 듣고 뿅이 안 차면 한국인이 아니다

그리고 팬들이 다 놓고 폭주하는 만큼은 아니었으나, 〈내가 만든 가수님〉의 애청자들 사이에서도 '5월의 신랑'은 깊은 인상을 남겼다. 워낙 예선부터 결승까지 무대들이 전부 좋았고, 정체 공개의 임팩트와 짜임새까지도 완성도가 있었기 때문이다.

-짬가수 이렇게 진지하게 하는 출연진 오랜만이었음 그동안 대충 동네야구 마스코트 같은 거나 하다 가는 새끼들을 너무 많이 봤나
-노래 그렇게 하는 놈이 아이돌 하긴 좀 아깝구나 댄스곡만 줄창할 것 아닌가
└아이고 아재요 요새 다들 아이돌로 시작함 짬 차면 솔로 하겠지ㅇㅇ
-결승전 무대 원곡이 없던데 혹시 자작곡이면 지렸다
-예선 좀 약한 것 빼곤 진짜 흠잡을 데 없는 우승자임 이견 없을 듯
└예선을 캐릭터 구축에 썼으니 전략적으론 훌륭한 선택. 궁금하네 누가 디렉해줬나? 자기가 한 거면 ㄹㅇ 탈아이돌급인데.
└일단 성대는 본인 거자너 그것만으로도 인정 쌉가능이지ㅋㅋㅋㅋ
└맞네ㅋㅋㅋㅋㅋㅋ

애청자들이 호평 일색이었던 것처럼, 일반 시청자들도 그 캐릭터에 취향은 갈릴지언정 하나는 확실히 인정했다.

'쟤 노래 정말 잘한다.'

시청률이 10% 내외로 나오는 공중파 황금시간대 가요 예능에서 압도적으로 우승한 것은 대중적 인식에까지 가벼운 영향을 줬다. 그리고 그 파급력은 위튜브에 업로드된 '5월의 신랑' 정체 공개 영상의 몇몇 댓글에서부터 나타났다.

[낭만과 전율의 무대, '5월의 신랑'! 그 놀라운 정체는? | <내가 만든 가수님> | 202×0618]

- 결승무대 정말 소름이 촥! 돋았습니다. 최고!
- 그야말로 나라의 홍복 청년입니다…기가 막힌 목소리의 명창이구나! 어찌 그리 노래를 잘하는지.^^
- 박문대군! 다음 무대를 기다리지요~ㅠㅠ
- 얼굴도 참 훤하고 잘생겼다. 예쁜 얼굴이라 예쁜 목소리가 깃들었나 보다.

중장년층들이 박문대를 인식한 것이다. 〈아주사〉가 워낙 흥했기 때문에 그들도 어쩌다 '박문대'의 얼굴 정도는 본 적 있지만, 이렇게 각잡고 노래를 들어본 사람은 많지 않았었다.

거기에 '5월의 신랑'이라는 캐릭터 자체가 몹시 마음에 들었던 사람들의 반응도 가세했다.

-청혼-이별-구애-집착. 이번 무대까지 서사적으로 갓벽했다
-지난주부터 온갖 망상이 머릿속에서 떠나질 않음 내 머리에선 벌써 5랑이
영화 프리퀄까지 나왔어
-님은 오지 않고 사랑은 썩어간다. (5월의 신랑 팬아트)
-오랜만에 좋은 인외 캐릭터였다... 아이돌 중에도 컨셉충 동지가 있었을
줄이야
 └ㅋㅋㅋㅋㅋ갑자기 차오르는 친밀함!
 └홀로그램이랑 똑같이 하고 온 거 진짝ㅋㅋㅋ 확신의 찐인 것 같더라
-나 진짜 부케 헤드 벗는 거 계속 생각나서 미치겠어
 └너도? 나돜ㅋㅋㅋㅋㅋ 솔직히 5랑이 너무 마음에 들어서 진짜 사람 머리
나오면 환상 와장창 날 줄 알았는데 의외로 괜찮았음
 └역시 얼굴이 답이구나
-제발 문대씨가 5랑이 TMI 더 풀어줬으면 좋겠다

　아무리 박문대가 만들었고 박문대의 목소리와 모션을 따왔더라
도, 캐릭터와 박문대는 완전히 동일할 수는 없었다.
　그럼에도 불구하고 호감은 빠르게 번졌다. 워낙 공통점이 많았기 때
문이다.

-다다음주 무대 벌써 너무 기대돼ㅠㅠ

많은 사람이 보는 프로그램에서 끝내주는 무대를 하고, 그 정체가 막 공개된 때였다. 박문대에 대한 온갖 칭찬과 주목이 가장 휘몰아칠 시점이다.

물론 그걸로 끝나긴 않았다.

[박문대 솔로 하면 되겠네ㅎㅎ]

예정된 어그로였다. 참고로, 곧 박살 날 예정이다.

나는 휙 스크롤을 내렸다.

벌써 튀어나왔군. 첫 주 촬영분이 방영됐을 때부터 짐작했던 어그로가 인터넷에서 날뛰기 시작했다.

이런 건 보통 가벼운 떠보기부터 던진다. 마치 칭찬인 것처럼.

'찾았다.'

나는 글을 클릭했다.

[박문대 솔로로 나오면 어떨 것 같아?]

: 아주사 1위라 팬덤도 크고 메보에 컨셉 소화력도 좋아서 솔로하기 좋을 듯 남솔 희귀종인데 박문대 잘할 것 같아서ㅋㅋㅋ

이런 밑밥은 본래 팬들에 의해 빠르게 무마되는 편이다.

그런데 지금은 상황이 약간 다르게 돌아갔다. 예능으로 호감이 막 피크로 차오른 상황이기에, 아이돌 팬층을 잘 모르는 일반 시청자들이 대놓고 호의적으로 반응해 주기 때문이다.

-내가수 보니까 괜찮을 듯

-나중에 솔로 활동할까?? 좀 기대된다ㅋㅋ

-노래 많이 듣고 싶어 그 컨셉? 같은 것도 멋지고ㅠㅠ

-솔직히 망하진 않았을 것 같아ㅋㅋㅋㅋ

언뜻 보기엔 좋지만, 평소보다 확연히 좋아서 문제였다.

'땔감으로 쓰기 좋았겠어.'

이후 이런 글을 올릴 때 말이다.

[솔로 하고 싶은 티 오지게 내는 테스타 멤버]

: 바로 박문대

단독예능 나오기 직전 한 달 동안 건강 핑계로 스케줄 불참 + 각종 그룹 스케줄마다 리액션 없음

(W라이브 불참 공지)

(썸머 패키지 영상 GIF)

이 와중에도 혼자 찍는 건 또 열심히 함ㅋㅋㅋㅋㅋ

(인터뷰 영상)

한두 번도 아니고 한 달 내내 이래서 쎄하다는 팬들 많았는데, 이번에 내가 수 나오면서 다 터짐ㅋㅋ

최근 솔로로 하는 것만 혼신의 힘을 다해서 열심히 하는 게 보여서 빼박이 라는 게 정설

그리고 팬들도 못 숨김

(캡처)

타팬인 척 관심 없는 척 솔로 염불하는데 제발 티 나니까 그만해 (기도하는 손 이모티콘)

───────────────────────────────

이런 게시글에 '박문대 솔로' 떠보기 글의 반응 캡처를 잘 짜깁기해 함께 올리는 것이다.

그리고 메인은 태도 논란.

'……안 그래도 찝찝했지.'

내 상태가 안 좋을 때 찍은 컨텐츠들이 언젠가 먹잇감이 될 수도 있 다는 건 알았다. 이게 그걸 정석처럼 잘 써먹은 글이었다.

하지만 사실, 여기서 겨냥하는 건 일반 대중 여론이 아니다.

막말로 그 사람들은 내가 솔로를 하든 말든 큰 문제 없다. 차라리 진짜 솔로로 나왔을 때 성적이 나빠서 조롱한다면 모를까, 제일 호감 을 사는 중인 지금은 어지간하면 옹호를 받기 마련이다.

이런 식으로 말이다.

-??? 박문대 솔로하면 안 됨?ㅋㅋㅋ실력도 좋던데 진짜 별ㅋㅋㅋㅋ

-아팠다는 애한테 이런 열폭은 너무 추하다 테스타 갠팬들 정병 많다더니 딱 그 꼴…

-박문대 잘 나가니까 왜 이렇게 못 잡아먹어서 안달이야 몸 안 좋은 게 컨디션 문제면 한 달은 가는 경우 많잖아

-나라도 이런 악개 붙은 그룹하느니 솔로하고 싶었겠다 ㅅㅂㅋㅋㅋㅋ

-테스타는 매번 올라오는 글마다 개피곤함 제발 전시하지 말고 니들끼리 싸우세요

싸움이 나서 댓글이 길어지고 인기 글로 분류될지언정, 여론이 뒤집히진 않는다.

그러니까 여기서 겨냥하는 대상은… 테스타 팬덤 내부의 불화다. 그룹 자체를 좋아하는 팬덤 분위기를 경직시키고, 멤버의 악성 개인 팬들이 서로 견제하고 훼방하기 편한 분위기를 잡으려는 것이다.

그래서 여기서 또 논지 하나를 가져왔다. 박문대의 〈내가 만든 가수님〉 두 번째 촬영분이 방영된 날짜가, 테스타의 1주년 기념일과 동일하다는 점이다.

-1주년 기념일인데 박문대 글만 도배하는 건 진짜 너무했어 눈치가 없는 건지 안 보는 건지

-5월의 신랑이든 신부든 나는 관심이 없어요 그룹 컨텐츠에 피해만 주지 말라고 곰머야

-박문대 썸패 내내 애들 뭐 할 때마다 죽상이던데 내가 다 마상이었음 특히

청우한테 왜 그래? 리더라 더 꼴 보기 싫어?

-좀 피해서 스케줄 잡았으면 안 됐어? 이렇게까지 배려 없이 할 줄은 몰랐다ㅋㅋㅋㅋ

이렇게 〈내가 만든 가수님〉의 반응이 좋을 줄 알았으면 그랬을 것이다. …적당히 팬들이 재밌는 정도를 노렸던 건데, 설마 그룹 1주년보다 그게 더 화제가 될 줄은 누가 알았겠냐는 말이다. 겹경사가 될 줄 알았지.

어쨌든 여기서 약간 더 시간이 흐르면, 좀 더 통괄적으로 논란이 흐른다.

그룹 활동 자체에 대한 회의감을 부추기는 것이다.

-문대야 솔로가 하고 싶어?ㅋㅋㅋㅋ초심 어디 갔냐고 아티스트 병 걸려 가지고 잘하는 짓이다 제발 정신 차려

-요새 선아현도 단독 광고 찍고 어째 다들 개인 스케줄 늘어났다 했더니 박문대가 분위기 잡아놨네ㅎ

-이렇게 된 거 따로 가자 SNS도 따로 만들어 진짜... 관심도 없는 남 소식 듣는 거 지겹다

1주년이 그렇게 중요하면 1주년 다음 날부터 멤버들 각자 따로 가자는 글을 올릴 리가 없다.

그러니까 이걸 올린 건, 애초에 그룹 팬이 아닌 사람들이다.

물론 테스타가 그동안 개인 투표를 받는 서바이벌 출신이라는 걸

많이 털어내긴 했다. 앨범 세계관과 각종 컨텐츠를 통해 그룹으로서의 정체성이 많이 공고해진 편이니까. 하지만 개인 팬이 여전히 적지 않았고, 이런 식으로 흔들면 흔들리는 사람들이 분명 있을 것이다.

…라는 것까진, 관심 있는 사람이라면 모두 아는 사실이다.

그러니 당연히 대응책을 준비해 놓는 게 기본적인 사회인의 자세겠지.

나는 스마트폰 화면을 전화로 바꿨다.

"네, 안녕하세요. …예. 감사합니다. 다름이 아니고, 문의드릴 게 있어서요."

그렇게 회사와 짧게 대화한 후, 마침 옆에 앉아 있는 당사자에게 말을 걸었다.

"래빈아."

"예?"

본인의 곡을 듣느라 정신이 팔려 있던 김래빈이 화들짝 놀라며 돌아보았다.

"인터뷰, 저녁에 바로 나간대."

예정대로였다.

"아!"

그 순간, 김래빈의 얼굴이 환해졌다. 음, 그래도 여전히 살벌해 보인다.

"굉장히 뜻깊은 인터뷰였기 때문에, 벌써 기다려집니다!"

"그러게."

나는 등받이에 등을 기댔다. 이런 일은 불안 축에도 안 꼈다.

대외적으로는 아직도 '5월의 신랑'으로 인해 박문대의 지명도가 올라가 있고, 팬덤 내부적으로는 어그로가 날뛰고 있는 저녁.

위튜브에 인터뷰가 하나 떴다. 바로 〈내가 만든 가수님〉을 제작한 MBS의 산하 위튜브 채널에서 운영하는 인터뷰 컨텐츠였다.

[혼인신고서 가져왔습니다...☆ 5월의 신랑님 제작자분들을 모셨다! 《티티의 스윗터뷰》 EP.47 by MBS2]

썸네일에는 박문대와⋯ 김래빈이 떠 있었다.

'김래빈?'

'끼워팔기⋯?'

사람들은 갑자기 등장한 타 멤버에 약간 당황하며 영상을 클릭했지만, 곧 일의 전말을 알게 된다. 일단 초반에는 라운드마다 김래빈이 박문대의 편곡에 조언을 줬다는 훈훈하고 뻔한 이야기가 나왔다.

본론은 그다음이었다.

[티티 : 와! 그럼 그 결승전 곡이 래빈 씨 작곡이었던 건가요??]

[래빈 : 예. 물론 저 혼자 모든 제작 과정을 단독으로 처리한 것은 아니고, 제가 주도적으로 작업을 총괄하고자 노력했다는 것이 사실입니다. 그래서 저작권 지분이 가장 크기에 문대 형의 생일 선물로 드릴

수 있었…….]
　[끝나지 않는다…!]

더 견디기 힘들었는지 빨리 감기가 들어갔다. 팬들도 인정할 길이었다.
그리고 큼직한 자막이 떴다.

　[래빈쓰… 생각보다 TMI 체질]
　[요약 : 래빈 씨 주도로 작곡했고 문대 씨 생일 선물이었다는 뜻]

어쨌든, 내용 전달은 확실했다.
'5월의 신랑'이 결승전에서 부른 곡은 테스타 멤버가 작곡한 곡이었
단 것이다. 즉, 미공개 자작곡이었다.
　그렇다면 이 곡이 왜 미공개였는가.

　[문대 : 사실 저희가 곧 컴백을 하는데… 그 앨범의 곡입니다.]
　[티티 : 허어어억!!]

그렇다.
해당 곡, '꽃 그믐'은 테스타의 다음 앨범의 곡 중 하나였다.

　[문대 : 이번 앨범에 각 멤버들의 솔로곡이 들어가는데, 정말 멋진
곡들이라서 빨리 소개를 할 겸… 불러봤습니다.]
　[티티 : 와! 그럼 앨범이 나오면 지금 음원 사이트에 있는 곡을 살짝

다른 녹음 버전으로 들을 수 있겠네요?]

[문대 : 맞습니다.]

[PPL 짬밥이 나오는 티티]

한마디로, 그룹 앨범 홍보도 겸해서 그 곡을 불렀다는 뜻이다.

[문대 : 사실 다른 멤버들 곡도 정말 다 좋거든요. 제가 기회가 돼서 먼저 부르긴 했지만… 그렇지?]

[래빈 : 객관적으로 문대 형이 가장 가창력이 뛰어나시기 때문에 단순 음원만 비교하자면 우위가…….]

[문대 : (황급히) 네. 곧 나올 앨범의 다른 곡들도 많이 기대해 주시기 바랍니다.]

[ㅋㅋㅋㅋㅋㅋㅋㅋㅋㅋㅋㅋㅋㅋㅋ]

박문대의 고군분투에 자막이 폭소했다.

[티티 : 아~ 두 분 정말 재밌으시네요! 크게 웃었습니다!]

[래빈 : 감사합니다! (맑음)]

[문대 : 감사합니다. (티벳)]

인터뷰는 그렇게 무례하지 않은 선에서 가볍고 유머러스하게 진행되며, 적당한 신변잡기식 대화도 끌어냈다.

[티티 : 아, 〈내가수〉에 출연하시기 전에 상당히 몸이 아프셨다고……?]

[문대 : 네…. 제가 출국하면서 한 달쯤 컨디션 관리를 실패해서, 멤버들이 많이 챙겨줘서 굉장히 미안했어요. 그래서 이번 〈내가수〉에 출연한 게 굉장히 뜻깊었습니다. 오랜만에 그룹에 뭔가를 기여할 수 있어서….]

[래빈 : 형…….]

[티티 : 뭐야 뭐야 이 감동 분위기! 지금은 몸 괜찮으신 거 맞죠 문대 씨?]

[문대 : 이보다 더 건강할 수 없는 상태입니다.]

[튼튼 문댕댕]

사실 이 부분은 박문대가 노린 것도 아니었다. 그저 한 달간 혹시 걱정했을 사람들을 안심시키기 위해 넣었던 질문이었으나, 추가 잭팟이 된 것이다.

어쨌든 아무렇지 않게 해당 화제를 털어낸 출연진과 인터뷰어는 슥슥 문답을 이어서 주고받은 뒤, 짧은 12분짜리 인터뷰 영상을 끝냈다.

[문대 : 테스타 다 같이 출연할게요.]

[래빈 : 벌써 기대됩니다. 굉장히 화목할 것 같습니다.]

[티티 : 예에~~! 그럼 제 영혼의 쌍둥이라는 큰세진 씨와의 인터뷰를 기다리며~ 인터뷰 마치겠습니다! 혼인신고서 챙겨가세요, 신랑님!]

[문대 : 좋죠.]

인터뷰는 웃으며 혼인신고서를 챙겨 드는 박문대로 끝났다.

그리고 동시에 여기저기서 기사가 터졌다. 준비해 둔 것 반, 인터뷰에 반응한 것 반이었다.

[테스타 컴백 초읽기... '5월의 신랑' 박문대의 곡은 앨범 예고]

[테스타의 여름 컴백. 컨셉은 공포?]

[대세 그룹 테스타의 컴백, '이미 일정은 다 나왔다']

당연한 말이지만, 컴백 소식에 팬들의 주목은 순식간에 돌아갔다.

- 으아악 테스타 컴백!!

- 헐 문대 곡 새 앨범 수록곡이야 헐

- 문대는 다 계획이 있구나

- 미친 래빈이 곡이었어?? 어쩐지 심장이 뛰더라 주인을 알아본 거지

- 설마 앨범 다 저런 분위기야? 도랏다 테스타 컴백할 때까지 숨 참음

화룡점정으로, 테스타는 계정에 자신들의 1주년 기념 파티 사진을 업로드했다.

우리 러뷰어♡ 테스타와 무려 365일 동안 함께 해주셔서 감사합니다!

앞으로도 러뷰어 해주세요♡ 저희도 계속 테스타할래용♡ 우리 사이 포에버☆

(사진의 케익은 리더 형님과 막내들 협찬입니다. 맛있었습니다.)

(사진)

'스케줄도 아닌데 우리끼리 따로 1주년 기념 케이크 챙겨서 해먹을 만큼 돈독해요' 과시용이었다.

-우리 애들 마음씨 어쩔 거야ㅠㅠ

-배려심와 유대감의 그룹. 오래 가자 내 별들. (보정 사진)

-낫자마자 앨범 홍보부터 생각한 문대도 아픈 문대 챙겨준 멤버들도 정말 눈물 난다 러뷰어생 최고

인터뷰의 티저가 SNS에 제법 일찍 올라왔었기 때문에 '논란 틀어막으려고 변명용으로 했다'라며 물고 늘어지는 것도 통할 만하지 않았다.

-빨리 예약 구매 열라고 티원놈들아!!

그렇게 애초에 찻잔 속의 태풍이었던 논란은 컴백 소식에 흥분한 사람들에 의해 빠르게 가라앉았다. 박문대의 예측 샷대로, '5월의 신랑'이 가진 화제성은 많이 소모되지 않고 부드럽게 테스타의 컴백까

지 연결된 채였다.

그리고 이 모든 일의 당사자인 박문대는 새로운 스케줄 중에 있었다.

"오랜만이에요, 후배님."

"……!"

광고 촬영장에 들어서자마자 안 반가운 얼굴이 보였다.

"그동안 잘 지냈어요? 고민이 많은 것 같던데."

VTIC 청려였다.

'돌겠네.'

저건 또 여기서 왜 나와.

참고로 회사에서 언질도 못 받았다. 급하게 좋은 광고 잡혔다고 사람을 실어 나르는 통에 콘티만 보고 왔거든. 일단 안면 있는 놈이 상대면 대충이라도 말해줘야겠다는 생각 안 드나?

'퇴사하고 싶다.'

일할 맛 정말 안 났다. 하지만 티 내봤자 루머 생성기일 뿐이다. 그냥 고개나 끄덕이자.

"예. 조언해 주신 덕분에 잘 해결했습니다."

"아, 그래요? 잘됐네."

청려가 웃으며 한 손을 내밀었다.

"오늘 촬영 잘 부탁해요."

"저야말로 잘 부탁드립니다."

힘을 더 주는 유치한 짓은 하지 않았지만, 악수는 순식간에 끝났다.

"그럼 잠시 후에 봐요."

"예. 선배님."

안 보고 싶다.

나는 콘티를 떠올리고는 오묘한 기분이 되어 의상을 갈아입고 촬영을 준비했다. 입은 옷은 최근 유행하는 형태의 트레이닝복이었다. 단, 기업 로고가 달려 있었다.

'하필 이런 옷을 입는 이유는 이미 알고 있고.'

일단 촬영 장소가 풀밭이고, 촬영 중 운동량이 많았다.

이런 식이다.

"자, 풉니다!"

감독의 말에 풀밭에 서 있던 나와 청려에게 한 무리의 네발 동물들이 우르르 달려들었다. 생후 3개월 된 각종 리트리버와 시골 강아지 무리였다.

"컹!!"

콘티에 나온 그대로 이놈 저놈 목덜미를 쓰다듬고 있자니, 내 코까지 뛰어올라서 박치기를 하는 놈까지 나왔다.

'신났군.'

한 놈이 그러니까 연달아 서너 마리가 뛰어오른다. 야, 핥지 마. 양손으로 북실북실한 덩어리들을 집어 들었다.

…귀엽게는 생겼네.

"푸흥!"

이젠 내 얼굴에다 기침을 해댄다. 고쳐 안다가 넘어질 뻔했다. 나는 너덧 마리를 양손에 끼고 침 범벅이 된 상황에 정색하지 않기 위해 노력했다.

"컷! 아, 그거 좋았어요~"

"…감사합니다."

망한 내 얼굴을 스탭이 뛰어와서 고쳐줬다. 피차 고생이었다.

"강아지를 더 든든히 확! 잡아 들어주는 느낌으로~ 방긋 웃어주시고!"

그래. '든든한 느낌' 중요하지. 지금 찍고 있는 게 보험사 광고니까 말이다. 정확히는, 모 대기업 보험사에서 유기견 지원 및 안내견 육성을 진행하는 것을 홍보하는 기업 브랜드 이미지 광고였다.

'보통 이런 건 대중적으로 인지도 있는 사람을 쓰는데 말이지.'

그런데 원래 내 자리에 기용하려던 모 배우가 성추행 파문으로 잡혀가면서 대신 나를 쓴 모양이었다. 〈내가 만든 가수님〉에서 막 생긴 장년층 인지도가 어느 정도는 영향을 끼쳤겠지만…….

"착하지."

…저놈과의 대외적인 친분이 아예 영향을 안 주진 않았을 것 같다는 게 좀… 뒷맛이 찝찝하군.

청려는 촬영이 중지됐는데도 귀신같은 손놀림으로 개 떼를 제압하고 있었다. 발라당 발라당 배 까는 놈들이 눈에 들어오긴 했다. 포토제닉이 따로 없다 이거군.

'하나 찍어두고 싶긴 한데.'

그렇다고 스마트폰을 굳이 들고 오긴 그랬다. 보기 안 좋지.

그 순간, 청려가 입을 열었다.

"강아지 좋아해요?"

"…나쁘지 않죠."

마침 스탭이 자리를 비웠고, 장면만 따고 목소리는 내레이션 삽입이라 부착형 마이크도 없다. 그 말뜻은 이 새끼가 헛소리하기 딱 좋은 타이밍이라는 것이다.

하지만 예상은 빗나갔다.

"그렇죠? 참 괜찮은 애들이에요. 착하고."

"……."

"다루는 법도 쉽죠. 칭찬할 건 칭찬하고, 야단칠 건 야단치고."

청려는 강아지 이야기만 하면서 그냥 개를 쓰다듬었다. 반사적으로 머리에 정보가 스쳐 지나갔다.

─그 형 막 유기견 센터에 자기 정산받은 거 절반씩 기부하고 그런다?

설마 진짜였나.

아니, 상관없다.

"선배님께선 개 좋아하시나 봅니다."

적당히 맞장구쳐 주며 촬영 재시작까지 시간을 벌 생각이었다.

하지만 놈은 고개를 옆으로 기울였다. 사람들 사이에서 통상적으로… 의아하다는 뜻이다.

"좋은 건가? 잘 모르겠네요. 어차피 안 키우는 게 편해서."

이때까지만 해도 강아지가 손이 가서 귀찮다는 건 줄 알았다.

"예전엔 다시 시작할 때마다 개를 길렀는데, 좀 지나니까… 유기 상습범 루머가 퍼지더라고."

"……!"

"나라도 의심했을걸요? 확인해 보니 말할 때마다 전에 길렀던 견종이 달라지던데. 음, 아닌 게 증명되니 조현병 이야기가 나왔던가…. 하하하, 완전히 망했었어요, 그때!"

청려가 소리 내서 웃었다. 등골이 섬뜩했다.

"…같은 강아지가 아니었습니까?"

"네? 하하, 개까지 매번 똑같은 걸 기르기는 좀."

"……."

청려가 웃음을 멈췄다.

"해봤는데, 별로예요. 꼬여서 못 데려오면 괜히 신경 쓰여서 불편하니까."

말문이 막혔다.

이 새끼가… 왜 돌아버렸는지 이해가 가서 문제였다. 나는 최대한 침착하게 대꾸했다.

"…이제 다시 시작하실 일 없으니, 새로 길러보셔도 될 것 같은데요."

포기하란 뜻이다.

"자신감 넘치네. 혹시… 이번이 마지막 미션인가? 내가 알려준 대로 계산해 보니 그래요?"

"……."

무반응이 상책이다.

그러나 이 새끼가 침묵을 긍정으로 해석했다.

"축하해요. 근데 그걸 믿어요?"

"……!"

"하하, 농담이에요. 내 경험상으로는 맞을 거예요. 이런 일로 거짓말은 안 하거든."

대상 트로피를 저 면상에 뭉개는 상상이 위로가 됐다.

"…흠, 그럼 정말…… 끝인가."

놈은 얼굴에서 순식간에 표정이 빠지고, 강아지 배에서 손을 뗐다.

'…잠깐.'

설마 '다 끝나기 전에 한 번만 다시 해봐', '끝나면 기회 없다 타이밍은 지금뿐' 같은 소리 하면서 개짓거리 하진 않겠지. 당장 밑밥부터 치자.

"VTIC 선배님들은 현상 유지만 하셔도 지금 겨룰 그룹이 없을 텐데요. 현 상태가 최고 아닙니까."

"뭐… 괜찮죠."

청려는 심드렁했다. 그리고 강아지 뒷덜미를 집어 들었다.

"완벽하게 마음에 든다는 건 아니지만… 음, 뭐… 그렇긴 합니다. 적응해 봐야죠."

"……!"

완곡한 항복 선언이었다.

'됐다 X발.'

수명이 줄어드는 느낌이다. 혹시 이마에 식은땀이 흐르진 않는지 의심스러웠지만, 청려의 말은 끝나지 않았다.

"그런데 후배님, 너무 방심은 안 하는 게 좋을 것 같은데."

제발 개소리 그만 듣고 싶다.

나는 슬슬 나도 모르게 개를 쓰다듬고 있었다. 아무 생각 없는 맹한 털복숭이가 위로가 되긴 했다. 그리고 다행히, 청려의 다음 말은 개소리가 아니었다.

차가운 이성의 소리였다.

"이 직업군에서 '인기'는 한정된 자원이거든. 즉, 다른 팀이 자원을 잘 벌면, 내 자원이 유출된다는 뜻이죠. 언제나 그랬어요. 특히 국내로 한정 지으면 더더욱 그렇고."

"……."

설마 VTIC과 테스타 비유냐?

하지만 생각도 못 한 이름이 대신 튀어나왔다.

"올해 데뷔한 트레블러 소속 그룹이 좀 잘 되던데. 좀 신경 써둬요."

트레블러, 골드 1의 소속사다. 즉, 저놈이 말하는 건 괜찮은 신인인 골드 1의 그룹을 견제하라는 충고였다.

'…굳이?'

그놈들이 아직 견제할 만한 체급도 아니고, 잘못하면 괜히 서사만 주는 꼴이 될 수도 있다. 게다가 어차피 청려가 아는 기간 이후에 데뷔한 놈들 아닌가. 이놈들의 미래를 청려가 확인한 건 아니라는 뜻이다.

하지만 '굳이' 저 새끼를 긁을 필요도 없기에 나는 그냥 고개를 끄덕였다.

"유념해 두겠습니다."

"말만 그러지 말고, 음…… 보니까 곡이 좋더라고요. 그런데 작곡가가 회사 소속이 아니던데요."

청려가 웃었다.

"작곡가를 매수하면 좋은데."

"……!"

"쉽고 편해요. 곡이 별로면 끝이지."

"못 들은 걸로 해두겠습니다."

"칼같네. 알았어요. 하지만 잊지는 말고."

'이 새끼 왜 이렇게 말이 많아졌어.'

강아지 한 뭉텅이로 애니멀 테라피라도 받는 중인지 술술 말을 꺼낸다.

"다음 신 준비 거의 끝납니다~ 3분 스탠바이!"

다행히 곧 촬영이 재개된다는 소리가 사방을 울리며 사람들이 바쁘게 뛰어다녔다. 이걸로 끝이군. 이 새끼와 같이 찍는 것도 다음 컷이 마지막이다. 나는 한숨을 참았다.

그리고 촬영이 재시작하기 직전, 작은 목소리가 들렸다.

약간 주저하는 말투였다.

"…말했던 문제는, 잘 해결됐어요?"

"……."

나는 느리게 입을 뗐다.

"그럭저럭."

"그래요. 뭐… 마음 바뀌거나, 고민 생기면 연락해요."

"…알겠습니다."

뭐, 이전보단 덜 섬뜩했다.

"컹! 키잉!"

촬영은 순조롭게 끝났다. 청려는 스케줄 문제로 먼저 촬영 마치고 떠났다.

그리고 나는 개털이 묻은 트레이닝복과 똑같이 생긴 트레이닝복을 몇 벌 선물로 받아 들고 숙소로 돌아왔다. 추가 안무 연습으로 다들 자리를 비웠는지, 일찍 끝낸 한 사람만 숙소에 있었다.

차유진이다.

"왔다."

"선물이요??"

"그래. 가져."

"와우!"

나는 트레이닝복을 하나 받아들고 희희낙락한 차유진을 보고 묘한 기시감에 시달렸다.

'…나보다 저게 개에 더 가깝지 않나?'

내가 적극적으로 채택하긴 했다만, 오묘한 별명의 세계였다.

며칠 뒤, 타이틀 안무가 완전히 숙달되었다.

"후우, 안무 영상 완료!"

"아 좋아요~"

좀 이르게 안무 영상 촬영까지 마치고 나니 약간 시간이 남았다. 이놈 저놈 할 것 없이 마룻바닥에 누워서 휴식을 즐겼다.

"차유진 너 그거 또 입었어?"

"편해요!"

"아, 안무 영상에 그… 로, 로고 나와도 괜찮을까…?"

"아, 내가 물어봤는데 괜찮다고 하셨어. 걱정 마."

"크, 형님 속도 봐~"

차유진은 내가 광고 촬영 선물로 받아온 트레이닝복을 주야장천 입고 있었다.

'다음엔 저놈이 광고 찍을 판이군.'

나는 피식 웃고 스마트폰을 켰다. 앨범 예약 판매도 시작됐고, 커버 디자인도 공개돼서 반응을 모니터링할 생각이었다.

"무, 문대야. 팩 할래?"

"그래. 고마워."

연습실에 에어컨이 돌아가긴 했지만, 단체로 과하게 움직여서 더웠다. 나는 선아현이 넘겨준 아이스팩을 목 베개 삼은 채로 화면을 넘겼다.

'괜찮네.'

수묵화 컨셉의 흑백과 전통화 컨셉의 컬러로 컨셉을 나눠서 제작한 앨범 커버는 둘 다 호평이었다.

-전통 컨셉 맞나봐 너무 좋아ㅠㅠ

-한복 존버 승리

-포카 기대돼서 미치겠음

처음에 회사에서 '솔로로 7곡이니 7인 7색에 더해서 단체까지 앨범 8종 어떨까요?'라는 미친 소리를 해서 뜯어말리느라 힘들었다.

안에 앨범 꾸미는 용도의 스티커들이나 랜덤 8종 중 몇 가지로 넣자는 말이 통해서 다행이었다. 만일 8종이 그대로 통과됐다면 본부장은 묻지도 따지지도 않고 결재를 갈겨줬을 테니까.

'그러고 보니 본부장이 곧 날아간다던가.'

새 앨범부터 예능 무대 제작까지 근래 회사 사람들과 이야기할 일이 많다 보니, 이렇게 도는 카더라도 많이 듣는다. 가령 본부장이 곧 나간다는 소문 말이다.

'결재봇 있을 때 빨리 진행 시켜놓아야겠군.'

미래가 불투명하니 당길 수 있을 때 빨리 당겨먹어야 한다. 나는 상태이상 해결을 위한 계획을 점검하며, 무심히 모니터링용 검색어들을 바꿨다.

"무, 물 마실래?"

"어… 고맙다."

선아현이 또 뭘 줬다. 나는 약간 떨떠름하게 물을 받아 들었다. 고맙긴한데 좀… 빵셔틀 같은 게 생각나서 미안하다.

'모니터링이나 좀 해줄까.'

나는 별생각 없이 SNS에 선아현의 이름을 검색하려 했다. 그러자 인기 검색어가 자동완성되었다.

[선아현 연애]

"……?"

"문대문대 뭐 하……?!"

끼어들던 큰세진이 화면을 보고 굳었다. 그리고 나도 좀 당황했다.

'선아현이?'

예상도 못 한… 열애설이었다.

〈5권에서 계속〉